02
AUTHOR. wooden spoon
ILLUST. 阿蟬蟬
重生使用說明書
REGRESSOR INSTRUCTION MANUAL

目錄

CONTENTS

第030話　攻掠副本是一門政治

由於行程決定得有點突然，因此大家都忙碌了起來。

籌備副本遠征的這段時間，我們的老媽李尚熙親自負責教育我們小隊，除此之外的時間也是一整天都被金賢成抓著不放，這樣的日子持續了一天又一天。

其實，我們小隊就連最基本的打怪都沒有互相配合過。

雖然在新手教學中累積的經驗也是一種經驗，但新手教學副本根本連等級都沒有。也就是說，我們小隊等於跳過了最基礎的新手成長過程。

一般的小隊都會先進入怪物森林，從對付入口的小怪物開始。

看在別人眼裡，或許會覺得這對整體能力值偏高的金賢成小隊而言不算什麼，但即便如此，這樣的成長過程還是很重要，畢竟無形的經驗會在不知不覺間累積。

現在我們馬上就要進入副本了，大家都在全神貫注地學習基本知識。

然而我們能做的卻只有練習和其他小隊一起行動時不會打亂動線的陣形，或是記熟怪物的種類和特徵而已，攻掠副本的事前準備幾乎可以說全都由其他公會的小隊攬下了。

換句話說，其他小隊都在照顧我們，而我們相當於享有特別待遇。

雖然不確定這會不會帶來正面效果就是了……

剛成立的小隊光是有機會進入稀有級副本就已經很幸運了，縱然和其他小隊同行可能不太方便，換個角度想，卻也表示安全獲得了保障。

而且可以參考他們是怎麼行動的，也順便觀察副本要怎麼攻掠。

雖然和我們一起行動的小隊水準肯定算不上太高，但是能就近觀察前輩的行動就已經對我們很有幫助了。

總而言之，無論從哪個角度來看，我們都很幸運。

「話說回來……你真的打算帶她去嗎？」

「是的，雖然可能會有危險，但應該會是一個很好的經驗，畢竟年紀小既是她的缺點，也是她的優點。」

「這樣啊。」

金賢成在這種時候還想帶金藝莉同行，讓我感到相當意外。

當然，前提是這趟旅程絕對是安全的。

她可是金賢成費盡心思栽培的人才，金賢成一定會想辦法排除不可預期的危險。

總之時間不斷流逝，小隊的完整度也逐漸提高。

隨著金賢成外出開會的次數越來越頻繁，更是讓人感覺到距離帕蘭公會的第七小隊——金賢成小隊第一次遠征的日子越來越近了。

終於到了遠征當天，一個不同於往常的忙碌早晨開始了。

「德久，該帶的東西都帶了嗎？」

「當然囉，多虧幾個公會成員事先幫忙把行李整理好了……」

「熙英小姐，可以麻煩妳幫忙檢查一下有沒有遺漏的東西嗎？另外，如果有人身體不舒服的話……」

「好的，基英先生。」

「白雪，妳幫我確認一下糧食、飲用水、藥水的狀態有沒有異常。」

「好的，基英哥。」

其實最忙的人是我，畢竟會受到上司喜愛的本來就是不用等人開口就主動做事的人。

我指的當然不是直接介入副本攻掠的行前規劃，或是做出會讓金賢成感到不自在的事。

我做的是最重要的基本工作，比如確認必需品、提早做好遠征的準備等等，換句話說，就是和攻掠副本沒有直接關係的雜事。

賢成啊，哥哥我全都會幫你準備好的，你用不著為這種事操心。

如我所料，我看見那小子滿意地看向我這裡。反正我的能力值和攻擊力都比不上別人，在這種地方討好他也是很重要的。

我必須在他心中植入「這小子雖然很弱，但好像真的不能沒有他」這樣的印象。

「你確認一下有沒有漏掉的裝備。白雪，妳的事情如果都做完了，就去公會倉庫把我們租借的裝備拿過來……」

「好的，基英哥。」

「別忘了拿藝莉要用的弓箭。」

「好！」

忙歸忙，重點是要讓自己看起來比實際上更忙。

這可是第一次遠征，我要先讓自己的角色定下來。

如果這支小隊的爸爸是金賢成，媽媽就是李基英——聽起來還不錯。

和實際所做的事相比，我能收穫的東西更多，因為我的工作不過就是確認清單，還有確保行前準備一切就緒而已。

看到金賢成心滿意足的樣子，我也不自覺地笑了出來。

「東西都準備得差不多了，你要不要最後再親自確認一下……」

「不用了，沒關係，基英先生。應該沒什麼問題吧。其他小隊可能都在外面等我們了，我們也差不多該出發了。」

「好。」

金賢成的眼神透露出對我的絕對信任，得到重生者的信任是一件比想像中還愉快的事。看到他沒有自己再另外做一遍最終檢查，讓我的心情莫名好了起來。

「我們出發吧。」

「嗯。」

當我們慢慢走到外頭時，眾人的視線不知為何都集中到了我們身上。

當然有人只是不經意地看向這裡，但我猜大部分的人肯定都在注意我們。

「是宣熙英，就是這次……」

「那就是帕蘭這次招募到的小隊嗎？」

「聽說帕蘭砸了重金聘請他們入會……但有沒有真本事還有待查證。」

「好羨慕喔，唉……他們光是起跑點就跟我們不一樣了……」

「人家就是有那個能力啊。」

「不過他們是不是還沒展現過什麼實力啊？」

「所以他們現在才要去打怪，不是嗎？」

「他們是要進入公會提供給他們的副本吧。」

有人嫉妒我們，也有人議論紛紛。

看到我們持有的裝備，會覺得嫉妒也很正常。

雖然這些裝備是從公會倉庫借來的，但是在這個地方，一般人連普通級的裝備都不見得擁有。

實際上對我們投以羨慕眼光的人，身上大多穿戴著破爛不堪的裝備，當然會拿我們和自己比較。

光看朴德久就知道了。他換掉了在新手教學中使用的那面破爛的木盾，改拿看起來品質很好的鐵盾。

用鞋帶編成的皮革鎧甲也由鍊甲取代。要是朴德久的力量值再高一點，就可以穿鈑金鎧甲了。

至於原本拿在手上的劣質短刀，則是換成了粗短的鈍器。

儘管沒有英雄級的道具，這副模樣也算是擺脫新手的菜味了。

我一邊胡思亂想一邊移動腳步，隨後配戴著各家公會徽章的隊員映入眼簾。

「初次見面。」

「很高興見到你們。」

隊長們事前見過幾次面，彼此自然地握手打招呼，其他隊員們也一樣。

胸前別著紅色徽章的顯然是紅色傭兵的成員，我看見他們用眼神對我釋出莫名的善意。

很好。

「初次見面，我是紅色傭兵的崔英基。我從會長那裡聽說了很多關於你的事，你就是那個……」

「啊，很高興認識你，我叫李基英。」

目前外界所知的情況是紅色傭兵公會的會長車熙拉非常喜歡我，因此他們會想討好我也是理所當然的。

紅色傭兵清一色穿戴著紅色裝備，看來他們對公會抱有高度的認同感。

正在和鄭白雪打招呼的想必就是來自魔道公會的小隊了。

他們別著形似煉成陣的徽章，好像有很多好奇的事，已經開始向鄭白雪搭話了。

至於正在和金賢成寒暄的則是黑天鵝公會，他們由五女一男組成，身上也別著徽章。和我之前聽說的一樣，黑天鵝公會的小隊大多由女性成員組成。

雖然每支小隊各有一些差異，不過目前這支遠征隊看起來確實有模有樣。

近戰手陣容看起來很可靠的小紅、遠程職群能力值佳的書蟲，以及整體能力看起來很均衡的小黑，各項能力值都落在四十到五十左右，不愧是各公會積極培養的小隊。

由於人數眾多，要一一打招呼也是個問題。

最受歡迎的人，無疑是祭司宣熙英。

「結果妳還是決定參與公會活動了啊。」

「是的，因為一些原因……所以我加入了帕蘭，還請各位多多關照。」

「有妳在真令人安心呢，哈哈。」

「沒那回事，其實我對副本不熟，之後可能會很需要各位的幫助，就拜託大家了。」

「沒問題，那我們就出發吧。」

從氣氛上看來，領導這支遠征隊的人是紅色傭兵的崔英基。

紅色傭兵是規模最大的公會，而崔英基又是能力值最高的人。

他雖然沒有傳說級的能力值，但具備英雄級的潛在能力。

也許是因為他是坦克，我發現他的耐久值和體力值都高於五十點，不僅如此，敏捷值也絕對不低。

硬要說的話，他給人一種進階版朴德久的感覺，朴德久成長後的理想模樣大概就是他那個樣子吧。

「賢成先生，我竟然能親眼見到這支赫赫有名的小隊，真是太榮幸了。」

「請別這麼說，我們只是運氣好罷了。這畢竟是我們第一次遠征……最大的目標就是好好觀摩學習，我們是抱著這樣的決心加入的。」

「哈哈哈，其實我之前在演示會上就注意到你了，你當時的表現讓我不禁心想『啊……原來這世上真的有天才啊』，謙虛過頭也不是一件好事喔。」

「你能這麼想，實在令人感激不盡。」

「不這麼想才怪呢，還有鄭白雪小姐也很厲害。」

紅色傭兵的崔英基個性相當開朗，魔道公會的整體氣氛則是很安靜。

黑天鵝公會讓人摸不透他們在想什麼，卻不像對我們抱有戒心。

但他們也不是對我們毫無不滿，問題就出在金藝莉身上。

就在這時，原本安安靜靜地走著路的小黑隊長似乎覺得該說的話還是得說，因此一臉決然地開口，「賢成先生，你事前沒有說過會帶小孩子來參加遠征吧？」

「她不會妨礙到大家的。雖然她還是個孩子，但也是個天賦異稟的弓箭手。我會注意，不會讓她給各位添麻煩的。」

「就算你這麼說……」

「我會好好看著她的。」

「唉……」

小黑隊長確實有權對此發表意見，不過看到她直接當著別人的面嘆氣的樣子，總覺得她為人不怎麼樣。她擺明了就是要讓對方難堪。

其實我一見到她就查看過她的能力值了，但現在感覺應該再確認一次，於是我慢慢發動了「心眼」。

〔您正在確認玩家鄭唯羅的狀態欄與潛在能力。〕

〔姓名：鄭唯羅〕
〔稱號：無，仍需多多努力。〕
〔年齡：29〕
〔傾向：精於計算的戰略家〕
〔職業：暗殺盜賊（稀有級）〕
〔職業效果：習得基礎弓術知識〕
〔職業效果：習得基礎短劍術知識〕
〔職業效果：習得基礎陷阱術知識〕
〔職業效果：習得基礎暗殺知識〕

〔能力值〕
〔力量：41／成長上限值高於英雄級〕
〔敏捷：55／成長上限值高於英雄級〕
〔體力：43／成長上限值低於英雄級〕
〔智力：40／成長上限值低於稀有級〕
〔韌性：20／成長上限值高於稀有級〕
〔幸運：23／成長上限值低於稀有級〕
〔魔力：43／成長上限值高於英雄級〕
〔總評：該玩家具備身為一名暗殺者所需的能力值和潛在能力，且傾向、職業與能力值契合度極高，尤其引人注目。憑藉這樣的天賦，穩健成長不是問題。假如能得到傳說級的道具或職業，便會有爆發性成長。她的為人看起來不怎麼樣呢，不過和玩家李基英相比，當然是小巫見大巫。」

她的能力值還不錯，雖然我已經看過太多堪比怪物的能力值了，所以沒有覺得特別驚豔，但就像總評說的，她的成長可能性不低，傾向感覺也很適合「暗殺者」這個職業。

具備這種程度的能力值，應該就可以視為有能力攻掠稀有級副本了。

我可以大致看出她的個性了，她所扮演的角色大概是負責破解陷阱，或從後方干擾敵人之類的吧。

「我們又不是褓姆，唉……」

聽見她從我旁邊經過時的低聲嘟囔之後，更讓我這麼覺得。

＊　＊　＊

我當然可以理解鄭唯羅的心情，畢竟站在其他公會的立場來看，他們已經對我們小隊做出很多讓步了。

坦白說，我們小隊是在場資歷最淺，也是經驗最不足的。

不只是第一次進入副本，就連打怪也算是第一次，其他人也很清楚這個事實。

他們已經做出很多讓步了，卻又突然出現金藝莉這樣的小鬼，換作是我，肯定也會抱怨幾句。

「好了好了，別說那種話嘛，大家開心點，開心點。」

「攻掠副本要怎麼開心？崔英基先生，這可不是在開玩笑。雖然這次要進入副本的人數很多，但是會擔心也很正常吧？」

「呃……」

「即便大家普遍都有很深的資歷……唉……我們畢竟不是來觀光的，隨時可能遭遇危險，請務必要有這樣的認知。」

「我們會更認真的。」

紅色傭兵的崔英基一面說話，一面看我的臉色。

八成是車熙拉和他說了什麼吧，我之後可能得去跟他客套幾句。

「我當然也不是說我不相信紅色傭兵……」

「咳咳……氣氛好像變得有點尷尬。嗯……我來簡單做個報告，轉換一下氣氛好了。」

「好的。」

「好。」

「我們要進入的副本就如同各位事前所聽說的，是個稀有級的副本。副本的名字是『恐怖的庭院』，根據公會的分析，裡面的怪物以植物型態為主……」

這些都是我們已知的內容，他似乎真的是為了轉換氣氛才開口。

崔英基在行進期間一直想盡辦法讓隊伍維持良好的氛圍，可見這小子的個性不差。

「大哥，你不覺得那位老兄看起來人很好嗎？」

「嗯，我也覺得。」

連朴德久都這麼說，我也對此表示同意。

崔英基不只善良，還給人一種很適合當隊長的感覺。

隊裡有這樣的坦克，令人覺得相當可靠。

他不僅沉著冷靜，又善於待人處事，本身的實力也不錯。

從他擅長解讀氣氛，並努力緩和衝突這一點看來，崔英基確實是個不折不扣的老手。

同時也是值得朴德久將其視為目標的坦克。

大家邊聊邊走，不知不覺就抵達了副本所在的地方。

雖然穿越叢叢荊棘有點令人煩躁，不過再走一會，副本的入口便映入眼簾。

入口怎麼這麼小？

我從入口處感覺到了一股微妙的魔力。

那是個極為狹小的入口，一次只能容納一兩個人通過。相比之下，新手教學副本的入口看起來反而還更雄偉一點。

我沒想到入口會是這個樣子，心中暗忖「難怪之前都沒被找到」。

崔英基點了點頭，隨即說道：「那我們就慢慢進入副本吧。我們第一個進去，接著由黑天鵝、魔道、帕蘭依序進入。進入副本後可能必須馬上開始戰鬥，請大家盡量做好立刻迎戰的準備再出發。」

「好的。」

大家每一至二人一組，彎腰進入副本，我也拉著鄭白雪的手臂，開始朝副本內部前進。

感覺空氣變得不太一樣，讓我打了個哆嗦，隨後便聽見了熟悉的訊息聲。

〔您已進入稀有級副本恐怖的庭院，目前確認之人數為（24—30）人。〕

之後傳來的是一道焦急的聲音。

「製造出空間來！空間！請確保有足夠的空間！」

一進入副本便迎來猛烈的歡迎，令人有些措手不及。

不曉得是不是受到稀有級副本特有的魔力影響，總覺得有種喘不過氣的感覺。

紅色傭兵的近戰手正在全力阻止怪物攻過來。

外型極度詭異的植物出現在視野中，更準確的說法應該是「植物型態的巨人」才對。牠們的身高大約是人類的兩倍，讓人不得不抬頭仰望那笨重的身軀。雖然不知道那些傢伙是怎麼讓那看似由根莖組成的身體動起來的，但那不是現在的重點。

我拍了拍呆愣地望著那些怪物的朴德久，他似乎這才回過神來，立刻衝到前方去。

「德久。」

「知、知道了。」

他看起來並沒有很害怕，應該只是因為狀況發生得太過突然而愣住了。

我看見他拿著碩大的盾牌衝出去。

其他小隊的坦克也在前線壓制朝我們發動攻擊的大塊頭，想盡辦法為劍士和槍兵製造出能夠活動的空間。

「我們會繼續壓制敵方，請慢慢開始進行攻擊。」

「喔喔！」

就在這時，勇敢地衝上前的朴德久承受不住怪物的攻擊，突然失去了重心。

「祭司小姐。」

「是。」

宣熙英對著朴德久念誦咒語，她的表現讓人完全看不出這是她第一次參與遠征。金賢成同樣也為了支援朴德久而展開行動。

看到體型巨大的怪物趁著朴德久不在的空檔朝我們一擁而上，老實說還是令人不由得縮起身軀。

媽的。

雖然應該不會出什麼事，但我們的陣形亂了。

我猶豫了一下是否該發動儲存在戒指裡的咒語，又覺得才剛進入副本就用掉很可惜。

我看見金賢成衝了出去，感覺應該不會有問題，卻還是覺得莫名不安。

這時，原本正朝我們逼近的怪物突然撞上牆面，原來是不知何時靠過來的崔英基將怪物推向了一邊。

砰！

「這裡需要支援！」

「了解。」

「唉……」

轉眼間，現場開始變得井井有條。

雖然我早就料到我們的實力和其他人有著一定程度的差異，卻沒想到最後進場的我們什麼事都還沒做，入口就逐漸被整頓好了。

儘管金賢成當時確實對敵方造成了傷害，但我和鄭白雪還來不及念誦咒語，怪物就在我們眼前一個個被擊倒。

他們和我們小隊之間顯然存在著巨大的差異，我知道他們應該都比我們早了幾年來到這個世界，但這不只是單純的資歷問題而已，而是在經驗和團隊合作上的差異。

看來我們之前過得太安逸了。

周圍都整理得差不多後，被崔英基攙扶的朴德久仍一臉呆滯，似乎還沒搞清楚狀況。

「你好像太急著行動了。」

「啊……那個……謝謝。」

「經驗不足的人常發生這種事，再多用點力穩住下半身會比較好。」

「我、我知道了。」

紅色傭兵的崔英基拍了拍朴德久的肩膀，目睹這一幕的我心中不禁油然而生一股感激之情。崔英基在照顧我們。

「那我們一起把附近的怪物清一清吧。」

「好的。」

朴德久的傷勢並不嚴重，但是他拖著有氣無力的腳步走來的身影不知為何看起來有點失落。

「對……對不起，大哥，還有……大家……」

「德久先生，你用不著道歉，這些都是經驗的一部分。」

「可是……」

「賢成先生說得沒錯，德久。你不用沮喪，只要想著你是來觀摩的，繼續努力，下次好好表現就行了。」

「呼……知道了。」

「你的體重比較重，攻擊的時候也會覺得比較沉重，可以稍微把姿勢壓低，就像貼著地面的感覺。」

「我明白了。」

「這可能需要一點時間適應，但你可以的。」

「是啊，德久先生。」

從一開始就朝夕相處到現在的傢伙莫名意志消沉，讓我有點在意。

其實就天賦而言，朴德久的水準和在場的其他坦克相差無幾，只不過他的成長速度雖然比別人快，經驗和能力值等方面整體而言還是不足。

更何況不同於存在感相對較低的後援組，朴德久屬於一旦失誤就很明顯的近戰人員，他一定承受了很大的壓力。

現在的首要之務就是安慰那小子，畢竟他是個很單純的傢伙，環境中的各種因素都會帶給他不小的影響。

正當我心想「照顧好他的心理狀態最重要」的時候，前方傳來有人大聲說話的聲音。

「我說，崔英基先生。」

「嗯？妳有話要說嗎？唯羅小姐？」

「關於來自帕蘭公會的那幾位，我覺得乾脆把他們那個坦克安排到後方會比較好吧……」

「啊。」

「我看他的體格好像有點不足……像他那樣的人，站在前方不是有點危險嗎？現在是因為才剛進入副本，所以還沒關係，但是越到後面，感覺他也可能會陷入危險。」

發話的人是黑天鵝的鄭唯羅。

唉……

我看見朴德久似乎開始看起了我的臉色。

「這……」

「我知道他不像剛進來的新手，可是要站在前方的話，不論是經驗還是資歷，好像都稍嫌不足。」

「他應該很快就會適應了，他的韌性值看起來不錯……要是出了什麼狀況，我會像剛才一樣……」

「這就是問題所在。英基先生一旦離開自己的位置，隊形本身就會變得岌岌可危。我們小隊和韌性值都很高的紅色傭兵公會不同，除了坦克以外，整體韌性值都偏低。沒有人知道你離開位置的期間會發生什麼事，我想你應該很清楚主坦的位置空著代表什麼意思吧？」

「可是……就算妳這麼說……」

「就是因為這樣，我才會提出建議啊。魔道公會也是這麼想的吧？」

崔英基回答得小心翼翼是有原因的，並不是因為我正受到車熙拉的庇護，而是因為這支遠征隊是由四支小隊組成的隊伍。

如果我們都是來自同一個公會的小隊，崔英基還可以憑自己的判斷做出決策，但是安排朴德久的位置顯然屬於我們小隊的固有權利。

即便鄭唯羅的建議是合理的，她也應該向我們小隊的隊長金賢成提出。

至少不該像這樣大聲嚷嚷，彷彿要讓所有人都聽到似的，而是應該私下提議。

她做出這種舉動只會製造紛亂而已。

我從進入副本之前就有一點預感，現在則是差不多察覺到那女人想要什麼了。

精於計算的戰略家？

難怪她的傾向給我一股親切感。

我覺得她並不是真的在為攻掠過程的安全著想，而是想藉由貶低我們來鞏固自身地位。

那女人知道在這樣的團體中，掌握發言權是多麼重要的一件事。

她的目的八成是增加自己的貢獻度，以利攻掠結束後分配到更多道具。

其實我們小隊打從一開始就不在乎這次攻掠結束後會被分配到什麼道具。

我們參加遠征的目的只是為了累積經驗，但她似乎認為我們在搭便車，因此看我們非常不順眼。

雖然她的行為背後隱藏著「提升自己在團體內的影響力」這樣的目的，但她使用了極度卑鄙下流的手段——煽動群眾，也就是我們常說的「搞政治」。

我想都沒想過這裡也有人會幹這種沒用的事。

她想搞政治？

我的嘴巴不由得癢了起來，畢竟煽動群眾搞政治可是我的專長。

＊　＊　＊

要搞這種政治動作的話，掌握周邊情況是最重要的。

就好比國民擁有投票權，因此得到國民的青睞是最重要的，兩者是同一個意思。

所謂的搞政治，說到底就是打輿論戰，所以一定要觀察別人的反應。

從這個出發點來看，其實現在並不是出頭的好時機。因為我和鄭唯羅不同，她已經擁有穩固的地位，也掌握了發言權，而我不過是區區一介隊員，什麼也沒有。

雖然紅色傭兵看待我的眼光是友善的，但光靠他們發聲，說話還是不夠有影響力。

我現在必須先讓這支遠征隊裡的人牢牢記住我的存在，這是我的第一階段事前準備工作。

「真的非常抱歉。」

首先，無論如何都先道歉再說。

我感覺到眾人的目光都自然而然集中到了我的身上。

「我知道各位會覺得心裡不太舒服，也會感到忐忑不安。我也很清楚和初次進入副本的我們一起遠征讓各位覺得很彆扭。只要各位願意再給我們一次機會，我們一定會盡全力完成自己的任務。」

「可是這……」

「我知道妳在擔心什麼，但我希望妳可以再給我們一次機會，我們絕對不會讓隊形出現漏洞的。」

言語中盡可能展現出真摯的態度是重點，因為真心誠意地道歉是打動人心的好方法。

果不其然，我看見了有些人點了點頭。

我盡量表現出尊重的態度，而鄭唯羅果真和我預想的一樣，顯得有點驚慌。她肯定意識到自己現在也該退一步了。

「對不起。」就連朴德久都朝她低下了頭。

其實朴德久沒必要向她道歉，畢竟剛才發生的狀況根本就沒有造成她的損失，不管是死是活，都是我們的事。

我們都已經示弱了，雖然她也可以硬是堅持自己的意見，但她應該不是連氣氛都讀不懂的傻瓜吧。

「攻掠副本可不是開玩笑。坦白說，我聽到你要大家再給你們一次機會的時候就覺得不太滿意了……不過我就姑且再觀察一次你們的表現吧。」

「謝謝。」

微微低下頭是應對這種情況的標準動作。

不知為何，朴德久好像深受感動似的，朝我開口，「大哥，我……真的是百口莫辯。」

「你別那麼說，德久。每個人都會犯錯，你只要打起精神，不要害怕，就一定能辦到。」

「大、大哥。」

我拍了拍朴德久的背，便看見那小子忍不住抽抽噎噎地哭了起來。

假如這次的狀況引發了什麼意外，鄭唯羅說的話或許會更有說服力一點。

要是出現人員傷亡，就可以完全歸咎於我們的失誤，我們就算想賴都賴不掉，甚至可能演變成光憑道歉仍無法解決的狀況。

但是就結果而言，這支遠征隊輕而易舉地度過了這次的危機。不僅沒有出現傷兵，反而還略顯從容地成功將怪物掃蕩殆盡。

也就是說，無論這支隊伍是不是真的差點陷入危險，剛才發生的都只是一次偶發事件而已。

看到其他前鋒還跑去安慰看起來有點憂鬱的朴德久，我都覺得幸福了。

畢竟每個人都曾經是菜鳥，也經歷過艱苦的時期。

沒有人沒犯過錯，尤其坦克更是如此。

他們肩負守住小隊前線的重責大任，又承受著必須在最前線擋下敵人的壓力。

一旦失手，便可能導致伙伴死亡，更是讓人備感負擔。

坦克就是背負著這一切的角色，他們能對朴德久感同身受也不無道理。

「擋下攻擊固然重要，但是想成閃避會更好，後輩。」

「謝、謝謝。」

「重點是無論身在何時何地，下半身都要用力撐住，知道嗎？」

「知道了，前、前輩……」

「剛才那種狀況我們稱為『撲通』……對付中型或大型怪物的時候，大家都遇過那種狀況，沒被一刀斃命就很了不起了。」

「一刀斃命……」

「對啊，這傢伙第一次遇到中型怪物的時候可是嚇到動都不敢動呢。」

「喂，我不是說過別再提那件事了嗎？」

「其實像那樣撲通一聲栽倒在地也是一種有勇氣的表現，兄弟，那是你沒有害怕、有好好迎戰的證據。意志消沉不是好事，就算跌倒，只要找回重心，再鍥而不捨地纏上去就好了。你的隊友一定也不弱，相信身後的隊友，堅持到底是很重要的。有了這樣的決心，不管什麼事都能辦到。」

「謝謝你，老兄……」

「你好好加油。」

「下次不能再跌倒囉。」

「要是再跌倒，就會被取綽號叫『撲通』，取笑一輩子！噗呵呵！這是我的親身經驗，你要聽進去喔。」

從他們彼此互稱「前輩」、「後輩」、「兄弟」這一點看來，前鋒私底下的關係似乎比我想像中的更加緊密。

他們的職業都屬於廣受歡迎的稀有職業，人數又不多，所以彼此之間好像會共享各種情報。

看到朴德久被一群大塊頭包圍的樣子，我莫名地感到欣慰。

雖然我並不想加入他們互相拍打後背、炫耀肌肉的行列，也不想參與那充滿汗臭味的友情，不過從遠處看來，那是一幅不錯的光景。

如果我是鄭唯羅，就會採取另一種方式，畢竟世人總是會站在弱者那一方。

表情稍微放鬆了一點的朴德久衝著我笑，看起來還蠻可愛的。

「大哥！」

「德久，你把這些拿去給他們再回來。」

「欸？」

「這是體力藥水，比市面上賣的更好。他們好像教了你不少東西，總得報答人家吧。」

「啊，那是一定要的！謝謝你，大哥！」

我看著朴德久轉身，一溜煙跑回那群大塊頭之間。

這就是在社會上做人的道理。

如果非要訂價的話，那些體力藥水還不值五金幣，但現在是利用那些藥水學習各種祕訣的絕佳機會。

朴德久必須更加融入他們的群體中才行，那樣對我們也有幫助。

金賢成也點點頭，為朴德久打氣。

「這是大哥要給你們的！」

「那我們就心懷感激地收下了，基英先生！」

「這一看就是很不得了的藥水耶……市面上有賣這種藥水嗎？」

「喂，人家的藥水都還沒經過等級判定，怎麼可能有賣……看來帕蘭聘請煉金術師不是沒有原因的。」

與此同時，還能順便抬高我的身價。

總而言之，隊伍正在慢慢深入副本內部。

在移動的同時，大塊頭們開始一點一點傳授朴德久各種技巧，之後再遇到怪物時，也沒有發生什麼事故。

和朴德久一起在前線戰鬥的大塊頭兄弟們都會有意無意地關照他，雖然所謂的「關照」只是拉他一把，以防他失去重心，或是拍拍他的背而已，但朴德久對付起怪物越來越熟練了。

不過熟練並不等於零失誤，朴德久依然會犯一些明顯的小失誤，那正好成了鄭唯羅的獵物。

當然，她沒有像一開始說得那麼直白。

「唉……」

鄭唯羅會嘆口氣，就像有什麼不滿似的，或是——

「好像有點不穩定呢。」

但沒幾個人會附和她，用「對空喊話」來形容她的行為再適合不過了。

「不知道是不是因為人太多的關係，感覺有點混亂呢。照理說應該可以更快把怪物清完才對……」

「哈哈哈，話是這麼說沒錯，但我們現在不是也很安全地在前進嗎？」

「我只是覺得很可惜，明明可以做得更好……應該說感覺很煩悶嗎？」

「也許是因為我們不是一支完美的團隊吧。假如是來自同一個公會的遠征隊，可能會更有默契，但我們並不是……我想之後會越來越好的。」

「是啊，當然得越來越好，原地踏步怎麼行？這真不像你平常會說的話呢。」

「哈哈……那我們休息一下再繼續前進吧。」

「好。」

大致上就是這樣的情況。

我慢條斯理地邁開腳步，目標當然是崔英基。

我沒有要和他談什麼，只是覺得反正之前就想過要和他聊聊，這個短暫的紮營時間是個好機會。

「崔英基先生。」

「啊，基英先生！」

不出我所料，崔英基一看到我便露出了很高興的表情。

他會有這樣的反應很正常，畢竟在他眼前的人是傭兵女王的情夫。

「辛苦了。」

「不、不會，請坐。」

「車熙拉小姐最近還好嗎？」

「哈哈哈，關於這件事，我正好也有話想跟你說。」

鄭白雪依然被魔道公會的人纏著不放，看起來不需要我擔心。

「我們會長不知道說了多少次，要我們好好照顧你。會長也真是的，哈哈。」

「這樣啊。」

「不過我在很多方面都沒照顧到你，真是抱歉。」

「不會，我可以理解，我已經受到很多關照了……要是連其他方面都受到你的照顧，可能就得看別人臉色了。」

「啊，那個……」

他大概意識到了我在說什麼，悄悄朝鄭唯羅所在的地方望去，接著默默點了點頭，開口道：

「剛才的事我很抱歉，我應該再多注意一點才對……」

「不會不會，那的確是我們小隊的失誤，其實我也非常感謝其他人願意體諒我們。你替我們擋下攻擊時，我真的覺得很感謝你。」

「你別這麼說。你們一開始確實有一些失誤，但現在真的適應得很好，讓我覺得你們不愧是集萬眾期待於一身的新人。我在你這個時期完全還只是個什麼都不懂的小毛頭，多虧有我們會長的關照，才能有今天的成長。」

「哈哈哈。」

「聽說你和我們會長在地球上的時候是一對戀人。」

……突然出現了我不知道的新設定，讓我有點驚慌，但我還是輕輕點了點頭。

「特別是在會長感到艱辛的時候，聽說你幫了她很多忙……會長說你是她的恩人。」

這也是新的設定。

「嗯……是啊，我還記得……」

「會長的恩人其實就等於是我的恩人，畢竟沒有傭兵女王，就沒有現在的我。」

沒想到這種設定還不錯。

謝了，車熙拉。

車熙拉竟然能想出這種新穎的設定，我都想為她獻上掌聲了。

鄭白雪不知為何看著這裡，令人相當在意，但我想她應該聽不清楚我們的對話內容。

「你不用想得那麼嚴重，我其實也沒幫她什麼忙……」

「哈哈哈哈，那不叫幫忙，什麼才叫幫忙？你實際上等於救了她的命好幾次耶。」

他在說什麼鬼話？

我完全不曉得車熙拉究竟說了什麼。

不過現在的重點不是我和車熙拉的過去，而是這支團隊的領袖崔英基對我抱有好感這件事。

我本來就覺得這小子是個好人，現在又覺得他看起來比我想像中的更好了。

從他無論如何都想幫助我這一點看來，來自紅色傭兵的小隊大概就像我的票倉，也就是即便發生嚴重衝突，還是會支持我的穩定票源。

看到鄭唯羅一臉不滿地盯著我們，我忍不住勾起嘴角。

如果能對她喊話，我現在就想送她一句話：在政治中最重要的絕對是——照顧民生。

＊　＊　＊

照顧民生並不是一件很困難的事，就和地球上的那些大人物所做的一樣，只要去市場繞一圈，讓民眾感覺自己很親民就行了。

不過我的狀況當然不太一樣。我的地位不算是在他們之上，話雖如此，那麼做也不是毫無效果。

每到休息時間，我就去和他們聊聊天；每到紮營時間，我就努力關心他們。

除此之外，也不忘在遠征中展現出認真的一面。

魔道公會本來就對鄭白雪抱有好感，甚至到了奇怪的地步，而紅色傭兵的隊員們也對我產生了好感。因此光是時不時和他們聊聊天，也能達到效果。

當然，不管魔道公會的隊員喜不喜歡鄭白雪，我還是得另外關切他們。

畢竟越多人發表站在我們這邊的言論越好。

「哈哈哈，這個藥水的功效幾乎和神聖魔法一樣好耶，基英先生。」

「你過獎了，這番話可不能被祭司們聽到，我不敢當。」

「其實你的魔法看起來威力也不比別人差，怎麼會……」

「能聽到魔道公會的人這麼說，真是令人高興呢。」

「不不不，這可不是客套話，我其實覺得你和一般的魔法師沒什麼差別。」

「我念誦咒語所需的時間還是比較久，而且必須使用煉成煉成陣，這些都是我的缺點，但只要有不錯的催化劑，就能使用一些高效率的魔法。」

「『高效率』的意思是……」

「就是我可以消耗少量的魔力完成具有一定威力的咒語。」

「原來如此。」

「但並不是說這麼做就沒有缺點，因為我用來完成咒語的催化劑還蠻昂貴的。」

「可以請問需要多少花費嗎？」

「大約三十金幣左右，因為我主要使用的是魔力精華。」

「啊！魔力精華。」

「是的，使用低階魔法時加入的魔力精華價格是三十金幣。」

我看得出來對方有點吃驚，臉上的表情甚至可以說是有點驚恐。

畢竟我的意思相當於每念一次咒語，就會消耗三十金幣，他會有那種反應也很正常。

事實上，普通級的魔力精華都堆在我的倉庫裡，因為車熙拉送給我的稀有級魔力精華還剩下很多。

「這確實是稱不上高效率呢。那稀有級以上的魔力精華用一次就沒了嗎？」

「是的。」

「感覺有點可惜。」

「假如有能夠無限提取魔力的精華，那應該就是賢者之石了吧。」

「賢者之石，原來如此……賢者之石啊……」

據說這種話題會讓魔法師陷入瘋狂。

「那是可以做出來的嗎？」

「我正在看的書裡也只有稍微提到一點，我還沒正式開始研究，因為我現在的能力還不足以做這項研究，但我總有一天會把它做出來的。」

賢者之石什麼鬼的，我一點也不了解。

「那個……等你要開始研究的時候……」

「我一定會邀請你的，畢竟我們能像這樣認識也是一種緣分。」

通常會成為魔法師的都是這種人。

既然他對煉金術這個領域感到好奇，自然會想和我聊天，如此一來，我就能和魔道公會的最後一個傢伙混熟了。

總而言之，這支遠征隊目前很順利地在進行副本攻掠，我們小隊也有好好融入其他小隊之間。

我不清楚金賢成知不知道我在想什麼，但我們確實有所收穫。

朴德久融入了坦克的團體中，學了很多實用的技巧。

金藝莉也適應得很好，雖然這個雙馬尾小鬼目前為止似乎還沒有起到身為一名隊員的作用，不過她一直默默地拉著弓弦。

擁有優秀資歷的宣熙英在適應上沒什麼問題，我的表現也不算太差。因為我都和鄭白雪同時放出魔法，沒有露出什麼破綻。

至於我們的狐狸金賢成，我總覺得他似乎低調過頭了。

他不是會隱藏實力的人，因此與其說他不想當出頭鳥，不如說他沒機會嶄露身手，但這也代表遠征隊的攻掠進行得非常順利。

「那我去方便一下再回來。」

「好，我看我們今天可能要在這裡紮營了。你等一下有空的話，我們可以再聊聊剛才的話題嗎？就是那個賢者之石……我希望能聽你說得更詳細一點……」

「好啊，沒問題。」

我為了上廁所而來到了距離遠征隊稍遠的地方，正當我抵達安全區時——

我就知道。

鄭唯羅悄悄往我這裡走了過來。

我也想過她差不多該有所行動了，但她來得比我想像中更快。

「我還以為你是來體驗副本攻掠的，結果你是來搞小團體的啊？」

她問得這麼直白，讓我有點慌張。

難道她就那麼看我不順眼嗎？

也許我看起來確實挺礙眼的，因為我每到休息時間就到處跑，動用各種手段操控輿論。

鄭唯羅如果認定我和她是同一類人，那她覺得自己受到了政治上的威脅也不足為奇，畢竟我在攻掠開始後沒多久，就成功在大家心中留下了好印象。

「哈哈哈，感覺妳話中帶刺呢，唯羅小姐。」

「我是因為覺得你實在太過分了才來提醒你的，基英先生。」

「我聽不太懂妳在說什麼耶。和大家建立交情以促進團隊合作，不是很自然的事嗎？因為我們出發前沒什麼機會相處嘛。」

「但你做得太過頭了。」

「那是什麼意思？」

「我的意思是就連適度的緊張感都被你破壞了，太過放鬆不是一件好事。」

「我以為我有拿捏好分寸，不至於影響到副本攻掠……更何況，目前為止的攻掠不是進行得很順利嗎？我們小隊那位一開始發生失誤的戰士現在適應得非常好，其他人也都在和睦的氣氛下進行攻掠，我不知道哪裡有問題。」

這就是政論。

「基英先生。」

「怎麼了？唯羅小姐？」

「你可能是因為才剛來到這裡沒多久，所以不太清楚……所謂的副本，就是不知道會在何時何地遇上什麼危險的地方。即便是休息時間，你這樣的行為還是會擾亂氣氛，你難道真的不懂嗎？」

「對，我不懂，而且我還認為我是在幫助團隊。團隊的氛圍也確實比一開始好多了。唯羅小姐一個人皺著眉頭，不代表大家都得跟著皺眉頭吧？我當然也知道保持一定程度的緊張感有其必要性，而且我其實覺得自己在遠征途中一直很認真……我不太清楚妳是對哪個部分感到不滿。」

我笑咪咪地看著眼前那張臉逐漸漲紅。

我一本正經地說著，臉上卻隱隱約約擺出了激怒人的表情，她馬上就對此產生反應，相當有趣。

看來我這張專門用來挑釁人的臉發揮了作用。

「妳應該不是在擔心自己在隊內的影響力之類的……也絕對不是想要占據攻掠副本的獎勵……我不知道妳為什麼一副恨不得吃了我們的樣子。如果是稀有級的道具，那的確會讓人想拚一把……但受到黑天鵝公會大力支持的鄭唯羅大人不可能會看上那種東西吧。」

或許我句句都說中了她的心聲。

「雖然也可能會出現英雄級的道具……但那也不至於讓妳做到這個地步吧。只是為了得到一個好裝備，就這樣緊迫盯人，難道不會有點太小氣了嗎？換作是我，就會乾脆讓給別人，何必搞政治搞成這樣呢……啊，如果是我誤會妳的話，真的很抱歉。」

她整張臉紅得不得了。

假如出現英雄級的裝備，我肯定也會失去理智，不過假裝自己沒那麼勢利是一件輕而易舉的事。

「我說到妳的痛……」

「喂。[1]」

「嗯？」

「你覺得我很可笑嗎？」

「沒有，我絕對沒有覺得妳可笑，我怎麼可能那麼想？妳可是黑天鵝的鄭唯羅大人，不過……」

1 李基英和鄭唯羅原本皆對彼此使用敬語，鄭唯羅從此處開始改說半語。

「……」

「妳為什麼對我說半語呢？嗯？」

她一臉說不出話來的樣子，似乎是被我突然改變的態度嚇到了。反正沒有人在聽我們說話，也沒有人在看我們。

「我可是登錄在帕蘭公會正式小隊中的公會成員，妳這樣是不行的，鄭唯羅小姐。」

「呵……我聽說你是車熙拉養的小白臉，所以你就目中無人了，是吧？你該不會以為在這裡也有傭兵女王罩你吧？」

「什麼？」

「我覺得妳剛才那番話聽起來像是在恐嚇我，鄭唯羅小姐。妳應該注意一下自己的發言，還有，我這麼做並不是因為相信熙拉姐。」

我輕輕吸了一口氣。

鄭唯羅看起來正在等我說出下一句話，但我當然不想要無緣無故和她在這裡大打出手，因為我必須盡量避免會導致我的形象被扣分的無謂爭執。

於是我稍微提高了音量，對她開口。

「對不起！」

「什麼？」

這個音量足以讓距離我們有一段距離的遠征隊聽到了。

「你現在……是在耍什麼花招……」

「真的非常抱歉！」

我再一次大聲地表達出了我的歉意，便看見她驚慌不已的神情。

她會露出那種表情很正常，因為我道歉的時間點實在太突然了。

不過她好像大致猜到我為什麼要這麼誠懇地向她道歉了，只見她的表情肉眼可見地扭曲起來。

「發生什麼事了？」

果不其然，接下來便看到崔英基和他的朋友們急急忙忙跑了過來，甚至連剛才和我聊過天的魔道公會成員也開始出現在視野中，以鄭白雪和宣熙英為首的金賢成小隊隊員和黑天鵝的隊員當然也來了。

「真的非常抱歉，唯羅小姐。」

「你……」

「基英先生？這是怎麼一回事？」

「啊……沒什麼，不是什麼重要的事。」

「是、是啊，不是什麼重要的事，崔英基先生。」

最好不是……

「我不是在問唯羅小姐。基英先生，可以請你說明一下發生什麼事了嗎？」

令人感激的是，這位可愛得不得了的紅色傭兵崔英基開始對這件事刨根問底了起來。

鄭白雪呆愣的表情說明她還搞不清楚發生了什麼事，但她看到我成了受害者，還是表現出有點憤怒的態度。

但沒想到宣熙英也和鄭白雪呈現同樣的狀態，她是怎麼了？

扮演受害者是一件易如反掌的事，特別是在這種權力明顯不對等的狀況下。

「發生什麼事了？基英先生。」

「呃……沒有發生什麼事，唯羅小姐只是提醒我要把皮繃緊一點而已。」

「什麼？」

「她好像對我在休息時間找大家聊天的行為不太滿意……可能是因為我那時候暫時放鬆了警惕，唯羅小姐說我在擾亂氣氛……」

「什麼？」

「我只是想用自己的方式活絡氣氛而已……但她好像很不喜歡我那麼做。」

這可是沒有摻雜一絲謊言的實話。

此時鄭唯羅臉色慘白，驚慌不已的模樣讓我差點笑出來。

純度百分之百的真相被攤在陽光下後，所有人都露出莫名其妙的表情。

不只是紅色傭兵的崔英基和魔道公會，甚至連金賢成都用有點可怕的眼神看著鄭唯羅。

「對……」

就在我打算再次道歉時——

「基英先生，你不用道歉。」

阻止我開口的人是我可愛的弟弟金賢成，這小子生氣了嗎？

＊　＊　＊

他的表情看起來確實很不高興。

「基英先生，你不用道歉。」

「咦？」

「基英先生沒有錯，不對，即便有錯，唯羅小姐也沒有權力指責基英先生的不是。」

說得好。

「基英先生是帕蘭的一員，這是不爭的事實。如果我認為他犯了錯，那我會第一個告訴他。

他是我的隊員，我不知道為什麼唯羅小姐要率先把他的行動拿來大做文章，但是這讓我很不高興。」

其實這一步不在我的計算範圍內，我只是單純認為帶風向是最重要的，不過現在回想起來，金賢成會不高興也很正常。

鄭唯羅的舉動顯然是越權行為。

我隸屬於帕蘭，而負責管理我的人則是金賢成，與我毫無瓜葛的鄭唯羅做出這種舉動本身就說不過去。

站在鄭唯羅的立場來看，她也許是想擴大自己的影響力，或是覺得自己身為前輩有資格說那些話，然而對於在這塊大陸上度過了漫長歲月的金賢成而言，這當然不是在他的常識範圍內所能容忍的事。

換句話說，過度干涉其他小隊的隊員是禁忌，這是個不成文的規定。

而鄭唯羅相當於犯了這項禁忌。

她就是把我們小隊當成了軟柿子吧。

將金賢成說的話翻譯成白話文就是「妳到底算哪根蔥？憑什麼招惹我們家的孩子？」

再加上她不像朴德久那次一樣，去找帶領大家攻掠副本的崔英基反映，還特地把我叫來這裡訓話，做法明顯有問題。

很好，事情進展得非常順利。

待在金賢成溫暖的懷抱中，比我想像中還幸福。

其實在一旁勸架的小姑總是比發脾氣的婆婆更可惡。

雖然要抓到扮演小姑的感覺不容易，但我演起來卻如魚得水，可見這個角色正適合我。

「賢成先生，唯羅小姐應該只是……站在前輩的立場……對我提點了幾句，我覺得她沒有那個意思……」

「不是的，基英先生。就算真的像你說的那樣，她也不該用這種方式。」

「我一定也有做錯什麼事……」

「我可以很肯定地告訴你，你沒有做錯事。」

我的嘴角止不住地上揚，因為我看見鄭唯羅不知所措的表情。

反對鄭唯羅的民意已經飆高到衝破天際的程度。我不過隨便煽動了一下，她就已經確定落選了。

噗哧。

看著這樣的她，我實在憋笑憋得很辛苦。

同一時間，大家對我的鼓勵鋪天蓋地而來。

「基英先生才剛來到這裡不久，可能不清楚……賢成先生說得沒錯，如果唯羅小姐有話要直接對基英先生說的話，至少也應該先徵求隊長的同意。像這樣私底下單獨把人叫出來，指責別人的不是……實在令人難以理解。」

「這樣當然不行啊。即便對方犯了再嚴重的錯，都不該這麼做。」

「雖然帕蘭的小隊經驗不足，還在學習中，但他們也是共同參與副本攻掠的小隊之一。他們又沒有表現得很糟糕，反而都有充分地盡自己的責任……在這樣的情況下，黑天鵝的行徑真的令人無法理解呢。」

魔道公會針對基本該遵守的禮儀發言。

「基英先生沒有錯，我反而覺得他營造了很棒的氛圍。進行攻掠的時候，他其實也很認真……」

「對啊，沒錯，就是這樣。坦白說，難道妳覺得能在這樣的氣氛下進行攻掠很容易嗎？妳去加入其他小隊看看，吵架、說別人壞話之類的事天天都在上演……」

「溝通是很重要的。其實我不懂黑天鵝憑什麼那麼做……」

「嘖……」

連忠於情感的紅色傭兵也齊聲附和。

除此之外，當然還有——

「我覺得這樣真的太過分了，嘖。」

「唯羅小姐，妳做到這個地步有點太過分了吧？我們明明都是一起來遠征的小隊。」

「唉……」

直接針對鄭唯羅本人的指責也如同漫天飛箭般射向她。

除非事前經過縝密的計畫，否則是沒辦法製造出這個局面的。

這就是為什麼平時累積的形象很重要。

「基英哥……你沒有受傷吧？」

「嗯，我沒事，白雪，這沒什麼。」

「兩位之間到底發生了什麼事？」

「沒事，熙英小姐，我剛才說的那些就是全部了。」

其實如果能被賞一巴掌就更好了，但鄭唯羅好像沒有笨到那種地步。

而且要是我說自己受了傷，鄭白雪說不定又會計畫暗殺鄭唯羅，所以現在這樣正好。

總之，目前的狀況對我非常有利。

鄭唯羅一直皺著臉，而我則是不斷收到來自四面八方的安慰。

人們的看法主要都是覺得我不需要道歉，或是認為我製造了良好的氛圍。

我沒做過什麼得罪人的事，還為遠征隊注入了活力，大家會有這樣的反應也是理所當然的。

了。

其實我最好奇的是鄭唯羅這時候會做出什麼樣的反應，不過她能夠選擇的方向早就決定好了。

認錯，然後屈服。

這已經是最好的選擇了，不過這麼做的話，下場當然也不會好到哪裡去。

她的地位本來就不穩了，現在低頭代表她日後會更加沒有立足之地。

即便會得罪一些人，還是要表達出自己有試圖為小隊做出貢獻的事實——她應該要這麼做才對，這才是正確的處理方式。

簡單來說，就是最好表現得不卑不亢。

鄭唯羅的想法似乎也跟我大同小異。

「首先，我向各位道歉。」

她雖然道歉了，但並沒有把姿態放得太低，真是愚蠢。

「基英先生分明是我的隊員，在我的管轄之下。」

「對不起沒有事先知會你，賢成先生。還有因為突如其來的狀況而受到傷害的基英先生，我也向你道歉。」

「這不只是……」

「我的反應可能有點太激烈了，但我覺得該說的話還是要說，因為隊裡實在太缺乏緊張感了。假如我們是由正常的小隊組成的遠征隊，或許沒必要擔心這種問題，可是……」

白痴才會在這種時候辯解。

「身為好歹有一點經驗的前輩，我認為該說的話還是得說，不過我現在已經知道自己用錯方法了。」

「我不知道唯羅小姐為什麼會想要整頓紀律。我們一開始確實有發生失誤，但是據我所知，之後都沒有再發生什麼大問題了。」

「可是還是有發生一些小失誤吧。」

不過鄭唯羅處理得比我想像中還好。

她的意思簡單來說就是：「我雖然有錯，但失誤的是你們吧？說穿了，你們是在搭便車的人，這點事情不是應該忍耐一下嗎？你們又沒有經驗，不就是來學習的嗎？那就要接受這點程度的批評啊。不過我好像確實用錯方法了，抱歉啦。」

雖然是狡辯，卻也是很合理的主張。

如果有很多人聲援她，落選的說不定就是我了，畢竟她的處理方式真的非常優秀。

果不其然，黑天鵝馬上就開始替她發聲了。

「事實上，的確有很多位坦克都在照顧帕蘭的坦克，不是嗎？否則攻掠應該會進行得更順利，我們的負擔也不會那麼重。」

「其實帕蘭的弓箭手也很難說有發揮到身為一名隊員的作用……」

「煉金術師其實也不是戰鬥職業……」

鄭唯羅在道歉的同時，還是對我們小隊緊咬不放，自然而然也開始有人提出反對意見。

「可是他們又沒有妨礙到大家，鄭白雪小姐的魔法實際上對我們提供了很多幫助，宣熙英小姐就更不用說了……」

「我們有好幾次都受到了他們的幫助，我覺得你們現在就開始評斷才有問題。」

然而，成為爭議的焦點不是一件好事，這樣等於站上了沒有意義的審判臺，無論風向是好是壞，都對我不利。

現在的首要之務是盡快走下審判臺，然後讓黑天鵝站上去。

就在我煩惱著該用什麼樣的方式開口時，金賢成略顯僵硬的神色出現在我的視野中。

果然，就算金賢成是佛祖轉世，也是會生氣的。

金賢成一看就是不懂政治的人，不過他一定也知道我們小隊現在被用政治手段針對了。

「我希望以後不會再有同樣的事情發生，如果有話要對我們小隊說，請直接告訴我就可以了。」

「好的，真的很抱歉，賢成先生。還有為此操心的帕蘭小隊隊員們，我感到非常抱歉。特別是基英先生，真的很抱歉。」

「沒關係，雖然我確實有點嚇到就是了。」

「我也嚇了一跳，沒想到你會覺得受傷……我們可以下次再另外聊。」

「嗯……我也沒有覺得受傷，只是有點不知所措而已。」

那女的雖然讓我們站上了審判臺，但她自己也承受了很大的損失。

她不可能不知道一旦失去輿論的支持，政治生涯就結束了。

我想她或許掌握著能夠翻轉輿論的方法，不對，我不用看也知道她手上握著什麼樣的牌——她會更努力地為這支遠征隊做出貢獻。

也就是營造出之前是為了遠征隊的安全著想，才會刻意扮演反派角色的感覺，但是對我來說，把假的反派變成真的反派易如反掌。

該怎麼做呢……

我有很多選項可以選。

那女的雖然裝出一副從容不迫的樣子，實際上卻只是躲開了一次將死的命運。

她已經被貼上了「國民討厭鬼」標籤，只要利用這個輿論風向，就可以孤立她，不過金賢成好像並不想用這麼單純的方式解決。

「大家可以過來集合一下嗎？」

「好。」

其他人大概是看出了我們小隊的隊員之間有話要說，因此都稍微為我們讓出了空間。金賢成看著我們，緩緩開口。

「首先，我很抱歉。」

「你別這麼說，賢成先生不需要道歉，反而是……」

「不，我當初是基於學習的立場選擇參加這次遠征的，但我沒想到各位會像這樣被其他小隊無視。」

也不算是被無視啦……

「儘管大家應該都確實從中學到了很多東西……」

「是的。」

「但是從現在開始，我不會再讓這種事發生了。」

金賢成本來就是個富有責任感的傢伙，他現在看起來是真的生氣了。

看到他緊緊咬著嘴唇的樣子，我覺得他可能另有打算。

「我們稍微調整一下位置。我會再到更前線一點的地方去，德久先生繼續照之前那樣就好，我也會另外針對使用魔法的時機下達指示。熙英小姐可以不用顧慮我，請稍微把注意力更集中在德久先生身上。藝莉就和平常一樣……」

「是。」

「白雪小姐可以再稍微把火力提高一點，因為有熙英小姐看著德久先生。」

這小子本來就絕對不是一顆軟柿子。

我這才明白金賢成在想什麼。

他之前一直沒有站上第一線，說到底都是為了我們。

我不確定他為什麼要那麼做，但想必有很多原因，可能是想讓我們更熟悉打怪，也可能是想避免我們太過自滿。

畢竟所有人都在關注我們小隊，而我們實際上也因為一直過得很安逸，而逐漸失去了以前那股迫切感。

那我就心懷感激地搭上便車了。

想讓鄭唯羅吃癟的人不是只有我一個了。

我望著緊握利劍的重生者，著了魔似地點了點頭。

第031話　乘坐感

「我覺得她實在是太過分了。」

「什麼？」

「我是說鄭唯羅。」

「是喔。」

「嘖，該說她過度執著於成果嗎……在她麾下的人大概也很辛苦吧。」

「原來如此。」

「基英先生不用太在意，沒有人會覺得是你不好，我們魔道公會的人也都在說鄭唯羅太過分了。」

「太好了，我還擔心自己是不是給大家添麻煩了呢……」

「不會不會，不管到哪裡都有製造紛亂的人嘛，我現在才知道原來『和別人一起進入副本就可以確認他的人品』這句格言是真的。我還以為她至少懂得遵守最基本的禮儀……總之我們最近可能不會再和黑天鵝合作了，尤其是跟鄭唯羅那個女人。」

「我們紅色傭兵也一樣。」

「在我看來，倒也不是完全不能理解她的想法……」

「基英先生就是人太好了，干涉其他小隊的事可是越權行為，而且她竟然直到最後都還在大言不慚地邀功……明明真心道歉都來不及了。就算有看不順眼的地方，也應該靠對話解決，或是告知遠征隊隊長才對啊。很多人都以為公會的力量就是自己的力量，雖然這麼說有點失禮，但假如帕蘭還像以前一樣有威望，她肯定不敢吭聲。」

「哈哈哈。」

「話說回來，她當時到底跟你說了什麼？」

「這……我不知道能不能說……」

「你不用擔心，就說出來吧。」

我當然超想說出來的，反正也沒有隱瞞的理由。

「她叫我……不要搞小團體。」

「什麼？真的嗎？她說你在搞小團體？」

「對，她說……她不知道我是來攻掠副本，還是來搞小團體的。我只是想跟魔道公會的各位變熟一點而已……可能我的態度真的太鬆懈了吧。」

「不是的，絕對沒那回事。哈，她居然說你在搞小團體，哈……」

「她還有說另一句話，我不知道能不能說出來……」

「你說吧。」

「就是……她問我……是不是以為在這裡也有傭兵女王罩我。」

「靠。」

我早已料到說出這件事會得到很激烈的反應，有個我不知道名字的紅色傭兵劍士低聲嘟囔著。在那位劍士聽來大概覺得很刺耳。

「會、會被她聽到的。」

「就讓她聽啊，那女的根本就瘋了吧？竟敢不知天高地厚地來找傭兵女王的碴？她算哪根蔥啊？都不把我們放在眼裡了是不是？基英先生，你放心，那個臭女人要是因為這件事而對你不利，我是不會放過她的。她知不知道自己在招惹誰啊……真是令人傻眼。」

「她真的那樣恐嚇你嗎？那現在就應該正式提出抗議才對。她是吃飽太閒嗎？竟然做這種犯罪者才會做的事……」

「不用不用，我真的沒關係，我不想再把事情鬧大了。」

「嘖，我不知道這是不是我個人的偏見，但我覺得選擇盜賊類職業和刺客類職業的人當中好像有很多這樣的人。難怪有人說不要對盜賊用神聖魔法，應該叫他們自己去後方拿繃帶包紮。都是因為有那種女人，才會有人說這種話。」

「哈哈……」

適時做做勸阻的樣子很重要，我從頭到尾都只需要扮演小姑的角色，不用站上前線，風向就已經大致形成了。

那就是將鄭唯羅視為全民公敵。

剛才的對話還不是全部，歷經那場騷動後，每個人都說了一句溫暖的話安慰我，而且都不約而同地罵了鄭唯羅一句，對此毫不遲疑。

她讓我們站上審判臺，自己卻付出了更大的代價。這是理所當然的。

鄭唯羅後來才察覺到事情的嚴重性，也開始到處探聽消息，結果當然是無功而返。

因為在場的所有人都知道是她自己說「太常搞小團體不是一件好事」的。

這都是我在背後努力發揮口才的成果。即便她現在想控制輿論，也為時已晚。

這就是為什麼平常好好做人很重要，她的行為任誰看了都知道是在亡羊補牢，讓我忍不住笑了出來。

她越是掙扎，人們看著她的冰冷視線就越明顯。

尤其是隨著鄭唯羅提到傭兵女王的事曝光，她在紅色傭兵公會裡的評價完全跌落谷底，就連幾乎算是遠征隊隊長的崔英基都只好叫隊員再忍一忍。

實際上已經有幾個人怒氣沖沖地說他們沒辦法和鄭唯羅一起攻掠副本了，崔英基站在調解的立場上，想必也吃了不少苦頭。
「好了，那我們繼續前進吧。」
「是。」
總而言之，鄭唯羅在這裡的立足之地正在消失。
這樣的情況下，她只能在接下來的攻掠中盡可能展現出活躍的表現，才有機會挽回局勢，不過從金賢成散發的氣場看來，那恐怕也不容易。
對她來說，最理想的狀況就是能趁我們失誤時落井下石，跳出來說「我早就知道會這樣了」。說得極端一點，她搞不好正在期待我們出事。
「啊，那我先回去了。」
「好。」
我們小隊裡的氣氛變得有點不一樣了，感覺每個人的臉上都寫著「不可以再出錯」。不知道是不是因為金賢成散發出了微妙的氣場，大家都開始專注起來。
那小子擁有引導他人和改變氣氛的力量，確實是當隊長的料。
「德久先生，你不用緊張，只要盡量專注於後方就好。」
「知、知道了。」
「藝莉，妳就集中攻擊被劍砍中的地方，其他地方都不用管，知道嗎？最好可以注入魔力。」
「好。」
「白雪小姐和基英先生一直都表現得很好。」
「謝謝。」
「熙英小姐可以不用顧慮我……」
「是，我記得，賢成先生。」

「好。」

其他隊員也莫名熱血了起來，甚至希望怪物乾脆趕快出現。

在一片安靜的氛圍中，我們轉眼間便離開了安全區。

由於無法得知怪物會在何時從哪裡冒出來，弓箭手都在小心翼翼地環顧四周。

這座副本雖然名叫恐怖的「庭院」，周遭環境卻像一片巨大的叢林，難以區分植物和怪物，因此大家都繃緊了神經。

正當我和其他人一樣觀察著情況時，耳邊傳來了金賢成的聲音。

「請念誦咒語。」

「好。」

我不需要問他現在為什麼要念咒語，因為我知道只要照他說的去做，就能迎向光明的未來。

鄭白雪也點點頭，開始慢慢配合我的速度。

「主啊。」

「請賜予我不被剝奪的力量。」

「請賜予我守護的力量。」

「請賜予我火花。」

「請賜予我風。」

鄭白雪好像很喜歡聽見我們的聲音像這樣穿插。

我看著她配合我念誦咒語的速度注入一波波魔力，彷彿堆疊和音一般，那種感覺也讓我相當樂在其中。

我在催化劑中注入魔力，持續堆起魔力之塔。

「準備戰鬥。」

當崔英基宣布進入戰鬥狀態，我這才知道金賢成為什麼要我們先念咒語。

一隻體型龐大的中型怪物出現在眼前，甚至比最一開始看到的傢伙還要巨大。雖然前鋒在前方把守，他們看起來卻有點退縮。不過──

我相信我們的重生者。

「咕喔喔喔喔！」

此時，金賢成往前衝了出去。

「你在做什麼？」

我聽到鄭唯羅抓住機會想挑金賢成的毛病，卻完全沒有毛病可挑，因為怪物注視的是朴德久所在的方向。

宣熙英按照金賢成的建議，集中對朴德久使用神聖魔法。

怪物巨大的拳頭還來不及落在朴德久身上，牠的其中一隻手臂就被砍得皮開肉綻。

不用看也知道是誰在那隻手臂上留下了傷痕。

金藝莉也沒有給怪物喘息的機會，她按照金賢成說的，朝怪物的手臂射箭。

眼前的怪物頓時失去了一隻手臂。

目睹那樣的場面讓正在準備抵擋下一波攻擊的朴德久看起來有點驚慌，不過他隨即像是被什麼東西迷惑般，開始朝右方移動。

我不知道前線是什麼狀況，但是在我看來，就像金賢成決定了朴德久該往哪裡移動一樣。

怪物打算用僅存的一隻手臂壓扁朴德久，正當牠即將粉碎盾牌時，那隻手臂也被利劍砍了下來。

怪物失去兩條手臂後，露出了身軀，我當然知道接下來該做什麼。

「請發動魔法。」

「火焰。」

「暴風！」

我和鄭白雪幾乎在金賢成開口的同時一起念出了咒語。

雖然設計這套組合技的用意是要為我的火焰咒語增加攻擊力，但其實攻擊力有很大一部分是由鄭白雪撐起來的。

從植物巨人的腳下向上攀升的火焰風暴立刻將牠吞噬，那傢伙很快就在震耳欲聾的悲鳴聲中倒下。

朴德久似乎站在巨人倒下的範圍內，不過有宣熙英看著他，應該不會有事。

「下一個。」

金賢成的能力值絕對沒有特別高，實際上可能和其他人相去不遠。

關鍵在於比能力值更根本的東西上，經驗、直覺——我沒辦法給它一個明確的定義，但我至少切身體會到了金賢成正在領導我們的事實。

感覺他不斷在告訴雙馬尾小鬼金藝莉放箭的時機，並為朴德久指路。

我和鄭白雪也一樣，他一直在引導我們該如何攻擊、該在什麼時間點念誦咒語。

他並沒有開口對我們一一說明，但我就是能感覺到他像這樣精準地下達了指示。

在我迅速重念咒語的同時，怪物正好露出破綻，於是我看準時機瞄準，再次將魔法轟了過去。

其他小隊都還沒對朴德久伸出援手，他自己就像著了魔似地移動著位置。

這是我第一次覺得打怪很簡單。

我和鄭白雪所要做的事就只有念咒語、發射魔法，再念咒語、再發射魔法而已。

雖然這是因為怪物的攻擊模式很單純才有可能辦到，但我還是完全無法理解這當中的原理。

我想都沒想過能親眼看到僅憑一道咒語就能擊倒一隻怪物的絕景。

儘管其他小隊也都專注於對付自己眼前的怪物，我們小隊突如其來的改變還是令他們瞠目結舌。

鄭唯羅則是露出了有點錯愕的神情。

她用一副「這一定是哪裡搞錯了」的表情看著我們。

我是有想過搭重生者便車應該會很爽，但正式上車後的體驗簡直超乎我的想像，太過舒適的座椅甚至讓我想躺下來。

「下一個。」

這個乘坐感也太讚了吧？

我有一種自己好像也加入了怪物級高手行列的感覺，嘴角不由自主地開始上揚。

原來這就是搭便車的感覺啊。

其實用「搭便車」還不足以形容，因為就連搭高級轎車都沒有這麼爽。

＊　＊　＊

其他人的嘴巴已經張到不能再大了。

他們會有這樣的反應也很正常，畢竟金賢成現在的模樣實在讓人很難相信他才來到這裡不到一年而已。

這並不是指他的能力值很高，而是指他展現出的身手讓人覺得他的能力值比目前的實際數值高出了兩倍。

我不是近戰手，很難做出什麼評價，但換個角度來看，連我這個外行人都能看出金賢成的特別，我想應該也不用再多說什麼了。

包括紅色傭兵的崔英基在內，其他人在想什麼顯而易見。

「怪物」或者是「天才」，他們的想法全都寫在臉上了。

當然，得到高度評價的不只金賢成一人，我和鄭白雪也展現出了火力超乎眾人想像的魔法。

其實我有一半的時間都是靠鄭白雪掩護我，但除此之外，我也有用不受火力限制的魔法紮紮實實地攻擊到敵人，令人留下深刻的印象。

負責支援朴德久的宣熙英，還有盡到自身本分的金藝莉也一樣。

感覺我們現在才終於成為了一支完美的隊伍。

說得誇張一點，我甚至覺得這一連串的打怪過程很有趣。

人們通常在拼對拼圖時，會有一種心靈受到淨化的感覺。

而想要透過打怪來淨化心靈當然不是一件容易的事，基本上能在打怪過程中產生這種感覺就已經很令人驚訝了。

我們親愛的重生者光是站出來領導小隊，就能為小隊帶來這麼大的改變，真是不可思議。

我們確實和以前不一樣了。

至少在我眼裡看來，我們現在是一支完美的小隊。

我在持續念誦咒語的同時偷偷看向鄭唯羅，她驚慌失措的表情映入眼簾。

說到底，鄭唯羅那股莫名的自信正是源自於打怪，現在看到我們如此卓越的表現，會感到慌張也是當然的。

她原本的計畫應該是當一個不在乎輿論對自己的評價，一心只為遠征隊著想，而不得不扮演反派角色的人。

反正不管她做出什麼選擇，都無法改變對外形象惡化的既定事實，這麼做至少還能向媒體宣稱都是多虧她主動扮黑臉，副本攻掠才得以進行下去。

看到她所有的計畫都逐漸泡湯，我覺得自己就快笑出來了。

「下一個。」

我鬼使神差地念了咒語，並將魔法投擲出去。

每當那些怪物一個個倒下，不知為何都有一股顫慄感竄上背脊。

鄭唯羅的表情越扭曲，我嘴角的上揚幅度就越大。

最後，當眼前的怪物全都被擊倒在地時，現場瞬間被微妙的沉默籠罩。

大部分的人都愣愣地看著金賢成，不確定剛才那場戰鬥是不是真的。

崔英基大概是受不了這漫長的沉默，率先悄悄開口：「看來這世上真的有天才呢。」

「你過獎了，我只是看著大家有樣學樣而已。」

「沒那回事，我想不只是我，在場應該沒有任何人能模仿你的動作。與其說你有很好的能力值，該怎麼說呢……不如說你給人一種像是身經百戰的戰士一樣的感覺吧。老實說我都覺得有點慚愧了，不只愧對賢成先生，也愧對你的隊員們。」

「這……」

「感覺你的隊員整體上也產生了很大的變化。其實當初聽說帕蘭花重金聘用你們的時候，我還想說會不會有點太誇張了，但是看到你們現在的模樣後，我切身體會到了帕蘭的判斷是正確的，看來帕蘭再過不久就能找回昔日的威名了吧。」

「不敢當。」

「哈哈哈，你們以後要是有好的發展，可不能忘了我喔。」

我是絕對不會忘記崔英基這樣的人才的，以後當然會對他很好。

對我們小隊另眼相看的不只崔英基一個人。

這一戰雖然好像打得糊里糊塗的，但表現良好的朴德久和金藝莉都吸引了眾人的注意，甚至還導致大家耽擱了收拾怪物屍體的工作。

我將怪物屍體翻來翻去，想看看會不會出現能用在研究上的東西，不過目前為止還一無所獲。

在一片和樂融融的氛圍中，唯一一個看起來不開心的人就是鄭唯羅。

她接下來要出什麼招呢？

我最好奇的還是她要選擇什麼路線，這次她也有兩條路可選——為了維持友好關係而屈服，或是堅持原本的態度。

要選擇第一條路線的話，必須先滿足一些條件。她的臉皮要夠厚，厚到可以若無其事地收回自己之前說過的話，人格還要夠卑劣，才能毫不在意地拋開自尊。

這看似容易，實則不然。雖然我可以毫無顧忌地放棄面子和自尊，但是對一般人而言，這意外地是一件很困難的事。

尤其是對於像鄭唯羅這種地位的人來說更是如此。

真正身居高位的人，是會為了守護自己認為有價值的東西而放下自尊的，比如會為人民低頭的政治人物或企業家就是如此。

我不在乎他們會不會在背後罵人畜生或鼠輩，至少他們會在人前道歉，並表現出尊重的態度。

然而那些地位不高不低的人卻沒辦法將如此簡單的事情付諸行動，因為他們認為自己的自尊心是最重要的，低頭是一種恥辱。

雖然這只是我個人的想法，但我認為這兩者之間的差異才是判斷和我同類型的人類是一流還是二流的標準。

鄭唯羅，妳是一流還是二流呢？

只見她的臉扭曲在一起，看起來心情很複雜。

在我看到鄭唯羅緩緩開口的同時，我意識到了她還停留在二流的事實。

「你們的表現是很出人意料沒錯，不過你突然衝出去有點嚇到我了。」

看來她不適合從政啊。

她打從一開始就不是我的對手，枉費我之前還覺得這場無形的競爭會是持久戰，簡直像笨蛋一樣。

「我不太懂妳在說什麼。」

「如果你事前就打算變更位置，不是應該先跟我們說一聲嗎？雖然這次戰鬥的結果不差，但我希望你也能想想那樣會讓我們多麼驚慌。」

「鄭唯羅小姐，妳現在……」

「我有說錯嗎？都是因為賢成先生的關係，才會害我們這邊的陣形亂掉吧？其他人難道不這麼想嗎？」

「我們是有點被嚇到，但還不到反應不過來的程度。況且我們的陣形也不會因為一名劍士到前方去就崩潰，反而是多虧有帕蘭的積極行動，我們才能更輕鬆地打贏，這妳不可能不知道吧。」

「我當然不是說他們沒有半點功勞，我只是想說他的行動讓人有點驚慌而已。再說，既然他有這樣的身手，不是應該從一開始就站出來行動嗎？」

看到她完美地演示什麼叫發神經，實在太令人欣慰了。

「我們小隊的隊員們之前可能是因為還沒適應副本，所以行動起來都很謹慎，尤其是德久先生和藝莉，兩個人都遇到了一點困難。現在大家好像都適應得差不多了，才試著做出行動……沒有事先告知各位，我真的感到很抱歉。」

「我這麼說並不是為了得到你的道歉，賢成先生。」

她為了守住那微不足道的地位而開始長篇大論，但人們當然不可能給她好臉色看。就算我沒有事先動手腳，事情演變到了這個地步，也可以說是她在自掘墳墓了。

當然，鄭唯羅的主張並非毫無道理。

金賢成確實做出了突發行動，因此鄭唯羅可以根據這個事實，假裝自己真的有被金賢成嚇到。

假如鄭唯羅和金賢成的立場互換，而鄭唯羅使出渾身解數強調自己是受害者的話，或許還有機會成功。但鄭唯羅不過幾個小時前還是飽受眾人抨擊的國民討厭鬼，會有人對她投以友善的目光才怪。

「我覺得妳說得有點太過分了，唯羅小姐。」

「她以為自己是誰啊？真搞不懂她幹嘛一直找碴耶。」

「不誇獎人家做得好就算了，還打擊別人的信心，這樣像話嗎……再怎麼嫉妒帕蘭小隊也不該這樣吧。」

「嘖。拜託，都看到剛才的情況了，妳怎麼還有話說啊？我看該振作的不是賢成先生，而是唯羅小姐吧。」

「你剛剛說什麼？」

「要我說幾次都可以，我是真的忍無可忍才開口的。真搞不懂妳為什麼這麼急著想抓住人家的把柄。」

「我是為遠征隊好才那麼說的。」

「什麼為遠征隊好……妳最好有在為遠征隊著想。」

「妳什麼事都不要做才是為遠征隊好。」

紅色傭兵尤其說了不少難聽的話，甚至到了讓人覺得有點過火的程度。

看著衝突越演越烈，便能實際感受到鄭唯羅的政治生涯玩完了。

她漲紅著臉，而黑天鵝的其他人雖然用盡方法試圖收拾局面，卻已經回天乏術。

就連一直居中斡旋的遠征隊隊長崔英基臉色也不太好看。

其實我也想光明正大地罵鄭唯羅，雖然沒辦法成為罵人的那一方是我的千古遺恨，不過只是在一旁煽風點火的話感覺還是可行的。

我拚命思索要怎麼開口，但這其實並不容易。因為我自始至終都必須站在受害者的立場。

首先，我得徵求金賢成的同意。

我偷偷望向金賢成，便看到他盯著我的眼神。

我沒有直接問出口，但他應該看得出來我想發言，因為我毫不掩飾地用閃亮亮的眼神看著他。

我用眼神向他傳遞了這樣的想法：「哥可以說句話吧？畢竟我很會說話嘛，賢成。」

接著便看見他慢慢地點了點頭。得到允許後，我馬上開口。

「請問我可以小心翼翼地說句話嗎？」

我一出聲，眾人的視線就落在了我的身上。

「當然可以。」

捉弄人是一件很有趣的事。

雖然之前躲在「輿論」這道牆後面觀察鄭唯羅也很有趣，但果然還是當面捉弄和挑釁對方更符合我的喜好。

「其實我覺得很對不起大家，雖然我說自己很努力，但好像還是給大家添了一些麻煩……」

「沒、沒那回事。」

「尤其是對黑天鵝的各位，我真的感到很抱歉，特別是對鄭唯羅小姐。」

我用一種微妙的表情看著她，她很快就有了反應。

「其實我和包括賢成先生在內的好幾位隊員都聊過了。我想大家應該都知道，我們打從一開始就是以累積經驗為目的參與這次副本攻掠的。帕蘭公會其實也只有我們小隊可以進入稀有級副本，不過憑我們的資歷，實在很難不給大家添麻煩。」

「沒那回事，基英先生。」

「不，關於這部分，我是真的覺得很抱歉，所以才會盡我所能，希望在攻掠以外的部分也能幫上各位的忙，但我可能做得不夠好。事實上，鄭唯羅小姐似乎就對此感到不太滿意。雖然我們小隊的隊員們都下定決心要再多加把勁，但我剛才看著打怪結束後的狀況，好像明白問題到底出在哪裡了。」

鄭唯羅的神情顯得相當不安，看來是以為我會針對她。

雖然那麼做也不錯，但那並不是正確答案。

我呼出一口氣，接著緩緩開口說下去，視線中映照出的是眾人略顯驚慌的表情。

「我覺得我們好像製造了紛爭。」

「什麼？」

「我們小隊好像在這支遠征隊裡引起了紛爭。」

「啊……」

「我是有想過會有人對我們感到不滿，但沒想到我們會讓人不自在到這種程度。我們並不是為了把場面搞成這樣才來到這裡的……對此我向各位致上誠摯的歉意。」

「你別這麼說。」

「我當然知道遠征隊的氣氛對於副本的攻掠有多麼重要，我在進入副本前也有在前輩們的紀錄裡看到這一點。雖然非常可惜……但我們不應該再做出失禮的舉動，給各位添麻煩了。」

「等等，那種事……」錯愕的驚呼聲此起彼落。

其實我很想說到最後，不過感覺還是應該由隊長來說比較恰當。

金賢成經過深思熟慮後，像是明白了我的意思般，點點頭後開口：「我們帕蘭小隊好像應該在此折返才對。」

接得好！他知道我在想什麼，這讓我感到非常欣慰。

金賢成話音一落，現在的氣氛當然又隨之驟變。

「等等，帕蘭不需要這麼做，有問題的反而是另一方……」

「你不用這樣幫我們說話。是我們引起了紛爭……」

輿論原本是我的盾，現在又成了我的槍，開始刺向黑天鵝。

崔英基似乎也很苦惱，但我想紅色傭兵成員的立場早就已經決定好了。

「你們並沒有幫不上忙，反而比我們想像中還要努力。雖然發生過失誤，但那部分我們當然可以理解。引起紛爭的反而另有其人。」

節奏很棒，旋律也很悅耳。

「鄭唯羅小姐。」

「……」

「必須對妳說這種話，我真的覺得很抱歉。我知道妳這段時間很辛苦，但是……為了順利地進行攻掠，可能有些部分得請妳諒解。」

「你現在這是……」

「我們會認可妳擁有一部分的副本獎勵所有權。」

「你真的……」

「我想建議妳退出遠征隊。」

那瞬間，我在腦海中描繪的畫面完成了。

第032話　最重要的要素

「我想建議妳退出遠征隊。」
那是可謂如畫一般的經典場面。
以鄭唯羅為首的黑天鵝隊員全都目瞪口呆，不知道現在是什麼情況。
他們會露出那樣的表情也不無道理，那正顯示出這個情況對鄭唯羅來說有多麼突然。
她肯定不知道我為了走到這一步，背地裡做了多少縝密的事前準備工作。
這就是所謂的輿論，即便原本看起來平靜無波，只要在導火線上點一把火，事情就會膨脹到難以掌控的地步。
尤其是在受害者和加害者很明確的狀況下，更是如此。
「你在開玩笑吧？」
鄭唯羅無法置信地反問，那副模樣相當可觀。
那當然不是玩笑。
鄭唯羅大概是親眼確認了崔英基的表情是認真的，只見她緊緊閉著嘴巴。
「這不合理。」
「不，這是我站在帶領遠征隊的立場做出的合理判斷。」
「呵……」
「我知道鄭唯羅小姐想做什麼，也知道妳一直以來的貢獻，還有妳對這支遠征隊的付出比誰都要多，但我想我們可能很難再繼續同行了。」
「既然你都知道，怎麼還說得出剛剛那種話？」

「我別無選擇，我認為遠征沒辦法在這樣的氣氛下繼續進行。我不知道妳對帕蘭小隊有什麼意見，但妳表現出了很多不合常理的反應。」

「我說那些話都是為遠征隊好，我對帕蘭小隊當然不抱任何情緒，有問題的反而是……！」

她一定是想喊出我的名字。

我悄悄瞇起眼睛，對她笑了一下，她立刻露出咬牙切齒的表情，讓人一眼就能看出她有多麼憤怒。

噗。

她此刻大概正在心裡怒吼這世上所有用來詛咒人的句子吧。

這不免讓我更想再激她一下，也不忘對崔英基補上一句：「沒、沒關係啦，崔英基先生，你不需要這麼做。」

「不，基英先生，這麼做會比較好。引起紛爭的隊員總是免不了引發重大事故，不對，是遲早一定會出事。」

「你現在是在說我引起了紛爭嗎？」

「對，我就不說為什麼了，妳應該心裡有數。」

「那種事……」

「唯羅小姐的行為已經超出常人可以理解的範圍了，妳也在這個世界待了很長一段時間，我相信妳會理解我的決定。即便妳覺得自己的行為是合理的，多數人還是覺得跟妳相處很不自在。就算是為了其他隊員好，我也希望妳能做出決定。」

「真是令人無言……你說『理解』？」

鄭唯羅似乎還沒搞清楚自己的立場，仍舊一臉委屈。

這種人居然是我的政敵，我只覺得荒謬。

我現在可以很肯定地說出來了——這個女人很無能。

而且無關打怪實力或資歷，她就是不適合當領導者。看到她表情產生微妙變化後，我更是這麼認為。

她看著我和崔英基的眼神變得有點不尋常，大概正忙著在腦內推理，試圖找出我們之間有什麼關聯。

或許她只需要一瞬間，就能得出屬於她自己的結論，去解釋崔英基和我在她面前的言行。因為我們之間有「傭兵女王」這個交集。

「我終於懂了，崔英基先生。」

「我聽不懂妳在說什麼。」

「我之前聽說你為人光明磊落、講求信義，還以為你是可以信任的人……結果你打從一開始就計畫好了吧？」

我就知道。

「傭兵女王跟你說了什麼嗎？拜託你照顧她養的小白臉嗎？你打從一開始就打算把我們公會趕走吧？真是傻眼……沒想到你在人前裝出一副正直清廉的樣子，結果卻是這樣的人。怎麼？看來傭兵女王要你討好李基英那小子，這樣她就會給你好處，是吧？」

「唯羅小姐，妳是不是說得有點太過分了？熙拉姐……和這件事沒有任何關係。」

腦內劇場正常運轉中。

「你這傢伙給我閉嘴。」

「不要激動……請妳慢慢說。」

鄭唯羅一副破罐破摔的模樣，令人不忍直視。

她現在的心情大概就像開著方向盤故障的八噸卡車衝向青瓦臺[2]一樣。

雖然導致她變成這樣的關鍵因素是我隱約帶有挑釁意味的語氣和表情，但我沒想到她會完全上鉤。

「真好耶，有人只是陪傭兵女王睡了幾次，就能得到免費道具，還能留下美好的經驗。攻掠副本對你來說就只是鬧著玩的吧？既然如此，我還真不知道你為什麼要加入帕蘭，你加入紅色傭兵不就好了嗎？」

「唯羅小姐。」

她說得越多，就越為自己的形象扣分。

聽到傭兵女王久違地被提及，也讓鄭白雪看起來不太高興。

雖然我覺得差不多該阻止她再繼續說下去了，但那女人突然改變的態度似乎讓大家都很不知所措。

不對，嚴格來說並不能算是「不知所措」，因為崔英基看起來正在極力壓抑怒氣。

「唯羅姐，別、別說了。」

「唯羅姐，請妳別再說了！」

「放開我，妳們這些瘋女人。我不知道紅色傭兵有多了不起，但你以為我們公會知道這件事以後會善罷干休嗎？任誰看了都知道是帕蘭和傭兵在打壓我們公會吧！這不合理！我要正式提出抗議！」

匡！

我看見原本不停喊冤叫屈的鄭唯羅閉上了嘴巴。

2 韓國古蹟，一九四八年至二〇二二年作為總統府使用，曾是韓國的最高權力象徵。

原因就在於眼前的崔英基。他將拳頭砸向了一旁的牆壁，顫抖的臉龐顯示出他有多麼憤怒。

這麼說來，他之前是不是說過沒有傭兵女王，就沒有現在的他……

我記得不太清楚，不過應該有這麼一回事。

鄭唯羅不僅提到了正義的英基先生無比尊敬的熙拉姐，還說了一連串諸如「小白臉」、「陪睡」的瘋話，他會有這樣的反應也情有可原。

她恐怕激動到連自己說了什麼都不記得了，但她應該沒有笨到在這樣的氣氛下還搞不清楚狀況。

看到強忍怒火的崔英基和其他紅色傭兵們，不只是鄭唯羅，連我都提心吊膽了起來。

我的雙腿不由自主地開始打顫。雖然我看到崔英基的能力值時就心裡有底了，但崔英基下意識釋放出的殺氣簡直令人喘不過氣。

金賢成也許知道我的狀況，他一朝我伸出手，剛才的感覺就逐漸消失。

「啊，謝謝。」

或許是因為車熙拉比我想像中更有聲望，崔英基的表現遠遠超出自己所屬團體的首長被人侮辱時該有的反應。

坦白說崔英基光是沒有揮劍就讓我想稱讚他了。

這傢伙讓人有點眼饞耶……

要是沒有朴德久，我可能會考慮邀請崔英基加入我們，畢竟他看起來都已經氣成這樣了，還能控制住自己，就證明他不是個是非不分的人。

鄭唯羅被衝著自己而來的殺氣震懾了，嘴巴一開一合，卻說不出話來。

從她的能力值看來，她是抵擋得了那股殺氣的，但另一方面，她一定發現自己失言了。非常好。

感覺炸彈彷彿隨時都會爆炸，而崔英基在這樣的狀況下靜靜地開口。

「妳要說的話都說完了嗎？」

「那個……」

「我希望妳可以現在立刻離開。」

「我剛才太激動了，抱歉……」

「我已經說了，請妳現在立刻離開，我不想再聽到妳說任何一句話。之後我會按照剛才所說的，幫妳保留妳的所有權持分。」

「我……」

匡！一聲巨響再次響起。

「我說請妳離開。」

映入眼簾的是一張蒼白的臉。

我只能時不時偷偷對鄭唯羅露出嘲諷的笑容，儘管如此，還是十分痛快。

一股顫慄感竄上背脊，我的心情無須多言。

「我希望妳可以現在就離開副本，唯羅小姐。我們魔道公會可能也很難再繼續跟妳共事下去了。」

眼前的小隊長們在形式上的發言還算有遵守禮儀，但是從背後傳來的聲音就有點可怕了。夾雜著各種髒話的叫罵聲傳入耳中，讓人感覺彷彿正在看著中世紀獵巫現場的現代版。唯一的不同是，鄭唯羅真的是女巫。

那女人根本就已經站上了火刑臺，只差沒有被丟石頭而已。

事到如今，她一定很想說自己不是女巫、想發出無聲的吶喊，不過群眾對她扔石頭的動作是不會停止的。

她緊咬的嘴唇都滲出了鮮血，充血的雙眼也流下淚水，不知道有多委屈。雖然她看起來極力想要忍住奪眶而出的淚水，但那並不是說忍就能忍住的。

嘻嘻。

隔岸觀火不管什麼時候都會給人帶來一股心靈被淨化的感受，尤其是當我親手放了那把火的時候。

結果又過了一會，我看見鄭唯羅一言不發地從我旁邊走過，不過她瞪著我的眼神讓人感覺到她似乎對我懷抱著難以想像的怨恨。

我在那短短的一瞬間勾起嘴角，又感覺到她經過時撞了我的肩膀，我的身體稍微往後倒了一下，可見她撞得多大力。

哎唷，我當然不覺得害怕，也不覺得危險。

我的個性本來就是一旦咬住對方，就要看到對方斷氣才會安心，所以我只考慮之後會發生的事。

說不定對我懷恨在心的瘋女人會從背後捅我一刀，所以還是趁現在確實做個了斷比較好。

因為說錯一句話而葬送人生這種事，我以前看多了。

我猜這裡應該和現代社會沒什麼不同，因此這次的事情一定也會按照我想的發展。

我和鄭唯羅之間所發生的事已經很難再視為政治鬥爭了，而是單方面的欺壓。

換個角度來看，也可以說是代價昂貴的一課。

然而，政治最重要的兩項要素中，還剩下一項。

「那我們出發吧。」

「好。」

「很抱歉把氣氛搞得這麼尷尬。」

「不會，我們才覺得抱歉……」

那就是關於媒體的部分。

她一定以為這件事已經結束了。

但我是個比她想像中更狠毒的人。

＊　＊　＊

〔您已成功攻掠稀有級副本恐怖的庭院，目前確認之人數為（18—30）人。〕

熟悉的聲音在耳邊響起，是非常令人高興的聲音。

眾人的臉上都浮現了一絲成就感，看到這幅景象的我悄悄對著身旁的崔英基開口搭話，說的當然不是什麼特別的話題，只是聊聊第一次成功攻掠副本的感想。

「稀有級的副本大部分都是這樣的嗎？」

「對，通常都比較單調一點，只要抓住怪物和魔王，就算攻掠完成。我聽說英雄級和傳說級的副本會有各式各樣的條件……說起來有點難為情，其實我也還沒去過。」

「原來如此。」

「實際上，據說目前為止也只在神聖帝國發現過一次傳說級的副本而已。」

「這樣啊，那英雄級的副本比較多嗎？」

「其實英雄級副本也不算常見，我們攻掠的這個『恐怖的庭院』在稀有級中看起來也只是低階副本而已，其他的副本構造可能會不太一樣。」

「原來如此。」

「總而言之，我很抱歉在攻掠過程中讓你經歷了有點尷尬的狀況。」

「不會，我們反而覺得更抱歉。」

我看見崔英基對著我微微低下了頭，從他的表情看來，似乎不是嘴巴上說說而已，而是對於意料之外的變故真心感到抱歉。

我不禁感到一陣心虛，但我當然不能表現出來，只能笑一笑，否認自己的心虛。

「老實說，託你的福，我有了一次很棒的遠征體驗，感覺也比較了解所謂的副本是什麼樣的地方了，還得到了這麼好的道具……」

「你別這麼說，我認為憑你的付出是值得拿到那些道具的。不只是我們紅色傭兵，魔道公會應該也是這麼想的。沒辦法幫你爭取到更多，我還覺得抱歉呢。」

「哈哈哈。」

我往旁邊瞥了一眼，便看到金賢成也在和魔道公會的人談話，內容大概和我跟崔英基現在的對話大同小異，像是這段時間非常感謝、下次再一起吃飯等等。

從鄭唯羅退出後的團隊氣氛看來，或許近期內大家還會再重聚也不一定。

這支遠征隊的組成本來就不差，被眾人視為眼中釘的鄭唯羅消失後，隊伍更是進入了狀態。

氣氛當然也變得比之前和睦，打怪過程中一直都伴隨著笑聲。

最主要的原因當然是因為隨著國民討厭鬼鄭唯羅消失，遠征隊內部達成了全民大團結。

不過除此之外，其實之前還存在著其他問題，那就是韌性值整體偏低的黑天鵝加重了紅色傭兵的負擔。

當紅色傭兵少了需要顧慮的事，他們的前鋒便如魚得水，開始積極出擊，各家公會的祭司也可以將更多的注意力放在原本的任務上。

就結論而言，鄭唯羅在遠征期間不斷大呼小叫的理由總算浮上了檯面。

她知道自己的小隊不適合攻掠副本，即便按照正常的程序完成攻掠，她也得不到多少東西。

換句話說，若是純粹從計算利弊的角度來看，中途退出對她來說是最有利的。不必動一根手指就能得到獎勵道具，想必很幸福吧。

「話說回來，那樣真的沒關係嗎？」

「嗯？」

「我是說分配給黑天鵝公會的道具。」

「啊，是的，你不必介意，賢成先生也說直接按照結算比例分配比較好。」

「就算你們這麼說，我還是覺得帕蘭表現得很出色，應該再多拿一點……」

「德久有拿到那面盾牌就夠了。其實我到現在還是很有負擔，擔心自己會不會拿太多了。」

我微微轉過頭，被坦克職群的前輩們包圍的朴德久便出現在視野中。

他露出了相當幸福的表情，看起來很高興能拿到在稀有級中也屬於高階的盾牌。其實那是我們小隊在這次遠征中獲得的道具裡最有價值的武具。

〔根之盾（稀有級）〕

〔庭院的主人亞拉奇用植物的根製作的堅固盾牌。原本是給守護庭院的衛兵裝備的，卻因庭院裡的人類全都遭到詛咒而沒機會被世人看見。裝備此盾牌不僅能提升防禦力，還能緩減外力衝擊。耐久度會自動恢復。〕

〔體力＋3〕

〔韌性＋2〕

〔魔力＋1〕

看起來很棒。特別是耐久度會自動修復這一點很令人滿意，感覺是適合新手使用的高CP值裝備，還能提升一定程度的能力值，可以促進朴德久成長。

那面盾牌的去處本來也要經過很多道程序才能決定，但所有前鋒一致表示願意讓給朴德久。那可能是屬於他們的新人歡迎儀式，不過對朴德久來說，第一次遠征就能得到這樣的道具簡直是天大的好運。

他一回來就擺出一副可憐兮兮的模樣，讓人忍不住回想這一切是不是真的都是他計畫好的。

除了那面盾牌以外，遠征隊還拿到了很多道具。

恐怖的庭院在設定上本來就是某個人製作的實驗室，後來受到神的詛咒，才導致所有人都變成了怪物。

因此副本裡有很多魔力精華，以及具有研究價值的東西，也有一堆連我看了都覺得很值錢的東西，我頓時領悟到了打副本能賺錢是什麼意思。

其實紅色傭兵和魔道公會本來想把很多道具讓給表現良好的我們，但金賢成說除了我們真的需要的道具以外，其餘道具應該由其他人平分，他們只好無奈地點頭答應。

站在金賢成的立場來看，那些道具似乎不是非拿不可，為了將來著想，先鞏固和這些人之間的交情也好，因此做出這個選擇再合理不過，然而站在我的立場來看，感覺實在有點可惜。

在這樣的情況下，要把哪些東西分給在攻掠途中被逐出隊伍的黑天鵝公會與鄭唯羅就是個問題了。

遠征隊針對這個話題討論了很久，最後得出的結論是，為了顧全黑天鵝公會的體面，還是按照原本的比例分配會比較好。

「其實就我個人的立場看來，也覺得給得太多了。我反而認為表現活躍的帕蘭有資格拿走更多道具……如果你是在擔心之後會遭到施壓，那你大可放心，我會想辦法……」

「不是的，我完全沒有那麼想，哈哈哈。雖然很多人都說鄭唯羅小姐引起了紛爭，但我個人認為我們小隊也不是完全沒錯，德久一開始確實有跌倒，之後我們也有一些小失誤。」

「那是……」

「鄭唯羅小姐會生氣很正常，必須在攻掠途中退出肯定讓她感到很失落。雖然那些獎勵不多，但如果能安慰到她，豈不是一件好事嗎？」

「哈哈哈，真是令人慚愧啊，感覺為了幾個道具斤斤計較的自己就像傻瓜一樣。我看在自由之都琳德內，沒有人比基英先生更體貼了吧。我好像明白以前被稱為『被遺棄者的聖女』的宣熙英為什麼要加入帕蘭了。」

「您這麼稱讚，真是令人難為情呢。」

其實我才是最會算計的那個人，但我沒理由拒絕他的讚美。我提議將我們的所有權持分讓出一大部分給黑天鵝，也是計算過得失之後做出的決定，所以我覺得有點心虛。

反正黑天鵝公會的持分註定會全部回到我們手上，光是想像都會令人忍不住想笑，但我當然不能表現出來。

「那我們現在只要回到各自的公會就可以了嗎？」

「是的，還沒結算完的資源會在一週內完成結算並進行分發，你們當然也會收到已攻掠副本的所有權證明文件。」

「我知道了。」

「雖然那份文件沒有任何意義就是了……哈哈，但總比沒有好。那我們也要回去了，長時間遠征讓人有點累呢。」

「好的，請慢走，我一定會再聯絡你的。」

「我會先聯絡你的，你可不能忘了要跟我喝一杯的約定喔。」

「當然，哈哈，那我等你的聯絡。」

不只是我，大家都在互相道別，那樣的景象任誰看了都會覺得溫馨。

我不禁有點懷疑是不是因為沒有鄭唯羅，才得以促成這幅光景。

這就是真正的大團結吧？我這麼想著，心裡甚至莫名湧上一股感動。

看到隊員們走著走著，最後在進入自由之都琳德前分道揚鑣，讓人切身感受到彼此屬於不同的團體，不過這就只是一件不值一提的小事罷了。

這支遠征隊確認了彼此之間的信賴關係，只要沒有發生什麼特殊狀況，這段緣分應該是可以維持到永遠的。

我們小隊的成員看起來也和我一樣心情很好。

帶給我們各種體驗的金賢成和得到新盾牌的朴德久，以及臉上洋溢者微妙愉悅感的金藝莉都出現在我的視野中。

就連這段時間無法從事志工服務的宣熙英，還有缺乏與我獨處的時間而為此所苦的鄭白雪也不例外。

我們一路上聊著無關緊要的話題，不知不覺就抵達了帕蘭公會總部。

我現在已經覺得這裡是一個家了。這種感覺雖然令人有些驚慌，卻也讓人感到愉快。

向公會接待員進行報告，並撰寫有關副本的紀錄是遠征結束後的例行公事。

之後也得去見副會長李尚熙，還要詳談關於分成與結算的事，因為我們隸屬於帕蘭公會，得到的資源都必須和公會協調如何分配。

我對此當然沒有不滿，要是沒有帕蘭，我們根本不會有參與遠征的機會，我反而很感謝帕蘭介紹這個機會給我們。

畢竟中小型公會連這種機會都沒有，只能靠自己從零開始闖蕩。

總而言之，攻掠結束後要做的事依舊堆積如山，不過我認為最重要的是另一件事。

「白雪。」

「是，基英哥。」

「妳跟我聊一聊吧。」

「咦？好！」

「賢成先生，我們兩個先上樓了。德久，你先吃飯。熙英小姐也待會見。」

眾人點了點頭。

朴德久對我露出了莫名陰險的表情，但我不以為意地無視他，逕自帶著鄭白雪回房。

鄭白雪整張臉紅得像熟透的柿子，看到這樣的她，我才意識到自己的舉動可能會造成誤會，但我帶她回房並不是為了解決在副本內必須忍耐的人類基本欲求。

我打開房門，走進房裡，然後看著東張西望環顧四周的鄭白雪。

「基、基英哥。」

「白雪。」

「咦？咦？」

「我可以拜託妳一件小事嗎？」

「當、當然可以，當然！你要拜託我什麼都可以，全部……全部都可以！」

這傢伙是怎麼了……

「全部都沒問題，只要是你想要的，什麼都可以！我都準備好了，真、真的什麼都可以！」

不知為何，我突然覺得難以啟齒。

看到她強烈地期待著什麼的表情，讓我莫名感到有些歉疚，但我還是只能開口，因為這是眼下最重要的事情。

「妳可以幫我打聽一下琳德的報社嗎？」

「啊……」

她果然露出了失望的表情。

不過我稍微把臉靠過去，她就僵住了身體。

我在鄭白雪的臉頰上飛快地親了一下表示感謝，便看見她開始顫抖。

「好的……」

我看見她著了魔似地點了點頭。

這樣就對了，要先有成果才能得到獎賞——她想起我們之間不成文的約定了。

第033話 媒體

自由之都琳德境內的報社根本稱不上媒體——這是鄭白雪和我得出的結論。

想提筆的人當然很多，畢竟只要身在民主國家，人人都懷抱著享有言論自由的理想。

儘管如此，在社會體制早已成形的琳德，報社卻無法隨心所欲地撰寫報導，原因不言而喻。

因為恐懼。

這片大陸基本上是由武力主宰的世界，死幾個人是稀鬆平常的事，大家都知道和大型公會作對要付出什麼樣的代價。

光寫一篇報導恐怕也得非常小心，不僅不能得罪所謂的當權者，在寫凶殺案的報導時也必須經過深思熟慮，畢竟沒有人知道看到報導的瘋狂殺人魔會不會襲擊新聞團隊。

其實我第一次看到琳德境內販售的報紙時就明白了，那上面可說是連一篇像樣的報導都沒有。

大部分都只是針對各種事情的公告，甚至還刊登了關於大型公會首長早餐菜色的報導。

我相信那些記者一定多少都會感到羞愧，因為那就是媒體人。

如果你問我有多少人抱著職業精神在工作，我也回答不出來，但我要找的並不是真正的媒體人，反而正好相反。

我要找的是急需用錢、自私自利，而且願意賭一把的人。

也就是我們常說的「垃圾記者」，我需要那種能跟上時代潮流的人。

其實現在這些人生活的環境並不差，和我很久以前聽說的琳德不同，體制已經逐漸確立。

如果說以前的人只能靠打怪維生，現在則不然。

有餘裕的人享受著文化生活，投資餐廳或劇場等設施的公會實際上也有越來越多的趨勢。

站在大型或中型公會的立場來看，也代表他們必須開始看大眾的臉色行事了。也許從某種角度來看，可以說我的運氣很好。

假如我墜入這個世界的時候琳德才剛建立，我大概就不會朝這方面去思考了。

人們普遍都對別人的故事很感興趣。簡單來說，他們需要可以用來消遣的話題。

想想此刻聚集在房間裡的人數，就知道有不少人認同我的想法。

不對，有那麼多人聚集在這裡是理所當然的事，因為這就是他們的飯碗。

「基英哥，大部分的人好像都來了。」

「啊，是嗎？」

「嗯嗯，除了幾個人以外……那幾個人要怎麼辦？」

「不用管他們，反正只要這次的事順利進行，他們就會自己跟上來了。話說回來，真的很謝謝妳，白雪。」

「不、不會。」

「等這件事結束後，我一定會報答妳的。」

「嗯！」

正因為有白雪的幫助，我才能在短時間內做到這個地步。

我在她的唇瓣上親了一下，隨後走進房間裡，聚集在裡面的人們映入眼簾。

在我進門的前一刻，房間裡面分明還鬧哄哄的，現在看到他們稍微安靜下來的樣子，感覺有點好笑。我想他們是在看我的臉色，但又不可能表現出來。

總之，我微微一笑，率先和他們打了招呼。

「大家好。」

「啊……你好。」

「我是琳德日報的金成景。」

「很高興見到你，我是帕蘭公會的李基英。」

比起被叫來這裡的理由，他們看起來更想知道來這裡能賺多少。

畢竟這是他們在琳德唯一的賺錢手段，會有這種反應也不奇怪。

我們寒暄了一番後，一席頗為氣派的料理上桌，他們的臉色頓時亮了起來。

雖然直接進入正題也不錯，但安排這樣的場面還是有必要的。

「各位應該都已經知道了，我之所以邀請各位到這裡來，是因為希望你們幫我寫一篇小小的報導。」

「我是多少有料到，果然是這樣啊，哈哈哈，當然沒問題啊，帕蘭的小隊最近不是身價飆漲嗎？能替你們宣傳，我還覺得慶幸呢。」

宣傳你個頭。

其實就算刊登報導，也不見得能達到宣傳效果，畢竟他們寫的新聞沒有半點影響力。

「聽說你們只有四個人，卻用最短的時間突破了新手教學副本，還成功攻掠了恐怖的庭院，這一定能寫成很棒的報導。」

這根本就不是什麼有價值的情報，哪支小隊攻掠了哪個副本這種事不用看報紙也能知道。

坦白說，由公會自己宣傳的效果還比較好。

「哈哈哈哈哈，你只要告訴我們你希望我們寫什麼樣的報導，我們都會盡量配合的。」

說出這種話的傢伙就是現在領導著琳德輿論的人。

我當然不會感到不滿，因為那正是我最想聽到的臺詞。

「其實我想拜託各位寫的報導跟你們想的不太一樣。」

「嗯？」

「我希望你們可以針對黑天鵝裡一個名叫鄭唯羅的女人寫一篇報導，具體的內容就是……」

我慢慢地、非常緩慢地開始說明報導內容，沒有特別加油添醋，只是平鋪直敘地告訴他們在副本裡發生的事件，然而眼前的人們卻漸漸皺起臉來。

那是很正常的反應，他們雖然沒有明說，但我看得出他們在想什麼，八成是「我不想自掘墳墓」，或是「我還想再活久一點」吧。

「你們可以把聽到的內容如實寫出來，要加油添醋當然也是各位的自由。我個人是希望能稍微寫得聳動一點，如果可以的話就太感謝了，畢竟民眾都喜歡聳動的報導。至於酬勞的部分肯定不會讓各位失望的。」

「……」

房內陷入一陣沉默，這是在我預料之中的反應。

從某種角度來看，這或許是理所當然的。

「那個……我想這可能有點困難……」

「咦？」

「我們可能沒辦法幫你寫那種報導，雖然我大概能理解你為什麼會提出這樣的要求，但是……內容實在有點……」

「我不是要你們寫黑天鵝的報導。比起黑天鵝，我更希望你們把焦點放在鄭唯羅個人身上……」

「就算你這麼說……」

他們互相交換眼神的模樣實在相當好笑，越來越多人不斷閃避回答，或是覺得待在這裡很尷尬。

去。

要不是我是帕蘭的李基英，說不定會有幾個人怒氣沖沖地叫我不要胡說八道，然後拂袖而去。

「我知道大家在擔心什麼。」

「什麼？」

「你們是在擔心自己的安危吧。我當然知道你們會害怕遭到報復，但各位大可放心，我不是無緣無故向各位提出這種請求的。這件事與其說是我的意思，不如說……」

「什麼？」

「是車熙拉大人的意思。」

這當然是騙人的。

「即便如此，大家還是會害怕，這我可以理解。不只害怕黑天鵝，也害怕鄭唯羅個人的報復。我知道就算傭兵女王說會保護各位，這還是一個很艱難的決定。」

「……」

「如果各位決定要寫報導的話，必須使用自己的本名。」

「這……」

「應該有幾位已經預想到了報導刊登後會帶來的後續影響。無論用什麼樣的方法，寫了批判大型公會的報導必然會引發軒然大波，人們一定會好奇事件爆發的原委，報紙銷售量會創下新高，各位也可以大賺一筆。」

「這不是賺不賺錢的問題……」

「看過報導的人越多，各位就越安全。掛上撰文者姓名的報導或專欄越暢銷，各位的影響力就越大。」

已經有一些人明白我的意思了，那也是當然的，畢竟一定有些人在地球上也從事過媒體工作。

「手握權力不代表不用看大眾的臉色，大型公會也很重視世人的眼光。要守護的東西越多，越不能輕舉妄動，這大家都知道。琳德已經建立起了一定程度的社會體制，只靠打怪和攻掠副本維生的時代已經過去了。」

他們的表情看起來都聽懂了，但是並不想接受。

「話雖如此，還是有點令人不安。不對，老實說現在待在這裡，也讓人覺得很不自在。」

「有紅色傭兵的支持，各位不就什麼都不用怕了嗎？車熙拉大人也是經過深思熟慮，才做出這個決定的。」

「但是用本名寫報導……」

「這部分很重要，假如各位有個三長兩短，黑天鵝將難辭其咎。沒錯，理當如此。」

記者們略帶忐忑的表情映照在我的視線中，這或許無可厚非。

站在他們的立場來看，確實不得不草木皆兵。

他們在擔心什麼不言而喻——即便有紅色傭兵當靠山，撰寫與大型公會作對的報導還是很令人害怕。

我輕嘆一口氣，隨即接著開口，「為什麼琳德境內的報社過去都沒辦法正常運作呢？」

「是因為……報復……」

「是的，報復當然很可怕，各位就是因為這樣，過去這段時間才只能寫出低水準的報導吧。我當然不是要指責或侮辱各位一直以來的工作成果，我知道各位都是不得已的。我也知道這裡是一片徹底由權力主宰的大陸，在這裡沒辦法隨便刊登報導。」

「是的。」

「但那並不是正確答案。」

「欸？」

「身處於由權力主宰的大陸，並不是媒體不能正常運作的理由，那不是正確答案。」

「……」

「各位沒有選定立場才是最大的原因，在地球上就當過記者的人應該能明白我在說什麼。各位沒有決定好要把輿論帶往哪個方向才是重點，想好自己要站在哪一邊、要支持哪一方是很重要的。以政治為例，就是和『要支持執政黨還是在野黨』同樣重要的問題。在這樣的環境下，選定立場會為媒體活動帶來很大的動力。」

「你現在的意思是要我們加入帕蘭和紅色傭兵的陣營嗎？」

「是的，當然。各位只要寫我們需要的報導就可以了，反正完美的言論自由本來就不存在，只要能享有一半的自由就夠了，就只要一半。各位所要做的事就只有批判帕蘭和紅色傭兵的敵人，並支持我們，還有帶動社會大眾而已。假如你們要加入其他陣營，我也不會為難你們。如果你們要選擇黑天鵝，或是已經準備好加入其他勢力，也可以那麼做沒關係。或許偶爾會有生命危險，受到外部施壓也會成為日常，但這對於在琳德生活的人來說，都是再自然不過的事。無論是進入副本的人，還是站在前線的人，大家都在為了求生而賭上性命。」

「啊……」

「而且承受越大的風險，就會有越大的收穫。」

「這……」

「也就是金錢。」

「……」

「以及——」

「……」

「權力。」

他們當然不可能掌握權力，但我可以讓他們這麼認為。

一群人愣愣地點頭，而我在他們之間再一次低下頭開口。

「我由衷感謝各位成為我們的伙伴。」

＊　＊　＊

當我意識到自己落入李基英那個垃圾的圈套時，確實太激動了。

再重新回想當時的情景，這句話果然沒錯。

我既沒有妥善掌控局勢，也沒有留意遠征隊整體氛圍的變化。

那傢伙在操縱輿論的同時，我什麼事也沒做，頂多只有堅守自尊心，會完全搞不清楚狀況也是理所當然。

他微微挑釁的語氣令我怒火中燒，時不時用舌尖輕舔嘴唇的模樣，簡直像把刀直往心裡鑽。

我沒有將手中的短劍刺進他的脖子，他就該謝天謝地了！

光是想到當時的景象，我就忍不住握緊雙拳，指甲刺在手心裡，幾乎要滲出血來。我敢保證，我在這片大陸上活到現在，從來沒見過或聽過像他這樣的人。

可恨的傢伙。

從他身上散發的魔力值或是職業來看，李基英在這片大陸上，肯定會被歸類為弱者。他理應在貧民窟打滾，向路人乞討，過著有一餐沒一餐的日子。

就是那種找不到夥伴，到處探頭探腦的人。

平常一句話都不敢吭聲的垃圾，仗著有人撐腰就恣意妄為的樣子，簡直讓人哭笑不得。

他的臉皮實在是厚得不能再厚。嘴上雖然不停地道歉，表情卻完全不是這麼一回事。不僅是我，說不定與我一同前往遠征的成員們，也同樣記得那傢伙的嘴臉，記得他那副輕蔑、藐視，不停搧風點火的模樣。

只要一想到他當時的表情，我的內心就不自覺地再次燃起熊熊怒火。

「該死的……」

我靜靜地躺著，讓腦袋冷靜下來。此時，外面傳來一道聲響。

「唯羅姐？」

「情況如何？」

「還、還是一樣。目前為止還沒有其他消息……」

「唉……」

「他們說是現在正式提出抗議還太早……」

「都過多久了！到現在還沒了解狀況，這像話嗎？」

「但、但是……」

「我們公會什麼時候開始必須看別人臉色了？紅色傭兵和帕蘭分明事先有串通好。把一切搞砸還不夠嗎？公會到底都在幹嘛？什麼大型公會嘛……我看也只是幫紅色傭兵跑腿罷了。」

「他們要我們先安分待著，不要輕舉妄動，等了解情況之後再行動比較妥當……那個，不管怎麼說，也不能完全不看車熙拉的臉色啊……」

「車熙拉怎麼說？」

「聽說公會的高層好像正在和紅色傭兵開會。」

「到底還需要了解什麼情況？我們報告書上寫的內容不就是事實嗎？」

「當、當然，但是……」

「還有，我實在不明白，和整起事情的罪魁禍首一起了解狀況，到底有什麼意義？任誰看來都會認為黑天鵝在看紅色傭兵的臉色。他們到底知不知道我們目前在琳德的形象就和廢物沒有兩樣？其他大型公會會怎麼看待我們？準確來說，我們現在又不是在對車熙拉那個婊子低聲下氣，而是被老虎背上那隻狐狸呼來喚去！媽的。我說的是李基英那個王八蛋！」

「還能怎麼辦。那個男人是車熙拉情夫的消息早就傳開了……雖然不了解詳情，但聽說他們好像在地球就認識了！兩個人你儂我儂……只要車熙拉想要，沒有得不到的東西。再怎麼說紅色傭兵和我們公會也是共生關係……這、這似乎也是沒辦法的事。我也不是不能理解唯羅姐您的心情……」

「妳說什麼？」

「總之，再觀察一下局勢比較好，將來一定會有機會報仇的。」

「沒錯，就該這麼做。」

「是。」

「我可不會只是原封不動地奉還，我還要讓他痛哭流涕地向我求饒，再受盡煎熬地死去。他似乎以為車熙英會永遠保護他呢，我倒要看他的信念能撐多久，走著瞧吧……」

「沒、沒錯。」

「遠征的過程中總會有許多意外嘛，妳說是吧？」

「是的。不、不過現在還不能……」

「我知道。只不過……我難以吞下這口氣……」

「唯、唯羅姐可以做任何想做的事。不過，從這次拿到的道具看來，他們也不是完全不把我們放在眼裡，似乎有意要好好解決副本裡發生的衝突。」

「是嗎？」

「是的。其中有不少稀有級的道具，也給了比想像中還多的資源。從道具分配的清單來看，我們比帕蘭得到的還要多一些。」

「很好，就該這樣才對。噗哈！就算是紅色傭兵，大概也不能完全不看我們的臉色吧！」

「最起碼他們也表現出一些誠意了。別、別心情不好了，到外面吃一頓久違的大餐吧？唯羅姐好像需要稍微轉換一下心情……」

「好吧。」

「我聽說附近開了一家不錯的新餐廳。那我們走吧，唯羅姐。」

我半推半就地邁出步伐。

其實，我當時也覺得需要轉換一下心情。只要我待在房間裡，滿腦子就都是那傢伙狡詐的嘴臉，即便生氣也不能馬上拿他怎麼辦。

機會一定會找上門的。

無論帕蘭和紅色傭兵如何在戰略上結盟，也不可能笨到把身為大型公會的黑天鵝攆走。

也就是說，把重心放在我們身上，才是正確的決定。

我的心情沒來由地好轉。

假如真的就像眼前的朴恩慧所說的，紅色傭兵也算是向我們釋出了最起碼的誠意，那麼我的想法應該不會錯。

我緩慢地移動腳步，一下子就走到了公會總部外。

周遭似乎比往常來得嘈雜，不過依舊是自由之都平日裡的光景。

就在此時，我發現一大群人烏泱泱地聚集在廣場那頭。

「天啊……真的有這種像垃圾一樣的傢伙嗎？」

「不用看也知道吧？閉著眼睛也能想像是什麼情景……」

「嘖。」

四周傳來不懷好意的聲音，時不時投向我們的目光也一樣。要說有什麼共通點的話，那就是他們手裡都握著報紙。

眼前的景象十分陌生。

因為在琳德，報社的影響力不大。

他們充其量只是報導一些新型怪物或是神聖帝國的新聞，實際上在琳德的冒險家並不會接觸其他媒體。

人們三五成群地聚在一起看報紙的景象，確實不尋常。

這當然也勾起了我的好奇心。雖然心中莫名有種不祥的預感，我還是拿起商店裡販售的日報。

「唯、唯羅姐……」

「這是……」

〔重磅消息〕

〔帕蘭公會砸下重金聘請的金賢成小隊，順利完成了第一次的副本任務並凱旋歸來。這個僅有四名成員的組合，成為了史上最快完成新手教學副本的戰隊。這支名為『金賢成小隊』的隊伍，彷彿為了刻意展現自己和其他大型公會間的友誼，在幾周前，偕同魔道公會、紅色傭兵及黑天鵝公會，一起離開琳德，踏上遠征的旅途。

日前質疑大眾過度吹捧金賢成小隊的聲浪與批評此起彼伏，而魔道公會在此時公開的副本攻掠日誌，更是掀起了軒然大波。

這本日誌揭露了黑天鵝公會的鄭某，在副本裡的惡劣行徑。

自從同行的遠征隊成員分別陸續抵達琳德之後，就曾傳出遠征隊是否出了問題的謠言，隨著傳言被證實，也給了其他公會的成員一記重擊。

整起傳聞的真相是，早在遠征隊出發前，在隊伍內製造紛爭的鄭姓幹部就曾威脅帕蘭公會的李某。

事實上，黑天鵝公會的鄭某對帕蘭公會的隊員過度欺壓的證詞，陸續從四面八方傳來，讓所有人不禁眉頭深鎖。

雖然當事人李某似乎有些顧忌加害人，而不願提及自己受到何種威脅，但李某可能遭受人身威脅的傳聞卻滿天飛。

有專家推測事件起因可能是攻掠副本的常見糾紛，在分配道具的貢獻度問題上引發衝突，不過目前還沒有定論。

目前帕蘭和黑天鵝兩公會並未作出回應，整起事件的後續發展備受關注。

在自由之都琳德，公會間互相聯手攻掠副本是一件稀鬆平常的事。當然，道具的分配或貢獻度爭議也同樣層出不窮。大部分的衝突事故通常起因於諸如此類的問題，也是眾所皆知的事實。

大型公會欺壓中型公會或小型戰隊，雖然在日常生活中早已見怪不怪，但長期以來在自由之都琳德占有一席之地的大型公會們，在這個時候難道不應該先倡導健全的副本攻掠文化嗎？——《琳德日報》記者金成景〕

這什麼啊……報導還不只這樣。

〔『你以為傭兵女王保護得了你嗎？』鄭某發言引發熱議。〕

〔一同進入稀有級副本的鄭某，過去發表的言論徹底被揭發，在琳德引發軒然大波。鄭某日前對李某，也就是以傭兵女王的情夫著稱的李姓煉金術師所發表的言論，引起了爭議。當時鄭某看見李某一行人在攻掠副本時的優異表現，隨即意識到貢獻度問題，特意約談李某進行威脅，消息一經證實，鄭姓幹部的發言再度成為話題。

鄭姓幹部不僅辱罵李某是傭兵女王的姘頭，還質問李某是否認為能永遠得到傭兵女王庇護。大型公會明目張膽欺壓中小型公會的惡劣行徑，旋即浮上檯面。尤其，鄭某的發言不只針對李某一人，因此懷疑鄭某刻意針對傭兵女王的聲浪也逐漸擴大。紅色傭兵與黑天鵝日後的關係走向更是備受關注。——中東日報〉

各種聳動的標題陸續映入眼簾。

〈黑天鵝和紅色傭兵的關係——副標題：帕蘭現今的立足點？〉

〈大型公會在副本裡的囂張蠻橫行徑，我們要坐視不管嗎？——副本專欄作家金成景〉

〈大型公會檯面下的惡劣行徑爭議，如何看待鄭唯羅事件？——《琳德》政治部記者姜有美〉

〈鄭姓幹部昔日爭議再度引發關注〉

〈『向傭兵女王出賣肉體』一句話引起風波，圖的是帕蘭還是紅色傭兵？黑天鵝的動向難以捉摸。〉

情況一瞬間風雲變色。

我不得不驚慌失措，兩手瑟瑟發抖，完全無法理解現在的局面。

此時浮現在我腦海中的，當然是那張狡詐的面孔。

交頭接耳的聲音從四面八方傳來。

「對了，我想起來了！以前曾經和她一起攻掠過一次副本……我想大概全都是事實吧？所幸受害者是帕蘭，才能寫成報導，假如換成是我們這些人，恐怕早就變成屍體了。」

「該死的女人。就是因為這些傢伙，琳德一點進步也沒有。」

「小聲一點，萬一她……」

「怎麼，我有說錯嗎？」

「不管怎麼說……」

「喂，那個誰……那是鄭唯羅對吧？」

「噓，會被聽到的。」

過了一段時間後我才領悟到，不願意善罷甘休的人，不是只有我。

該死的王八蛋……

＊　＊　＊

「報導寫得真好。」

雖然想過能帶來一定程度上的轉變，但老實說，我沒預料到事情會發展成這種規模。

尤其是沒想到報導竟然能指出琳德根深柢固的大型公會利益問題。不單單只是攻擊鄭唯羅，還連帶批判在社會中蔓延的整體風氣。

〔大型公會在副本裡的囂張蠻橫行徑，我們要坐視不管嗎？〕

非常好。這樣的標題太打動人心了。

對此產生各種想法的人恐怕不只我。

讀過、聽過這些報導的民眾，應該或多或少有過和我一樣的經歷。

這不只是在副本裡遇到的情況，就連在打怪場、武器商店，或是單純走在路上都有可能被刁難。

雖然我在琳德擁有一定的社會地位，因此沒有遭遇過那些不當對待，但中小型公會的冒險家們，肯定正因為各種名目而飽受欺凌。

能成為琳德裡大型公會的一分子，就等於躋身上流社會。說得誇張一點，就好比在地球上，坐上了大企業董事的位置。

一旦擁有了能夠實際行使的權力，便只會更加得寸進尺，絕不會見好就收。

當然，我不知道的種種惡劣行徑也充斥在都市的各個角落，或許也有完全超乎想像的事件正在發生。

紅色傭兵和帕蘭的形象並不差，不過黑天鵝就另當別論了。

民眾在身為被害者的我身上，看到了自己的影子，於是對我的遭遇感同身受，替我打抱不平。

懂得判別局勢的大型公會，為了表明自己與黑天鵝不同，開始選擇和黑天鵝劃清界線，中型公會和小型戰隊也小心翼翼地表明立場，以順應時局。

雖然類型不同，不過幾乎可以將這些舉動視為某一種社會運動。

權力與力量能操控大眾。

無論一個人的武力有多麼強大，沒有在背後支持的成員，根本毫無意義。

多虧中產階級努力讓社會的齒輪運轉，像我這樣的上流階層才得以衣食無憂。

他們購買我製造的藥水、替我收集關於副本的資訊。

光顧紅色傭兵公會經營的武器商店、花錢購買魔道公會的魔法課程、買黑天鵝販售的廉價情報、處理其他大型公會販賣的耗材和道具，這些通通需要民眾的力量。

沒有民眾，上流階層的生活就無法維持。

無論自己再怎麼了不起，我們之所以能享有現在的生活，全都是因為底下無數的人民支持、擁戴我們這種人的緣故。

不過這些事大概早就被遺忘了吧，因為這裡不是地球，而是遵守力量法則的世界。

肯定也因為這樣，其他大型公會才不必特意和媒體打交道。不，說不定公會根本不願意接觸媒體。

為了穩固自身的既得利益，媒體的確可能被拋在腦後，不過一旦有人獨占先機，一切就另當別論了。

名為媒體的工具……是能夠操縱輿論的手段。

所有人應該都能深刻體會到，遭到輿論的背棄是一件多麼可怕的事。

效果非比尋常。不僅黑天鵝旗下所有的相關事業遭到聯合抵制，中堅公會、中小型公會以及知名的探險家及冒險家也都表明不願與黑天鵝一起合作攻掠副本。

一部分的人是為了奉承紅色傭兵的車熙拉。

一部分的人是為了順應時勢。

還有一部分是為了替受到欺壓和排擠的人發聲。

理由雖然各不相同，但所有人都站在同一陣線。

將來歷史學家在評論今日發生的種種時，恐怕會有許多話想說吧。因為我擲出的一顆小石子，激起了文化革命般的浪潮。

草草結束用餐後，我走出門。果不其然，一群記者蜂擁而上。

理所當然地，眼前的這群記者，和我之前所接觸到的不同，他們是一群循著鈔票的香氣姍姍來遲的記者。

不出我所料，記者們小心謹慎的提問瞬間傾巢而出。

「方便請問一下，關於鄭唯羅小姐……」

「抱歉。目前還沒有正式的對外聲明……」

「不好意思打擾您，請問您有什麼想對鄭唯羅小姐說的嗎？」

「後續我們將正式召開記者會。」

「鄭唯羅小姐這次的發言，是針對紅色傭兵與帕蘭之間的結盟所發表的言論，對於這樣的說法，您怎麼看……」

「這部分我目前無法做出回應。」

「那個，不要一直跟著我們！」

「德久，沒關係。」

對記者應該客氣一點，畢竟媒體與當權者是永遠的朋友。

「請問您在這次的黑天鵝公會抵制運動中，採取何種立場？」

提出問題的人，面孔相當熟悉。他叫作金成景嗎？大概吧。

回答一下這類問題應該還不錯。

「與事件本身是真是假無關，我明白有很多人對此感到失望。這不只是我一個人的事，而是代表到目前為止，許多人所遭受到的各種不當行為終於浮上檯面。當然，我雖然能理解她的行為，但也擔心日後會不會有更多人受到傷害。以上。」

發表這樣的言論，應該是最好的應對方法了。

「您的意思是，副本裡發生的恐嚇行為是事實囉？」

「我無可奉告。」

「您是說，您支持抵制運動囉？」

「一方面支持，一方面反對。我只是擔心這次的事件會引發二次傷害。」

迂迴的話術在此時相當管用。

我並不想與黑天鵝為敵，反而想和黑天鵝建立一個順暢的溝通窗口。

我的目標只有鄭唯羅一人。

「請對車熙拉大人說一句話。」

「我會好好處理善後。」

「請對在這次事件當中，每位感到憤怒的冒險家說一句話。」

「雖然我的立場有些尷尬，不過我還是想說一句。為了抵抗社會不公而發起行動的各位並沒有錯，各位比你們想像中的自己更有影響力，不要向外界壓力屈服，請做出行動吧。各位都是有價值的人。」

眼前的記者們認真把我的話聽進去，並記錄下來。

我想我已經可以預見明天的新聞標題了。

〔李某：對於冒險家們失落的心情，深有同感。〕

或是——

〔李姓煉金術師坦言：雖然支持抵制運動，卻也擔心二次傷害。〕

大概就是這種新聞。

說不定會比我所預料的更加煽情聳動。因為在這個領域，他們是專家。

我的心情變得相當愉悅。

緩緩經過一大群記者的同時，我收到了各式各樣的提問，不過大致上還在合理的範圍內。

對於扮演被害者角色的我來說，最重要的是盡可能地保持沉默。民眾的揣測越多，對我越有利。

腦中飄過無數思緒的同時，一旁傳來朴德久的聲音。

「呃，真沒想到事情會鬧這麼大呢，大哥。」

「就是說啊。」

「看來以後做事要更小心了……嗯，沒錯。」

「像平常一樣也無所謂啦。」

「話說回來，紅色傭兵不是說今天要發表立場聲明嗎？」

「嗯，沒錯。」

他們應該會表示深感遺憾吧。

雖然不至於讓民眾相信各種對於黑天鵝的負面輿論，不過針對鄭唯羅個人的批評，以及所有提及車熙拉的言論，公會理應站出來說幾句話。

鄭唯羅侮辱車熙拉的事實既然已經公諸於世，即便是為了捍衛自尊心，想必紅色傭兵也會採取某些行動。

還有，黑天鵝大概也會在一週內發表立場聲明。

但是照目前的情況看來，可說是為時已晚。

雖然不曉得黑天鵝公會內部的情形，不過我能感受到，這次的突發狀況的確令他們不知所措。

就像一群只知道殺人、打架的人們，突然得站在眾人面前發表演說一樣，令人感到茫然。

他們的應對措施無比緩慢，可想而知，他們公會內部肯定早已人仰馬翻。

換成是我，面對同樣的處境，肯定會馬上籌備應變小組，想盡辦法和我方聯繫。

單單展現出與我方聯繫的模樣，就也算是採取行動了。

要是黑天鵝裡有具備才能的人，應該就不會放任事情發展到這個地步。

此時，宣熙英朝我走來，開口說道，「基英先生。」

「是。」

「黑天鵝公會的人來了。」

這樣就對了。

到了這步田地，還不採取行動，實在說不過去。看來他們也不是完全沒有任何打算。

「來的人是誰？」

「詳細情況不清楚。看起來像是要來賠罪。」

「在會客室嗎？」

「是。」

宣熙英微微頷首。

向宣熙英簡單表達感謝之後，我立刻走進公會的會客室。出現在眼前的，是幾張熟悉的面孔。

事實上，我最先注意到鄭唯羅，以及一群我不認識的黑天鵝公會高層。

他們正和解除禁足令的李雪浩，以及其他帕蘭公會的老頭們，和樂融融地談天說地。看來，除了我，黑天鵝公會也想與帕蘭公會打好關係。

「真不曉得該說些什麼才好……」

「哈哈哈哈。別這麼說。首先……」

雖然不曉得李雪浩那傢伙是不是想看準時機坐收漁翁之利，但他試圖從我一手布好的局裡撈好處的樣子相當礙眼。

我頓時火冒三丈。

此時，我看見坐在一旁的女子——李智慧？

在新手教學副本裡，那個女人負責管理金賢成打造的營地。曾與我方有著一定程度的戰略合作關係。

她並非沒有才能，雖然我也想過她可能會在某個地方好好生活，卻沒想到她竟然加入了黑天鵝公會。唉……

李智慧安靜地和我方的老頭們交談的模樣，看起來十分熟練。

〔您正在確認玩家李智慧的狀態欄與潛在能力。〕

〔姓名：李智慧〕

〔稱號：無，仍需多多努力。〕

〔年齡：29〕

〔傾向：自私的野心家〕

〔職業：指揮官〕

〔能力值〕

〔力量：09／成長上限值低於普通級〕

〔敏捷：11／成長上限值低於普通級〕

〔體力：15／成長上限值低於普通級〕

〔智力：29／成長上限值高於稀有級〕

〔韌性：10／成長上限值低於普通級〕

〔幸運：15／成長上限值低於普通級〕
〔魔力：05／成長上限值低於普通級〕
〔總評：玩家李基英，恭喜您。您終於和靈魂伴侶重逢了。此時此刻，說是命中註定一點也不為過。雖然你們曾經有過一段姻緣，但我不建議你們再續前緣。因為就像我之前說過的，成為你們的孩子實在太可憐了。請隨時注意您的一言一行。〕

李智慧依舊眉開眼笑地和我方的老頭們對話，想辦法在他們面前展現良好的形象。交談的過程中，她自然而然地將視線停留在我身上。

她迅速地看了我一眼，接著用充滿喜悅的語調開口。

「基英哥！好久不見了。」

哥什麼哥啊……

＊　＊　＊

觀察了一下周遭的氣氛，大概就能明白目前的局勢。

順應時勢變化的人，不只有我。

黑天鵝公會肯定需要能跟得上時局的人，也積極在內部尋找人才來解決這次的事件。

雖然有些訝異擔任這個角色的人竟然是李智慧，卻也不至於完全無法理解。

因為她不僅熟悉政治操作，而且還是我見過的人當中，腦筋動得相當快的人才。

比起不知道自己幾兩重的鄭唯羅，李智慧好上一百倍。

像現在這樣熱情地向我問好，肯定也是深思熟慮過後的行為。

這就是李智慧想讓他們看見的，對吧？

她的舉動是為了向一同前來的黑天鵝公會成員誇耀與我之間的情誼。

她明明能夠裝作不認識，但要是配合黑天鵝的行動，可能會和我變得疏遠。

李智慧這個女人，相當明白交易的祕辛。

「妳真的是智慧嗎？」

「是呀。又見面了呢，嘿嘿。」

「真的好久不見了。妳過得好嗎？」

「當然。本來以為再也見不到基英哥了，沒想到還能像這樣再次相見，真是太慶幸了。」

「真的好開心。」

看著李智慧面帶微笑，一邊點頭的模樣，似乎更加證明了我的想法是對的。

來自黑天鵝的一名中年女性，心情看起來相當愉悅。

果不其然，我方的老頭們也同樣展現出看起來十分高興的一面。

「哈哈哈。竟然還有這種緣分。」

「是啊，就是說啊。」

有什麼好笑的？這個瘋老頭。

打從那些老頭子出現在這裡開始，就令我無比厭惡，他們巧妙地展現出放低姿態的模樣更是如此，甚至有種看別人臉色的感覺。

我只覺得荒謬到無話可說。

即便黑天鵝是代表琳德的大型公會，在如今這種情況下，帕蘭也不需要向他們鞠躬哈腰。

因為現在的帕蘭，不僅和紅色傭兵建立了密切的關係，局勢的發展也有利於我方。

我們能得到的，不單單是讓鄭唯羅受到一記重擊。

從外交層面來看，在解決這個錯綜複雜事件的過程中，比起我個人，帕蘭公會能得到的好處更多。

對此，我百思不得其解。

或許他們私底下有交情也說不定，畢竟他們看起來似乎關係不錯。

「這麼晚才來向您問好，真是非常抱歉。因為各種原因所以耽擱了。」

「別這麼說。您能親自前來就夠了。」

夠了？這個瘋老頭在發什麼神經啊。

事件的當事人不發一語，他們卻在一旁不停地互相賠不是，一群人自顧自作秀的模樣還真可笑。

他們看到我靜靜地站著，雖然有向我打了聲招呼，但打從一開始就沒有任何一件事按照我的意思進行，甚至可以說是相當失禮。

我悄悄地看了中年女子一眼，對方似乎察覺到我的目光，於是向我問好。

「噢，太晚介紹我自己了。我是黑天鵝公會的崔恩熙。」

「初次見面。我叫李基英。」

不過，那個瘋老頭似乎沒有意願對我伸出援手。

他二話不說，立刻阻擋我上前問候，接著再次朝中年女子開口。

「現在不是說這些的時候，不如一起喝杯茶，您覺得如何？崔恩熙大人。」

「好的，李雪浩先生。那就這麼辦吧？」

老頭瞥了我一眼，再次和那個名叫崔恩熙的女子展開對話。

荒謬的是，比起外敵，內部的垃圾反而以更令人火大的方式層層逼近。

看著這個老頭正在搞砸我所精心策劃的一切，我頓時怒火中燒。難道他現在是想搗亂嗎？

雖然早就料到這老頭總有一天會做出惹怒我的事，但沒想到他竟然會用這種方式從中作梗。

就在我絞盡腦汁，想著好歹也應該說些什麼的那一刻——

「兩位還是另找時間再喝茶吧。現在還有問題必須解決。」

李智慧小聲地說了一句。

「哎呀。」

李雪浩微微驚慌的表情，和崔恩熙望向李智慧的神色如出一轍。

看見崔恩熙一臉不情願地點了點頭，就能得知李智慧在這次的事件中，擁有相當大的權限。

雖然不明白她是怎麼拉攏黑天鵝高層的，不過李智慧似乎深得他們的信賴。

對我而言，這樣的情況並不算太差。

「那麼，不如這樣吧？雪浩先生？」

「什麼？」

「畢竟我們也需要私底下談一談，這次的事交給孩子們處理似乎更妥當。我先讓您看看這次帶來的禮物吧。」

「呵呵呵。這真是太感謝了，崔恩熙大人。」

那個叫做崔恩熙的女人，看起來比我方的李雪浩好一些，起碼看起來像是正在判斷局勢。

瘋子。

崔恩熙迅速地回頭瞥了我一眼，然後朝著從座位上起身的李智慧開口。

「孩子，那麼一切就拜託妳了。」

「是，恩熙姐。」

就外表而言，崔恩熙怎麼看都不像是能被李智慧稱為姐姐的人，這不過是李智慧說的客套話。

不久後，李雪浩、崔恩熙以及其他老頭們離開了會客室。

隨著門「喀噠」一聲地闔上，留在位置上的，只剩下我、李智慧以及鄭唯羅。

不同於李智慧一臉眉開眼笑的樣子，鄭唯羅面如死灰。

這段期間她所受的折磨，一目了然。

鄭唯羅恐怕在各方面都承受了不小的壓力，不僅成為了整起事件的元凶，事情嚴重的程度，也完全超乎她的想像。來自四面八方的批判聲浪都在指責自己，和紅色傭兵之間的關係也徹底破裂。

許多冒險家正在發起抵制黑天鵝的運動，鄭唯羅甚至連加入一般的戰隊都有困難。

她現在的處境，簡直和過街老鼠沒兩樣，在公會裡的地位掉到谷底也是理所當然的事。

光是到目前為止還能不被踢出公會，鄭唯羅就應該要謝天謝地了。

所以說嘛，她當初為什麼要那麼囂張呢？

我自然而然地顯露出嘴角的笑意。

反正這裡沒有別人，比起緊繃的氣氛，李智慧同樣更喜歡這樣的氛圍。

不出所料，李智慧立刻倒向身後的沙發，接著說道：「你不覺得厭煩嗎？」

「什麼？」

「就是那些老頭啊。一看就知道是一群沒用的人……換成是我，肯定想摘了他們的腦袋了。」

「嗯，妳說的也沒錯……不過，我也有我的顧慮。話說回來，我壓根沒想到妳會來。」

「事情不知不覺就變成這樣了。當時，我雖然在黑天鵝公會裡得到了某個職位，但其實離出人頭地還很遙遠。不過，誰能料到事態竟然會變成這樣？我們公會需要一個人來收拾殘局，說出來有點難為情，但我自認為腦袋還算靈光，而他們似乎認為我適合應付這種事。我是指我們公會的高層人員。」

「我就知道會是這樣。」

「全都是拜基英哥所賜。女人果然得跟對男人。」

「真是謝了。」

「我是認真的。實際上，和李基英打好關係的好處良多，而且我也知道所有的一切都是基英哥精心策劃的。」

我解讀不出這段話背後的真正目的，不過，我還不至於笨到直接承認一切都是我的傑作。

我只是微微地揚起嘴角，接著說道。

「這個嘛……我不太明白妳的意思。」

一旁的鄭唯羅目瞪口呆，不可置信地看著眼前兩人完全無視自己的存在，你一言我一語地交談。

我也同樣不得不感到驚訝。雖然想過李智慧在公會內占有一席之地，但我沒料到曾經受到黑天鵝全力支持的鄭唯羅，會被她完全隔絕在對話之外。

現在反而是鄭唯羅在看李智慧的臉色。呵。

我不得不佩服她絕佳的手腕。不，這甚至超越了絕佳的程度。

就算黑天鵝公會內部得知李智慧和我的交情，懂得利用這個局勢的人也是她。

「我說過，反正結果都會是這樣。其實，就我的立場來看，什麼是真、什麼是假，一點也不重要……現在最重要的是，該怎麼解決目前的局面。嗯……進入正式話題之前……要不要來一場久違的遊戲啊？」

當然——

「我沒興趣。」我絕不會答應。

「天啊，你真無情。我還想著重溫一下過去的回憶，這樣不是挺不錯的嗎？」

「別廢話了。說說妳的條件吧，智慧姐。彼此在想些什麼，我們都心知肚明，乾脆有話直說吧。」

「你真的好無情啊。旁邊那個女人不用理她也無所謂喔，基英哥。」

「不是因為這個。」

「雖然我大概知道原因，不過……嗯，正式進入話題之前，還是得先向你道歉才行。對了！現在輪到唯羅小姐上場了。」

李智慧輕輕敲了一下鄭唯羅的肩膀。

老實說，眼前的景象根本無法想像，她比我預想中的更有才能，甚至讓我有些後悔沒有將李智慧納入我們的隊伍。

聽見李智慧呼喚自己，鄭唯羅開始偷偷望向我們。

她當然不願意道歉，因為她根本不認為自己有錯，見到我和李智慧的態度後，就更不樂意了。

不過，她開始一個字一個字地，艱難地開口。

一副典型失敗者的模樣，讓我不自覺地失笑。

雖然事情發展的方向和我的期待有所不同，但這樣的走向還不賴。

「……對不起。」

「天啊，唯羅小姐。妳得更鄭重地道歉才對呀。否則我們基英哥肯定會很失望。」

「對……對……不起。」

嘴上這麼說，卻仍然看不見一點誠意。

此時，李智慧一把揪住了鄭唯羅的頭髮，伴隨著「啪」的一聲，鄭唯羅的頭扭向一邊。

我難以理解眼前的一幕。

見到鄭唯羅看著李智慧的臉色行事，雖然多少能夠想像得到這種程度，不過我沒料到她會淪落到這副德行。

「唯羅小姐，聽不懂我說的話嗎？」

或許是不太滿意，李智慧再次甩出一巴掌，鄭唯羅的頭就這麼歪向一邊。

「給我好好道歉。」

眼前的景象其實很可笑。李智慧所表現的態度，完全說明了鄭唯羅有多麼潦倒。其實，比起鄭唯羅的落魄程度，李智慧的模樣更值得玩味。

她現在的一舉一動，肯定經過縝密的計算。

她的行為不只能讓對方認知她所擁有的權威，同時也有向我逢迎拍馬的意味。

鄭唯羅若想解決掉李智慧，比捏死螞蟻還要容易。也因此，零戰鬥力的李智慧，竟然能做出那種行為，可說是相當了不起。

李智慧的行為說明了她有把握鄭唯羅傷害不了自己，從這方面來看，李智慧在黑天鵝裡的地位似乎比我在帕蘭的地位還高，我的推論應該沒有錯。

「給我跪下來好好道歉。」

伴隨著一陣嘈雜，鄭唯羅的頭又再次歪向另一邊。

我當然一點也不同情她。

反而，還有些爽快。

雖然我不是變態，但見到曾經招惹我的人如此痛苦，內心就無比舒坦。

鄭唯羅眼中的淚滴，早已一顆顆落在地板上。她似乎已經極盡全力忍住不哭了。

哎呀，李智慧做得真好。

李智慧抓著鄭唯羅的頭髮，強硬地從座位上站起來，眼前的景象讓人嘆為觀止。真想拍手叫好。

「我叫妳好好道歉，唯羅小姐。」

無論是選擇我，或是李智慧，都會得到一樣的羞辱。

最後，鄭唯羅開始緩緩地跪倒在地。

「就是這樣。妳總算聽懂人話了。」

「對不……」她像在對我行跪拜禮一樣，將身體平貼在地。

「對不起。嗚嗚……真的非常抱歉。輕蔑……對待你……對不起。」

一股奇妙的宣洩感油然而生。

看到三兩下就能取走我性命的女人，如此悲慘地趴在我面前，內心確實湧上一股妙不可言的感覺。

我抖動了一下腳踝，李智慧見狀馬上開口。

「看樣子，你似乎覺得不太夠……你的鞋子好像也有點髒了……」

李智慧莞爾一笑的模樣映入眼簾。

當初沒招聘她真是可惜。

——我不由得這麼想。

第034話　野心勃勃的男人

「這麼看來，你的鞋子好像也有點髒了……」

這句話一說出口，鄭唯羅的表情明顯變得扭曲。

不過她還是緩慢地爬到我面前，看來她似乎決定要放下自尊了。

她的身體不斷打顫，我卻感受不到一絲殺意。

實際上，比起看我的臉色，她貌似更在意李智慧。

相較於鄭唯羅淪落到這步田地的理由，我現在更好奇李智慧究竟如何爬到今天的位置。

在我開口之前，一道聲音傳來。

「你似乎對許多事情抱有疑問呢。」

「當然。坦白說，我沒料到妳會這樣對待這個女人。再怎麼說，她也曾經是黑天鵝極力栽培的人才，還具備一定程度的戰鬥力……智慧妳也不是喜歡冒險的那種人吧？妳做好承擔後果的準備了嗎？」

「我不需要冒險。反正完全沒有風險，所以基英哥不需要擔心。」

本想問她為何會這麼說，但我只能就此打住，因為此時鄭唯羅的狀態欄浮現在眼前。

〔您正在確認玩家鄭唯羅的狀態欄與潛在能力。〕

〔姓名：鄭唯羅〕

〔稱號：國民討厭鬼、史上最被唾棄的女人〕

〔年齡：29〕

〔傾向：精於計算的戰略家〕
〔職業：暗殺盜賊（稀有級）〕
〔職業效果：習得基礎弓術知識〕
〔職業效果：習得基礎短劍術知識〕
〔職業效果：習得基礎陷阱術知識〕
〔職業效果：習得基礎暗殺知識〕
〔目前狀態無法使用習得知識〕

〔能力值〕
〔力量：41↓05／成長上限值高於英雄級〕
〔敏捷：55↓10／成長上限值高於英雄級〕
〔體力：43↓11／成長上限值低於英雄級〕
〔智力：40↓30／成長上限值低於稀有級〕
〔韌性：20↓05／成長上限值高於稀有級〕
〔幸運：23↓10／成長上限值低於稀有級〕
〔魔力：43↓09／成長上限值高於英雄級〕
〔總評：受到外部衝擊，身體狀態慘不忍睹。魔力的迴路大面積受到破壞，肌肉纖維損傷導致能力值下降。雖然能維持日常生活，但冒險家的生涯可以說是化為烏有。如果有傳說中的長生不老藥，或者聖女級祭司的神聖治癒魔法，說不定還有救……誰知道呢。不管怎麼說，真是可憐啊。和李基英玩家這種原本就一無所有的人不同，失去一切的人所感受到失落感可是相當強烈呢。〕

呵……

比起新的稱號，更引人注目的，是她滿目瘡痍的身體狀態。

反正稱號遲早都會出現，我早已大致預料到了；不過，她整體的能力值正在下降。

在我確切理解整件事究竟如何發生之前，耳邊傳來李智慧的聲音。

她解答了我的疑問。

「身體狀況簡直一蹋糊塗呢。」

「……」

「上面寫著，表面上看起來十分正常，不過還不知道能不能維持正常生活呢。雖然我不太清楚，但要不是有媒體的關注，她大概早就死掉了吧。坦白說，這女人的命等於是我救回來的。她必須活著，還請你諒解。因為現在還有一些人搞不清楚狀況……我們公會的高層為此感到相當不滿。」

「我能理解。」

「公會本來打算極力栽培她，結果她卻經常到處闖禍鬧事，而且聽說這似乎已經不是第一回了，這次剛好被逮個正著。我雖然不清楚，不過從以前開始，把公會的力量當成自身力量的人貌似也不少。坦白說，公會好像有意趁這次機會將那些人一網打盡……正好這女人被逮到，成了血淋淋的案例。」

「嗯……」

「雖然有更多政治層面上的考量，但這是公會的內部機密，就算我稱你一聲基英哥，也請恕我無可奉告。」

「看來似乎發生了權力鬥爭呢？」應該是這樣沒錯。

果然如我所想，李智慧微微頷首。

即便早就預想到黑天鵝內部一團混亂，卻沒想到竟然亂到了這種程度。

雖然這只不過是我的胡亂揣測，不過黑天鵝公會肯定也對鄭唯羅這種人感到相當頭痛。

總有一天，黑天鵝會發生大動作的改革，部分勢力也會主張全面人事調動。

也就是說，鄭唯羅在絕佳的時機點自投羅網，成為了正當的理由。

「正因為公會內部一天比一天腐敗，所以才想除掉該除掉的人吧。現任的公會會長大姐就是這麼想的。」

「現任？」

「我本來不是這麼大嘴巴的人，可是在基英哥面前就不自覺地說了這麼多呢。反正你遲早也會知道，所以無所謂，只是還沒正式公布而已。等這件事情順利落幕，公會會長就會被換掉，公會裡裡外外也會出現不少轉變。政權以相當和平的方式進行了交替，所以你不需要過度揣測。」

「這是妳獲得現在這個地位的原因嗎？順帶一提，從這個女人的樣子看來，妳剛剛說的政權和平轉移，聽起來沒什麼說服力吧……」

「公會內部實際發生了什麼，真的有那麼重要嗎？世界也不會照著真相運轉吧？民眾怎麼想才是最重要的。基英哥你這次的計畫也能看作是相似的概念……」

「我完全不懂妳在說些什麼。」

「你的顧慮還真多，這個世界又沒有錄音機或錄音魔法之類的東西……總之，基英哥你的想法有一半是對的。我雖然不喜歡孤注一擲，但總得選邊站。因為我們公會的會長大姐是個懂得重視各類人才的人。」

「所以呢？」

「我只不過是在事件爆發之後，拿著寫好的幾百頁報告去找他們罷了。先分析現況，接著指出公會腐敗的原因、黑天鵝日後的發展方向、紅色傭兵和帕蘭的關係、帕蘭未來成長的可能性，還有……呃……關於李基英是個什麼樣的男人？這都是手忙腳亂寫下的內容，我也記不得了！」

「……」

「總之，我的行為在高層眼中看來，似乎有些新奇。當一群人只知道紙上談兵，你一言我一語地提出一些不可行的方法時，辦公室突然闖進一名拿著報告的公會成員，你覺得他們會怎麼想？」

大概會認為是個可用之材吧。

如果是我們公會的瘋老頭，可能會認為是在胡鬧。不過，假如我是黑天鵝的高層，肯定會提拔李智慧。

也就是說，她抓住了機會，藉由公會的內部危機來大顯身手。

「坦白說，報告並不完美。我並不像基英哥那麼聰明，當下時間也非常緊迫。不過，在那種沒人想負責任的情況下，有人願意自告奮勇接下這個燙手山芋，不是再好不過嗎？當然，這件事也不是完全沒有風險，但是冒險一次看看，也未嘗不是一件好事。」

「看來妳的心境似乎改變了？」

「是啊，詳細的原因基英哥應該更清楚吧……不過這件事之後再說。首先，你能告訴我，你想要的條件是什麼嗎？我會盡可能滿足你的要求。除了檯面上的，私底下的各種條件也可以，如果問我能要求到什麼程度的話……對了！就算是那個女人，我也能給你。」

「看起來誠意十足呢。」

「當然囉。」

我瞥向地面，鄭唯羅還是一副猶豫不決的樣子，不過她的動作看起來相當拚命。

我當然知道她為什麼會這樣。

她肯定想奪回失去的一切。

但是聖女級的高等祭司或是長生不老藥都不容易取得。

能稱得上是高等祭司的人本來就寥寥無幾，就算要將他們帶到這裡也得付出極大的代價。

長生不老藥也一樣。不論是所需的材料也好，或是能夠製造材料與長生不老藥的煉金術師也罷，這些通通不存在。

換句話說，只能指望在副本攻掠中意外得到寶物的渺小機率。

簡單來說就是，憑她一個人的力量，根本不可能讓一切恢復。

因為必須仰賴公會的力量，所以想在我面前好好表現也是情有可原。

我輕輕地抓著她的頭髮，把頭往上抬。此時，她望向我的表情映入眼簾。

憤怒、怨恨、擔憂、後悔，各種情緒交織在一起的神情，和擦得乾淨發亮的鞋子形成對比。

「其實，我沒料到事情竟然如此順利……」

「……」

坦白說，現在我已經沒什麼興致了。

「所謂的社會，有點……超乎想像對吧？」

「是……」

「看到妳的遭遇，我深刻地體會到了什麼叫做世事難料。」

「……」

「想必妳一定很難接受，不過我認為，這是妳為過去的所作所為付出的代價。就像人家說的『善惡到頭終有報』，妳的種種行為，都會在日後全數奉還到自己身上。」

「是……」

「妳的表情好像是在說，這個道理也適用在我身上。」

「不、不是的……」

「恐怕不能如妳所願了。不曾跌落谷底的蠢貨懂什麼呢?噗。」

「……」

「妳只是運氣不太好而已。就當作踩到一坨屎吧,這麼說還比較正確。說不定努力一點的話還能東山再起,所以就奮力地活下去吧。還有,嗯……這是妳替我擦鞋的酬勞。雖然不是很令人滿意……不過貢獻勞力的報酬還是得收下才行。因為這樣才是美好的社會。」

我翻了翻口袋,同時看見鄭唯羅的表情逐漸扭曲,她的眼眶裡滿是淚水。

我掏出裝滿金幣的袋子,緩慢地丟到地板上。

鄭唯羅則是緊緊咬住雙唇,幾乎要滲出血來。

這種情況下,她不可能不生氣。

因為直到現在,她還是把我當成蟲子一般的存在。

「妳得控制一下臉部表情吧?」

「就是啊,唯羅小姐。這可是基英哥給你的禮物呢!應該笑一下啊!」

「謝、謝謝。」

鄭唯羅緩緩撿起掉落在地上的金幣,這就是我想看到的畫面。

一個人竟然如此容易跌落谷底,實在有趣。

那種落魄的模樣,本身就是一種教訓。

比起告誡世人待人處事不應該如此,更貼切的說法是,假如做人不夠嚴謹,總有一天會落到這種下場。

坦白說,我認為這不是一般人能想到的做法,但也不能因此說是錯誤的行為。

我得想辦法提升自我價值、趕跑敵人才對。

從這方面來看，這件事的結局令我相當滿意。

雖然整起事件還不算完美落幕，最起碼鄭唯羅和我的交集在此畫下了句點。

「我很開心，妳可以出去了。」

她恐怕再也無法恢復往日的狀態了，大型公會也沒有理由重新在她身上投資。

儘管如此，她還能不放棄希望，繼續活下去，這點令我相當滿意。

希望有多大，絕望就會有多大。

一想到她大半輩子都幻想著失去的一切總有一天會再回來，一邊苟延殘喘地活著，我就不禁失笑。

雖然應該抱持苦盡甘來的心態，但痛苦恐怕不會結束。即便苦難終有盡頭，也得先度過好長一段時間。

不過，她依然會一邊想像著十年後、二十年後的日子，一邊自我安慰。

人類就是這樣。

準確來說，我無法得知她將來會過什麼樣的生活。輿論稍微平息後，她可能會死去，又或許會過著平凡的生活。

即使如此，將來的某一天，當我在貧民窟和她相遇時，我會對她說一句話。

——「妳惹錯人了。」

鄭唯羅慢慢地離開會客室。

接著，李智慧馬上開口。

「你滿意了嗎？基英哥？」

「一半一半吧……要是妳能告訴我，妳能為我做些什麼，那就再好不過了。」

「當然。你會滿意的。」

＊　＊　＊

「對了！我可以先向你提出我們的要求嗎？」

「當然。」

「首先，請你先發表立場聲明。」

「例如？」

「你已經接受了黑天鵝公會鄭唯羅真心的道歉，化解了彼此的誤會。還有，你並未受到人身威脅……假如能跟我們一起發表聲明的話，我們會很感謝你的。除了剛剛說的，其他部分基英哥自己看著辦就可以了……總之，如果能平息目前的局勢，什麼樣的發言都無所謂。」

「嗯……話雖如此，這件事恐怕不容易。」

「要是你能稍稍提及日後黑天鵝將會有一番新氣象，就再好不過了。」

「妳把我當成宣傳工具是吧？」

「那是當然的啊。有一部分人說，你是反抗的象徵……再過不久，恐怕連新的稱號都會出現。不管怎麼說，基英哥應該有想樹立的形象，雖然對於追加事項多做說明也不是必要事項……不過，就當是賣我個面子，希望你能稍微提及這件事。『各位改變了一個大型公會，這不只是我一個人的勝利，而是所有人的勝利！』這麼說應該挺不賴的。」

「什麼勝利啊……」

李智慧一副別有居心的模樣，讓我不自覺發笑。

因為黑天鵝的權力體系的轉移，涉及了各種政治角力。

雖然不能否認現在的局勢是導火線，但倘若不是黑天鵝內部存在的問題，現在的政權恐怕也不會被換掉。

儘管如此，她偏偏要求我把焦點放在民眾的勝利，怪不得我會失笑。

「真相是什麼一點都無所謂不是嗎？你應該相當清楚讓所有人都認為是民眾的勝利才是最重要的……」

「所以我才會笑出來啊。」

「當然，我們不會坐以待斃，所以你不必擔心。你只要別像你目前為止所做的那樣，透過各種發言火上澆油就行了。像是一些『能夠理解大家的心情』，或是『惡劣行徑』什麼的，這種言論還請你小心。」

「明白了，我會考慮。」

「就算是看在往日的情分，好嗎？」

李智慧微微一笑，但我並沒有特別在意。

「還有其他條件嗎？」

「當然囉。不過這件事有點超出基英哥你的權限範圍……那就是，黑天鵝目前正在推動紅色傭兵、黑天鵝、帕蘭三方權力的同盟，希望這件事也一起能公開發表。對基英哥你來說，應該也不算是件壞事。」

「這能夠拓展妳在公會裡的影響力對吧？」

「沒錯。我當然不會要求你馬上發表，畢竟目前時局還很混亂。不過，我希望你能提到公會之間相處融洽，改頭換面的黑天鵝與紅色傭兵、帕蘭維持良好的關係，看起來還不錯。」

「妳的要求似乎有點多呢……相對的回報都備齊了嗎？」

「是的。首先，在恐怖的庭院裡得到的道具、材料和財物，全都會進到基英哥你的口袋。完成攻掠後的股份和土地權狀也都歸你所有。」

「就輿論來說，這不是一件好事。」

「對外會一律宣稱捐贈。」

「原來如此，我了解了。」

「我絕對不會讓別人知道基英哥你從我們公會獲得了什麼。」

其實，她的話不能完全相信。

因為如果是眼前的李智慧，絕對有能力在背後捅我一刀。

不論我用什麼方法得到這筆龐大的利益，一旦被外界知道這個事實，肯定難逃批判的聲浪，說我利用媒體來謀取個人利益。

「萬一真的被別人發現了，我認為我們肯定能擺平。」

說得沒錯。

已經有許多媒體和我站在同一陣線了，假設真的發生那樣的事，應該也能順利解決。

琳德大部分的媒體，都已經下定決心支持帕蘭和紅色傭兵了。

假設包括李智慧在內的黑天鵝公會人士都知道這個事實的話，可想而知，黑天鵝向我釋出善意也是理所應當的事。

「以公會來說，將會提供金賢成小隊支援。」

「太豐厚了吧？」

「還不都是為了向基英哥展現我的誠意嗎？」

「這份好意真讓人高興不起來呢……」

雖然我沒有說出口，不過實際上，我在黑天鵝裡的形象肯定被過度誇大了。

我的價值提高，和我有交情的李智慧，在公會裡的地位才能跟著水漲船高。也就是說，我們兩個可以視為共生關係。

心情雖然不是很好，卻也不壞。因為單就結果來看，我能得到的東西實在太多了。

「如果你還有其他想要的，我也能盡可能滿足你……」

「這部分妳自己看著辦吧。要給我什麼東西、給多少，公會應該也會有所考量，所以不管給我什麼，我都無所謂。」

「壓力有點大呢，聽起來像是打算試探我。」

「不是那樣的。老實說，我完全無法理解妳為什麼要為我做到這種地步。當然，黑天鵝的行為並非不正當，但太過頭了。需要關照的不只是我吧？連紅色傭兵也要一併照料的情況下，這看起來不是一樁理想的交易。」

「雖然從我口中說出這些話有些難為情，不過我在黑天鵝也不是完全沒有影響力。」

「所以我更好奇了。如果說是顧及過去的情誼，智慧姐妳未免太理性了。希望妳能告訴我，妳真正想要的是什麼。」

之後便是一片靜默。

李智慧的表情沒有一絲變化，臉上似乎沒有絲毫慌張的神色。

她十分從容地開口。

「上次我不是告訴過你了嗎？」

然而她的回答，和我所料想的差了十萬八千里。

「什麼？」

「我喜歡有野心的男人。」

「別開玩笑了……」

我望向她雙眼的那一刻，含在嘴裡的話便無法說出口。

她的表情不再像平常那樣笑盈盈，直勾勾盯著我的神情，也不像是在說謊。

「我看起來像在開玩笑嗎？」

「……」

「告訴你一個有趣的故事。」

不知為何，我緩緩地點頭，總覺得應該那麼做。

「你聽過前美國總統柯林頓夫婦的故事嗎？雖然是虛構的，不過很有趣……」

「沒聽過。」

她稍微吐了一口氣，接著繼續說雖然有些莫名其妙，不過也是一則有趣的故事。

「比爾．柯林頓執政時期，有一次和太太希拉蕊．柯林頓前往加油站加油。希拉蕊．柯林頓在那個加油站和一名陌生男子熱情擁抱。」

「真有趣。」

「後來才知道，那個在加油站的陌生男子，就是希拉蕊．柯林頓的前男友……回程中，夫妻倆聊著在加油站發生的事，接著比爾．柯林頓突然說了一句惹人厭的話。他說：『萬一妳到現在還和那個男人交往，現在應該會和他一起在加油站工作。』」

「……」

「你覺得希拉蕊會怎麼回答？」

「……」

「『不對。現在的美國總統應該會是他，而不是你。』」

真是有趣的故事。

這故事的確有趣。把比爾．柯林頓和希拉蕊．柯林頓的角色代入我和李智慧，那句話就代表著，她有能力把我變成總統。

「我不是完全不能認同這個故事，但我個人還想為故事加上一個前提。」

「請說。」

「那個男人得有一定程度的野心。」

「所謂的男人，雖然是一群成敗取決於女人的動物。不過，沒有行動力的男人，並沒有什麼魅力。」

呵……

「當然囉。你可是傭兵女王的情夫呢……不只這樣吧？你不是連鄭白雪那個炸彈都愛不釋手嗎？但是，女人的魅力不是僅憑外貌和力量來決定的。」

「妳理解我現在的處境嗎？」

「呵……」

「我不是那種會囉哩吧唆要求立刻見面的黏人精，基英哥。我知道，那種女人一點也不吸引人。不管是和嗜血的傭兵女王，或者是瞪著一雙死魚眼的古怪魔法師大打出手，我一點也無所謂，如果這都是能讓我往上爬的必經過程，我反而很樂見。因為我知道，最後你一定會選擇像我這樣的女人。」

「……」

「也就是能讓基英哥這樣的男人，登上王位寶座的女人。」

……我驚慌得說不出一句話。

從我看見她的傾向是自私的野心家那一刻開始，還有一起進行新手教學之後，雖然我一直都能理解她，卻沒想到會是這種狀況。

我的驚訝並非來自於她對我表示好感，而是她所散發的奇特自信。

李智慧的能力值確實奇差無比，潛能也一樣。她可能並不知道自己的成長上限值，但她恐怕也慢慢地有所認知。

選擇指揮官作為職業，就是她察覺到自我成長上限的證明。

儘管如此，這個和我相似的女人，還是擁有強烈的自信感。

撇除能力值以及主宰著這個世界的武力，她相信自己絕對有能力把看中的男人推上王位。

搞什麼啊……

這個女人從何時開始有這種想法，我當然不得而知。從傾向來看，她極有可能從一開始就這麼想。

我完全不曉得該如何回應。

腦中飄過無數思緒的同時，李智慧微微起身。

她小心翼翼地輕撫我的臉頰。

「為什麼是我？」

「這個嘛，如果非得找出理由的話……」

「……」

「因為那時基英哥你跟我說後會有期？」

她的雙唇輕輕貼上我的，我沒有特意避開。

她能利用的價值實在太多了。

「我的話就說到這裡了。不只是公會能提供給你的部分，還有我以個人立場對你說的話，希望你能好好考慮，基英哥。」

「我會的，智慧姐。」

因為全部都是好事啊。

她聞言後微微皺眉。

不過，從她嘴角揚起的微笑看來，她相當滿意今天的談話內容。

隨後，她起身打開房門，走了出去。

此時，我看見鄭白雪正站在會客室門外等著我。

和我大驚失色的樣子不同，李智慧神色自若地望著鄭白雪，接著開口。

「好久不見了，白雪小姐。」

「是啊……好久……不見呢。智慧小姐。」

媽的。

「聽說妳決定和基英哥交往了？賢成先生和德久先生過得好嗎？」

「是……」

「天啊，恭喜你們。看到你們幸福甜蜜的樣子，我非常高興呢！以後應該會常常見面……再請妳多多指教了。」

「是……」

「那我先告辭了。」

不曉得是不是錯覺，鄭白雪的狀態有些微妙的不同。

當然，她無法得知我和李智慧在會客室裡的對話，因為這個房間經過了魔法的加持，能夠不被外界干擾。

不過，不曉得鄭白雪是否感受到了奇妙的氛圍，我發現她正在用當初盯著朴慧英的眼神望著李智慧。

媽的。

我很肯定，鄭白雪現在的眼神明顯不正常。

她甚至擺出一副打算向我追究到底的表情，直勾勾地看著我。

李智慧隱隱揚起嘴角，朝我微笑。

世界這麼大，女人如此多。
但我不能理解的是，為什麼我身邊都只有一堆瘋女人。

第035話　回溯過往

在過去，不，準確來說是還沒發生的未來，尚不清楚為何世界會迎來一片腥風血雨的殺戮。
當時，我距離大陸的中心非常遙遠，會不曉得原因也是情有可原。
但事情並非完全無法預料。
這場殺戮不只涉及新手教學的權力利益問題，也同樣和思想理念的衝突脫不了關係。
像這樣的情況，重要的不是原因，而是結果。
最初，紛爭導致小規模戰役的發生，然而戰火卻在不知不覺中迅速蔓延，接著吞噬了整片大陸。
集團間不分青紅皂白地彼此憎恨，隨著時間的流逝，他們也不再高喊當初秉持的理念與思想。
比起堅守信念，發洩對彼此的仇恨成了第一要務。
惡意滋長了惡意、憤怒帶來了憤怒，報復引發了更多的報復。
以為總會有結束的一天，戰爭卻永不停歇。
地球人和原住民的戰爭。
原住民和原住民的戰爭。
地球人和地球人的戰爭。
人們沉浸在戰爭中，不停轉換、擴張仇恨對象的彼此，把對方當成奴隸使喚，互相殘殺。
觸目所及，全是慘不忍睹的光景。所有人卻都睜一隻眼閉一隻眼，默許一切發生。
對彼此的不信任與日俱增，因此人們也無法聯合起來共同面對敵人。

在這個過程中，令所有人欣羡的大魔法師，留下了一句未知的話語，接著自我了斷。

日本的女巫慘遭姦殺。

傭兵女王生死未卜。

和我情同家人的夥伴以及所有戰隊成員，全都失去了性命。

過去被稱為英雄的人們不是死去，就是淪落悽慘下場。唯有被選擇的勇士才能擁有的聖劍，如今也同樣失去鋒芒。

再過不久，所有的聯盟都會瓦解，最後帶來無數傷亡，這場無謂戰爭的第一幕，就此告一段落。

朝著遠方用力擲出的迴力鏢，最終回到了自己身上。

一切都是人類的錯。

「戰役和戰爭不同。」

「你在說什麼……」

「坦白說，我承認你很強，我贏不了你。當然，不只是我，我底下的所有成員當中也沒有人能打敗你。不管怎麼想，這都是既定的事實，絕對無法否認。」

「你……原來是人類……」

「沒錯。我是人類。我想大概是因為我戴著面具，所以你才認不出來……眾星拱月的天才劍士果然看起來不一樣。聽說你受到了魔力保護，不過狀態還真差啊。」

「那只是你的感覺而已。你看起來和他們也沒什麼兩樣。」

「真不知道這是稱讚還是侮辱。」

「你為什麼會站在他們那邊？」

「我只是選擇了贏面較大的那一方罷了，這個理由非常合理吧。」

「很多人都死了。」

「我知道。不過，人類早就在互相殘殺了。就算我殺了再多的人，死去的人數也不會比以前更多。上面的人反而希望能夠維持人類的數量呢。在這個和平、規格化的地方，這樣反而更有幫助。」

「你背叛了人類……」

「這不是廢話嗎？而且背叛人類的人不只有我，你不是很清楚嗎？」

「你難道不會覺得愧疚嗎？」

「這個嘛……我不是不會覺得愧疚，要親手殺掉百姓讓我非常難過，還有必須背叛一直以來深愛著我的可愛魔法師，我也同樣心如刀割。竟然能和偶然遇見的命定對象墜入情網，一想到那位純真的小姐，我就忍不住發笑。噗哈。誰知道她竟然會自我了斷。為什麼會那樣呢？本來還想再多利用她一些……看來是輸給了罪惡感吧。」

「你……」

「看著愛護百姓的帝國女王，親手殺掉自己的子民，我也於心不忍。不過，我必須得這麼做。這是必要的。一名勇士得看著自己所愛的人在面前死去，當時看到這一幕，我相當心痛。那位女王似乎認為自己被你們背叛了呢。噗。所以說嘛，當初就不該製造各種誤會，應該好好表現才對啊。」

「你……你是誰？你到底是誰！」

「這個你不需要知道。話說回來，我反而覺得有些奇怪，你竟然會表現得如此憤慨，實在出乎我意料之外。看來，所愛之人死去和毫無關聯的人死去，感受果然不同。」

「……」

「你也算不上是多麼善良的人，不是嗎？金賢成。」

「你……」

「跟垃圾沒兩樣的偽善者人渣。」

「我問你是誰……」

「我不是說了你不需要知道嗎？反正說了你也想不起來。比起這個，現在更重要的是，為了生存下去，你應該採取什麼行動？」

「殺了我。」

「別假裝崇高了，你這個垃圾。你現在別無選擇。我知道這有點困難，不如這樣吧，金賢成。我也不是壞人，我會盡量讓你保有最後一點的良知。旁邊那個正在大口喘氣的混蛋，把她殺了吧。要是不照做的話，我會殺了你的愛人。噢，該稱作愛人嗎？真不曉得該怎麼稱呼。你們不就是那種關係嗎？」

「你這個混蛋……」

「我再說一次，你沒有選擇權。你要是拒絕我，我就會把這女人交給一群變態人渣，讓他們一起度過愉快的時光。在我失去耐心之前，你最好快點做決定……當然，我和別人不一樣，我會遵守承諾，說到做到。」

「……」

「噗哈！」

「……」

「看吧，大姐！我不是說了我會這麼做嗎？啊，當然，我會遵守約定，放了這傢伙和那個女人。畢竟要是現在在這裡宰了他們的話，實在太可惜了。當然，他們也不能死在這裡。我會好好呈報給上級的。噢，我馬上就會回去！別擔心，我的老朋友。」

「……」

「……」

「辛苦了，金賢成。不知道該說些什麼道別的話……嗯，這個似乎還不錯。下次再見吧。」

噗滋！

「啊。」

一瞬間，我睜開雙眼。

冷汗浸濕了背部。

濕漉漉的觸覺所帶來的煩躁，僅維持了一段時間。我抬起頭，眼前是和往常一樣的天花板。

我回來了。我真的回來了嗎？

每天，我都會反覆問自己這個問題。

無庸置疑地，我回來了。

這裡不是我之前待過的地方，這裡無疑是帕蘭的公會總部。

房間的一角掛著一把劍，床上也同樣放著一把劍。

房裡幾乎沒有任何內部裝潢，相當簡約。這肯定是我的房間。

總是如影隨形的血腥味消失了。

我再也聽不見慘叫、怪聲和求救的聲音。取而代之的是開啟一天早晨，和嘰嘰喳喳的鳥叫聲。

四周不再是黑暗又不祥的魔力，而是和煦溫暖的陽光。

我已經很久沒有夢到過去的事了。尤其，是像這種宛如身歷其境一般的夢。

把刀子刺向即將死去的同伴時，那種令人厭惡的觸感，至今還殘留在我手中。當時交談的內容和周遭的氛圍依舊鮮明。

我的心情瞬間惡化，不由自主地渾身出力。

喘氣聲越來越急促，接著開始頭暈目眩。

喉嚨也莫名地湧上一陣乾嘔，腦中盤據著各種思緒，過去的回憶一幕幕浮現在眼前。

最後，我仍抵擋不住持續湧上的反胃感，將胃裡翻攪的內容物吐到地上。

「哈啊……哈啊……」我抓住瑟瑟發抖的手臂。

現在不一樣了。

現在顯然和過去不同。

新手教學裡的意外沒有發生，也救了很多人。

現在不一樣了。

我盡可能地修正了過去的錯誤，至少到目前為止，所有的錯誤都得到了改善。我內心掛念的那些事，一件也沒有發生。

「不一樣。跟過去不一樣。肯定不同……」

我在一開始就發現了鄭白雪，現在金藝莉也開始和我一起並肩作戰。

在新手教學的副本裡就解決掉鄭振浩，更是極大的成果。

當然，要找的人還很多，該做的事也堆積如山。不過我認為自己已經在一定程度上順利打好了基礎。

準確來說，現在才正要開始。不過，我站在一個絕佳的出發點。

和過去相比，事情發生了超乎想像的變化，而且並不單單只是用情況變得更好就能形容。

簡直是翻天覆地的轉變。

至於誰是一切變化的中心，不言而喻。

我在第一次的人生中，從未見過這種人才。

李基英。

這類型的人才，在我第一次的人生中根本找不到，能順利跟上訓練的朴德久是如此，李基英更是。對外的交涉自然不必多說，就連管理隊伍內部的責任，李基英也一肩扛下。身為一名魔法師或煉金術師，在角色的發揮上，雖然到目前為止還不足以懷抱期待，但李基英的價值不只如此。

單用一句有才之人來形容他，遠遠不及他實際擁有的能力。

就連在一旁的我看來，也覺得就像在施展魔法一樣。

為了讓我們以更好的條件進入帕蘭，李基英做了很多努力，並與傭兵女王打好關係。同為之前從未見過的人才，宣熙英也在李基英的聘請之下，順利加入公會。

相較於我，他顯然對小隊貢獻更多。

不僅如此，能夠與過往關係不甚良好的黑天鵝和紅色傭兵結盟，更是我在第一次的人生中無法想像的畫面。

未來改變了。

甚至朝著相當正面的方向前進。

永不停歇的戰爭斷送了無數人才的性命，或讓他們徹底變成另外一種人。

當初，許多非戰鬥職群的人們無端被捲入了與自己毫不相干的權力鬥爭。這不禁讓我覺得這些人一開始就應該先奠定能夠成長的基礎才對。

即便認為會迎來正向的改變，情形卻比我想像中還要樂觀許多。

蝴蝶翅膀微幅的震動，就能颳起颶風。這就是蝴蝶效應。

正在親眼目睹這一切的我，驚訝地說不出一句話。

在意想不到的地方，遇見的這些小小緣分，現在正改變著琳德。

而且，情況持續朝相當樂觀的方向進展著。

當然，即將步入的未來產生過於巨大的改變，也不是一件好事。但至少就現在看來，走向並不差。

我得趁現在做好準備才行。

現在是必須盡可能強化力量的時期。

當我腦中正琢磨著各種想法的同時，外面傳來一道聲音。

「那個，老兄。」

「是，德久先生。」

「該吃早餐了。大哥和大姐，還有小鬼頭、祭司小姐都在等你。」

「好，我馬上出去。抱歉。我睡過頭了……」

「每天都早起的人，竟然這麼晚起床，你是不是昨晚沒睡好啊？」

「差不多。」

「該不會是做春夢了吧？」

「……」

「呃，我開玩笑的。大家都在等你，快點下來吧。」

「好，謝謝你特地跑一趟。」

未來會變得不一樣的。

內心某個角落雖然湧上一股難以言喻的不安，但肯定能改變的。

為此，我展開了第二次的人生。同時，這也是為了讓我不感到後悔而做出的選擇。

從另一方面看來，是為了向一切贖罪。

會變得不一樣的。

未來正在改變。

這就是我回到這裡的理由。

「抱歉，我來晚了。」

「別這麼說，賢成先生。」

「那麼，我先說明一下小隊未來的發展方向。」

「好的。」

「各位一邊用餐的同時，放輕鬆聽我說就行了。」

「好。」

「是關於能力值提升和轉職的內容。」

「你是說，新的職業嗎？」

「沒錯，就是那個。」

第036話　第三個職業

金賢成提起這件事的時機點不錯。
事情總算有慢慢步上正軌的感覺，金賢成也想趁現在正式展開行動。
目前幾乎沒有任何外部的干擾因素。
紅色傭兵與黑天鵝的事進入尾聲，李智慧的事也在此時順利告一段落。
「各位贏得勝利了，這是屬於大家的勝利。琳德將會恢復和平，比以前更安全。大家一起在各自的崗位全力以赴吧。」
雖然利用鄭唯羅的道歉進行了一番輿論操控，不過想以這樣的發言來安撫民眾的情緒，恐怕不是件容易的事。
但是情況並非完全沒有改變。
在媒體持續的煽動之下，民眾為自己的勝利歡呼，自得其樂。
小蝦米正面對抗大型公會的壓迫，最終取得勝利，民眾也跟著高興。
對我來說也是令人滿意的結果。
就在我發表聲明過後沒幾天，黑天鵝緊接著宣傳公會指揮體制的改組，以及對於新手冒險家的捐贈。
雖然引發不小爭論，卻沒有人抱持負面的看法。
最關鍵的因素，大概是黑天鵝所有幹部出面向社會大眾低頭道歉的舉動。
到目前為止，大型公會從來不曾像這樣向民眾道歉，人民應該會認為這是件新鮮事。
如果說還有什麼尚待解決的問題，那就是在李智慧離開之後，鄭白雪的反應。

當下雖然看不出激動的反應，但鄭白雪卻總是一副緊張不安的樣子。不只比之前更加黏人，還試圖用這樣的方式來忘記自身的焦慮感。

簡單來說，鄭白雪變得更加積極了。

真要仔細說明的話，那就是，鄭白雪的行為變得更自動自發。這樣的說法或許比較恰當。

理所當然地，對於鄭白雪的改變，我並不滿意。

雖然目前她只會問「基英哥，你要去哪裡？」或者是「你什麼時候會回來？」之類的問題，卻無法令我不在意。

因為像這樣的死纏爛打，會為我帶來不良的影響。

她肯定認為我和李智慧建立了某種連結，並察覺到了不尋常的氣氛。

雖然李智慧厚著臉皮，裝作一副不知情的模樣，但她和我之間微妙的緊張感，鄭白雪肯定能感覺得到。

我和李智慧是系統公認的靈魂伴侶，所以鄭白雪多少能看出一些苗頭，這一點也不奇怪。

比起和我維持假戀人關係的傭兵女王車熙拉，鄭白雪看起來反而更在意李智慧。

我得控制她。

必須把這樣的想法牢記在心，否則再這樣下去，我會一輩子被她牽著鼻子走。

總之，無論對內或對外，現在都是提升能力最好的時機點。

撇除帕蘭內部那群瘋老頭，現在沒有任何壓迫我們的外在因素。

透過互動良好的三權同盟、更美好的副本文化和打怪文化，以及我們身邊的媒體，各種資源不斷從四面八方湧現，現在無疑是最理想的狀態。

某種程度上來說，我們就彷彿正準備起飛。

這就是目前金賢成小隊的處境。

「各位應該都知道，轉職有兩個必要的先行條件。那就是透過打怪累積經驗值，以及反覆進行職業特有的某種行為。提升能力值也是一樣的道理。施展魔力，魔力值就會上升；持續使用體力，體力值就會上升，想必各位應該都了解。」

「當然。」

「上次攻掠完副本之後，因為各種原因，各位經歷了一段休養期，不過我們的成長速度必須比現在更快。在座的各位，至少得提升到宣熙英小姐目前的程度，更為理想。不，我認為至少能力值必須和上回一起攻掠副本的其他成員差不多才行。這次起碼得獲得初學者的頭銜。」

「我明白了。」

「大家最少得完成三次或四次的轉職，並且主要能力值必須介於六十左右。這就是我對各位的全部要求。」

這個要求不難，卻也不容易。

金賢成的發言，恐怕是針對我、朴德久以及小鬼頭金藝莉。其中，特別是指我和小鬼頭。

當然，金賢成無法直接得知我們的能力值，但多少也能察覺得到。

鄭白雪的魔力值大約位於四十後半，金賢成自身的能力值恐怕超過五十。

原先就比我們更晚加入戰隊的宣熙英，成長速度無疑較為緩慢，至於朴德久則是正在穩健地成長中。

想必他應該會將我和小鬼頭金藝莉視為小隊中唯一的麻煩。

金藝莉或許還好一些。畢竟她具備傳說級以上的潛能，成長只是遲早的事。

金賢成小隊中最令人頭痛的人就是我。

當然，我的成長方向並沒有錯。

因為我的職業煉金術師，不僅是個能補足貧乏魔力的職業，某種程度上也很適合我，但是我確實不能被歸類為戰鬥職群。

我知道，到目前為止，因為還不能得知煉金術師完全成長之後的模樣，他會這樣想也是情有可原；我也曾想過，當初選擇黑魔法師或許也是個不錯的決定。

儘管成長也有一定的限度，但戰鬥力至少比現在更強。

不過——

前提是，這裡不是對黑魔法師反感的神聖帝國。

「嗚嗚……」

「一個月。希望各位最好能在一個月以內完成第三次的轉職，並提升自己的能力值。」

「說起來雖然很簡單，但做起來並不會如想像般容易。姑且不論不知道怎麼取得職業，能力值的部分，即使能透過訓練來提升，上升速度也會變慢……雖然打怪會讓情況有所改善，不過……」

「應該能辦得到。」

「怎麼做……」

「首先，先從打怪開始。至少在順利達成目標以前，我們將離開這座城市，不會回來。」

「嗯。」

「出發前往遠征的人共有五位，就是除了基英先生之外的所有人。」

「什麼意思啊……大哥……」

坦白說，當下我的心瞬間往下一沉。

聽起來就像要我從無比舒適的金賢成巴士下車一樣，有這樣的反應也是理所當然。

在思考這句話之前，我的身體最先給出了反應。

「那、那可不行。」

短短的時間內，我的腦海充斥著許多想法。

好比說「難道從現在開始，打算把我當成非戰鬥職群的人力來使用嗎？」或者「他想把我排除在小隊中心以外？」之類的猜測。

朴德久和鄭白雪則擺出一副比我還要驚訝的表情，甚至就連宣熙英的心情看起來也不怎麼好。

我也想過，或許金賢成是想削弱我在隊伍中逐漸擴張的影響力，不過他的表情看起來相當平和。

況且，以金賢成的性格來說，壓根不可能因為這種事而排擠我。因為我依然是待在他保護傘下的寶貝成員。

雖然心臟撲通撲通地跳個沒完，我仍然面不改色地向他追問原因。

面對我的疑問，金賢成點了點頭。接著，耳邊傳來金賢成的聲音。

「他們太依賴你了。」

「原來如此。」

「德久先生和白雪小姐一路在舒適的環境中成長過來，對打怪還不熟練的熙英小姐也是。我所說的舒適環境，並不是指各位沒有耗費體力或是打怪的難度不高。當然我無意否定各位的辛勞，但是各位因為基英先生而產生的內心安定感，已經變成了舒適圈，讓各位過於安於現狀。」

「你是說，內心的安定感嗎？」

我理解金賢成的意思了。不，是只能理解。

「稍微放大解讀的話，就是基英先生的存在阻礙了各位的成長。這麼說雖然有些難為情，不過我認為，我的存在也同樣會帶來負面影響。因此，我雖然會與各位同行，但我不會做過多的干預。我想，撇除我和基英先生，只由四位想辦法一起克服難關，似乎較為妥當。」

他未免太看得起我了吧。

總之，拖油瓶果然是我。

只不過，金賢成解讀的方式和意思，顯然和我想的完全不同。

問題不是出在我無法成長，而是我正在妨礙其他隊員成長。

雖然也想過金賢成是否太過抬舉我，但鄭白雪和朴德久過度依賴我也是不爭的事實。

即便如此，我也不認為自己的影響力大到足以阻礙他們的成長。說穿了，這甚至讓我不禁猜想，金賢成大概誤解了什麼吧。

「基英先生看起來似乎不太能接受。」

「坦白說，確實如此。白雪和德久……」

「基英先生，你對小隊的貢獻程度遠比你想像的多。雖然不曉得其他人怎麼看，但至少我是這麼認為的。說得誇張一些，這次的遠征要是沒有基英先生，非常有可能以失敗收場。」

「才、才不會那樣。不，就算真的是那樣，怎麼可以和基英哥……一、一個月……」

「我們不是小孩子，老兄。當然，我承認基英大哥非常了不起，但是……」

「無論如何，我以隊長的立場宣布，這件事無可反駁。基英先生不參與這次的遠征，同樣地，除了我以外的四名成員，將展開打怪與攻掠。」

每個人都露出一副難以接受的表情。

不過，我率先點了點頭。

雖然連我都不免感到驚訝，不過既然金賢成做出判斷，決定了小隊的成長方向，想必會是正確的選擇。

尤其是，朴德久或許還不好說，但如果是鄭白雪，我認為她理應漸漸熟悉沒有我的環境。

鄭白雪跟在我身邊，我當然高興，但比起過度黏人，我想還是保持適當的距離更有幫助。

或許是因為難以相信必須分開一個月的事實，鄭白雪持續望著我，不過我並不打算反對金賢成的決定。

「嗯，我也同意賢成先生所說的。如果這麼做能對小隊的成長方向有所幫助，我認為值得一試。」

有問題的不是他們，而是我。

從金賢成巴士下車之後，說不定距離我成為迷路兒童就只差一步了。

小隊成員變得更強大，我當然樂見。

不過，要是他們強大到我完全追趕不上，日後一起行動時，恐怕會衍生出更多問題。

那可不行。

重生者特意將我排除在外，說不定另有安排。而且是為了潛能看起來較低的我，所準備的禮物。

能力值的提升和轉職。

遠處彷彿傳來甜美的回聲。不曉得金賢成準備了些什麼，也許等著我的，是無比甘甜的蜜罈子也說不定。

「那麼這段期間……」

然而，那似乎只是我的錯覺。

金賢成朝我咧嘴一笑，臉上充滿難以名狀的信任感。

「基英先生你也一樣。這一個月內，只要把重心放在提升能力值和轉職就可以了。」

「好……我明白了。」

「我們會盡快出發。在這個過程中，還請基英先生不要給予協助。行前準備當然也要他們自己做才有意義。請你別擔心，將注意力放在自身的成長就可以了。」

「好……」

雖然不曉得他哪來的自信，不過現在他正對我抱持著無窮的信賴。

他的心境似乎產生了某種轉變，但我實在沒想到會演變成現在的狀況。

「我不在的這段期間就拜託你了。基英先生，我相信你。」

別相信我，你這小子。

這句話，一直在我的舌尖打轉。

＊　＊　＊

能夠取得重生者的信賴當然是一件非常幸福的事情。

不過，老實說，我並不滿意這樣的信任。

雖然不曉得他對我的評價如何，但說得誇張一些，我目前依然是一個需要金賢成百般照顧呵護的孩子。

尤其在成長方面，更是如此。

如果問他能力值的提升和轉職有什麼重要的，他八成說不出個所以然，不過像這樣高估我，實在讓我無法適應。

稍微減少一點對我的信任吧，你這小子。

這段期間，我雖然在大家心中建立了足以獨當一面的形象，不過我並不滿意目前的局面。

即便如此，我完全能理解金賢成所做的決定。

這次遠征，非常有可能以失敗收場。

既有隊員們過往在我帶來的內心安定感之下，才能順利地完成打怪，對於這句話，我也有所體會。

「我、我也要留在這裡。我不想去。我絕對不要去。」

麻煩的是，鄭白雪。

隨著出發的日子越來越接近，她開始找盡各種藉口拒絕前往遠征，令人備感荒謬。

為了達到金賢成口中的目標，也就是提升能力值和轉職，宣布消息的當天，鄭白雪便立刻採取行動。

她認為，在短短沒幾天的準備期間，只要能完成轉職或達到目標能力值，就可以不用前往遠征。

想當然耳，就算鄭白雪達成目標值，也不可能改變前往遠征的既定事實；不過，她肯定打算用這件事作為藉口，想盡辦法懇求金賢成放過她。

不過……

即便鄭白雪擁有傳說級的天賦，在短時間之內，也不可能看見顯著的效果。

才沒幾天，鄭白雪的能力值就有了爆發性的成長，確實值得驚訝，但是她依舊無法達到目標值。

最後，鄭白雪的狀態變得起伏不定，就像被醫生宣判來日不多的病患，直到坦然接受死亡之前，必須經歷否認、憤怒、妥協、憂鬱、接受這五個階段。

沒多久，鄭白雪就進入了第一階段，她開始否認即將和我分開一個月的事實。

不論是念叨著「事情應該不會真的發生」，或是認為這肯定是玩笑話。

她看起來完全無法想像就這樣和我分離，對待認真收拾行李的朴德久和宣熙英的態度，如同對待陌生人一樣，只是遠遠地看著。她的一舉一動，就像在否定那場會議的存在。

然而，隨著時間一天天流逝，越來越接近出發日，她才開始認清現實。

緊接著進入下一個階段，憤怒。

她開始對無緣無故擬訂遠征計畫的金賢成感到厭惡。

要說有什麼值得慶幸的事情，那就是幸好鄭白雪並沒有萌生殺機，還真是萬幸。

看來她還是有把金賢成視為生死與共的隊友。

鄭白雪獨自待在房裡大吵大鬧的時間越來越長，呈現一副歇斯底里的模樣。

隊伍裡除了我，金藝莉幾乎可以算是最弱的成員。然而，鄭白雪也不忘拿她出氣。

鄭白雪在尋找導致每個人都必須參加這次遠征的原因。

雖然她似乎認為由於射箭的弓箭手小鬼頭實力還需要加強，所以才得完成這次任務，但她並沒有直接向金藝莉發脾氣或大呼小叫。

因為鄭白雪很單純，比起對人發脾氣，頂多也只會對著某處大罵傻瓜、笨蛋之類的可愛髒話。

根據朴德久的官方消息，她曾私底下偷偷向朴德久說過金藝莉的壞話。

仔細想想鄭白雪的為人，這種行為完全與她不相符。

鄭白雪進入下一個階段「妥協」時，變得十分聒噪。

她就像被我附身一樣，開始學我提出各式各樣的條件。

比如「我真的會很努力做到。就算不去遠征，只要待在這裡，我的能力值就能提升更多，我也會更努力。所以說，所以說，拜託嘛！嗚嗚。」

或是「那麼，我們只去一週呢？那樣效果應該會更好。」

又或者「基英哥你也一起參加，像賢成先生一樣在旁邊看，這應該是最理想的方法。」

鄭白雪開始不停說著這類的話。

她提出的目標和數值相當具體，甚至讓我不禁懷疑讓她實際留在這裡，說不定更有效率。

然而，當我們拿出過去打怪期間能力值變化的統計數據，以及選擇留在這裡的能力值變化數值進行對比之後，老實說，根本無從辯駁。

我知道，她當然也向金賢成提出了許多條件，對朴德久、宣熙英肯定也不例外。

即便鄭白雪做出怪異的煽動行為，鼓吹大家正式提出抗議，最終被煽動的也只有朴德久一人。

雖然這只是我的猜測，但我認為朴德久或許也進入了妥協的階段。

因為，他來找過我。朴德久看到鄭白雪的行為後，也開始審視自己了。

其實最難熬的，是下一個階段，憂鬱。

鄭白雪明顯開始消瘦，也變得越來越常流淚度過漫漫長夜。

她或許認知到了自己的身體狀況，我經常聽到她一邊喊痛，一邊拒絕前往遠征，簡直和中度憂鬱症病患沒兩樣。

她望著天空發呆的情形越來越常見。

「真的好討厭。真的……」一個人自言自語的次數也更加頻繁。

不只是鄭白雪，這段期間對我來說同樣煎熬。

我花了更多時間安撫她。

我把這段期間累積的獎勵，一次全送給鄭白雪來安撫她的情緒，即便如此，對她而言，被迫分開超過一個月，就像所有幸福的相處時光全數泡湯一樣，令她萬念俱灰。

雖然鄭白雪對於我的安慰也非常樂在其中，但就結果看來，她似乎陷入了更深的憂鬱。

她深刻地體會到，相處的時光越甜蜜，分離的時間就越可怕。

最後，連在肢體接觸的過程中，鄭白雪都能流下淚水，而這一幕也為第四階段畫下了句點。

最棘手的第五階段，也就是接受，始終無法順利進行。

由於親眼目睹鄭白雪經歷了前四個階段，我以為或許她最終能接受現實，但遺憾的是，鄭白雪無法對離別抱持超然的態度。

相反地，應該用「被迫接受」來形容這個階段才對。

她直到最後一刻都在否定現實，甚至在出發前夕還無法相信。

雖然又哭又鬧，卻一點效果也沒有。

遠征既是小隊的決定，同時也是我的決定，就鄭白雪的立場而言，也不得不遵守。

簡單來說，鄭白雪用否認、憤怒、妥協、憂鬱、被迫接受這五個階段，來為為期一個月的離別做準備。

萬一得分開一年以上，或是一輩子不再相見，我實在難以想像會她掀起何種軒然大波。

這和鄭白雪與我相處後，變得怪異的取向無關，她只是不善於離別。

被包括姐姐在內的家人拋棄後，獨自一人生活了很長一段時間，恐怕對於她那樣的性格影響深遠。

總之，儘管鄭白雪用盡了各種方式，時間還是不斷流逝，遠征的出發日也一天天逼近。

坦白說，遠征的準備過程，根本不可能順利。

因為不僅鄭白雪在打理身心狀態上相當吃力，朴德久的狀態也同樣不尋常，這令我感到不解。

而宣熙英似乎只是心平氣和地思考將來的事，不過短時間之內無法做志工服務，也讓她累積了些許壓力。

至於金藝莉，老實說我完全不了解她的想法。

看著除了我以外的成員們為遠征做準備，其實相當煎熬。

當然，我並不是擔心自己遭到排擠才變得焦慮不安，而是因為發現情況比想像中更加慘不忍睹。

準備遠征的小隊成員包括有些不對勁的朴德久、鄭白雪，以及不太了解遠征的宣熙英，再加上一個小鬼頭。

因此，準備工作不周全也是意料中的事，卻沒想到竟是這般慘況。

就像之前所說的，金賢成一撒手不管遠征的準備作業，他們就像迷失方向一樣，不曉得該從何開始著手。

看來我的擔憂並非毫無道理。

「你真的打算以這種狀態出發嗎？」

「是的。不管怎麼說，不給予幫助是正確的。我們小隊已經太過習慣接受指令了。基英先生你應該也有所體會。」

「是……」

「遠征的過程中，他們會有所領悟的。」

「……」

「我的意思是，這段時間以來，在安逸的心理狀態下面對遠征，就跟現在沒有兩樣。這種心境在打怪的過程中，會更加明顯地暴露出來，但是……這次遠征後，德久先生和熙英小姐的成長值肯定會大幅上升，白雪小姐更不用說。實際上，也不能說完全沒有問題。如果我和基英先生一同前行的話，自然不會出任何意外，不過萬一之後我們兩個都不在的話……」

就會和現在一樣。

我能理解金賢成此時此刻所想表達的。

不單只有打怪這個主因，他肯定認為戰隊的指揮系統本身存在著問題。

戰隊目前有身為隊長的金賢成，以及做為第二重要人物的我，但在這之後，沒有任何人。

不論是宣熙英、鄭白雪或是朴德久，假如至少有一個人站出來找出遠征的進行方向，準備作業肯定能變得更加順利。

然而，沒有任何一個人提出像樣的疑問或找出答案。

他們果然抱持著「這樣應該就行了」、「這樣就夠了」的安逸心態。

簡而言之，這次的遠征既是訓練，同時也是在我們團隊中尋找第二要角的過程，這樣的說法一點也不為過。

他們能順利進行嗎？坦白說，我抱持著一絲懷疑。

要是看到目前這般光景，的確會忍不住這麼想。

以為期一個月左右的遠征來說，他們帶的消耗品遠遠不足，個人的裝備或道具似乎也不齊全。

如果要用一個極端的例子來比喻的話，這簡直就和小朋友們準備外出郊遊的用品沒兩樣。

金藝莉只準備了弓和箭。

鄭白雪或許根本沒弄清楚出遠門的意思，只顧著準備充滿我們共同回憶的物品。

說穿了，簡直沒有比這更走投無路的絕境了。

要是投資我們小隊的集團或公會目睹現在的慘況，想必會為了撤回資金苦苦掙扎。

「再怎麼說……基本的東西……」

「德久先生和熙英小姐還算是準備了一些，因此真正需要的基本用品，多少都準備完成了。

我雖然同樣感到不安，不過這麼做是正確的。親身體驗和完全不去體會，肯定有所差異。」

「原來是這樣。」

「那麼，該出發了。」

「好……」

我和金賢成一起走了出來，便看見成員們已經站在外頭等著我們。
雖然各自拿著碩大的行囊，但我很清楚，裡頭全是一些派不上用場的東西。
見到朴德久一副自以為做了萬全準備的模樣，我不自覺嘆了口氣。
不曉得他們明不明白我鬱悶的原因，成員們一個個開始向我搭話。
「大哥，別太擔心。應該不需要花上一個月的時間！」
八成會超過一個月。
「基英先生，我不在的這段期間就拜託你了。再怎麼說，不能去做志工服務，我還是非常過意不去……」
我想出發沒多久，他們就會淪為被人救濟的對象也說不定。
「基英哥……基英哥……」
即便見到依偎在我懷裡的鄭白雪淚眼汪汪的模樣，我也一點都不心疼。
「這、這段期間，要好好照顧身體。還有……」
「我知道了。白雪，別擔心。」
你們才更讓人擔心。
她似乎擔心自己不在的這段期間，我會和其他人在一起。不過，對她而言，離別的傷痛看起來更強烈。
當金賢成宣布出發時，我輕輕將鄭白雪推開，但她卻一副不想分開的樣子，使勁抓著我不放。
最後，雖然擺脫了她扒著不放的手，但她涕淚縱橫的模樣，實在令我難以直視。
「那麼，我們出發了。」
「大哥，別擔心我。」

這次的遠征，不是和金賢成一起同行的愜意巴士之旅，而是一場充滿苦難的旅程。

我敢保證，這趟苦行，肯定比任何修道僧人走過的路還艱險。

不用一起去也許是件值得慶幸的事。

這個想法有一半是出自真心的。

＊　＊　＊

平常鬧哄哄的公會二樓變得格外安靜，莫名讓人有些難以適應。

大概是因為有感情了吧？

沒想到隊員們才離開沒多久，我就產生了這樣的感覺。

總覺得他們不在身邊，自己一個人有些孤單。但我想，這只不過是環境突然發生變化才會出現的反應。

有時，我反而還有點高興。

因為這段日子以來，我確實無法否認，一絲微妙的不安感總是如影隨形。

不論是持續關注我動向的鄭白雪，還是時不時來找我的朴德久，又或者是找我一起外出做志工服務的宣熙英。因為他們，我的個人時間嚴重不足。

我甚至無比感激金藝莉完全不搭理我，萬一連那個小鬼頭都來搗亂，要說我完全沒有私人時間也不為過。

雖然暫時得一個人處理所有事，卻也有種放長假的感覺。

不變的是，必須加緊腳步採取行動。

為了達到金賢成所說的第三次轉職或是能力值的提升，我也得和他們一樣，迫切地開始展開行動。

雖然不明白金賢成究竟相信我哪一點，認為我能跟上大家的水準，但他或許有另有考量。實際上，我同樣不認為情況有多麼糟糕。

我擁有英雄級的煉金裝備，以及無數的催化劑及材料，這些相當於確保了我的成長。在能力值方面也沒什麼問題，最重要的關鍵就在智力值。

因為打從一開始，提升其他部分的能力值本身就是天方夜譚，所以我無從選擇。

因此，第三次的轉職相當重要。

雖然沒想過仰賴戰鬥能力，但它還是或多或少有些幫助。

單憑研究職的身分，想追上隊員們的能力值是不可能的。

我只能慢慢提升能力，尋找其他可能性，對於這些尚未具體化的問題提出解答。也就是，找到在不失去煉金術師既有特性的前提下，能具備基本戰鬥力的方法。

首先是人造人「荷姆克魯斯」……

事實上，這也是我選擇煉金術師的契機。

因為不必消耗魔力，就能使用類似召喚獸的生物，對我相當有利。

其實，在《拉姆斯．托克的煉金學概論》中，對於人造人做了許多探討。

〔荷姆克魯斯是指，不藉助女性的子宮，以人工的方式製造出來的人造人。雖然根據不同學派，說法會有些許差異，但至少筆者將人造人定義為「被製造出來的生物」。當然，人造人並不是指合成獸。合成獸是從既有的事物中創造出來的產物，而我們煉金術師所研究的人造人，是從無到有的概念。〕

荷姆克魯斯就是被製造出來的人造生物。

對於它們如何生成，又能發揮何種功用，我當然無從得知。

甚至，托克的書中也只記載了理論的部分。

書中雖然對於合成獸有較為詳盡的描述，不過合成獸是基因改造下的產物，與被人類製造出來的荷姆克魯斯本質截然不同。

也許對於托克來說，荷姆克魯斯仍處於未知領域。

不對，就算人造生物真的被創造出來，也不可能有人到處嚷嚷自己創造了新的生命。

就算把它視為一種神的領域也不為過。

第二個部分，是液態藥品。

在這個世界，我們稱之為「藥水」。

如果有人問，光靠區區一瓶藥水，就能獲得戰鬥能力嗎？答案當然是否定的，畢竟這只不過以我個人想像為基礎建立的一種理論。

這個大陸的魔法原理，簡單來說的話，大概就像這樣——

累積魔力之塔，接著透過念誦咒語將魔力具象化。

念誦完成的咒語會停留在手臂或特定身體部位，隨著持咒者念出的啟動語發揮作用。

那麼，難道咒語只能停在身體，而不能留在藥水或特定物品裡嗎？

我要做的就是這樣的實驗。

當然，有些道具本身就具有魔法。不過，那些道具並不是人類所打造的，而是自然形成的成品。

事實上，有些魔法學派雖然能夠在道具上施加魔法，但效果不僅不健全，效率也不佳。

在這種本末倒置的情況下，研究被迫中斷。

要是使用煉金魔法的煉金術師，能夠運用煉成陣讓物品承載一次性魔法，不只對我有利，在商業層面上肯定也能取得卓越的成果。

第三個部分，是合成獸。

這個方法，等同於改造基因或細胞，製造出召喚獸。

實際上，這可能是最簡單的方法。因為在這個世界，怪獸這類的生物，十分引人好奇。

僅僅是製造出合成獸，其實相當容易。

許多怪獸都有類似的基因，假如實際將這些基因混在一起，經過實驗，怪獸肯定能活下來。

不過，控制這樣的怪獸，並不屬於煉金術師的能力範圍，那是黑魔法師的領域。

以我目前所擁有的魔力而言，尚且無法控制合成獸。

當然，把還未成長為成體的怪獸抓來親自培養，後續肯定能產生一套方法，但這個做法究竟可不可行還是未知數。

我可不想被自己養大的合成獸抓來吃。

除此之外，我還有很多可以發展的方向。

因為這可是攸關生死的問題。

即便危險性相當高，我也想過直接用我的身體來試驗，還曾經打算製造賢者之石。不過，除了效果可能不太好以外，到目前為止，我認為還有許多困難的部分。

雖然計畫不斷延遲，但此時必須先大致決定好發展的方向，並開始行動。

想跟上重生者一行人的腳步，卯足全力地快馬加鞭固然重要，但我認為有效率地展開行動最重要。

當然，所有事情都不可能立竿見影，不過我也不願把時間花在不斷反覆的實驗與失敗。

而能夠避免這種狀況的解答，呼之欲出——尋求幫助。

這也是個不錯的選擇。

有不懂的問題，就開口詢問；研究遇到瓶頸，就尋求建議。這是一般人都了解的道理。

魔法和煉金術雖然分屬不同類別，但本質都是一樣的。

萬變不離其宗，其他職業也一樣。

每個人對事情都有不同見解，想必請求幫助是最合理的方式。

尋求魔道公會協助應該會更合適吧？

這確實是個不錯的選擇。

如果是一群喊著想加入賢者之石研究團隊的成員，應該能成為李基英實驗室的忠實員工。

我一邊琢磨各種想法，一邊走進餐廳。

這時，身邊傳來一道聲音。

「你今天一個人用餐嗎？」

「咦？」

我回過頭，眼前是一位看起來略顯稚氣的女子。

「對了！這好像是我第一次向你自我介紹。我是帕蘭第五小隊的隊長黃正妍。」

「啊，很高興認識妳。我是……」

「我知道。你是第七小隊的煉金術師李基英。對吧？」

「是的。」

「恐怖的庭園副本，進展得還順利嗎？」

這個提問令人有些意外。

不過，我馬上察覺到她為什麼會提出這樣的問題了。

想必她就是發現者。

眼前這個名為黃正妍的女子發現了副本之後，將攻掠副本的機會讓給我們。

「真的非常感謝妳。託妳的福，我們得到了寶貴的經驗。」

「你果然就像大家說的那樣，非常擅長察言觀色呢。」

「我就當作是稱讚了。」

「當然是稱讚囉。其實，我本來還有點過意不去呢。你們能在過程中獲取寶貴的經驗真是太好了……不過因為遠征過程中發生了一些不太好的事，坦白說，我的心情不是很好。我在黑天鵝公會裡的朋友也有託我向你轉達歉意，現在總算有機會說出口了。」

「噢！別這麼說。我已經接受了道歉，整件事也順利地落幕了。透過這次機會，我反而認知到了自己的不足。」

「聽你這麼說，我的心情就好一點了。第一次和眾所矚目的第七小隊成員一起聊天，真令人高興。」

我能從她的表情和嗓音感覺到她的狀態很放鬆。用極度悠閒自在來形容她的神色，再適合不過了。

雖然整張臉看起來有些稚氣，但不知為何總散發著過去時代的氣息。

聲音雖然和現代女性明顯不相符，卻給人一種大家閨秀的印象。

「其實，距離你們從遠征回來，也過了一段時間了。第七小隊的各位總是聚在一起，想加入其中和你們說話也不容易。」

「噢，原來是這樣。」

「雖然滿心期盼公會全體成員能聚在一起吃飯，但其他小隊的成員還不打算從遠征中返回……公會也非常忙碌。大家應該沒有空閒的時間。」

「我聽說，妳之前進入了英雄級的副本……」

「是的。話說回來，你看起來似乎非常苦惱……」

「嗯……」

從她的外型來看，任誰都會認為她是魔法師。

她似乎認為和我對話就像是一群相似職業的人在互相訴苦。

特意向默默在一旁的後輩搭話，還將副本的所有權讓給我們，從這兩點來看，她似乎也挺愛多管閒事的。

當然，她多管閒事的個性對我非常有利。

即便不利用心眼來確認她的能力值，也能察覺她是個實力出眾的魔法師。

她不加掩飾的魔力讓人多少能猜到她的能力值，眼中所透露的聰慧也相當引人注目。

從容不迫的性格，多半是受到她所擁有的魔力所影響。

是值得一用的人才呢……

看來似乎沒有非得向魔道公會提出請求的必要了，直接向黃正妍請教各種問題也無妨。

「是的，雖然有些難為情，不過確實如此。因為我最近遇到了一些瓶頸。」

「嗯嗯，我能理解，大家都有這樣的時期。」

「雖然有許多選擇，但事實上，我完全不曉得該往哪個方向前進……」

「這個我也能理解，畢竟是人人都會遇到的事。尤其像基英先生你這樣的狀況，就更不用說了。」

「什麼？」

「你在傭兵女王和白雪小姐之間苦惱不已吧？一邊是在地球認識的戀人，另一邊則是在這裡生死與共的伴侶……無法做出選擇不是理所當然的嗎？」

「蛤？」

「其實，視一夫一妻制或一妻多夫制為理所當然的現代價值觀，可能很難理解，不過在這種時候，同時選擇兩位或許會是正確的選擇。」

我瞬間意識到，我和她根本是牛頭不對馬嘴。

大概是察覺到了我備感荒唐的表情，緩緩地笑著說出這些話的黃正妍，突然慌忙地閉上嘴巴。

「哎呀，原來你不是指這件事啊。」

「沒錯。」

「抱、抱歉。我看你似乎相當苦惱的樣子，我還以為是……」

「……」

她一臉尷尬，雖然想收拾這讓人一頭霧水的局面，但似乎於事無補。

這樣的感覺，似曾相識。

總覺得跟某個人好像啊……

即便容貌外表完全不同。不對，似乎連人種都不一樣。

因為我腦中浮現的臉龐，是長得和山賊沒兩樣的豬頭，而眼前的女子則是一副賢妻良母的模樣。

即便如此，我還是能察覺，這個女子身上散發著和朴德久類似的氣息。

他們真的好像。

就連一不小心牽扯上關係，就有可能帶來麻煩的感覺也一樣。

當我正煩惱著該不該離開的瞬間，身旁再度傳來聲音。

「真是的，瞧我這副模樣。對不起。太久沒看連續劇了，不知不覺就……」

「原來如此……」

「因為兩位看起來實在太甜蜜了。其實，看到白雪小姐和基英先生，我就會情不自禁地笑出來……尤其白雪小姐似乎非常深愛基英先生呢……所以你才會帶著那樣的魔法到處走吧。」

「什麼？」

「位置追蹤魔法啊。不曉得我能不能這樣和你待在一起，她應該會接收到你和某人待在一起的消息吧……」

「嗯？」

「你不需要感到害羞。你不是把身體的一部分也給她了嗎？真浪漫啊。」

「……」

「難道……你不知道嗎？」

「……」

「你可以……裝作沒聽見嗎？」

這消息簡直荒謬至極。

＊　＊　＊

這消息實在太過荒謬，以致於我不自覺地笑了出來。

在我理清頭緒之前，腦海中早已自然而然地浮現出在我身上施展魔法的人。

不論是從性格，或是到目前為止的所有行跡來看，犯人顯而易見。

肯定是鄭白雪。

雖然腦中也浮現了幾個公會或戰隊，但他們肯定不會為了我這種人大費周章。

姑且能算得上是嫌疑犯的，就是和我糾纏不清的三個女人。不過，在這之中，車熙拉的定位有些模糊，所以先排除在外。

不知怎地，我實在難以想像車熙拉會僱用其他魔法師來追蹤我的位置，而且不管怎麼想，她都沒有這麼做的理由。

另一個嫌疑犯李智慧也是一樣。李智慧既沒有能力也沒有時間在我身上布下魔法。

不對，要是有人在我身上施展魔法，我肯定能察覺。

想得單純一點，能夠在我毫不知情的狀況下，在我身上施展魔法的人，就是犯人。

也就是說，有人趁我休息或是睡覺的期間，偷偷溜進我房裡，對我施展魔法。

當然，這只有鄭白雪能做得到。

一想到鄭白雪盯著我的睡顏，口中喃喃念著咒語的模樣，簡直令人毛骨悚然。

什麼跟什麼啊……

實際上，在進入公會總部之前，鄭白雪每天晚上都會偷偷找上我，一陣東摸摸西摸摸之後再離開。不過，現在回想起來，來到公會總部之後，我一次也不曾在半夜醒來。

是從什麼時候開始的？

仔細一想，對我施魔法的人應該就是她。

其實，如果不當一回事，讓事情就這麼算了也無所謂，但不知怎地，只要一想到整件事和鄭白雪有關，我的心情就相當複雜。

自從來到公會總部，我從來不曾在半夜醒來，這是否單純只是巧合，仔細一想，答案呼之欲出。

絕不可能只是偶然。

只要想到鄭白雪極有可能偷偷潛入我的房間，對我施展睡眠魔法並做出各種行為，我就不禁啞然失笑。

雖然這只是我的推測，但要是一切都屬實，那麼從進到公會總部的那一刻開始，就等同於間接給了鄭白雪機會，對我為所欲為。

呵……

妥善掩飾好內心的慌張後，我稍稍抬頭，只見黃正妍一副鑄下大錯的樣子，嚇得面如死灰。換作是我，肯定也會出現相同的反應。

以現代的角度來看，她的行為就像是在告訴別人的先生，他充滿疑心病的太太隨時隨地在監視他一樣。

我和鄭白雪的關係在她眼中有多麼青澀，我無從得知。不過，她似乎不自覺地開始看起我的臉色。

整理好混亂的思緒，我再次開口。

「可以請妳說得更詳細一點嗎？」

因為我得更徹底地了解整件事。

「咦？什麼？」

最重要的是了解事件的來龍去脈。這樣一來，我才能小心防範。

「就是……那個……」

「妳只要確切地告訴我就行了。」

「那個……」

見她猶豫了好一陣子，我莫名感到有些不安，也擔心魔法或許會隱藏著我不知道的功能。

在這片大陸上，雖然不曾聽過竊聽這一類的事，不過如果是鄭白雪的話，我認為，她肯定能開發出前所未見的全新魔法。

「確切告訴你的話，有、有點……你沒關係嗎？」

「沒關係。雖然有些驚訝……但我想了解更多。反正我多少也預料到了……妳不需要太在意。」

「既然你都這麼說了，我當然得告訴你才對！真、真的嚇我一跳呢！」

「是啊，白雪的確很容易吃醋……恐怕是因為這樣，才會在我身上加裝魔法。」

「我的天啊！不過，想想也是，你都和傭兵女王傳出那樣的傳聞了，白雪小姐這麼做的確情有可原。」

「……」

「難怪會藏得這麼隱密……」

「什麼？」

「假如是平凡人，恐怕無法察覺。尤其，像劍士這類型的人，應該也發現不了基英先生身上的魔法。就連魔法師也一樣。這道魔法具有系統性，且相當複雜，如果不是像我這種對魔法十分敏感的人，只是普通魔法師的話，根本難以察覺。如果是魔力值未達八十的人，八成會忽略掉這種魔法。這道魔力不僅極其微弱，更重要的是，持咒者將魔法融入了基英先生自身的魔力波長中。」

「原來如此……」

「坦白說，我覺得相當有趣。沒想到竟然還能這樣使用魔法，天才魔法師的傳聞果然不是蓋的。因為這和我研究的領域有點不同，就算我想模仿也不容易。基英先生無法察覺……似乎也不無道理，畢竟你說你是煉金術師嘛。」

「是……」

「不過，我倒是能告訴你，在你身上有哪些魔法，因為她使用的都是一些基本的咒語。」

「嗯嗯。」

「首先，第一個就是剛才所說的位置追蹤魔法。就像字面上的意思，魔法的設計是用來大致掌握對方的所在位置。其實，這部分沒有什麼大礙，不過第二個魔法在我看來，挺有意思的。」

「是什麼？」

「這是一種類似於在副本裡形成安全區域的魔法。你可以把它想成當有生物進入特定的半徑範圍時，就會發出訊號的一種魔法。這道魔法的半徑大概是五十公分左右……簡單來說，只要其他人靠近基英先生周圍五十公分以內的範圍，訊號就會被觸發，這樣的說明似乎更正確。但是，我完全不曉得會帶來什麼樣的後果。」

「這樣啊。」

「一般來說，在他人身上施展這樣的魔法，通常需要以目標對象身體的一部分組織或血液之類的東西作為催化劑……你真的沒有把這一類的東西交給她嗎？」

「如果沒有催化劑，結果會如何？」

「假如沒有催化劑的話，就不能使用這種魔法。因為這樣的魔法經過了質變，在形態上，和基英先生擁有的魔力波長非常相似，所以才能讓人不容易察覺。尤其是對位置追蹤魔法來說，催化劑是不可或缺的部分。要是缺少催化劑……魔法根本無法啟動……」

「我似乎有點印象……」

「果然……」

「如果是頭髮之類的東西，也辦得到嗎？譬如說，指甲之類的。」

「不行。假如只有一根頭髮，是辦不到的，大概需要一撮的量。」

我當然不記得曾經有把一搓頭髮交給她。

不過，我倒也不是完全沒有頭緒。之前在攻掠副本時，鄭白雪曾經撿走我的牙齒。想起那件事，我沒來由地感到荒謬。

當時雖然覺得無傷大雅，沒想到如今竟衍生出這種結果。

仔細一想，和李智慧在一起時，不知怎地，我也莫名有種中了魔法的感覺。

並不是鄭白雪察覺到我和李智慧之間微妙的氛圍，而是李智慧進入了她所設定的區域範圍。

怪不得當時鄭白雪用一副像要殺死李智慧一樣的表情死命瞪著她。原來是因為李智慧進到了範圍內。

「天哪，嫉妒心可真不一般啊……真、真不知道該怎麼辦呢。」

比起擔憂的神色，黃正妍看起來反而還有些興致勃勃。

不曉得這樣的形容恰不恰當，她此刻的表情，和我母親在看狗血連續劇的神情如出一轍。

「嗯……我身上的魔法，沒有能讓對方聽見我說的話或監視我狀況的類型嗎？」

「沒有，安置在你身上的魔法只有兩種。不過真是巧妙呢，連我都感到相當驚訝……剛到這裡沒多久的新人，居然能施展這種魔法，實在令人難以置信。當然，魔力本身的消耗量非常少，所以的確有可能辦得到，不過……這幾乎能寫成一本學術論文了呢？」

那篇論文的題目想必是「跟蹤男友的祕訣」。

「呃……」

「如果你想解除的話，我應該能做得到……你打算怎麼做呢？」

「沒關係，現在還不需要。」

「天啊，看來你是那種喜歡被束縛的類型。雖然有點奇怪，但莫名有些浪漫呢！」

浪漫個屁！

就像我說的，雖然是晴天霹靂的消息，但一切實在過於荒謬，我反而表現地一派淡定。

其實，我多少了解鄭白雪在這方面相當執著。我的性格或許有些怪異，不過為了能更加萬無一失地控制鄭白雪，我想這樣的交換條件，也不是一件壞事。

我當然不是完全不覺得驚悚。同時，也有一種難以言喻的反感……不過，對於這種程度，我可以假裝不知情。

無論如何，能夠得知自己中了什麼樣的魔法是件好事。

我也不禁開始好奇我房間裡是否存在其他魔法。

「如果妳不介意的話，能否來我的房間呢？」

「什麼？」

她無緣無故用充滿防備的表情看著我，讓我更錯愕了。

「雖、雖然，我非常感謝你的提議……不、不過實在太突然了，讓我有點驚慌！我並不是說你沒有魅力，但是……你身邊已經有很多女人了……當然，如果能加入成為其中一員，應該也能說是一種夢想，不過我的理想型是體格健壯的暖男，所以……」

「我不是那個意思。」

「咦？」

「我是想請妳幫我檢查，房間裡是否有其他魔法存在。」

「原來如此……我想也是。」

我再次從這個陌生的女人身上察覺到了和朴德久相似的氣息。

「那麼，一起上樓吧！我也很好奇花重金打造的煉金工房長什麼樣子。今天運氣真好。」

「我也是。」

如果不是她的話，我肯定還不知道自己中了法術。

我默默從位置上站起來，接著黃正妍立刻用充滿興致的眼神，跟在我後方。

對比我認真的態度，眼前的女人卻是一副正在參觀連續劇拍攝地的表情。

不知怎地，越往二樓前進，我的腳步就越發沉重。不過，我想還是一次解決所有的事比較妥當。

「原來這裡就是第七小隊的宿舍啊。果然就像傳聞一樣，相當高級呢！」

「其實，我沒有見過其他人的房間，所以沒辦法詳細說明。」

黃正姸到處走來走去，左顧右盼了好一會兒，接著站在朴德久的房門口。

想著她是不是發現了些什麼，我悄悄地望著她的臉，只見她不知怎地臉上掛著一絲笑意。

不會吧……

我只能祈求腦中最不想見到的畫面不要成真。

不管怎麼說，我們的目的地是我的房間，不是朴德久的。於是我假裝若無其事地打開我的房門，和平日一樣的景象便出現在眼前。

房間裡的書桌上，散落著各種書籍，大大小小的裝備堆疊在一起。

雖然房裡呈現一副不常打掃的模樣，令我有些難為情，但是就算現在開始整理，也只會看起來更奇怪而已。

「你的房間真乾淨呢。」

「是……」

「天啊，你的書好像比我的還多……」

「都是一些讀到一半就放棄的書。」

「不過，讀書總歸是一件好事。對了！看看我這記性。你是想請我看看房裡有沒有其他魔法裝置對吧？」

「是的，沒錯。」

「稍等一下。」

她將魔力注入雙眼，接著開始左右張望。

我沒料到她會為了替我找出魔法而做到這種地步。我想大概是因為她也意識到了鄭白雪驚人的魔法天賦吧。

一段時間過後，黃正妍的表情變得十分微妙。

看起來像在壓抑笑意，又像是充滿興致。時不時出現吃驚的表情，也讓我的焦慮感迅速飆升。

最終，環顧完房間四周的她，小心翼翼地向我開口。

「房間裡確實有魔法。」

「什麼？」

「牆壁和床上都有。」

＊　＊　＊

「……」

「先從牆壁開始說吧？」

「好。」

「使用隔壁房間的，是白雪小姐對吧？」

「是的，沒錯。」

「白雪小姐有點陰險呢。」

我開始猜想會是什麼樣的情況。

從新手教學時期開始，我就曾經見過鄭白雪使用幻術變出一面牆。

不過讓我不知所措的是，一整面牆被人調包，我驚然渾然不覺。

懷抱著半信半疑的態度，我用手摸了摸牆面，但是出現在眼前的，並不是魔法，而是一道實際存在的牆，這分明是普通的牆壁。

難道不是整面牆被換過？我用稍微詫異的神情望向黃正妍，接著，她充滿喜悅地說。

「並不是整面牆壁被換掉，而是出現了一個小小的洞。」

「什麼？」

「將手指伸進這裡，你就能明白我的意思了。」

像是試圖和我保持魔法所設定的安全距離，黃正妍用手指緩緩地給出指引。

我輕輕地將手指放入孔洞的所在位置，一瞬間，手指竟穿透了壁面，讓我感到無比慌張。

到目前為止，我對於孔洞的存在全然不知，這件事簡直荒謬至極。直到實際用手觸碰後，我才感受到魔力的存在。

「我怎麼不知道……」

「因為魔力相當微弱。再加上這間房間早已被魔力重重包圍，完全無法察覺也是理所當然。基英先生似乎也不是那種對魔力相當敏感的體質……不過，話說回來，這個小洞好像是最近才有的。」

「啊，是嗎？」

「沒錯。看起來還不到一個月……雖然不曉得白雪小姐為何要偷窺基英先生您的房間……但多少能猜到。呵呵呵。」

「呃……是。」

這大概是不幸中的大幸。

當然，雖然我不記得自己曾在房裡做過奇怪的行為，不過一想到鄭白雪見過我的所有面貌，心裡總覺得有些不自在。

甚至我也曾洗完澡後，光著身子走出浴室，直接躺在床上。

雖然心裡有些不舒服，但如果要我理解的話，我也同樣能夠理解。

原因出在我身上。即便沒料到會發展到種程度，但不管怎麼說，是我先主動拉攏鄭白雪的，所以這也是我必須承擔的部分。

如果只是這種程度的小事，就該謝天謝地了。我獨自點了點頭，接著耳邊立刻傳來黃正妍的聲音。

「其實，真正讓人驚訝的，是這張床。」

「妳是說床嗎？」

「這件物品，要說是魔法界的新革命一點也不為過。」

「啊……」

見她一副事不關己、看好戲的模樣，我心裡莫名有些不是滋味。

不過，她滿是詫異的眼神，似乎說明了這張床藏著某些超乎我意料的祕密。

我悄悄地望向她，黃正妍一副等著回答的模樣，緩緩開口。

「這是消除疲勞的魔法。」

「原來如此。」

「不僅如此，除了能確認基英先生你的狀態，上方還設置了許多魔法，多到我無法一一為您介紹。從提升活力開始，一直到能加速腦袋運轉和血液循環的魔法。另外，還有預防犯罪的魔法，以及無論發生任何事都能保護基英先生的保護魔法也一併內建在這張床上。假如這座公會總部遭遇大型魔法襲擊，基英先生應該也能平安無事。照這上面的各種魔法看來，你躺在這張床上，想必能睡得相當安穩吧。起床之後，你應該也不曾感到疲憊……對吧？」

「沒錯……好像是這樣，也有過起床後覺得通體舒暢的經驗。」

「躺在這張床上，身體的疲勞自然會煙消雲散。真浪漫呢……」

雖然不是特別強烈，但心頭湧上一股暖呼呼的感覺。

本以為會是我難以想像的魔法，卻沒想過會是這樣。

讓我略微詫異的是，鄭白雪所施展的，正是能將魔法附在特定物品或人物上的法術。

「妳的意思是，這張床被施了魔法？那……」

「沒錯，這不可能，對吧？如果真的可行，也不可能有良好的效果。因為許多學派已經放棄強制將魔法施加在除了人類以外的物品上了。」

「是的。本身具有特定功效的道具，大部分都是在這片大陸上自然生成的完成品。我個人在這方面也做過許多調查。」

「所以才說這張床是魔法界的革命啊！如果將基英先生身上的位置追蹤魔法所具有的隱蔽技術比喻成論文級別的話，附在這張床上的魔法，不僅能轟動整個魔法界，甚至還有可能開創一門新的學派。剛來到這裡還不滿一年的新手，竟然做到了只有一代宗師才能辦得到的事，簡直讓同為魔法師的我自愧不如呢。」

「……」

「當然，這個魔法也不是沒有限制條件。」

我想也是。即便是鄭白雪，也不可能完全掌握這種將魔法施加在物品上的法術。

畢竟這可是讓這個世界所有的魔法師都束手無策的法術。

「第一，這個魔法只能在基英先生身上發揮作用。」

「我了解了。」

「我認為這個魔法可能也使用了催化劑。白雪小姐以基英先生身上的某部分作為催化劑，不斷地將魔法縮小範圍，變成一種只針對基英先生個人發揮功效的魔法。假如所有人都變成了魔法的作用對象，魔法應該無法發揮到這種程度，效力也會大打折扣，對吧？總而言之，這就是一張為基英先生量身打造的床。」

「原來如此。但就算是這樣……」

「這個魔法之所以能啟動，是因為基英先生你所擁有的遺傳訊息，和催化劑上的遺傳訊息一致。這樣說明你應該更容易理解。」

某種程度上是能理解的。

「第二個限制是，必須充電。」

「是。」

「持咒者至少得一個月念一次咒語，親自補充魔力。目前看來這張床上還有魔力，想必你們一起在床上做了很多事吧。呵呵呵。」

「……」

「還有一個限制。」

「請說。」

「準確來說，魔法並不是設置在這張床上。就像我剛才說的，這個魔法必須充分運用催化劑。嗯，你能幫我將床墊翻過來嗎？或許在某個地方還有空隙……」

「好，當然沒問題。」

假如她說的是事實，那就代表，這張床另有承載魔法的裝置。

果然，在我將床墊翻過來沒多久，馬上就發現床墊裡塞了一個白色物體。

牙齒？

「我就知道會是這種東西……果然是真的。這是基英先生的牙齒沒錯吧？」

「是的，應該沒錯。」

「正是催化劑中儲存的遺傳訊息，使得魔法能在基英先生身上持續作用，這樣你能夠理解嗎？」

「當然。因為這個原理……很熟悉。」

「對了，你在這方面是專家對吧？」

「我這種程度還稱不上是專家。」

這種方法肯定也和煉金術非常類似。

不能把它視為單純的魔法。即便是持續作用在我身上的人造魔法，也不是光靠調整魔力的波長就能做到的。

名為李基英的人類所擁有的所有遺傳訊息，和被用來當作催化劑的牙齒所擁有的遺傳訊息呈現一致，所以魔法才能啟動。

我無法想像鄭白雪得付出多大的努力才能發現這種魔法。

再仔細一想，目前這個方法和我的成長方向完全吻合。

將各式各樣的魔法加入催化劑裡的發想是如此，充分利用遺傳訊息這一點也是如此。

無論是人造人或是合成獸，甚至是魔法藥水的研究，不管往哪個方向發展，這都是能拿來好好利用的最佳教材。

太棒了……

雖然方法有所不同，鄭白雪是使用魔法，而我則是使用煉金術。儘管如此，不論是運用催化劑或是基因的調配，我所擁有的知識都更豐富。

也就是說，雖然原理都一樣，卻開啟了能夠朝完全不同方向進行研究的康莊大道。

我甚至忍不住猜想，這會不會是鄭白雪的安排。

我不是在逞匹夫之勇，而是這個方法真的行得通。

在無數實驗和努力下誕生的產物早已出現在眼前。

這是一本縱然全心全意投入研究，也不知道得花上幾年才能完成，趨近於完美的教科書。不興奮才奇怪。

「你果然看起來很高興呢。天啊天啊。」

「呃，沒錯。坦白說……我的心情的確很好。」

「現在高興還太早，這張床還隱藏著一個驚人的功能。」

「還有嗎？」

「是一個名為『逆轉』的魔法。」

「逆轉？」

「這個內建的魔法，可以將所有正向增強效果逆轉成負面減弱效果，降低作用對象的能力值。而作用的對象當然就是……」

「……」

「除了基英先生以外的所有人，只要靠近床，或者躺在床上，恐怕就會啟動魔法。當然，因為其他人的遺傳訊息和催化劑的遺傳訊息不一致，效果可能不太顯著，不過低階的詛咒畢竟還是詛咒。我要是不小心坐上去，可就麻煩了。假如附在這張床上的魔法，經過十年的研究，好好改良的話……說不定除了基英先生之外，其他女人躺上這張床的瞬間，馬上就會受到高階的詛咒，當場斃命。」

「所以妳才會請我自己把床抬起來。」

「沒錯。所以說，這不就是白雪小姐為了不讓其他女人靠近這張床而設計的可愛小巧思嗎？真浪漫啊！」

一點也不浪漫。不對，是有些驚悚。

「只有這些嗎？」

「是的。我的眼睛只能看到這些。基英先生你如果想正式研究的話，應該會有不一樣的收穫。不過我能確定，我已經把相關的魔法知識全都告訴你了。別看我這樣，我也算是有點能力的魔法師。」

「謝謝妳。」

雖然度過了一段出乎意料之外又奇怪的時間，但頗有收穫。

與其說鄭白雪為我做了各種安排，更令我高興的是一條邁向成長的康莊大道就此展開。

當然，針對她所做的事情，還是得盡早採取對策，不過現在的第一要務是成長。

我的房間簡直就像隱藏著真理的副本和遺址。

除了作用在我身上的魔法以外，這張床同樣也是最佳的研究材料。

能在這麼理想的環境下進行研究，簡直是我的一大幸運。

這個例子可能不是很妥當，不過鄭白雪送上的大禮，就如同為想喝水的我，遞上裝滿水的杯子一樣。

雖然水杯的設計既窄小又複雜，並不容易喝到水，不過一旦解決了這個問題，自然就能喝到水了。

我喜不自勝地看著那張床，突然覺得塞在床墊一角的牙齒十分惹人憐愛。

牙齒？

雖然只有一瞬間，但就在此刻，我的腦海中浮現出一道疑問。

「對了，我想請問。」

「是。」

「現在白雪能接收到我的所在位置傳送的信號，也就表示，她手上有我的某個身體部位囉？」

「沒錯。」

什麼啊……我原本以為在她手中的，肯定會是我的牙齒。

如果不是牙齒的話，我實在無法想像此刻在她手中的會是什麼。

頭髮完好無缺，我也沒有抽過血的記憶。

不對，鄭白雪絕對不會傷害我的身體。

其他地方沒有少一塊肉的痕跡，牙齒也不曾再掉過第二次。

那麼在她手中的，到底是什麼？

一般來說，怪物身上能用來當作催化劑使用的部位相當多。牙齒或一撮頭髮自然不在話下，承載魔力的血液或眼珠也同樣可行。心臟則是能帶來最好的效果，甚至骨頭、內臟也都有不錯的幫助。

如果是特定的怪物，唾液以及雄性個體生成的體液，也同樣能產生顯著的功效。不過，我還是難以推測鄭白雪究竟拿了什麼部位。

雖然想到了幾個可能性最高的部位，但我不願多做想像。因為想像中的畫面，一點也不美好。

該不會……不是吧？

即便越來越好奇她究竟拿走了我身體的哪一個部位，但我當然無從得知。

我想無論是什麼，都改變不了我焦慮不安的現況。

肯定不會那樣的……

＊　＊　＊

其實，眼下最重要的，不是鄭白雪的犯罪行為，也不是她究竟拿走了什麼東西。

雖然我也想過，要是這件事就這麼不了了之，日後的情況可能會更嚴重，得及時止損才行，但此時分隔兩地的情況下，我什麼也做不了。

這就是成長中的鄭白雪展現的驚人成果。

倘若如金賢成所言，鄭白雪將會成為轟動整片大陸的大魔法師，說不定她會做出一些驚人之舉。

那個用來偷窺的孔洞，或許會擴張成一整面牆；這張床也可能變成為他人帶來強烈詛咒的人造產物。

不僅如此，目前還沒實用化的竊聽魔法和錄影魔法，說不定也會一一被她開發出來。

除此之外，我還想到了不少。

精神系魔法？

像是一點一點操控心靈的洗腦，或者利用催化劑，發明出只針對我的強效魅惑咒語；甚至變成透明人，一天到晚跟在我旁邊，這種情況也不無可能。

當然，無論是哪一方面，她都不會對我造成傷害。況且到目前為止，她的傾向仍然是純真的擁護者，做出那些行為的可能性極低。

然而，只要一想到她將朴慧英五馬分屍的場景，就讓我覺得一切都更有說服力了。

稍有閃失的話，也有可能直接上西天……

貿然賭上性命的瞬間，可能早就已經出局了。

不只鄭白雪在身邊的時候必須小心，她不在的時候也是。這與鄭白雪本身是有能力的魔法師無關，而是因為她能啟動我無法察覺的魔法裝置。

雖然得做好萬全的準備，不過眼下也只能小心行事。

現在只能一次專注在一件事情上。

「真厲害。」

「什麼？」

「沒想到能把整個二樓當成煉金工房。」

「原來是在說這個啊。」

我也覺得這裡挺酷的。

對同樣身為魔法師的黃正妍來說，這個地方就像夢境一樣。

趁著公會成員外出的空檔，我將自己的房間和煉金工房打通，並且將其中一層樓當成實驗室來使用，空間變得寬敞許多。

與其說黃正妍此刻的神情是對我的配置感到驚訝，還不如說眼前這些號稱最高等級的設備，令她大開眼界。

因為我也向黑天鵝搜刮了不少。

即便是她這種經驗老到的冒險家，看見這些讓人眼前一亮的道具櫛比鱗次，會露出這樣的神情也不無道理。

「準確來說，我只是將臥室和工房打通而已。畢竟原本的位置安排會導致出入走動有些不便……現在需要研究的最佳教材都已經在這裡了，所以不需要多花時間。」

「這些擺放在周遭的物品，看起來都非常厲害。」

「那些全都是我收到的禮物……不過話說回來，第二小隊沒有事情要做嗎？」

「現在是休息期間。我是不是打擾到你了？」

「不是那樣的。妳幫了我這麼多，我真的非常感謝妳。」

「反正我剛好沒事做……而且不管怎麼說，我也是魔法師，所以不可能完全沒有好奇心嘛。當然，我絕對不是想把白雪小姐和基英先生的研究成果當成一篇論文，拿來發表或從中牟取利益。」

「是，我知道。」

我悄悄地打開心眼看向她，各種關於黃正妍的資訊立刻出現在眼前。

雖然先前看過一次，但我想更準確地記下來。

〈您正在確認玩家黃正妍的狀態欄與天賦等級。〉

〈姓名：黃正妍〉

〈稱號：八點檔連續劇忠實觀眾〉

〈年齡：34〉

〈傾向：大驚小怪的樂天派〉

〈職業：魔導學者（英雄級）〉

〈職業效果：習得基礎魔法知識〉

〈職業效果：習得基礎魔導知識〉

〈職業效果：習得中級魔法知識〉

〈職業效果：習得中級魔導知識〉

〈能力值〉

〈力量：30／成長上限值高於稀有級〉

〈敏捷：40／成長上限值高於稀有級〉

〈體力：32／成長上限值低於稀有級〉
〈智力：90／成長上限值高於英雄級〉
〈韌性：32／成長上限值低於稀有級〉
〈幸運：54／成長上限值高於稀有級〉
〈魔力：80／成長上限值低於英雄級〉
〈特性：敏感的身體（稀有級）〉
〈特性：超記憶力（稀有級）〉
〈總評：該玩家的魔力幾乎停止成長。成為高等魔法師的生涯道路可以說是完全中斷。不過，高智力值似乎能掩蓋自身的缺點。特性和職業相輔相成，看來應該能成為前段班玩家中的其中一名。假如魔力的天賦等級不是英雄以下而是英雄以上的話，情況就會不一樣了。雖然和李基英玩家可以說是相似類型的人，但請不要把她當成同道中人。因為和這位結局有些可惜的玩家相比，李基英玩家根本不具備魔力天賦。〉

混帳東西。

總評的確不合我意，但是她的能力值和成長程度卻十分令我滿意。

當然，拿我跟她相比，根本就是小巫見大巫。不過，她是那種比起魔力，更加仰賴智力的魔法師。

意識到魔力停滯成長之後，為了開創自己的路，絞盡腦汁想各種辦法，也是理所當然的。

不只是發現鄭白雪在我身上施展的魔法，她的存在本身對我來說，也是有力的教材。

特性也不錯。

雖然「敏感的身體」這項特性立刻吸引了我的目光，不過這當然不是指性方面的意思，而是指容易受到魔力或周遭環境影響。

事實上，比那個更引人注目的，是超記憶力的特性。

〈特性：超記憶力（稀有級）〉

〈擁有近乎完美的超記憶力。〉

因為目前還處於稀有級，所以不算是真正的完美。不過，假設等級再進化的話，說不定那股能力的效率足以超越我的心眼。

例如，完全記憶能力之類的。

這並非無稽之談。

當我再次悄悄地轉頭，她突然開口：「我可以看一看這些書嗎？」

「妳是指哪些？」

「你整理好的那些書籍。」

「當然可以，因為我正好也想向妳請教一些問題。」

「不不不，別這麼說，這算不上什麼指教。就算我跟你說了些什麼，也只不過是我個人的見解，其實稱得上專家的人應該是基英先生才對。我的知識本來就很貧乏……這對我來說也非常困擾呢。」

「就算有高等魔法師的智力也會這樣嗎？」

「是的。」

「嗯……」

「噢，這麼看來，基英先生你對於智力似乎並不了解呢，應該是因為沒有時間研究能力值吧？」

「沒錯，確實是如此。」

「嗯……難道基英先生從來不曾對智力值感到困惑嗎？」

當然有。

「當然。不同於力量、體力或魔力這一類能夠測定的數值，幸運值或智力值並不容易測定。事實上，我在智力值方面雖然有所提升，卻難以準確感受到哪裡發生了改變。目前為止能確定的是，我對於煉金知識的理解力提高了……」

「你已經了解很多了呢。」

「坦白說，除此之外的其他部分，我幾乎察覺不出有任何改變。」

「我也不是非常肯定，不過基英先生你的想法應該是正確的。並不是智力有所提升，就能變成天才。也就是說，個人所擁有的基本思考力，並不會出現巨大的變化。畢竟原先沒有的知識，並不會無緣無故出現。」

「原來智力是個存在原因不明確的能力值啊。那對於智力值達到七十或八十以上的人來說也一樣嗎？」

「是的。說得極端一點，智力值高達九十以上的人，也可能不會背九九乘法表。」

「那也太極端了。」

「沒錯。這例子的確很極端。不過，這就正好說明了，智力值和個人所擁有的知識並沒有太大的關係。」

「難道就只有職業本身具有的魔力，以及對煉金術的理解力能夠獲得提升嗎？」

如果真的是這樣，那麼智力簡直就和雞肋沒兩樣。

當然，智力也不是一無是處。只不過，相較於其他能力值，智力值的表現只能讓人大嘆一口氣。

「還不只這樣。」

「嗯哼。」

「即便智力和個人具備的知識沒有太大相關性，但的確在某方面有所幫助。尤其是當智力值超越八十的瞬間，就能明顯地感受到差異。」

我開始有預感她想說些什麼了。

「大部分智力值超過九十的人，大腦的某一部分會特別發達。我周圍的魔法師，或是琳德裡智力超過九十的能力者，多半都擁有非常人所能及的能力。有計算能力超群的人，也有思維能力令人嘆為觀止的人。」

「哇……」

「也有一些人在創造力，或是對於戰術的理解力上，明顯異於常人。以我個人來說，我的記憶力，則是提升到了過去無法比擬的境界。」

「原來如此。」

「雖然小時候常聽別人誇獎我的記憶力好，不過智力值超越九十的那一瞬間，我的腦袋立刻變得出奇得好，我再怎麼想也都無法理解，其他部分的能力則沒有太大的變化。這只是我們之間的推測，不過我認為，大概是原本大腦較為發達的部分，在效率方面，獲得了極大化的效果。」

「原來……還真是有趣呢。」

「沒錯，很有趣對吧？」

「我所擁有的特性中，超記憶力是在智力值超過九十之後才獲得的特性，其他人大概也有類似的狀況。依我看來，基英先生應該也能得到某些特性。你這麼會談戀愛，難道會往戀愛的方向發展嗎……呵呵呵。」

「那就不必了。」

對於能力值低到令人絕望的我來說，這無疑是再好不過的消息。

雖然想過智力值或許會有些許用處，卻沒料到會是這種讓大腦某一部分變得更發達的功能。

如果她說的沒錯，那麼能夠擁有九十的智力值，就代表著我的大腦同樣擁有極度發達的某個部分。

會是什麼呢？

特性因人而異。從小經常被稱讚記憶力好的黃正妍，得到的特性是超記憶力。

我試著回想從小到大周遭的人對我的評價，卻不禁搖頭。

「你這傢伙太會耍小聰明了。」

「呵，你這小鬼頭還挺狡猾的啊。」

就只有這些。

不曉得有沒有小聰明這種發展方向，但萬一智力值超過九十，得到的卻是這種特性，心裡總覺得有些不是滋味。

為了將來打算，多試試各種可能性肯定是正確的選擇。

不，說不定那樣還更好。

萬一像黃正妍開的玩笑一樣，得到了往戀愛方向發展的能力，才真的是最糟的情況。

那種能力能用在哪？

「只要是智力值超過九十的能力者，都能得到所謂的特性嗎？」

「不是的。不過，除了本人所擁有的特性以外，的確能再多獲得一件東西。只不過系統上不會特意顯示。」

「謝謝妳告訴我這麼多。」

「別這麼說。反正這都是你日後會知道的事實，並不會因為提前了解而有所改變。我只是告訴你，擁有高智力的人對於不熟悉的知識，也可能會有理解力不足的現象。呵呵。不過，你好像確實有所領悟呢？」

「目前還只是小孩學步的程度而已。雖然理解這個魔法本身並不是我的目的，但畢竟它現在還附在我身上。」

「開始就是成功的一半。如果需要我的幫忙，請儘管開口。」

「那麼，我就不推辭了。」我沒有拒絕的名目和理由。

儘管如此，誰都知道天下沒有白吃的午餐。

「雖然算不上是回禮，但如果有我能幫得上忙的地方，請隨時告訴我。」

「哎呀，我不是為了得到你的幫助才這麼做的……」

「妳不用這個客氣。」

「那、那麼……」

「是。」

還真是毫不猶豫。

雖然隸屬於同一個公會，如果行為的出發點只是單純的好意，那她未免也幫太多忙，解說得太詳盡了。

即便假裝是偶然相遇也一樣，更不用說從一開始，黃正妍肯定就抱有某種目的。

見她一副想提出我難以負荷的請求，我沒來由地敲了敲桌面。此時，黃正妍開口了。

「那個……」

「請說。」

「事情結束後，能請你安排我和朴德久先生認識嗎？。」

聽起來就像我難以負荷的請求，這肯定不是錯覺。

難道朴德久真的是戀愛博士？

＊　＊　＊

「你只要幫我製造一次機會就、就好。其實，我本來並沒有期望這種事。但是因為你非得要我說說看……」

她看起來確實非常渴望認識朴德久，這肯定不是我的錯覺。

坦白說，我一點也不想插手兩人的戀愛史，但只要我幫她說一句話，就能得到這樣的助手，實在相當划算。

「……」

即便如此，我還是想了解一下原因。這並不是因為擔心朴德久，純粹只是出於好奇心。

「什麼時候開始……」

「與、與其說有什麼原因，就只是……因為朴德久先生的臉龐不停在我腦中徘徊……」

這難道不是妳的特性所致嗎？

「我們曾經在餐廳偶然見過一次……他那不經意望向我的雙眼……不知怎地……讓我印象深刻……」

什麼跟什麼？朴德久在她眼中是所謂「致命的男人」嗎？

沒想到那小子還有出人意料的另外一面，令我有些驚慌。不對，這女人之前就說過她的理想型是體格壯碩的暖男，會看上朴德久也不無可能。儘管如此，我實在難以相信光憑一個眼神就能讓她淪陷。

從客觀的角度來看，黃正妍也算是個美女，整個人總散發著安靜沉穩的氣息。無論是頭髮紮成一束，披在一側的肩膀上，或是和淺淺的微笑十分相襯的外貌，都給人一種賢妻良母的感覺。

雖然我無意貶低我珍愛的朴德久，不過他倆確實不屬於同一個人種。

然而，朴德久攻陷智力值高達九十的女人，只需要十幾秒的時間。

而我為了吸引鄭白雪，甚至白費了幾天的時間，他的戰績果然和我截然不同。

雖然有些不知所措，不過，答應她是必然的選擇。

「如果只是製造機會的話……」

「對了……還有，希望能多幫我說一些『她人很好』，或是『很值得信任』、『你們應該很合得來』……諸如此類的好話……」

「……」

「我會努力協助你，盡全力不妨礙你的研究。」

「好，把這個條件也加進來。但是，妳應該會有很多事要做。」

「謝謝你。」

我只需要說幾句話，就得到了相當得力的助手。

兩個人的戀愛能不能順利發展，雖然與我無關，但說不定成功的可能性更高一些。

假如我多說一些那個女人的好話，就等於在完全信任我的朴德久面前，大大地為她加分。

這麼一想，這筆特殊的交易就合理多了。

不管怎麼說，對我都沒有任何損失。

我反而對於能夠專注在研究本身感到高興。

「那麼，博士，我們開始吧。」

「好的，助手。」

就這樣，我和意外得到的助手，終於能一起正式投入研究。

在那之後，只經過了一小段時間。

「有研究出什麼嗎？」

「還沒。不過，也不是毫無進展。」

無論如何，我的目標是重新塑造出鄭白雪的研究成果。

既不是發明一套新的理論，也不是嘗試做出革命性的創舉。

最重要的，是能力值的提升和轉職。

就能力值的提升而言，研究初期相當順利；然而，越是接近研究的後半階段，成長的速度就越是緩慢。

要是像以前一樣，用加入催化劑的方式來提升能力值，效率就會開始下降。

「你的意思是？」

「與其說針對特定的知識深入鑽研，不如說黃正妍小姐妳之前看到的已經是全部了。我正在思考我上次所說的實驗——加入催化劑的魔法，是否能透過我的專攻項目煉金術，不斷縮小作用範圍，同時維持效力；另外，運用遺傳訊息的方法是否存在。就是這些。」

「原來如此。」

「準確來說，我開始能看見咒語的結構和設計了。雖然這種能力對我來說並沒有太大的用處，不過我倒是開始能理解，鄭白雪為何會被稱為天才了。」

當我無法理解某些事情時，那些我認為荒誕無稽的東西，總會一個個開始出現在眼前。

我開始能理解，為什麼鄭白雪會被稱為天才；附在我身上的魔法，為什麼厲害到能夠寫成一篇論文；催化劑所承載的魔法，為什麼具有開創魔法界新學派的可能性。

因為獨特。

魔法排列的方式、魔力之塔堆疊的順序和方式，都相當純熟。

不同於發展記憶力的黃正妍所擁有的智力，鄭白雪的智力肯定會朝著使用魔法的方向發展，就連此時此刻也正在發展中。

她只需要觀察完成的魔法本身，就能有所體會。

鄭白雪是個天才。

我又再一次領悟到，金賢成為何會對鄭白雪如此執著。

研究持續進行著。

一旦遇到瓶頸，熬夜的日子就越來越多，有一餐沒一餐的狀況也越發頻繁。

當然，協助我進行實驗的黃正妍也相去不遠。其實，她做的事情並不多，不過光是能為我講解我不了解的魔法知識，她就有充足的理由出現在這裡。

〔智力值上升1點。〕

〔智力值上升1點。〕

儘管只有些微漲幅，但能力值緩緩上升的訊息通知聽起來相當悅耳。

當智力值突破五十的那一刻，我也或多或少理解了智力值提升的機制。

第一，是新知識的獲取與理解。

第二，是深度的思考。

先在腦中構想，接著進行實驗；同時，在重新確立理論後，閱讀相關書籍。

所有的過程都有助於智力值的成長。

就如同朴德久為了增強力量，進行重量訓練一樣，我同樣也為了豐富大腦的知識，隨便地解決我的三餐。

「基英先生，我要久違地來打掃房間了。」

「好，那就麻煩妳了。我的周圍不必清掃，因為這裡還有一些尚未整理的資料。」

「沒問題。話說回來，你要不要稍微休息一下呢？」

「不必了，研究過程會被打斷。」

當然，房間也變得相當雜亂，整理過的資料和理論書籍開始不斷累積，甚至連走動的空間都變得明顯不足。

所有的資料以床為中心一字排開，看起來無比新奇，但讀起來卻一點也不有趣。確實令人厭倦。

這種感覺，就好像明明自己不停地敲門，另一頭的人卻一副不打算開門的樣子，讓我的壓力直線飆升。

即便如此，我也不得不咬緊牙關。

此時此刻，金賢成和外出打怪的隊員們，肯定也都在持續成長中。

一旦被淘汰，就會被拋棄。

不是指金賢成會拋下我，而是倘若跟不上隊員們的水準，日後肯定也無法跟他們一起行動。

說實話，我並不想淪為一座單純的藥水工廠，因此我只好硬著頭皮，繃緊神經做研究。

「那個，基英先生。你要如何用煉成陣將魔法解開呢？」

「背誦咒語的方式因人而異，至少就我而言，經常以生成魔力之塔的方式來施法。白雪的話，似乎是以類似製造精密手錶的方式來設計魔法……把所有零件挑出來，在同一個地方組裝……」

「我大概懂你的意思了。」

「事實上，這比解開我的魔法更複雜，姑且不論其他問題，讓催化劑的遺傳訊息一致似乎是最困難的部分。」

「光是解讀咒語就已經力不從心了……還得把它轉變成煉成陣，你一定壓力很大吧。」

「是啊。不過這只是單純的勞動……只要投入足夠的時間就行了。」

現階段研究雖然和土法煉鋼沒有差別，但確實有了起色。

雖然不能說完全沒有成果，不過坦白說，我的內心相當焦急。

我就這樣渾渾噩噩地過了一個月，所幸金賢成一行人還沒回來。

我想他們肯定正在受苦。

他們帶去的消耗品八成要不是毫無用處，就是數量不足，出發當天的氣氛也是一團糟。

鄭白雪肯定每晚都以淚洗面；少了金賢成的命令，金藝莉射出的箭肯定也是到處亂飛。

說不定朴德久又變回了以前那個膽小鬼。

宣熙英還算能正常行動，但主動領導小隊一同前進對她來說實屬勉強，因此，整個小隊就像迷失方向一樣。

一想到不是只有我處於水深火熱之中，心情就好轉一些了。

接著，又經過了一些時間。

只過了一小段時間。此時，我的智力值接近六十，也多半能夠理解鄭白雪使用的魔法了。

以我個人來說，確實不得不為此感到相當滿意。

「確實有進展了呢。」

「沒錯。事實上，我的智力值也提升了，幾乎達到了當初設定的目標值。」

「哎呀，恭喜你。那今天就稍微休息一下吧？」

「不，至少得完成收尾工作再休息會更好。」
不是只有我一個人在奮戰，正因為懷抱著這樣的念頭，我當然不能休息。
只有不分晝夜地度過每一天，我才能對自己提出根本性的疑問。
不是關於隱藏在魔法中的真理，而是關於下一個目標——轉職。
鄭白雪當初沒有經歷過任何一次的打怪，就得到了第一個職業。
她究竟是如何不靠累積經驗值就進入下一個階段？
我已經知道答案了。
雖然我不曾問過鄭白雪，她究竟如何獲得職業，不過我想，八成是因為她領悟了魔法吧。
因為這是一門只要能理解，就能實際操作的學問，也就是抵達一個又一個小小真理的過程。
對我而言也一樣，我必須去理解。
除了分析、闡述，以及整理資料之外，我必須理解我在腦海裡所描繪的一切。
這條路是對的，方向也是對的。
在那之後，我不斷地向自己提出疑問。
比起「如何」，我開始更執著於「為什麼」。
比起看得見的結果，我選擇朝著看不見的真理伸手。
我先在腦中構想，接著進行實驗操作，試圖找出失敗的原因。
實驗並不難，因為我身邊有一位相當得力的助手。
「你好像瘦了一些？」
「不過，我的心情還算不錯。」
我追求的並不是了解得更深入，或者更接近真理這種宏圖大業。
我在意的，就只有原因。

我尋求的也不是宏大的正確答案，而是只要有一個小小的發現就夠了。

所謂遺傳物質的變化、遺傳訊息、魔力，究竟會對個體帶來什麼影響？經過魔力變質的個體，究竟完不完整？

一般人耳熟能詳，像電話線一樣纏繞在一起的DNA、哪種病毒會使怪物致命，還有基因為何會排斥某些病毒，我對於這些疑問的相關實驗從未停止。

雖然在這些煉成陣、魔力、遺傳訊息、微小物質中，我沒有一樣是真正了解的，不過唯一可以確定的是——

我正在進步。

「這一次要用哪一種？」

「請妳幫我拿恐怖的庭園裡帶回來的催化劑。」

這算不上是件了不起的事。

因為我不太會念書，腦子也不算聰明。實際上，我既不是科學家，對於基因也了解得不多。

不過，我非常享受此時此刻尋找答案的過程。

「你看起來很樂在其中呢。」

「不是那樣的。」

〔智力值上升1點。〕

「我也覺得很有趣，你不覺得嗎？」

「不，老實說我覺得很無聊。」

〔智力值上升1點。〕

「騙人。」

〔智力值上升1點。〕

還有，當我用手操控著似乎無法用肉眼看見的微小物質時，我就能再多進步一點。

〔發現新職業。〕

最終，我得到了令我滿意的成果。

「噗哈。」

＊　＊　＊

一陣嘈雜之下，我緩緩睜開雙眼。

我記得昨天選擇了新職業後，又做了各種測試，最後在原本的位置上沉沉睡去。

我似乎睡了很長一段時間，整個人恍恍惚惚的，甚至不知道時間過多久了。

因為研究到了最後階段，我幾乎沒有闔眼過，才會導致我像這樣睡著。

目前還沒收拾好環境，所以我只能睡在煉金工房，而不是臥室。

好累。

早知道醒來後會如此疲憊，昨天就應該乾脆先整理完再回到臥室倒頭大睡。
因為鄭白雪送的那張床，是解除疲勞的特效藥。
我下意識地環顧四周，只見黃正妍癱軟著身體，睡在沙發的一角。
她肯定累壞了。
黃正妍為了強迫自己跟上我的工作進度，卯足了全力。工作結束後，她也累得直接見周公。
她一點防範之心也沒有，就這麼大剌剌地躺在一旁，不過我卻沒有任何遐思，因為這是她對我卸下心防的證據，我反而有些欣喜。
能讓我託付信任的人，越多越好。
就在此刻，遠處再次傳來剛才喚醒我的那道聲響。
「哎唷……我們大哥看來似乎很累呢，整個二樓就像被炸過一樣，亂成一團。啊，大姐！用跑的會跌倒！熙英大姐妳也說點什麼吧。」
「……」
「我先來整理行李。熙英小姐，白雪小姐她……」
「好，我明白。」
聲音的來源不言而喻。
外出遠征的隊員們回來了。
我不自覺地微微揚起嘴角。
然而一看見躺在沙發上黃正妍，我便開始頭腦發昏。
完蛋了。
遠方傳來跑上二樓的腳步聲。步伐相當迅速，不用看也知道腳步聲的主人是誰。
一定是鄭白雪。

儘管我和黃正妍完全沒有肢體上的接觸，但鄭白雪肯定不想見到我和其他女人共處一室。對於打算和朴德久來一場命定重逢的黃正妍來說，一定也不樂見這種局面。

「基英哥……基英哥……」

鄭白雪或許是認為我會在煉金工房，於是立刻敲了敲房門，呼喚我。

不對，她在我身上施了位置追蹤魔法，肯定會知道我的所在位置。

也許是因為持續不斷的敲門聲，我此刻的心情就和恐怖電影裡的主角一樣。

叩叩！

「基英哥……你在裡面嗎？在嗎？」

叩叩！

「基英哥，你在裡面對吧？」

叩叩！

「啊，大哥是不是在睡覺啊？他好像還在進行研究……大姐，還是別吵大哥，讓他好好休息好了。現在也才一大早……」

朴德久，幹得好。

「除非……大哥應該不會出什麼事吧……難道昏倒了？」

你這個白痴豬頭！

叩叩。

敲門聲不斷傳來。有種被針對捉弄的感覺。

這陣突如其來的巨響當然也成功地把黃正妍從睡夢中喚醒。

她緩緩揉了揉雙眼，只花幾秒鐘的功夫，馬上就明白了目前的處境。

她睜著兔子般的大眼望向我，令我更加不知所措。

「大哥！你在睡覺嗎？」

這完全是個忽略基本常識的問題，陷入沉睡的人根本不可能做出回應。

要是能回答我在睡覺的話，我早就回答了。

「是不是出什麼事了？」

他在說什麼鬼話……

我看向窗戶，對黃正妍使了個眼色，她立刻擺出一副抱著必死決心的表情，點了點頭。

「啊……德久。我剛才不小心睡著了，現在剛醒。」

「基英哥……」

「果然是在睡覺。」

「你們比約定的時間晚了一點回來呢。等我一下，我來開門。」

黃正妍慌忙地朝著二樓的窗戶移動腳步。

如果一開始就解釋我們正在一起進行研究，應該也是個不錯的選擇，但最好還是儘量避免不必要的誤會。

在這個時間點，孤男寡女共處一室，這件事本身就觸犯了鄭白雪的感情觀念。

「啊！」

從二樓墜下的黃正妍發出一聲急促的慘叫，房門再次匡噹作響。

匡噹、匡噹、匡噹。

鄭白雪八成是發現了不對勁的地方，現在正死命地搖動房門。

擔心房裡可能有其他痕跡，我先是仔細地察看了一番，確認沒問題才微微打開房門。

眼前是兩張許久未見的面孔。

首先，是朴德久。

這小子的臉上掛著純樸的笑容，看起來總是這麼開朗。

不曉得出於什麼原因，這小子莫名地眼眶泛紅。從他全身大大小小的傷痕來看，這段期間的遠征想必不容易。

當然，鄭白雪的喜悅程度也不相上下。

我能感覺得到，她一副想找出那一聲短促尖叫來源的樣子，不停地環顧工房內部，不過立刻就將視線停留我身上。

一瞬間，水汪汪的雙眼噙滿了淚水。

眼眶裡豐沛的淚水，霎時化為斗大的淚珠，一顆顆不停地落下，眼前的景象令我感到有些不真實。

不需要多加修飾，一把鼻涕一把眼淚的模樣，完全說明了對我的思念程度。

其實，我也有相似的感受。光是見到許久未見的鄭白雪這副模樣，我的心情就有了些微好轉。

「嗚嗚嗚嗚嗚……基英哥……」

在那之後，奇怪的哭聲緊接著爆發。

我突然覺得她有些可愛，不自覺地摸了摸鄭白雪的頭。

「嗚嗚嗚嗚嗚……基英哥……」

「很辛苦嗎？」

「嗚嗚嗚嗚……」

她用力地搖了搖頭，想盡辦法抹去不斷湧出的淚水，卻無濟於事。

見狀，我微微張開手臂，鄭白雪便立刻跑進我的懷裡，一張小臉在我的胸口不停磨蹭。

「我好想你。」

「嗯。白雪，我也很想妳。」這句話半真半假。

我輕拍她的頭，望向前方，只見宣熙英用眼神向我致意，金賢成也看著我。

不管怎麼說，眼下似乎無法馬上把鄭白雪從我身上分開，所以只好讓她掛在身上，稍微揮手和大家打個招呼。

氣氛看起來雖然不是相當完美，不過每個人似乎都找到了自己想要的答案。

遠征成功了，這幾乎是不爭的事實。

「基英先生，好久不見了。」

「好久不見，賢成先生。遠征還順利嗎？」

「還不到心滿意足的程度，不過也算有所收穫。雖然藝莉只完成了第二次轉職，而非第三次轉職，不過熙英小姐、德久先生以及白雪小姐，都轉職成功了。大家的能力值似乎也有了顯著的成長。」

「那真是太好了。」

這對他們而言應該不容易。

因為金賢成只是以父母的立場跟在旁邊，並沒有出手協助他們。

睽違一個月再次見面，金賢成的臉色明顯變得憔悴，看來果真如我所料。

「基英先生，你的狀況如何？」

「我也一樣。得到了新的職業，能力值也準確地達到了目標。」

「這次是什麼樣的職業呢？」

「大哥也完成轉職了？」

「嗯，沒錯。詳細的情形到樓下再跟大家說明。」

「好的。」

「其實，我也很難解釋我得到了什麼樣的職業。直接展示出來，大家應該更容易理解。」
「比煉金術師更高階的職業嗎？」
「沒錯。依據狀態欄上面所顯示，這是全新發現的職業。」
「你的意思是，這個職業原本並不存在？」
「應該是那樣。」
「那還真是……有點讓人驚訝呢。」
「幸好沒有其他的選項。萬一好幾個職業同時出現，我打算等到賢成先生你回來再做決定……不過這次沒有其他選項。但我並不後悔。」
「聽你這麼說，我就更好奇了。」
我看了一眼鄭白雪依然緊盯著我不放的表情，朴德久也一副相當好奇的模樣。
「咳。這麼光榮的一刻，我也得在旁邊才對啊……這次沒辦法在選擇職業時幫上大哥的忙，實在有點可惜。」
「你也會喜歡這個職業的。」
「真的嗎？」
雖然不曉得金賢成的看法，不過的確會是朴德久喜歡的類型。
因為表面上看起來既華麗又神奇。
「僅憑自己的力量就完成了轉職，真的非常了不起呢。」
「別這麼說。話說回來，熙英小姐這次是……」
「我這次是第四次轉職。」
「原來如此。」
讓我略微感到有趣的是，小隊的氛圍。

如果說先前小隊裡的氣氛有些不明朗的話，目前團隊整體的關係則是看起來非常和諧。新成員似乎成功地和既有成員打成了一片。

不論是朴德久或是小鬼頭金藝莉，似乎都有些在意宣熙英的臉色。

見此，我立刻就發現了其中的奧妙。

無論如何，我和金賢成之後的第二要角，看來就是她了。

至少她是我們當中能力值最高的人。我想其他人大概是打算開始慢慢依賴她，所以才會有現在的表現。

很好。

雖然宣熙英認為活活打死懶惰、對社會無用的廢物是一種全新的志工服務，不過她肯定是個有能力，懂得明辨事理的人。

即便與鄭白雪不同，但是她其實也微微散發著令人毛骨悚然的氣息。

能成為隊伍中，僅次於我和金賢成的第二要角，大概都要歸功於她的這些優點。

坦白說，我還期待或許朴德久會做出更具有主導性的行動……

難道是因為他目前的實力還不夠嗎？

我莫名地感到有些洩氣。

總而言之，隔了好久終於重新聚在一起的小隊，氣氛一派和樂。

我們一邊聊著天，一邊往演武場前進。過程中，隊員們對我的職業提出問題，我點了點頭，粗略地給出一些答覆。

我現在的心情，就像參加演示會一樣。

坦白說，當初我們還不隸屬於任何組織時，在其他公會的高層人員面前所展現的演示會，其實根本稱不上演示會。

因為發揮我的優點或特性，展現出我是什麼樣的人，並非演示會的本質。

不過，這次不一樣。

我認為自己的價值理應得到認可，對於重生者和小隊來說，我更是必須被認定為一個有價值的人。

「希望你能幫我好好看一下。因為火力本身似乎還不錯，不過目前還無法準確判斷效果如何……」

「好，當然沒問題。」

「白雪，先分開一會兒，好嗎？」

「噢……好的，基英哥。」

我開始極其緩慢地念著咒語，將魔力注入原先預備好的催化劑，接著馬上就開始出現反應。

對我來說，這並不需要耗費相當大的魔力，畢竟因為我的魔力不高，所以只能使用這一些。

需要準備的東西有兩種。

帶有各種煉成陣的催化劑，以及接收咒語的催化劑。

也就是擁有相同遺傳訊息的發動器，以及能夠呈現出效果的作用對象。

雖然在品質方面必須承受煉成陣不斷被壓縮範圍，這部分也很重要，但無論如何，更重要的還是遺傳訊息。

舉例而言，就像被鄭白雪施展了魔法的牙齒，以及魔法的作用對象我本人。

雖然我此刻的精神有些渙散，不過這對於完成魔法並沒有太大的問題。

我開始念咒語。

「促進成長。」

要說簡單，這也算是簡單的咒語。

此時，隨著咒語飛舞的怪物小細胞，突然開始膨脹。

微小的細胞瞬間變成一坨肉塊，雖然景象看起來有點怪誕，不過新奇感十足。

嘎吱吱吱、咕吱、喀噠噠噠噠。

一陣讓人摸不著頭緒的聲音傳來。

聽起來像是骨頭扭動的聲音，也像是細胞破裂的聲音。

雖然對我來說非常熟悉，但金藝莉或許覺得刺耳，於是摀住了自己的耳朵。

正當我想著細胞是否會爆炸時，龐大的肉團變成了我所期待的型態。

一隻巨大的怪物手臂，就這麼迸了出來。

喀噠噠噠噠！

在傳出一道轟天巨響的同時，所有人的目光集中在我身上，露出希望我能解釋這一切的眼神。

「呃……大、大哥……」

「這個……是怎麼辦到的？」

就連金賢成也不例外。

一絲莫名的快感從我的背脊掠過。

「這是職業的特性。」

* * *

「這是職業的特性。」

「這樣啊……」

所有人都露出希望我能多做說明的表情，略顯不安的情緒一閃而過。

「再說得詳細一點的話，應該說，這是利用遺傳訊息之類的催化劑，進行活體實驗之後，得出的成果。」

「那個，我、我完全聽不懂欸……」

「能再說得簡單一點嗎？」

「當然沒問題。把它想成是承載著各種魔法的遙控器，以及產生感應的電視，應該比較容易理解。目前在我手裡的，等同於遙控器，而那個正在膨脹的巨型怪物手臂，則相當於電視。事實上，儘管準備的過程有些費力，但只要有能夠互相感應的催化劑，就不是一件難事。」

「不管怎麼說……」

所有人再次露出驚愕的神情。

會出現那樣的表情再理所當然不過了，因為第一次產出成果時，我也非常驚訝，甚至有些不知所措。

我偷偷地看了一下狀態欄，沒來由地感到自豪。因為我實在難以相信眼前的一切竟是自己親手打造的成果。

〔您正在確認玩家李基英的狀態欄與天賦等級。〕

〔姓名：李基英〕

〔稱號：傭兵女王的情夫〕

〔年齡：25〕

〔傾向：心思縝密的謀略家〕

〔職業：活體煉金召喚師（傳統英雄級）〕

〔是目前為止不曾被發掘的新種職業。在這片以擁有悠久歷史為傲的大陸上，從未出現過這樣的煉金技術。所有的煉金術師要是見到您的研究成果，肯定都會給予大力的讚美。在您驚人的成就下，職業也提升到了傳統英雄級。智力值上升4點、魔力值上升3點。您所創造的活體煉金產物被判定為召喚獸。您擁有對於召喚獸的一小部分控制權。〕

〔職業效果：習得基礎魔法知識〕

〔職業效果：習得基礎煉金知識〕

〔職業效果：習得中級煉金知識〕

〔職業效果：習得特殊召喚知識〕

〔能力值〕

〔力量：20／成長上限值低於普通級〕

〔敏捷：21／成長上限值低於普通級〕

〔體力：25／成長上限值低於普通級〕

〔智力：64／成長上限值高於英雄級〕

〔韌性：20／成長上限值低於普通級〕

〔幸運：45／成長上限值高於英雄級〕

〔魔力：15／成長上限值低於普通級〕

〔裝備〕

〔《拉姆斯．托克的煉金學概論》（英雄級）（煉金術師專用）〕

〔魔力護盾之戒（稀有級）〕

〔特性：心眼〕

〔總評：為了擺脫最慘的下場，您所做的努力相當顯著，不過死命掙扎也不是件好事。因為您不管怎麼努力，最糟糕的局面也不會有任何改變。儘管如此，您的努力還是值得嘉獎。在到達極限之前，就好好地使勁掙扎吧。〕

這段期間以來，我的整體能力值大幅成長，也獲得了特殊召喚知識的職業效果。

坦白說，用「獲得」來形容，有點奇怪，因為這本身就是從我所創立的理論中發展出來的知識。

最讓人眼睛為之一亮的，是名為傳統英雄的等級。

看到所有人都露出好奇的表情，我不禁笑著開口說道。

「職業的名稱是活體煉金召喚師，等級是傳統英雄級。」

「原來如此。」

「你是說，傳統英雄級嗎？」

「沒錯。」

朴德久的表情莫名有些氣餒。確認過大家的資訊後，我大概能猜出朴德久為何會露出那種表情了。

因為我看見，除了朴德久的職業是稀有級以外，其他成員的職業都是英雄級。

甚至小鬼頭金藝莉才經歷兩次的轉職，就取得了英雄級職業。一般來說，要經過四次或五次轉職才會獲取英雄級職業。這麼一想，她的成長速度實在相當驚人。

朴德久似乎因此產生了自卑感。但我認為，日後再為他進行心理輔導也沒什麼大礙。

首先，還是得先滿足一下隊員們的好奇心。

「竟然是傳統英雄級……基英先生，你真了不起。」

「我是第一次聽說除了稀有、英雄，以及傳說之外，還有其他種類的等級。」

「應該說，恐怕只有基英先生能夠擁有這個職業。城市裡也有一些獲得傳統級職業的冒險家。他們也和基英先生一樣，在發現了某個新事物之後，得到了傳統級職業……但是後人即使做出一樣的成果，也無法得到相同的職業。」

「這樣啊。」

「簡單來說，是一個無法被量產的職業。」

很不錯耶？

獨特就是優點，也就是能夠讓身價瘋狂上漲的優點。

我悄悄地望向金賢成，他看起來有些興奮，提供了許多看法。

雖然我之前也曾打開心眼在城市裡到處閒晃，瀏覽每個人的狀態欄，不過我從來沒有見過被判定為傳統英雄級的職業。

或許這說明了金賢成知道一些我所不知道的事情，倘若並非如此，就代表他現在正在解說關於未來的資訊。

「雖然往某個方向特化，肯定會存在某些缺點，不過優點貌似也不少。就我的看法而言，雖然想過是否應該選擇藥水或人造人作為日後發展的方向，但是……」

「其實，我也考慮過朝著人造人的方向研究，但不曉得是不是因為智力太低，在理解上不太順利。合成獸的領域雖然也值得深入鑽研，不過關於如何支配全新生成的合成獸，也是另一個問題，因為目前還不存在能夠持續操控精神的技術或魔法。」

「原來……」

「我也想過，假如不能控制合成獸的整體，那麼只控制一部分如何？接著，我馬上就得出了答案。對了，我先把這個收掉再繼續說。」

我再次念誦咒語，原先膨脹的怪物手臂開始縮小。

這道魔法改良自鄭白雪的逆轉魔法，能夠讓所有魔法效果還原。

「首先，剛才各位看到的並不是召喚獸。其實它們一開始連生物都稱不上，因為它們不具有自我意志……但令人感激的是，在我轉職之後，它們終於被系統判定為召喚獸了。」

「原來如此。」

雖然看起來很了不起，但其實也不是沒有缺點。

首先，材料的品質相當重要。

承載各種魔法的煉成陣，得硬生生地被塞進催化劑中；因此，催化劑的品質必須非常優良。

也就是說，正常情況下不會被當成耗材使用的高級材料，必須拿來當作消耗品，而且最起碼得使用稀有級以上的催化劑。

再者，魔法效力無法長久維持。和那些一直與主人形影不離的召喚獸不同，我所召喚出的活體煉金產物，只能維持非常短暫的時間。

此外，無法煉成一整隻召喚獸，也是另一個問題。

雖然還不清楚日後的發展，但召喚出怪獸身體的一部分已經是目前的極限了。

即便是透過魔法來召喚怪獸，但攻擊本身被判定為物理派系，這也算是一項缺點。

日後倘若發現了其他怪獸的催化劑，或許會有別的辦法，不過眼下我能掌握的只有這些。

比起我的判斷，金賢成的想法更重要。

最關鍵的是，新的職業和能力對於將來的路究竟有沒有幫助。

就像在等待總評公布一樣，我偷偷地看向金賢成，只見他點了點頭，並開口說道。

「你辛苦了。」

「嗯。」

「我原本就認為你能做得很好，沒想到成果超乎我的想像。」

「謝謝。」

「雖然還需要再多多了解……」

總之，金賢成對此表示相當滿意，我也莫名地感到開心。

不只是金賢成，就如同初次展現能力時那樣，隊員們都是一副驚訝的表情。

四周傳來的道賀，讓我的心情沒來由地跟著好轉。

「我就知道大哥果然會做出一番成績。哇……大哥真是太帥了。」

「謝啦，德久。」

「恭、恭喜……」

甚至連金藝莉也小聲地開口道賀，這是我第一次聽清楚她的聲音。

我稍微抬起手，想摸一摸她的頭，金藝莉卻瞬間閃身躲到金賢成背後，我的手只能懸在半空中。

然而，就在我慢慢環顧周圍的當下。

我看見鄭白雪一臉緊張不安的神情，不過並不是因為我朝金藝莉伸出手。

她以為被我發現了嗎？

或許是因為剛才所展現的煉金術機制，和她使用在我身上的魔法形式非常類似，鄭白雪的單側臉頰微微抽動著。

她肯定正在擔心自己的魔法或許早已被我看穿。

其實，我也想過多少得制止一下鄭白雪的行為，但目前還不是最佳時機，我也只能先保持沉默。

「白雪……」

「噢……是，基英哥。」

鄭白雪緊緊抓住我的手，似乎在努力讓自己鎮定下來。看見她充滿罪惡感的表情，我意識到自己的選擇肯定沒錯。得讓她親自嘗嘗這種滋味。最好能讓她明白，自己做出的行為是錯誤的。目前她的傾向依然不變，所以，我想光是這樣戳戳她的痛處，應該就能讓她克制這種舉動了。

「那麼，一起吃個早餐，大家邊吃邊聊吧。基英先生也得了解一下我們有了哪些收穫。」

雖然不必特意告訴我也無所謂，反正我可以發動心眼……但還是由每個人親自說明更方便。

「看來你對於這趟遠征感到相當滿意。」

「其實，也不是完全如此。坦白說，一開始非常吃力，我甚至想過是否應該返回……」

「我想聽聽更詳細的經過。」

金賢成開始描述，四周頓時安靜下來。情況究竟多麼慘不忍睹，我無從得知，不過見到周圍的安靜氣氛，我立刻意識到狀況可能超乎我的想像。

「我們進入了稀有級的副本。從一開始進入副本，一直到真正出發，總共花了三天的時間。」

「什麼？」

「因為白雪小姐的身體狀況不佳……」

「原來如此。」

鄭白雪瞬間低下頭來，臉上的表情映入眼簾。

雖然金賢成委婉地用身體狀況不佳來表示，不過我大概能猜到發生了什麼。

我想，直到啟程之前，鄭白雪應該都沒有好好地吃過飯，甚至可能不吃不喝，身體狀態自然會一塌糊塗。她在副本裡恐怕也一天到晚哭哭啼啼，所以才導致進度晚了幾天。

金賢成所說的三天，大概就是安撫鄭白雪心情所花的時間。

「德久先生同樣花了很長的時間適應，並且展現出了過去不曾見過的一面。藝莉也是一樣，實戰的經驗很少，而且經常做出意外的舉動，讓小隊陷入混亂的局面。如果沒有熙英小姐的話，情況恐怕更棘手。」

他這番話就像是刻意要說誰聽的一樣。

「團隊的默契也一團糟。如果不是我的介入，說不定會全軍覆沒。負責朝前方射箭的後衛，因為前鋒的懦弱膽怯而陷入危機的局面，也發生過好幾次。」

「呃……」

「那種情況下，無論小隊何時瓦解，我應該都不會感到意外。」

不，準確來說，這些話不是說給他們聽的。而是金賢成這陣子以來，想對我吐露的苦衷。

他的舉動讓我覺得自己彷彿看到了我爸或我媽在向另一半抱怨孩子的不良行為。

果不其然，朴德久和鄭白雪的頭開始垂得更低。

「不過，情況到後面漸入佳境。成果也還算不錯。」

「是。」

「所有人都完成了能力值六十的目標，也順利地取得了英雄級的職業。」

「原來如此……」

「更詳細的情形，進去再說吧。」

所有人？

我一下子就發現了金賢成這句話奇怪的地方，因為我剛才確實親眼看見了德久那小子的職業是稀有級。

＊　＊　＊

我多少能理解朴德久為什麼會說謊。

大概是遠征的過程中，隊員們一個個獲得新的職業，而朴德久向金賢成或宣熙英詢問一些無關緊要的問題時，無意間得知所有人都獲得了英雄級職業。

雖然無法得知他在遠征中表現得多麼差勁，但他肯定產生了自卑感。

尤其是足以被稱為天才的金藝莉，她的存在一定也為朴德久帶來了強大的衝擊。

金藝莉擁有傳說級以上的潛能，而且這還不單純僅限於能力值。

要是我的心眼等級能夠提升，應該能夠了解得更詳細，但即便不使用心眼，我也能意識到金藝莉擁有相當大的潛能。

一想到金藝莉在恐怖的庭園中做出的優異表現，她能在這次的副本中得到超乎想像的驚人成長，也是理所當然的事。

而朴德久大概一路上都在旁邊看著這些天才。

所謂的天才，本來就是不同種族的人類。

一般人得花上數十年努力才能得到的成果，他們輕而易舉就能完成。

雖然也才活過沒幾個年頭，我卻看過不少能被歸類在天才的人類。

不只在地球上……在這裡也是一樣。

周遭滿坑滿谷的天才，全都擁有普通人無法以常識理解的能力。

鄭白雪輕輕鬆鬆就能施展高階魔法，駕馭完全超出我理解範圍的法術。

宣熙英雖然還未展現出全部的實力，但她的神聖能力值不僅擁有傳說級以上的潛能，還以特有的沉著冷靜，穩住團隊的重心。

還有金賢成親自從貧民窟帶回來的金藝莉，以及用天才來形容都稍嫌不足的重生者。

坦白說，這簡直就是令人難以置信的黃金陣容。

隨隨便便一名隊員的水準都能稱得上是天才，金賢成小隊就是具備這種潛在能力的隊伍。

儘管朴德久也能被歸類為具有足夠實力擠進前段班的人類，但不管怎麼說，他肯定在這趟遠征中領悟了不少。

身邊的人都擁有怪物一般的能力。

其實，黃正妍見到鄭白雪也同樣自愧不如。

但不管怎麼說，這小子的舉動還是令我感到意外。

以朴德久的個性來看，我能料想他肯定是被逼到了絕境，才會不自覺慌慌張張地撒了個謊。

但比起說謊，我反而更擔心他的心理狀態。

在得知我獲得了傳統英雄級職業之後，他看起來有些難過，我想也是出於這個原因。

他肯定覺得在小隊裡，只有自己一個人落後。

「我這次得到的職業是大魔法師。」

「是嗎？」

「沒錯。魔力也提升了很多，對所有屬性的親和力也提高了。不只元素魔法……其他種類的魔法也全部都是。嘿嘿。現在可以更有效率地使用魔法，也得到了高級魔法知識。雖然目前還算不上非常厲害……」

「太好了。」

「對了，基英哥，我的魔力能力值也有六十九了！」

「我們白雪真了不起，上升得比想像中還多。」

「智力也有六十二喔。」

「真厲害。」

「賢成先生雖然只是隨行，聽說能力值也順地達到七十了，就像熙英姐那樣，雖然沒有太多的打怪經驗，但能力值也很高呢。」

這種事大概只會發生在你們這種人身上。

事實上，我和朴德久的能力值主要位在六十出頭。

鄭白雪滔滔不絕地說著自己成長了多少，看來似乎想向我求取獎勵，以慰勞這段時間以來的辛苦。

雖然令我有些難為情，但這件事情確實值得予以肯定。

她變得越強大，也就代表我的處境越安全。當然，情況也可能完全相反，不過目前成長的方向還不錯。

出於習慣，我望向鄭白雪，關於職業的資訊便立刻出現在眼前。

〔大魔法師（英雄級）〕

〔具備探索魔力真理的基本資格者，將能獲得此職業。魔力值上升5點，對於各種魔力的親和力上升。關於日後能夠轉職的職業，目前沒有相關資訊。〕

很好。我能夠確切地知道鄭白雪正打算往哪個方向成長了。

職業的名稱雖然有些平淡無奇，不過確實和鄭白雪非常相符。

比起轉職成血液魔導士或殺戮魔導士，以及瘋狂大魔導士，現在的職業明顯好多了。

也就是說，鄭白雪走在符合常規的軌道上。

當然，不只鄭白雪。金賢成那小子也一樣。

雖然不曉得他日後的發展方向，不過至少金賢成正在摒棄最單純型態的劍士。

〔高階劍術修練者（英雄級）〕

〔為想參透劍術奧義的修練者們設置的職業。力量值上升3點，敏捷值上升2點，魔力值上升1點。〕

我沒有必要再瀏覽其他的說明，光是從金賢成選擇英雄級職業的行為便可得知他打算往哪個方向發展。

對金賢成來說，即便是英雄等級的職業，也只不過是一道必經的程序。

在這個世界，職業有多麼重要，自然不需要多說。

假如只是普通的冒險家，絕對不會和金賢成一樣選擇這種職業。

隊員之間聊著各式各樣的話題，大口大口地吞下食物。

此時傳來了金賢成的聲音。

「藝莉得到的職業是追蹤者。」

「追蹤者？」

「沒錯。追蹤者是弓箭手派系的其中一種，除了弓箭以外，也能使用劍或短劍之類的中小型武器，畢竟藝莉各方面的能力值都非常優異，所以我認為這個選擇很適合她。目前她正在集中發展敏捷和魔力，日後也會有更多元的選擇。」

因為她沒有任何能力值的天賦等級低於英雄以下。

「這樣就不必擔心迷路了。」

「是，你說的沒錯，因為這是我們小隊的老毛病。對了，除此之外，熙英小姐也轉職成大法官了……神聖力也有了顯著的成長。聽說德久先生也得到了和坦克能力相關的先鋒職業。」

因為金賢成的一番話，我悄悄地望向宣熙英，狀態欄立刻顯示在眼前。

〔暗黑祭司大法官（英雄級）〕

她似乎並沒有向金賢成詳細說明。

我微微點頭，隨即宣熙英也望向我，點了點頭。

她目前的職業是之前暗黑祭司的進化版，雖然看起來頗為理想，不過除了普通神聖咒語之外，她似乎還沒有提到攻擊咒語。

總之，小隊也算是非常順利地持續成長中。

除了朴德久一臉難為情之外，坦白說，沒有任何問題。

不，實際上，朴德久也算不上有什麼問題，只不過是周圍的人過於突出罷了。其實朴德久的成長值也相當驚人。

這小子果然擁有走到哪裡都能受歡迎的本事和潛能。

但我當然沒有打算當著所有隊員的面提起這件事。

之後得找個機會跟他聊聊……

我不想讓隊員們得知我能夠讀取他人狀態欄的事實，也不能在這樣的場合刺激朴德久的自卑感。

沒有比拿天才和自己作比較更愚蠢的行為了。

雖然有點殘忍，但我希望那小子也能明白這個道理，適當的妥協才會對他有所幫助。

對話持續在略微沉重的氣氛下進行，聊天的話題卻漸漸地變得更加輕鬆。

我們聊到遠征過程中讓人笑不出來的失誤，以及關於我這段時間待在房裡足不出戶。

聽見鄭白雪天天以淚洗面，我只是點了點頭，而提到金賢成解救陷入危機的小隊時，我就像早已預料到似地，不禁放聲大笑。

臉上不常顯露出情緒的金藝莉也偷偷地揚起嘴角。

就在我們的聲音漸漸高亢的此刻——

公會的門伴隨著匡噹聲響，緩緩敞開。

是瘋老頭李雪浩，以及帕蘭公會副會長李尚熙。

只見兩人臉色相當沉重地走進公會。

「現在開始準備召開會議。請馬上召集留在公會裡的所有幹部。」

「您是說全部嗎？」

「沒錯，沒有例外。請先召集所有人。會議將在我的辦公室進行。目前還有幾支小隊留在公會？」

「就我所知，只有第二小隊。」

「李尚熙大人，李雪浩大人，今天早上第七小隊也回到公會了。」

「那麼，也請讓賢成先生、基英先生一起上樓。」

「一定要連他們一起……」

「是，請幫我召集全部的人，這是公會的事。」

「好，我明白了。」

到底是什麼事？

大致一瞧也能感受到沉重的氛圍。

李尚熙平日裡總是像個母親一樣，展現出慈愛的面貌，如今臉色卻變得相當蒼白，瘋老頭也一臉憂心忡忡。

雖然無法得知確切的原因，不過光是見到高層幹部們的神色，便可得知事態的嚴重性。

「您先上樓吧。我會和大家一起上去的。」

「好，那就拜託你了，雪浩先生。」

「是。」

不隸屬於小隊的一般公會成員，正慌慌張張地跑上樓。大概是為了前去通知黃正妍吧，因為帕蘭的第二小隊住在四樓。

「是不是出了什麼事？」

「基英先生，一起上樓吧。」

「噢……好。」

「好。」

原本所有人都樂在其中的氣氛，瞬間變得一團亂。

李雪浩微微地朝我和金賢成使了個眼色，他勾手指的模樣令我十分不悅，不過當務之急還是先了解狀況。

「在我和基英先生回來之前，各位只要各自忙自己的事就可以了。不，以防萬一，各位最好還是充分休息。」

「好。」

「知、知道了。」

什麼啊？

坦白說，我腦中浮現了各種想法。

看著其他人突然收拾起行李，更是如此。

一般公會成員們嘈雜的聲音越來越大，全副武裝一語不發的公會成員也越來越多。

耳邊傳來各種聲音，不過他們似乎也同樣對於眼前的局面一頭霧水。

「金賢成大人，李基英大人，副會長現在即將召開會議……」

「我知道，我們現在就上樓。」

「發生什麼事了？」

「呃，詳、詳細情形我也不太……」

姍姍來遲的公會接待員前來通知我們，接著連忙低下頭走出公會。

我們急匆匆地前往李尚熙的辦公室，只見全副武裝的警衛替我們打開了門，我和金賢成趕緊朝裡面走去。

「所有人都到了嗎？」

「是，應該都到了。」

在我面前的是李尚熙，還有黃正妍和瘋老頭，以及三名隨從，僅此而已。

雖然還有兩名這段時間以來只見過幾次面的行政幹部……

但是以一個曾經代表自由之都琳德的公會應有的幹部來說，這個數量實在少得荒謬。

「基英先生，賢成先生，請坐。我得告訴你們一個不太好的消息。」

目前還不曉得究竟發生了什麼事。在一群面色凝重的幹部面前，我不自覺地感到有些畏怯。

但不知怎地，鎮定的金賢成卻一副早就預料到的樣子。

難道他知道嗎？

不必思考太久，因為只要一想起我們為何會來到帕蘭公會，答案立刻呼之欲出。

金賢成肯定知道為什麼會發生這種狀況。

這就是他拒絕其他公會的聘請，堅持選擇帕蘭的原因。
公會副會長李尚熙正打算開口說出這個原因。

第037話　瘋老頭

此時的氣氛相當凝重。

我想，連初生的嬰孩應該都能嗅出眼下不尋常的氛圍。

李尚熙的態度有些猶豫不決，過了好一會兒才開口。

「目前除了第二和第七小隊之外，其他的小隊被困在英雄級的副本中，生死未卜。今天早上我們收到了小隊的求救訊號，在那之後就沒有傳來其他訊號，由此可以推測，進入副本的小隊遇上了麻煩。」

是這個嗎？

「他們進入副本的確切時間是八月十四日，最後的聯繫時間是今天早上的六點四十分。沒錯吧，雪浩先生？」

「沒錯，確實如此。」

如果是八月十四日，那就是在我們進入公會之前。

我大致能料到事情的發展——遠征失敗。

這是導致公會或戰隊走向解體，十分有代表性的因素之一。

雖然來到琳德的日子不長，不過我多多少少也聽過一些在都市裡流傳的經典名言。

「一次的遠征失敗，小型戰隊搖搖欲墜；兩次的遠征失敗，大型公會岌岌可危。」

就像這句話所說的，攻掠副本或打怪都暗藏著危險性。

所以這句話才被視為經典名言。

在琳德，強者就是集團的財產。在遠征的過程中，要是這些人因為失誤而喪命或陷入無法動彈的僵局，那麼集團的戰力將會立刻大幅減退。

因此，普通的戰隊和公會，通常會投入相當龐大的資源在遠征的準備工作上。甚至還聽說有些資質較差的公會，則會先派出實驗用的白老鼠小隊進入副本打探情況，由此可見遠征的重要性。

萬一發現英雄級以上的副本，就必須更加小心。

這是因為不同於怪獸出現後，緊接著出現魔王怪獸的稀有級副本，英雄級的每一個副本，各自有各自的機制。

雖然我不曾進入這樣的副本，這也只是從各個公會傳出的冒險事蹟，但光是這樣就足以推測——

帕蘭會因為遠征失敗而走向滅亡。金賢成肯定知道這件事。

派遣救援隊已經是預定好的計畫。

副本裡的人力資源相當重要，拋棄他們實在可惜。

不，在考慮到人力資源之前，對於李尚熙而言，被困在副本裡的每一位成員，都像家人一樣珍貴。

這是帕蘭長久以來的傳統。

按照李尚熙的個性，她非常有可能硬著頭皮闖進副本。

關鍵在於，我們要做出何種選擇。

就在我的腦海中浮出各種選擇時，會議室開始一片嘈雜。

簡短的說明之後，所有人開始商討對策，不過那些方法全都是紙上談兵……

「如果試著請求其他公會的協助呢？」

「目前已向紅色傭兵提出支援的請求，但由於傭兵女王不在公會，遲遲沒有回覆。也不知道得等多久才能得到回應……倘若一時情況危急，遠征隊可能無法全身而退。」

「所以，您的意思是我們要貿然進入副本嗎？」

「也不是非得如此。但仔細想想，訊號斷絕是今天早上的事，我們不能排除大部分的人還活著的可能性。他們也是公會的資產。」

「我雖然也認為派出遠征隊進行救援是對的，但是目前的戰力遠遠不夠。如果不是攻掠，而是救援，坦白說，只靠我們……」

「萬一真的要組成遠征隊，退役的各位也一起……」

「我這副身子已經不適合冒險了吧？呵呵。說實在的，我在行政方面都有些吃力了。」

「但是人數不是不夠嗎？」

「怎麼會不夠？不是還有第七小隊嗎？」

「……」

「第七小隊……」

「第七小隊不也是我們公會的主要戰力嗎？」

這些老不死的……

我雖然保持靜默，但大概能了解眼下的局勢，他們在討論究竟該不該為了受困的小隊派出遠征隊。

公會或許會有關於副本的資訊。

不過，一想到知悉那些資訊的其他小隊已經遭遇了失敗，這次的副本攻掠肯定相當危險。

副本困住了足足五支帕蘭公會的小隊，就算是黃正妍、李尚熙再加上我們，肯定也束手無策。

現在只能先確定還有多少人生還。

針對這個問題，越來越多人開始主張必須派出遠征隊協助救援。我也曾思考過該如何在公會裡組成遠征隊，但不管怎麼說，李雪浩那群人似乎不願意置自身於險地。

「不就是為了應付這樣的狀況，才花大錢聘請他們嗎？他們一定能帶來幫助。」

「李雪浩大人，他們是發展尚未成熟的小隊。」

「黃正妍大人，您說的我也非常清楚。不過現在是非常時期，就算是一點棉薄之力，我們也迫切需要，不是嗎？他們去了總比沒去好吧？」

「再怎麼說……」

「這是公會的危機，共患難也是理所當然的事。」

「照您這麼說，李雪浩先生也一起同行如何？」

「李雪浩先生年邁衰老，行動也不方便。他過去可是為了公會鞠躬盡瘁……目前還需要有人守住公會，而這個人當然得是李雪浩先生。」

「就算我們去了，恐怕也不會有太大的幫助。咳……」

「哎呀，別這麼說。」

「哼哼。」

這群瘋子，簡直瘋到不能再瘋了……

眼看局面越來越失控，我不禁啞然失笑。

雖然我不了解詳細的情況，但他們就像串通好一樣，默契十足。

瘋老頭不斷地對我們窮追猛打，看樣子是想趁這次機會坐享漁翁之利。假設李尚熙、黃正妍和我們一起進入副本，最大的得利者肯定是李雪浩那個老頭。

年邁衰老個屁。

第一次見面時，衝著我一副殺氣騰騰的模樣，我還記憶猶新。

他的能力值依舊毫不遜色。雖然年事已高，卻不是完全不能行動。

我覺得自己像在觀看一個不論在家裡或是在外頭，都像呂布一樣威震四方的老頭，到了大眾交通工具上卻倚老賣老搶座位的畫面。

他非得出來搗亂的理由再明顯不過了，那就是因為他不想涉險。

看來他想趁機大撈一筆是吧？

問題從原本的該不該派出遠征隊，進階到我們小隊該不該加入遠征。

「現在第七小隊全體隊員還不適合進入那樣的地方。」

「呵呵呵。這也是沒辦法的事，不是嗎？」

「他們來到琳德還不到一年。」

「不過，他們也是帕蘭的一員吧？他們儼然也是公會的成員。不管怎麼說，他們也接受了許多特別的優待，這次不能再給了。」

「這不是特別的優待，而是理所當然的常識。城市裡不管是哪一個公會，都不會讓剛成立不到一年的小隊進入英雄級副本。啊，確實是有一個。把白老鼠小隊送進副本的公會，通常都是那麼做的。」

「怎麼能說是白老鼠小隊呢！黃正妍大人，您說得太過分了吧。」

「夠了。」跳出來結束這場紙上談兵的人，是李尚熙。

「第七小隊留在公會總部待命。雪浩先生，正妍小姐說得對。不論賢成先生一行人成長的速度有多麼快……也不會對遠征有太大的幫助。」

說得好。

「請第七小隊留在這裡一起守住公會。」

「可是……」

「沒有可是。我已經決定了。其餘的人從現在開始，加快腳步為遠征做準備。我們的目標不是攻掠而是救援。其他人從現在開始，立刻去了解能否取得其他公會的支援……」

「我明白了。」

雖然不曉得這是不是金賢成所樂見的，但確實是再理想不過的辦法了。

假設被派出去執行救援的那些人不幸喪命，或者身負重傷返回公會，金賢成小隊一下子就能躍升為帕蘭的最強勢力。

也就是說，不費吹灰之力就能把持一個中型公會。

當然，後續還得處理接踵而來的各種問題，但倘若能忍受繁瑣的過程，能夠收穫的東西肯定不少。

相反地，公會可能會失去李尚熙和黃正妍，這也同樣是個問題。

想到金賢成王國日後就這麼失去兩名優秀的良將，一切就另當別論了。

不管瘋老頭怎麼搗亂都無所謂，起碼她們還對我懷抱著善意。

雖然得花點時間，不過如果參加遠征，回來後安安穩穩地繼承權力，也是個不錯的選擇。

最重要的是，金賢成要怎麼選擇。

無法得知他的想法令我感到相當煩躁。當然，我也不是完全猜不到。如果是我，肯定會安靜地接受對自己最有利的選擇……但如果是我認識的金賢成，或許……

「我們也一起去。」

肯定會說出這樣的話。

「什麼？」

「我是說，我們也會一起去。」

「雖然很感謝你的好意，但是這件事……」

雖然有些苦惱，不過我立刻就做出了決定。

站在支持重生者的立場，我當然只能力挺金賢成。

坦白說，如果黃正妍或李尚熙被逼入絕境，即便是我，內心也會有些過意不去。因為我接受過她們許多幫助。

「賢成先生說得沒錯，我們也要一起去才對。」

雖然有些不安……但他選擇這麼做肯定是有原因的。

除了能知道攻掠副本的方法，金賢成肯定也很清楚，這一趟副本攻掠能帶來什麼收穫。

他雖然善良，但絕對不是一個濫好人。

深吸一口氣後，我接著開口。

「最近第七小隊全體隊員都有了突飛猛進的成長，每個人都在第三次轉職之後，得到了英雄級職業，主要能力值居於六十出頭，白雪則達到了七十。」

「竟然……」

「真的嗎？」

「呵……」

「怎麼可能……」

「當然，我明白以現在的程度來說還不夠，想進入英雄級副本，更是遠遠不足，我們比誰都更能深刻體會到這一點。不過，我們同樣是帕蘭的一員，雖然只是一張薄薄的合約書，但我絕對不會隨便看待這份關係。」

「這樣啊。」

「我們得到了許多人的幫助。所以在這件事情上，儘管只是微薄的力量，我們也想盡一份心力。萬一途中遇到危急情況，我們也會聽從指示，不會盲目硬闖。請給我們機會略盡棉薄之力。」

我微微低頭，周圍立刻傳出一陣騷動。

看起來或許是個愚蠢的行為，但效果還不錯。

「我想一同前行。」

「呵呵。真令人感動。」

除了那個對我眉開眼笑的瘋老頭。

「李尚熙大人，賢成先生和基英先生都這麼說了，不如就帶他們一起去吧？既然已經完成三次轉職了，我想肯定會有所幫助的。呵呵。」

不管用什麼手段，我絕對要除掉那個老頭。

恐怕不會只有我這麼想。

＊　＊　＊

「看來這是個不錯的決定。」

「沒想到你們這麼為公會著想。哈哈哈！」

「……」

「是啊，就該這樣才對。」

我不了解那些老頭過去為帕蘭做了多少貢獻，但看到李尚熙對他們畢恭畢敬樣子，說不定他們從前的模樣和現在截然不同，甚至可能和從未露面的公會會長也有深厚的交情，但那都是以前的事了。

這些瘋老頭……簡直讓人咬牙切齒。

更可恨的是，我們小隊的想法正好順了那些老傢伙的心意。

「既然已經完成第三次轉職了，肯定會有所幫助的。」
「真是厲害，我們的投資總算有回報了。」
「還不是多虧有公會的支持？哈哈哈哈。」
黃正妍頓時語塞，一臉無可奈何地緊盯著李雪浩，不同於以往的神情，眉頭緊鎖的表情和樂天派的傾向明顯不符。
她會露出這樣的神色，再理所當然不過了。
李雪浩的態度簡直和隔岸觀火沒有區別。
「剛加入公會沒多久的新人主動要求參加遠征，而口口聲聲說自己一路以來鞠躬盡瘁的人卻袖手旁觀。在推卸責任給別人之前，自己難道不應該先站出來嗎？」
不只是李雪浩，其中幾位幹部也一樣，一副擔驚受怕、難為情的樣子，或許是自覺心裡有愧，一時之間個個都面有難色。
「咳……」
「不管怎麼說，要我這副身子骨站上第一線，實在太勉強了。」
「我記得您剛才說過，即便是一點棉薄之力，我們也迫切需要。」
「每個人能為公會盡的責任都不一樣吧？雖然我們一開始就屬於非戰鬥職群……不過李雪浩先生同樣隱退已久，在場的其他幹部不都是這樣嗎？現在卻要我們上陣，這……這分明會拖累遠征。」
「誰知道呢……在我看來倒像是在逃避責任。」
「您說得太過分了。」
「我不認為我的話有錯。您就乾脆大方承認自己根本不想去吧。」
「呵……我一再容忍退讓，您卻越來越得寸進尺了？！」

「現在得寸進尺的人是誰，我認為您應該比誰都清楚。」

黃正妍與李雪浩之間的嫌隙逐漸擴大。

假如我是黃正妍，大概也會出現相同的反應，但我也無可奈何，因為他們確實被歸類為非戰鬥職群。

當初提議讓他們一起前往遠征，本來就說不過去。

「太慚愧了。你們真讓人感到丟臉。」

雖然這只是我腦中偏激的猜測，但那些老頭說不定巴不得我們死在這趟遠征中。

如同我先前的猜想，這樣的劇情發展堪稱完美。

等到所有戰鬥職群的成員在英雄等級的副本中死去，他們就能利用長期累積的影響力併吞整個公會，打造以李雪浩為中心的全新體制。

現在的局勢對那傢伙來說，正好是絕佳的機會。

即便可能性不高，但他們說不定會將帕蘭轉手賣出，這座公會肯定相當值錢。

即便失去了戰鬥職群，帕蘭所擁有的財產、公會總部，以及到目前為止累積的基礎設施，絕對不容小覷，當初金賢成堅持加入帕蘭一定也是出於這樣的考量。

一想到這裡，我便更加肯定我的推論。

令我難以理解的是李雪浩周圍那些同黨的所作所為。

莫非他們有靠山？

說不定正是如此。因為像那樣的老傢伙，背後要是沒有靠山，通常不會選擇冒險。

風險往往被強加在年輕人身上，而他們只希望能過上安穩的人生。

那些老頭子之所以能坐在現在的位子，背後恐怕也犧牲了無數人的性命。

就算不是這樣也無所謂。

反正他們是一群老頑固，這是不爭的事實。

當雙方針鋒相對，氣氛逐漸白熱化時，李尚熙再次開口。

「到此為止吧。我想在座的其他人也一定非常鬱悶，正妍小姐似乎也變得過於激動，失去了平常應有的理智。」

「副會長，可是……」

「不能讓行政幹部和我們一起進入副本，李雪浩先生也是。李雪浩先生退休已久，再加上最近身體抱恙，不適合與我們一同前行。我充分能理解正妍小姐妳的心情，因為我也有相同的心境。坦白說，目前各位的行為並不是我所樂見的。」

「啊……」

「那個……」

「咳咳。」

「那也是沒有辦法……咳。」

「以前公會裡的氣氛不是這樣的……老實說，在賢成先生和基英先生面前，我感到非常羞愧，這並不是我所期望的帕蘭。當然，各位的行為非常合理，非戰鬥職群確實不能和戰鬥職群一起前往副本，我也明白各位的體力大不如前，但是……現在李雪浩大人以及幹部們所展現的態度，令我無比失望。不，其實我是對無能的自己感到失望。」

所有人都乖乖地閉上嘴巴。

那些人要是能挺身而出，一起加入遠征的行列，最起碼還能讓李尚熙內心的鬱悶減去一大半，但別說是自告奮勇了，他們反而還極力打壓我和金賢成。

看到他們的所作所為，我無法想像李尚熙該有多失望。

李尚熙緩緩地將視線移向我們。

當我正思考著該說些什麼才能讓她答應讓我們加入遠征時，她隨即開口。

「賢成先生、基英先生。」

「是。」

「是。」

「非常抱歉，我得收回剛才的話，我也明白這樣的行為相當可恥，但是如果可以的話……能否請你們一同加入遠征？」

李尚熙的嗓音微微顫抖，她低下頭緊閉雙唇，眼裡沁滿淚水。

看來我們的大幅成長確實足以讓她改變心意。

如果是在一個月前，李尚熙大概不會讓我們加入。

然而，如今超過六十的能力值加上完成三次轉職，或許能勉強應付英雄級副本。

說不定正因如此，李尚熙才會改變心意。

坦白說，如今帕蘭公會的處境岌岌可危。不只得在沒有主戰力的情況下進入副本，困在副本裡的成員們甚至生死未卜。

李尚熙想抓住我們這根救命稻草也情有可原，畢竟目前金賢成小隊的表現完全超乎想像。

在公會領導者李尚熙的真心懇求下，金賢成的回答不言而喻。

「當然沒問題。」

過於理所當然的回應讓我噗哧一笑。

「謝謝。」

「這是我應該做的。」

「那麼，現在馬上開始組成遠征隊出發前往副本。」

「是。」

「遠征隊的成員包括我和第二小隊，以及第七小隊，三十分鐘後立刻出發。請盡快完成遠征的準備工作。」

「是。」

「留在公會的各位，請聯絡紅色傭兵及其他公會。一旦聯繫上了，請立刻派遣救援隊前往副本。」

「是。」

「雪浩先生。」

「是的，李尚熙大人。」

「請你務必別讓我失望。還有……我相信你。」

「李尚熙大人，我不會辜負您的期望。一旦聯繫上其他公會，我會讓他們一同前往救援。」

「謝謝。」

李尚熙急匆匆地走出門外，像是一秒鐘都不能再多耽擱似地。

黃正妍朝我們點了點頭，緊接著火速離開辦公室，行政部門的成員也積極地展開行動。

我和金賢成也不例外。

走到一樓之後，我們立刻告訴隊員們這個消息，所有人聽完消息後點了點頭。

只見小隊在宣熙英的指揮下迅速完成整頓，想必遠征的準備作業應該不成問題。

對於除了遠征之外，還得做其他事情的我來說，這個時機點恰到好處。

相信個鬼。

李尚熙是個好人，但絕對不是一個理想的領袖，說得誇張一點，簡直就是個愚蠢的領導人。

所謂的信任，的確是用來管理優秀人才的絕佳手段，就好比德久和白雪。

李尚熙將期望寄託在李雪浩和那群幹部身上，大概也是出於同樣的心情。

不過這樣的手段，用來控制像瘋老頭那樣的人，根本無濟於事。

我不明白李尚熙究竟相信什麼。

是相信那些一路走來並肩作戰的老頭子，還是相信即便公會岌岌可危，他們也會留下來奮戰到最後一刻？

無論是什麼都無所謂，但是懷抱著這種信任，非常容易被反咬一口。

就我看來，在那些位置上的老傢伙，和宣熙英在貧民窟裡救濟的難民根本沒兩樣。

真要說有哪裡不同的話，就只是那些老頭子的運氣更好一些罷了。

還有，拚命地踩著別人往上爬這一點。這當然無可厚非，畢竟這也算一種能力。

但除此之外，他們和難民完全沒有任何分別。

所謂的信任，是一種當彼此都能從對方身上獲取利益時，才能夠維持的情感。從這層定義來看，那些傢伙說不定認為在李尚熙身上撈不到一絲好處。

萬一那些傢伙真的這麼想，這份信任絕不可能維持下去。

「三十分鐘後出發……」

「什麼？」

「不會有事的，白雪。」

「好的。基英哥，還有什麼需要準備嗎？」

「對了，妳可以幫我叫藝莉過來一趟嗎？」

「什麼？」

「有些事需要請她幫忙……時間很緊迫。」

「好的。」

鄭白雪慌慌張張地跑向金藝莉。

沒過多久，金藝莉帶著一副略顯困惑的表情出現在我面前，直勾勾地看著我。速度還真快。

「能請妳幫我一個忙嗎？」

金藝莉點了點頭。

「這對賢成先生來說也會有所幫助。」

「嗯。」

「妳能幫我把信交給黑天鵝公會的李智慧小姐嗎？」

「李智慧？」

「對，李智慧。而且必須悄悄地行動，別讓其他人知道……當然，妳也不能私下確認信件內容。」

「嗯……」

「只要說一聲是我送的信件，想必她會非常歡迎。務必快去快回。」

「嗯。」

金藝莉轉眼就消失在我的視線範圍內。

我的腦海裡莫名地浮現無數思緒。

實際上，我難以判斷這麼做是否正確，但某種程度上說不定是正確解答。

為什麼呢？因為我深知一個道理，那就是信任關係一旦破滅，雙方勢必會成為敵人。

「今天的天氣真適合大掃除啊。」

身體裡的餘毒也該清一清了。

第038話　我們會永遠在一起

就在我讀著李智慧請金藝莉轉交給我的回信時，李尚熙開口說道。

「那麼我們出發吧。」

「是。」

我微微點了點頭，胡亂將信件塞進口袋，接著起身。

說不定等到我們離開副本時，計畫已經開始進行了。

眼下得先把心力放在這趟遠征。

遠征隊一共有十四名隊員，包括金賢成小隊的六名成員，加上由黃正妍領軍的七名小隊成員，以及帶領遠征隊的李尚熙。

人數雖然不足，但隊伍的陣容相當不錯。

重點是，李尚熙是能力值九十以上的聖騎士，即便領導能力欠佳，但作為一名戰鬥要員，確實是不可多得的人才。

她是我到目前為止見過的前鋒之中，堪稱最理想的坦克。即便敏捷力不高，但魔力值不僅高達七十七，甚至擁有自我治癒的能力，這些優點都是琳德裡的其他坦克無法比擬的。

黃正妍的小隊也不遑多讓。

第二小隊整體的能力值也相當亮眼，數值維持在七十到八十之間，成長潛能也很不錯。以這樣的能力進入英雄級副本，想必再適合不過了。

「由於時間緊迫，我會在行進的同時簡單說明這次的任務。再次向各位重申一次，這次任務的目的是救援，而不是攻掠副本。」

「是。」

「我們的首要任務是確認生還者和進行救援，一旦確定沒有其他生還者，就馬上離開副本。救出生還者雖然是當務之急，但更重要的是各位的安全，請務必謹記在心。」

「是。」

「這次即將進入的是英雄級副本，副本名稱是『受詛咒的神壇』，怪物的種類是亡靈和不死族，除此之外沒有其他的相關情報。在外部救援抵達之前，我們必須盡可能安全無虞地搜尋生還者。」

「抵達副本需要多久？」

「這次的副本位在琳德西邊的不死族打怪區，抵達目的地大概需要八個小時。」

「這麼說來不需要花太多時間。」

有種倉促成行的感覺。

然而目前掌握的資訊僅止於此，著實令人意外。怪不得即便有這麼多小隊一同進入副本，卻依然陷入險境。

除了副本所在位置和周圍的怪物種類之外，沒有其他的資訊。

不管怎麼想，都讓人摸不著頭緒，假如是稀有級的副本或許還能理解他們貿然挑戰的原因，但這可是英雄級副本，應該更謹慎才對。

難道有非得進入這座副本的理由嗎？

或許他們當初就是抱持著「憑這樣的戰力進入副本，難道會出什麼意外嗎？」的心態，硬著頭皮進入副本，才會以失敗收場。

出於好奇，我開口詢問：「資訊似乎不太夠。」

黃正妍朝我點了點頭，接著說道。

「我想大概是因為當時太急著進入副本了。」

「有什麼理由嗎？」

「是的……當時遠征的準備時間不足。那趟遠征幾乎投入了公會所有戰力，因此我們不認為他們在英雄級副本可能遭遇意外，這是一大失誤。你知道帕蘭公會會長被下了詛咒吧？」

這對我來說當然是前所未聞的消息。

「不，我是第一次聽說這件事。」

「啊，因為這件事情是不對外公開的機密。大概是因為周遭的人多少有所預料，所以才被當成公會的絕對機密。李尚熙大人或許也打算找個適當的時機點告訴你。」

「嗯……」

「事情發生在基英先生加入公會之前，公會會長因為不明原因中了詛咒，為了替公會會長解除咒語，遠征隊硬著頭皮進入受詛咒的神壇。其實，當時我們不認為有任何困難，因為前往遠征的公會成員，都是專門對付大型怪物和攻掠英雄級副本的菁英。」

如果是我，大概也會有一樣的想法。

假設是和黃正妍能力差不多的五位成員組成的小隊，即便攻掠傳說級的副本也不成問題。

誰也料想不到遠征隊竟然會被困在英雄級的副本裡。

「妳的意思是，受詛咒的神壇有線索能解除會長受到的詛咒嗎？」

「其實我也不確定。因為公會會長是在發現受詛咒的神壇過程中被下咒的，我們自然會認為副本裡或許有解答。會長為了打開副本的入口，把手伸了出去，然後……」

「原來如此。」

簡單來說就是帕蘭的公會會長在發現副本的過程中受到了詛咒，其餘的成員則是為了解除詛咒而進入副本。

就像副本把人類活生生吸進去一樣，這一開始似乎就是個非進入不可的副本。

一股莫名的不安朝我襲來。

不知怎地，我總覺得這和恐怖電影裡的情節極其相似。

一般而言，在這樣的情況下，自告奮勇涉險拯救同胞的傢伙，多半沒有好下場。

我不得不暗自祈求這一次別落到相同的處境。

「基英先生你似乎不太驚訝。」

「不，其實我多少猜到了公會會長可能遭遇了某些麻煩。雖然好奇，但也不是非得追問的事，畢竟我也為了提升能力而分身乏術。」

「原來如此。李尚熙大人大概也是不想讓你費心吧。」

「嗯，我想也是。」

「基英哥……」

「噢，白雪。」

我似乎花太多時間和黃正妍交談了。

聽見鄭白雪的呼喊，我簡單向黃正妍致意，緊接著跟上鄭白雪的步伐。

看到她衝著我莞爾一笑的模樣，看來她這段期間內不悅的情緒似乎有所緩解。

或許是因為隊伍行進時的氣氛略顯沉重，我盡量不與鄭白雪牽手並行或進行其他的肢體接觸。而鄭白雪似乎也或多或少能理解我的想法，沒有像平常一樣偷偷拽著我的衣袖。

小徑狹窄得連馬車都進不來，極其險峻。

體力較差的我其實已經感到些微疲憊，但隊伍卻開始以極快的速度朝目的地前進。因為現在分秒必爭，無法顧及體力較差的成員也情有可原。

我只能先喝下帶來的體力藥水，想辦法跟上行進中的隊伍。

無論如何，這次面對的敵人是不死族，祭司們必須盡可能地降低神聖力的消耗。

不出半日，我們便已抵達不死族的所在地。這是我們小隊第一次進入這個區域。

這趟遠征本就是與不死族怪物的初次交手。出於好奇，我不停地四處張望。

祭司們毫不掩飾地皺緊了眉頭。

身為暗黑祭司的宣熙英雖然不像其他人一樣渾身難受，但似乎也受到了影響。

金藝莉則比我想像的更膽小，緊緊地貼在金賢成身旁。原本膽子就不大的朴德久，也被周遭陰森的氛圍嚇得蜷縮。

我們小隊裡表現還算正常的，只有金賢成和鄭白雪。

撇開原本就知道這個地方的金賢成不談，鄭白雪總是一副眉開眼笑的模樣，實在讓人難以理解。

越是進到深處，天色彷彿也越來越暗。

不單是因為夜幕的降臨，而是籠罩在此處的氛圍無比陰鬱，總覺得心情莫名有些不快。

腳底下的地面泥濘不堪，潮濕的空氣中瀰漫著一絲不尋常。

遠處傳來不死族的怒吼，無端放大了緊張感。

確切來說，這是個讓人莫名煩躁的地方。越是接近目的地，這樣的情緒越是強烈。

難道是因為這裡有詛咒嗎？

詳細的情形我無從得知。或許是場地本身所帶來的不適感也說不定。

「呃，這裡還真是個讓人煩躁的地方耶？雖然很難形容……」

「德久，我也感覺到了，越靠近目的地，感覺可能會越強烈。」

「嗯。」

「我可不想遇到那些不死族……」

「那也是沒辦法的事。」

一陣交頭接耳之後，轉眼間就抵達了目的地。

眼前是一座神殿裡的某個小房間，周圍隱約瀰漫著一股不尋常的氣氛。

走過小房間裡一座又一座的書櫃，通往副本的路口隨即出現在前方。

房間裡似乎還有一個尚未被發現的入口。以及看起來像是倒吊懸掛的禽獸垂墜裝飾品，雖然無法辨別本體，但它隱隱透著一股不祥之氣。

與其說是神壇，反而像是……

信奉邪靈的場所。

看著通往地下的入口，我似乎能理解發現此處的帕蘭公會會長受到詛咒，究竟是怎麼一回事。

他應該是直接中了詛咒吧。儘管無從得知帕蘭公會會長進入副本時有多麼大意，但他似乎對自己的能力相當有自信。

這個地方本身似乎不斷釋放著負面的情緒能量，光是吸氣就能感受到滿滿的詛咒……

從某方面來看，他有勇氣伸出手也算是一種才能。

像我這種吝惜身體的人，在還沒確切掌握情況之前，絕對不會出現在這種地方。

當我左顧右盼，觀察周遭的氛圍時，李尚熙開口了。

「由我開始進入副本，接著是第七小隊，第二小隊跟在後方。請祭司為大家念誦淨化咒語。」

「是。」

宣熙英和第二小隊的男隊員隨即開始念咒。

剎那間，一道光線灑在我身上，昏昏沉沉的腦袋，又再次甦醒過來。

果然有效。

所有人都點了點頭，李尚熙隨即轉身並邁開腳步。

「走吧，基英先生。」

「大哥。」

「好。」

我們也一起進入了副本。

緊接著，空中傳來一道熟悉的通知聲。

〔您已進入英雄級副本受詛咒的神壇，目前確認之人數為（??—??）人。〕

本以為會立刻展開決鬥，看樣子並非如此。

不同於進入恐怖的庭園時，周遭景象徹底改變，我們目前所處的副本——受詛咒的神壇，和外面的世界並沒有太大的差別。

換句話說，我們猶如進到一座位在神殿底下的神壇。

我們此刻的心情極度緊張，神壇內部卻相當冷清。

此時，負責巡視的成員們開始採取行動。

最忙碌的果然是弓箭手。

他們迅速地巡視四周後，立刻開始彙報情況。

「附近看起來似乎沒有怪物，雖然尚未深入了解，但至少周圍的痕跡看上去都存在好一段時間了。」

按弓箭手所說，至少附近是安全的。

這裡應該是被攻掠過的區域。

雖然腦部仍有略微刺痛，但先前包覆著身體的不祥之氣已不復存在。

「整體來說……上一支遠征隊看起來前進得有些快速。」

「是嗎？」

「是的，我們可以加快腳步前進。」

「就照你說的做。請祭司隨時準備念誦咒語。」

「是，我明白了。」

遠征隊移動的速度比我想像得還快，當然我們也沒有一絲鬆懈。

雖然目前還看不見不死族的身影，但面對這個已經吞噬掉數支小隊的副本，所有人都知道必須繃緊神經。

看起來他們順利地完成了攻掠。

不需要借助弓箭手的雙眼也能輕易發現，越是進入副本的深處，內部環境越是整潔。

他們沒留下多少戰鬥痕跡，可見在我們之前進入副本的成員有多麼順利地通過這個區間。

「下一個。」

「是。」

「接下來即將進入下一個房間。」

「是。」

「前往下一個房間……」

「是。」

此時，遠方傳來前所未聞的聲響。

「讓詛咒降臨吧。」

……什麼聲音？

＊　＊　＊

聽見聲音的不只有我，所有人都開始環視四周。

那道聲音清楚地迴盪在整座神壇裡。

「剛才……」

「祭司，請再念一次淨化咒語。」

「是。」

雖然沒有遇上大麻煩，但空氣中迴盪的聲音，著實讓人神經緊繃，恨不得馬上離開。

李尚熙與第二小隊的成員依然保持鎮定，我們小隊則顯得有些混亂。

「讓詛咒降臨吧……」

「感覺得到魔力嗎？」

「不，感覺不到。魔力的反應……並沒有出現。神聖力也同樣無法感知。」

「在入侵者身上降下詛咒吧……」

「看起來應該是副本的內建功能。」

「這是哪一種詛咒……」

「還無法確定，現在頂多只有聲音而已。」

「總之先往後……馬上往後撤退，然後啟動神聖防禦咒語。」

就在李尚熙說話的當下，霎時間狂風大作，視野開始變得白濛濛。

我暫且還不清楚發生了什麼事，只覺得腦袋一陣暈眩，身體頓時湧上一股反胃感，周遭的世界彷彿正在改變，但即便這樣也不足以形容此刻所面臨的一切。
準確來說，此時的狀況難以用言語形容。
恐怕除了我以外，其他人也正在經歷相同的遭遇。
四周的景象改變後，不知從何處傳來的聲音令我微微一驚。
「當初為什麼要那麼做呢？」
「為什麼……要拋棄我？」
可惡。
一個不知名的女子出現在眼前。
我記得她。她就是在新手教學時，被餓鬼生吞活剝的那個女人。
當時為了生存，我不得已無視那個女人的求救，但我卻忘不了她。
比起那個女人，選擇飲用水和糧食一點也不奇怪。
但我卻一直耿耿於懷。
「這又是什麼該死的情況啊。」
女人不斷朝我逼近，內臟一個個啪滋啪滋地掉落，簡直讓人不忍直視。
眼前的畫面和當時她被餓鬼啃食的情景如出一轍。
我皺緊眉頭，卻一點也不害怕，因為我早已有所認知。
這肯定是假象。
「好痛。我好痛啊。我以為你會救我……我還相信你一定會救我。結果你卻背叛我。」
「發什麼瘋啊。」
「你這個人渣。」
「朴慧英。」

被鄭白雪殺掉的朴慧英所說的話，清楚地傳進耳裡。

四肢被截斷的朴慧英望著我的眼神充滿怨恨，彷彿在質問著為何當初沒有選擇她。

當然，她的情況和不知名的女人不同。

我當初確實能選擇救她。

不過——

我不需要感到愧疚。

因為那是當下最合理的選擇。

「你總是用這種想法來保護自己，認為一切都是合理的選擇、都是迫於無奈，甚至還樂在其中。在我看來，你和我根本是同一種人。」

「你有資格說這種話嗎？你這個變態殺人魔，我和你根本不一樣。」

這次是鄭振浩。

鄭振浩的頸部嵌著金賢成的長劍，他朝我不斷靠近的模樣相當駭人。

「你跟我完全沒有差別，我們是一樣的人，既自私又貪得無厭。難道你殺掉劉碩宇，也是逼不得已嗎？」

接下來是宣熙英親手除掉的難民、劉碩宇，還有鄭振浩的兩名手下。和我有所牽連的人，一個接一個出現在眼前。

原來就是這種詛咒嗎？

我不認為其他人能看見我眼前的景象。即便一開始沒有察覺到，但我眼前的畫面肯定是我最不願意見到的。

我的內心似乎還保留著一絲罪惡感，這令我感到不快。

「你這個凶手。」

「閉嘴。」
「你這個卑鄙、自我合理化的傢伙。」
「合理化自己的行為有什麼錯，這是人類的天性。無論一件事情的狀況如何，到了最後都會被正當化，你們這些蠢貨。」
「你肯定也懷抱著一絲罪惡感吧？」
「我當然有罪惡感，但我不後悔。」
「人渣。」
「你沒有別的臺詞了嗎？不管你再怎麼指責我，現在站在這個位置的人是我，在這裡看著我的，是你們這些老早就玩完的人，這就是現實，是不爭的事實。就算再給我一次機會，我也還是會這麼做。」
「總有一天，你也會站在這裡。」
「神經病，那只是你的一廂情願。」
眼前的視野開始變亮。
看著我的那群人緩緩消失，一股反胃感瞬間從體內湧現。
「喔嘔嘔嘔嘔。」
我不自覺地將胃裡的內容物吐了出來。
看到那些死人的屍體再次出現在眼前，並不是一件愉快的事。
和剛才爭執吵鬧的狀態不同，我的身體此刻徹底被冷汗浸濕，雙腿也開始瑟瑟發抖。
即便明白全部都是假象，我仍然覺得口乾舌燥。
都是假象。
「你真的這麼認為嗎？一切真的都是假象嗎？」

閉嘴。

甚至就算回到了現實世界，耳邊依然不停傳來那些傢伙竊竊私語的聲音。

該死的。

「是你殺了我們。」

他媽的。

「是你殺了我們。是你！」

王八蛋。

受到的傷害竟然比想像中大，心中不由得感到一陣不悅。

大口大口喘氣的同時，我的肩膀突然被人拍了一下。

身體猛然一震，我連忙甩開搭在肩上的手。

「給我滾開！」

此時，一道令人安心的嗓音傳來。

「你沒事吧？」

站在我面前的人是金賢成。頓時間，一股安心感油然而生。

這裡不是剛才那個地方。

「啊……是的，我沒事。」

金賢成將魔力一點一點注入我的身體。

其他人大概也正在經歷和我類似的遭遇。

不出我所料，眼前的景象難以言喻。

「呃啊啊啊啊……」

金藝莉一邊緊抓著自己顫抖的身軀，一邊不停地揮動著手臂，似乎試圖甩開某種東西。確切來說，像在推開朝自己持續逼近的人，她在口中喃喃自語，一副想說些什麼卻說不出口的模樣。

「夠了……停。媽媽……媽媽！幫幫我。救救我。媽媽……拜託……」

大概是貧民窟時期的回憶吧。

粗略一看就能知道她正在經歷相當可怕的事。

朴德久蜷縮著身軀，不發一語地直打哆嗦，我不禁開始想像他眼前的畫面。

宣熙英說不定也見到了當時在貧民窟打死那幾個廢物的畫面，才會不停地落淚。雖然沒有發出痛苦的悲鳴，卻有血液從她嘴裡滲出。

她正死命地咬著嘴唇。

其中最讓人摸不著頭緒的當然是鄭白雪。

「不要啊啊啊啊啊！不要啊啊。拜託、拜託。基英哥、基英哥。」

「拜託，我知道錯了。都是我的錯。拜託，拜託……我錯了。我下次會好好表現的，拜託不要丟下我。拜託……」

媽的。

坦白說，鄭白雪的情況似乎相當嚴重。淚水不斷從她的眼眶湧出，手指甲還沾上血跡，那是剛才用手撕下身上的肉塊所留下的痕跡。從頭髮稀稀落落的樣子看來，鄭白雪連自己的頭髮也不放過。

不光是喘不過氣，或許是哭得太過用力，鄭白雪的嗓音開始變得沙啞。

「啊，不行……」

「不可以跟那個女人那樣。基英哥，不要那樣。我錯了。不要……不要！不要！」

我大概能猜到她眼前的畫面了。

除此之外的其他人也不停地搖頭，行為舉止相當怪異。

期間雖然有許多人逐漸恢復正常，但大多數的人仍然癱坐在地上狂吐不止，或是處於頭昏腦脹的狀態。

李尚熙則是一味地對著空氣道歉。

「對不起，真的非常抱歉。真的……」

雖然不能肯定，但李尚熙似乎正在向困在副本裡的公會成員道歉。

她一直掛念著生還者的安危，會有這樣的反應也是理所當然。

默默流著淚的黃正妍，也是一副剛剛清醒的樣子，四處張望。

除了金賢成以外，其餘恢復意識的人，大多是智力值較高的成員。

雖然每個人的狀況不同，但智力似乎對此造成了影響。鄭白雪的大概是特例。

因為她的精神不穩定，無法否定眼前的景象。

「賢成先生，你是什麼時候……」

「我也剛恢復沒多久。」

「經過多久的時間了？」

「似乎沒過多久，我也不太清楚……」

感覺足足經過了數十分鐘。

一切只在剎那之間發生，著實令我難以置信。

比起釐清事情的原委，解決眼下的狀況才是當務之急。

消除腦中的疑問後，我連忙朝金賢成開口。

「有能夠喚醒大家的方法嗎？」

「悄悄地注入魔力是最好的辦法，雖然注入神聖力的效果更好……基英先生，白雪小姐就交給你負責了。」

「好，我明白了。」

金賢成似乎打算先喚醒宣熙英。

黃正姸貌似也有同樣的想法，她一臉憔悴地邁開步伐，朝著第二小隊的祭司前進。

心緒稍微平復之後，緊緊束縛著我的不適感也在不知不覺間逐漸消退。

我開始偷偷地靠近鄭白雪。

「必須殺掉……」

她在說什麼？

「殺掉、必須殺掉。全部……全部都得殺掉。這樣我才能跟基英哥合而為一。沒錯，沒錯，就是這樣。我要把妳們通通殺掉。」

鄭白雪小聲地喃喃自語，應該沒有被其他人聽見。

雖然不明白她所說的合而為一是指什麼，聽起來卻毛骨悚然。

我悄悄地靠近鄭白雪，接著抓起她的手，將魔力注入她的身體。

沒過多久，鄭白雪的氣色緩緩恢復正常。

「我會一直在妳身邊的。」我在她的耳邊悄聲說了一句。

如果是鄭白雪，肯定能馬上脫離剛才的狀態。

就在此時，鄭白雪的腦子似乎清醒了。

雖然她瞪著雙眼，但意識貌似正在逐漸恢復，急促的呼吸也開始變得平穩。

一晃眼，直打哆嗦的手臂和雙腳停止了顫抖，看來精神狀態確實有所好轉。原本望向空中的視線，也轉移到我身上。

「基英哥？」

「妳沒事吧？」

「基……基英哥。」

「嗯。」

鄭白雪像是不願失去我似地，雙手緊緊地環抱住我的脖子。

即便當下被勒得喘不過氣，我也不能表現出來。

「基英哥……基英哥，基英哥。」

「我在這裡。」

鄭白雪開始意識到剛才的景象全是假象，些許哽咽的嗓音緊接著變成啜泣的哭腔。

此時的我，就像父母在照顧作噩夢的子女一樣，不過我並不排斥。

「你也會拋棄她的。」

耳邊不斷傳來聲音，而我只是充耳不聞。我知道這一切都只是詛咒帶來的效果。

「這不是詛咒，而是發自你內心的聲音。」

或許現在不只有我聽得見這道聲音。

有些人在恢復意識後，逐漸開始自言自語。

「最後你的身邊將會一個人也不剩，因為你會將他們通通拋棄。

總有一天，你身邊的人絕對會跟我們站在一起，像現在這樣注視著你。」

「你是基英哥，對吧？」

「沒錯。」

「真的是基英哥嗎……」

「沒錯，是我。」

光看鄭白雪似乎為了再三確認而不停和我說話的模樣，就能知道她的耳邊同樣出現了其他的聲音。

無法得知她聽見了什麼，讓我有些不安。
看著鄭白雪一身狼狽的模樣，我吞了一大口唾液。
頓時有種炸彈一觸即發的感覺。
鄭白雪的狀態看起來就是如此岌岌可危。

＊　＊　＊

事實上，不只鄭白雪是這樣。
我的狀態還算不錯，但其他成員明顯陷入不安，譬如金藝莉。
她緊緊地纏著金賢成不放，跟平日裡總是面無表情的樣子大相逕庭。
畢竟她年紀尚小，會出現那種反應也是情理之中的事。
雖然無從得知她究竟看到了什麼，但從各種情況來說，她眼前肯定浮現了痛苦的過往經歷。
鄭白雪也一樣，即便無法確認，但她八成是看到了自己被我拋棄的畫面。
我再次體認到這個咒語挖掘人類弱點的威力。
總之，隊員們的心神正在慢慢恢復，大多數人都脫離了詛咒的影響。
然而，沒有任何人願意先開口。
我輕輕撫摸著鄭白雪的頭，她此時正緊緊地箍住我的腰部。
過了一會兒，整頓完畢的隊伍傳來一道聲音，率先開口的是李尚熙。
「請、請回報傷亡人數。」
「沒有人員傷亡。這應該是一種精神上的詛咒，除此之外沒有其他的影響。看起來像是幻聽和幻覺。」

「隊員都能正常活動嗎？」

「沒有任何人受傷。」

雖然沒有肉體上的損傷，但不是完全沒有傷害，詛咒肯定讓所有人的精神都耗弱了不少。

我似乎能理解帕蘭的其他小隊為何會在這個地方全軍覆沒了。

假如就像這座副本的名稱「受詛咒的神壇」一樣，這樣的詛咒不斷地重複降臨或效力變得更強大的話……

情況可能會更加棘手，變得難以收拾。

李尚熙理了理頭髮，再次開口。

「有人聽見幻聽嗎？」

一片靜默。

大家恐怕或多或少都能聽見。

我緩緩開口，回應她的提問。

「我聽得見。」

「原來如此。」

「大家應該都是一樣的狀況。」

「看來神聖淨化咒語也無法解除詛咒。這可能是副本內建的詛咒，只要有人進入特定的區域，或經過一定的時間，詛咒就會啟動一次。」

推論相當合理。

李尚熙的想法和我的不謀而合。

我悄悄地望向金賢成，只見他微微頷首。即便這不是完美的正解，某種程度上也算是找到了答案。

「目前的症狀說不定會變得更加嚴重。萬一遇見不死族的當下，詛咒正好降臨……」

遠征隊肯定會傷亡慘重。

然而真正造成威脅的，是現在作用在我們身上的詛咒，不論是亡靈或不死族，全都只是開胃菜。

就像這座副本的名稱一樣，攻掠受詛咒的神壇的關鍵在於解除詛咒。

「最後只會剩下你一個人。」

閉嘴。

我敢保證，要是無法解除詛咒，情況將會變得一發不可收拾。

李尚熙和第二小隊或許能抵擋耳邊傳來的聲音，但除了金賢成以外的第七小隊成員可就另當別論了。

雖然由我來說有些難為情，但金賢成小隊的成長確實相當快速，說是進步神速一點也不為過。連我也因為各種資源和《拉姆斯．托克的煉金學概論》，得以迅速跟上小隊的成長速度。

原本就擁有傳說級潛能的成員們自然不必多說。

然而，能力值高並不能代表小隊的強盛。

我們小隊裡許多成員存在著心理上的問題，例如精神層面的成長遠不及肉體層面的提升。

這難道是金賢成計畫好的嗎？

雖然我曾經想過，和我擔心著同一件事的金賢成，是否刻意將我們帶進副本。不過可能性微乎其微。

那小子還不至於拿別人的性命當作賭注。如果是一般的副本或許還有可能，但是……目前的局勢很緊張。

就如同字面上的意思，不只是我們小隊，其他人的狀況也一樣。

在這樣的情況下，遠征隊只有三個選擇。

第一，打道回府。

目前關於副本的資訊嚴重不足，即便這趟遠征的目的是救援，也不能排除途中出現危險因素的可能性。假如遠征隊長的性格十分謹慎，肯定會選擇撤退。

第二，繼續前進。

坦白說，我雖然不想推薦這個選項，但在生還者狀態不明的情況下，考量到時間緊迫，這也是個不錯的選擇。

最後，第三個選擇是……

「先在這裡紮營似乎是個不錯的選擇。」

這就對了。

「近戰職群的隊員們分組搜查周圍，同時尋找有助於攻掠的關鍵訊息，其餘的人負責紮營，準備飯菜，看來目前得稍微休息了。以第二小隊為中心，先……」

「我也一起去。」

「你的身體沒問題嗎？」

「是。雖然我也不太清楚，但詛咒似乎對我沒有太大的影響，儘管耳邊還是會傳來聲音……不過沒有大礙。」

「原來如此，那麼……就拜託你了，賢成先生。」

我也認為這是眼下最好的選擇。

在受到詛咒前，遠征隊全體人員早已疲憊不堪。

花了大半天的時間抵達副本，進入神壇後約莫又經過了六個小時。

要是以這樣的狀態勉強投入搜查的工作，隊員們的體力恐怕都會到達臨界點。

尤其祭司或魔法師職群的隊員們，體力幾乎瀕臨極限，得好好休息才行。

「在這裡好好地補充睡眠，明天早上即刻投入搜救作業。準確來說，我們要在這裡停留三天，要是判定情況沒有好轉，遠征隊立刻撤退。另外……」

「是。」

「萬一目前身上的詛咒無法解除，我們最好還是得找其他的辦法。」

「會發生這種事嗎？」

可能性相當高。

因為詛咒的時效性通常是半永久。

「有可能。總之先專注在身體的恢復上，等搜查隊回來以後再討論後續的應對措施。」

李尚熙的話一說完，包括金賢成、金藝莉在內，幾位敏捷值較高的隊員被選為搜查隊，接著朝外面走去。

行動速度較緩慢的前鋒，正努力地紮營。

從金賢成自告奮勇的樣子看來，他似乎有一套對付這座神殿的好方法。

說不定他能帶回其他的線索。

既然丈夫已經外出了，妻子在家裡的任務自然不用多說。

那就是，管理自家兒女的精神狀態。

雖然金賢成沒有託付給我其他任務，但我能感覺到他對我的信任。

與馬上恢復平靜的宣熙英不同，到現在還一臉恍惚的朴德久，是我第一個諮商的對象。

至於鄭白雪，她光是黏在我身邊，就能自動得到治癒。

不只是我，從周圍的人到處聊天攀談的模樣看來，大家似乎也察覺到和他人對話確實是個好方法。

「德久。」

「是，大哥。」

朴德久的臉色格外憔悴，他順便朝緊貼在我身旁的鄭白雪打了聲招呼。

「好一點了嗎？」

「當、當然囉。」

「我是認真的。」

「大哥，不、不用擔心。你還是好好照顧大姐吧。我一點事也沒有。」

這個豬頭……

「你看見什麼了？」

「沒什麼。」

他的話語中似乎有所保留，大概是認為自己表現出來的模樣造成了大家的負擔。

我靜靜地凝視朴德久，只見他的神色略顯不安。

「我聽見了被我殺掉的人，還有在我面前死去的人對我說話。」

「噢……」

「我還看見了劉碩宇、在出發點來不及救的女人，還有朴慧英他們的屍體。我當然也看見了鄭振浩和他的手下，他們看著我，說我很快就會死了，現在還在我耳邊不停謾罵，對著我大喊，叫我不准合理化他們的死亡。」

「……」

「你呢？」

朴德久相當苦惱，支支吾吾地思考著是應該說出口才行，還是乾脆什麼都不說也無所謂。他所見到的畫面說不定和他的弱點或心理創傷有關，會這麼謹慎也是理所當然的事。

不過由我率先開口似乎對此有所幫助，朴德久終於緩緩地開口說道。

「那、那個……我看見大、大哥和其他隊員死掉了，在跟巨大怪物打鬥的時候……我實在沒辦法撐下去，所以才會那樣，我不是故意的。我嚇得渾身發抖的瞬間，大哥就受傷了，然後大姐也受傷了，我不知道該說些什麼……那個，所以……嗚呃呃呃……」

看來朴德久受到了不小的衝擊。他說話的同時，淚水沁滿了眼眶，一度還因為哽咽而不停結巴。

事實上，我多少了解德久是個心軟的傢伙，卻完全沒料到會是這種程度。

殺掉劉碩宇那時也一樣……朴德久當時特意不去看那一幕。

「然、然後我看見大哥和大姐開始責怪我，你們說都是因為我，你們才會死掉……說全都是因為我……我什麼都沒做，只會在旁邊發抖……就算同樣的場景再出現一次，我也什麼都做不了。因為我一直沒辦法做出行動，所以……」

「接下來呢？」

「接下來也一樣……我一次也救不了你們，就這樣一直持續下去……」

「現在還聽得見聲音嗎？」

朴德久點了點頭。

「你聽到了什麼？」

「『膽小鬼』，還有一直怪罪我的話。」

「說話的人是誰？」

「是大哥和大姐的聲音。有時候也會聽見賢成老兄的聲音，好像也聽得見熙英大姐和小鬼頭的聲音。大哥也是嗎？」

「我當然也聽到了。就像我剛才說的那樣，那些話現在也還在我耳邊。但這都不算什麼。」

「不愧是大哥……」

「別說什麼不愧是大哥這種話，你剛才看到的只不過是幻覺或和幻聽。」

雖然這句話是對著朴德久說的，但這也是我想對在一旁的宣熙英和鄭白雪說的話。

「不需要為此動搖，也不必太過在意，反正都是一些胡說八道的話，就讓它左耳進右耳出。現在我們必須專注在真實的事物上。」

「噢……」

「德久，如果我能做到的話，你一定可以做得更好。」

「我、我知道了。」

「保持這樣的想法，如果我能做到的話，你一定可以做得更好。」

當然，我不認為光是這樣就能安撫朴德久的情緒。

但這傢伙非常容易因為我的一句話而動搖，這在某種程度上或許能帶來效果。

看到他的神情似乎有所好轉，我便可以肯定。

除此之外，我們還聊了許多事，與宣熙英也有短暫的交談。用餐時，李尚熙、黃正妍、金賢成與我，也一起針對未來的方向分享各自的意見。

而剩餘的時間，自然得全數花在鄭白雪身上，我得透過持續的交談來提振她的精神才行。

我雖然也想像和朴德久交談一樣地和鄭白雪對話，但她卻從未正面作出回應。

她恐怕不願意親口說出自己看見的最壞情況。

她的情況和故作堅強的朴德久不同。光是問她究竟看到了什麼，她就用牙齒緊緊咬住嘴唇，彷彿下一秒就要滲出血似的。

見她如此，我也不得不放棄對話。

所有人的情緒都變得更加敏感，但到目前為止一切還算過得去。充其量只是耳邊不斷傳來幻聽，暫時沒有人出現症狀惡化的狀況。

雖然光靠神聖力無法解除詛咒，但對於維持現況頗有幫助。

稍微休息一下吧……

休息幾乎可以說是眼下的最佳選擇。除了輪流守夜的隊員以外，其餘的人全都閉上了雙眼休息片刻，我也不例外。

在這樣的情況下，雖然不能好好睡上一覺，但長途跋涉所帶來的疲憊，足以讓人迅速進入夢鄉。

當然，也不能一直閉著眼睛休息。

因為我發現鄭白雪不知從何時開始，睜著大大的雙眼盯著我瞧。

唉……

「會永遠在一起的。嗚嗚……不是的。基英哥才不會那樣。妳胡說。基英哥說不能把妳說的話聽進去，所以妳不存在。」

雖然不曉得鄭白雪在對誰說話，但我能聽見她在我耳邊輕聲低語。

「我才不會聽妳的話。笨蛋，白痴。我說了基英哥不能死。我會和基英哥永遠在一起。」

該死的……

「基英哥，我們會永遠在一起，一起活下去，一起在這裡生活。嘻嘻嘻。」

真是令人寒毛直豎的呢喃。

＊　＊　＊

鄭白雪持續在我耳邊嘟囔，看來完全沒發現我處於清醒的狀態。

不對，她現在根本不具備正常的判斷能力吧？

鄭白雪的精神狀態打從一開始就不正常。

雖然宣熙英的情況也大同小異，但她算是早已建立了一套堅定的價值觀。

她在本質上和完全依賴我的鄭白雪不同。準確來說，兩人的差異就在於能不能控制自己。

雖然無法得知與鄭白雪對話的人是誰……

「我說了我不會聽妳的話，所以妳不要和我說話，反正我不會聽。」

或許是她自己也說不定。

照現在的情況看來，我的想法是對的。有個聲音正在告訴她，殺掉之後再占有，才是正確的選擇。

「我都說了基英哥不能死掉。只要腿就好？妳說他會跑走？那是不可能的。基英哥說過他愛我，所以他絕對不會逃走……還有，這樣一來基英哥會很痛的，不是嗎？我不要那樣……」

瞬間，我感覺到一隻小手輕輕撫摸著我的大腿，雖然這沒什麼大不了，但此刻我卻只想大聲尖叫，問題就在於想掙脫也掙脫不了。

因為現在的我正在裝睡。

「但還是有可能會發生？我說了不行。不需要做到這種程度。手臂當然也不行，因為這樣就沒有手能摸我的頭了嘛，笨蛋。這樣一來，基英哥也不能緊緊抱住我……妳這個白痴。」

……該死的。

我能理解她為何會變成這樣了，因為詛咒的效果似乎越來越嚴重。

一時之間，耳邊不僅有鄭白雪的喃喃自語，其他的聲音也不斷地傳來。

該死的鄭振浩和朴慧英的聲音，頓時令我怒火中燒。

本來就處於心神不寧的狀態，再加上詛咒的影響，不論是誰，精神層面肯定會有所耗損。

詛咒侵蝕人類心神的速度，在鄭白雪身上似乎比在其他人身上來得更迅速。

雖然鄭白雪堅稱沒有受到任何影響，但依我來看，那些幻聽確實動搖了她的心神。

話雖如此，不過她到現在都還沒徹底發瘋。

至少她知道不能讓其他人發現這一面，每當有人翻身，她就會閉上嘴巴保持安靜，這代表她的意識還算清醒。

就在我緊閉雙唇，盡可能不讓自己睜開眼睛的時候——

「妳說基英哥好像醒著？」

「不會的。到目前為止，基英哥一次也沒有在睡夢中醒來過。因為他只要一睡著就不容易醒來，魔法也……」

「哎呀，這裡不是家裡，我忘記了。」

他媽的……

雖然閉著眼睛，但我能感覺到鄭白雪的臉朝我緩緩逼近，她粗重的鼻息就這麼噴在我的臉上，一副打算確認我是否真的陷入沉睡的樣子。

過了好一陣子，我才感覺到她輕輕地在我的嘴唇上啄了一口，接著轉身離開。

呼……

周圍傳來窸窸窣窣的雜音，看來她應該察覺到待在我旁邊或許會有危險了。

我感受不到她的喘氣聲，撫摸大腿的觸感也消失了。

她已經回到了自己的位置上。

經過一段時間後，當我正苦惱著該不該睜開眼的同時，一道聲音再度傳來。

「我說的沒錯吧？基英哥還在睡覺。嘻嘻嘻。」

接著再次傳來鄭白雪走動的聲音。這一次她是真的走遠了。

我盡可能地試圖讓自己進入夢鄉，卻毫無睡意。

幸好在這之前我已經熟睡過了，疲憊感不至於太過強烈，但比起攻掠副本，眼前這道更大的難題，反而令我坐立難安。

說穿了，副本對我而言根本不算什麼大問題。

先整理一下思緒，收拾眼前的局面才是當務之急。

事實上，鄭白雪異常的舉動並非一兩天的事，當初她對我和房間施展魔法，也是我完全無法理解的行為。

儘管如此，她的所作所為還不至於對我造成危害，反而算是一種保護，不僅能讓我遠離她的情敵，還能讓我避開看不見的威脅。

床上設置的無數魔法，同樣也是鄭白雪為了盡可能地照顧我而做的貼心舉動。

簡單來說，鄭白雪有盡可能地不對我造成任何傷害。

但現在的情勢完全是另一回事。

對我可能造成危害的範圍正逐漸擴大。一想到剛才的狀況，我便能肯定，她說不定正在籌畫著……

我和她兩個人一起在這座副本裡永遠生活下去。

我驚訝得說不出一句話。

當初還認為能在這裡找到足夠的飲用水和糧食，現在想來簡直可笑。

飲用水或許能靠魔法取得，但這裡卻不是人類能夠生存的地方。

當然，到目前為止還不能確定鄭白雪會這麼做，不過盡可能防範於未然鐵定不會有錯。

假設鄭白雪真的打定了主意，那麼她有兩個選擇。

一個是殺掉所有進入副本的人，再把他們藏起來；另一個選項則是把我帶走，從此銷聲匿跡。

鄭白雪似乎更偏好第二個選項，但萬一情況惡化，也無法保證她不會採取第一個計畫。

我不認為鄭白雪有能力殺掉遠征隊的所有人，不過……

也不是完全不可能。

鄭白雪比我想像的更聰明也更多疑。

這和當初解決掉朴慧英完全是不同檔次的事。

現在我們的所在地，是足足吞噬了五個帕蘭小隊的副本，此時所有人又深受聽覺與幻覺的干擾。即便有金賢成這個存在，重生者所描繪的藍圖中，也不包括鄭白雪這個變數。

萬一鄭白雪將計畫付諸行動，並且成功達到目標的話，現在我們所處的副本，就不再是所謂的英雄級副本、受詛咒的神壇，而是可能被稱為傳說級副本——瘋狂魔法師與受詛咒的神壇。

再仔細一想，事情的確可能發生。

站在鄭白雪的立場，她肯定會把前來攻掠副本的入侵者，當成試圖破壞我們兩人世界的人。

簡直是悲劇中的悲劇。

當然，我可不想一輩子都待在這種地方打混。

這裡也許會變成一個安樂窩，但自由受到限制卻不是我所樂見的。

該怎麼做才好……

雖然有許多選擇，但當務之急是必須先穩定鄭白雪的精神狀態。

除了攻掠副本之外，我又多了一道必須解決的課題。

我不停地絞盡腦汁思索著未來的方向，一晃眼就天亮了，周遭開始忙了起來。

最先傳來的果然是鄭白雪的聲音。

「基英哥，該起床了。」

「噢……好。」

我朝著鄭白雪點了點頭，她的狀態欄隨即浮現在眼前。

〔您正在確認玩家鄭白雪的狀態欄與天賦等級。〕

〔姓名：鄭白雪〕
〔稱號：無，仍需多多努力。〕
〔年齡：21〕
〔傾向：?.?〕
〔職業：大魔法師（英雄級）〕

〔能力值〕
〔力量：17／成長上限值低於稀有級〕
〔敏捷：15／成長上限值低於稀有級〕
〔體力：29／成長上限值低於英雄級〕
〔智力：61／成長上限值高於英雄級〕
〔韌性：22／成長上限值低於稀有級〕
〔幸運：52／成長上限值高於英雄級〕
〔魔力：70／成長上限值高於傳說級〕
〔裝備：神聖防護〕
〔特性：成為魔法師的方法（英雄級）〕
〔總評：玩家鄭白雪的成長速度相當迅速。對於魔力和魔法的理解力近乎完美，雖然到目前為止智力值較低，難以躋身前段班，但過不了多久應該就能進入狀況。在這裡連提到玩家李基英的名字都讓人看不下去。不過有趣的是，玩家鄭白雪的傾向出現了變化，如果不想讓受詛咒的神壇蛻變成新的副本，您得再加把勁才行。這段時間以來，我跟您也算有了一些感情，請您務必要活下去。」

我就知道會這樣。

值得慶幸的是，最起碼鄭白雪的傾向還沒完全改變。

雖然不了解問號的涵義，但按照總評的敘述看來，鄭白雪現在正站在命運的交叉口。她是要繼續當一個純真的擁護者，還是要徹底變成另一種樣貌？

即便無從得知鄭白雪將會變成何種傾向，但至少這件事情可以斷定是一點好處也沒有。

我再次將目光放到鄭白雪身上，她的神情和平時沒有兩樣。見她一副貌似什麼事也沒發生的淡定模樣，我反而更不知所措。

「嘿嘿嘿。」

儘管如此，我依舊立刻發揮演技，滿臉笑意地撫摸鄭白雪的頭，只見她心滿意足地笑著。

「白雪，現在還聽得見聲音嗎？」

「嗯，還聽得見一些。不過現在沒有大礙，畢竟一切不過是幻聽而已。」

「那些聲音都在說什麼？」

「我不知道。反正現在已經聽不太清楚了，你不用太擔心。」

她說謊。

「這樣啊，那真是太好了。總之先準備出發吧。其他人呢？」

「剛剛說三十分鐘後啟程，大家好像都在整理行李……」

她將我的手緊緊拽住。

我同樣回以微笑，在她的唇上輕輕一吻，這番舉動極其自然。

鄭白雪一副天上掉餡餅的樣子，雙手緊緊地挽住我的脖子，但礙於時間有限，不能更進一步。

我們就像一對交往很久的戀人在互道早安一樣。雖然只是一瞬間，鄭白雪的臉頰卻泛著一抹紅暈。

很好。

她的反應相當不錯。我想著由我主動出擊似乎更理想，於是做出了嘗試，效果看起來還不賴。

我刻意縮短兩人肢體上的距離，不斷地說些好聽話。

我想鄭白雪此刻需要的，是更強烈的愛意。

果不其然，她不再自言自語，眼神也恢復正常。起碼和我待在一起時，她的狀態看起來並不嚴重。

「行前準備呢？」

「我都完成了。嘿嘿。」

「噢，謝謝妳。那麼，我們出去吧？」

「好。」

「對了。基英哥，等一下……我有話要說。」

「嗯？」

「上次……我是說上次。」

「嗯。上次？」

「就是我們……第……第、第一次接吻的時候，你還記得嗎？」
我想起來了。
去拜訪車熙拉之前，為了安撫鄭白雪，我親了她。
「那個時候啊，我當然記得。」
「你、你不是說過你愛我嗎？你不是說過我是你的唯一嗎？」
「嗯，我說過。」
「現在也……一樣對嗎？你是愛我的，對嗎？」
這……
我難以判斷該怎麼回答才是正確答案。
看到她迫切渴望答覆的眼神，我突然意識到擺在眼前的選項。
一般來說，點頭絕對不會錯。
不過這究竟是不是正確解答，無從辨別。
我暗自擔心她的傾向說不定會因為我的一句話而改變。
我不停地在腦海裡進行沙盤推演，此時鄭白雪再度殷切地追問。
「你是愛我的，對嗎？」
她的眼神充滿迫切。我緩緩點頭，並開口說道。
「我當然是愛你的，以後也會一直持續下去。」
「噢……幸好。」
「但是……怎麼突然問這個？」
「沒什麼。」
她看起來相當雀躍。不過，目前還無法確定我的答覆究竟是不是正解。

因為她的傾向尚未改變。

「基英哥，我也愛你。」

「我也是……」

就在此時，鄭白雪的狀態欄出現了變化。

＊　＊　＊

〔傾向：墮落的擁護者〕

別墮落得這麼突然啊……

我的喉頭瞬間湧上了這麼一句話。

剎那間，我意會到「我愛妳」並不是正解。

然而問題是，我沒有其他選擇了。

因為我如今已經無法預測當我說出不愛鄭白雪的瞬間，她會出現什麼反應。

如果不論愛或不愛都不是正確解答，倒不如做出能夠預料鄭白雪舉動的回答更好一些。

最起碼現在還能預測下一步。

我盡可能不露出馬腳，輕輕地笑著，鄭白雪也同樣眉開眼笑地望著我。

得想想對策才行。

就像剛才說的，除了副本攻掠以外，我必須找出掌控鄭白雪的方法。

雖然想過各種選擇，但此時最有效的辦法瞬間掠過我的腦海。

我不是沒有想過乾脆丟下她，或拒她於千里之外，但那是終極手段。

「白雪，我去開會，馬上回來。妳先和德久、熙英負責準備工作。」

「好的，基英哥。」

至少還有幹部的開會時間能讓我們暫時分開。

幹部當中大概只剩我還沒到，此時黃正妍、金賢成和李尚熙已經開始交談。

「你是說小型雕像嗎？」

「沒錯，就是雕像。」

「每個固定的區域都設有雕像，雖然只有短暫的時間，但當下能感覺到腦海裡的聲音消失了。當然詛咒並沒有解除，只是短時間內被抑制……」

「原來如此。也就是說，每個固定區域都有安全區囉？」

「雖然不確定其他區域是否也存在著相同功能的雕像……不過至少有助於重振耗弱的精神。畢竟受到詛咒之後，連神聖力都起不了太大的作用，看來得盡量善用這個功能了。」

「真值得慶幸。其實我才正感覺到幻聽發生的週期變得越來越短……」

「那個地方離這裡有一段距離。」

我點了點頭向他們打招呼，他們也朝我致意。

從剛才聽見的對話內容來看，金賢成似乎有了新的發現。

簡單來說，他貌似找到了能夠阻擋詛咒發揮作用的安全區。

真不錯。

雖然在攻掠副本的過程中，遲早會發現安全區，但金賢成早早就發現了這個裝置，確實值得給予肯定。

「第七小隊的成員狀態如何？」

金賢成悄悄望著我。

在外面奔波勞碌了好一會兒才回來，不了解成員們的狀態也是情理之中的事。

「看起來雖然有些不安，但目前為止沒有大礙。熙英小姐似乎沒有受到太大的影響，我也一樣。不過也不是完全沒有幻聽……」

「原來是這樣。」

「詳細情況還不清楚，但詛咒似乎會受到個人智力值的影響。」

「原來如此。」

「第二小隊的情況呢？」

「我們小隊似乎也一樣。比起後衛，智力值相對較低的前鋒，似乎受到了更大的影響，詛咒作用的速度也更快速。雖然目前的狀況不算嚴重……但這樣的狀態要是再持續三天，甚至一週的話，不曉得會變得如何……」

「不過至少我們知道每個固定的區域都設有能夠安全休息的地方，這點還是值得慶幸。比起後衛，希望各小隊的祭司能先把神聖力使用在前鋒身上，效果或許不明顯，但起碼聊勝於無。如果有其他的情報，就算只是微不足道的消息，也請馬上告知我。」

「是，我明白了。」

「那麼，準備完畢之後立刻出發。隊形和昨天一樣，由賢成先生打頭陣進行搜查工作。」

「是。」

李尚熙說完，我們也點了點頭。

她的工作大致上告一段落，然而我的任務才剛要開始。

「賢成先生，我和正妍小姐有些事要談，結束之後我會馬上歸隊。」

「噢……好的。我明白了」

金賢成露出略微詫異的神色，眼前的黃正妍也同樣一臉吃驚。

她向我微微頷首，一副滿懷期待的樣子。

沒多久，金賢成邁開了腳步後，黃正妍充滿困惑地看著我，接著開口。

「你的身體好多了吧？」

「是的，沒什麼大礙。正妍小姐妳呢？」

「我也沒什麼大礙，看來智力值較高確實有所影響。基英先生的樣子看起來不像剛才受過詛咒的樣子呢。」

「那只是外表上看不出來而已。」

「不，詛咒降臨時，你不是也很快就恢復正常了嗎？雖然每個人看到的畫面不同，不過還真打擊我的自尊心呢。呵呵。」

「妳有新的發現嗎？」

「噢……對了。我認為現在說出來還太早，所以還在等待時機，總之我正在收集數據。」

「舉例來說？」

「例如幻聽的聲音傳來的時機點之類的……準確來說，聲音每隔十分四十六秒就會傳來一次。每經過一個小時，聲音的間隔會縮短三十八秒。什麼事都不做，只是休息的話，詛咒的作用速度會變慢。當然，由於每個人的情況不同，目前還無法確切定義。總之，我的狀況就是這樣。」

「原來如此，良好的記憶力果然派得上用場。」

「沒錯，但那些王八蛋說的話也因此變得更清晰，這一點也不值得開心。話說回來，你找我有什麼事嗎？難道你打算開始履行之前的約定了嗎？」

「不是。現在時機點還不恰當，德久現在也很難熬……更何況現在還在副本裡。」

「呵呵呵。比起這個，你和白雪小姐像是互相依靠著彼此的樣子……好浪漫啊。」

「其實不是什麼浪漫的事，而且她似乎還深受詛咒的影響。」

「可是她表面上看起來……」

「看起來沒什麼問題對吧？」

「在一起的時間久了，連細微的差異都能察覺嗎？」

「可以這麼說吧。」

「嗯……但是你特意不讓李尚熙小姐和賢成先生知道白雪小姐的狀況……」

「這件事我得自己解決。」

「不過，還是讓他們知道會比較好。尤其這是副本攻掠，一個小小的變數都可能帶來不同的結果。如果白雪小姐的狀態不佳，你們也可以選擇先離開副本。」

「不，就算離開副本也無法保證能解除詛咒。」

離開副本或許還會更危險。

和大家在一起是更理想的選擇。

「而且，至少還有正妍小姐知情，不是嗎？這樣一來，萬一發生意外，我們就等於多了一個保障。」

「你願意相信我，我很高興，但我不敢說有足夠的把握。我雖然沒有說出口，但目前的情況也讓我倍感壓力。所以說，你希望我幫你什麼呢？」

不需要拖泥帶水，我看著黃正妍，接著開口說道。

「妳能夠使用幻聽、幻覺，或是精神控制的魔法嗎？」

「嗯……」

「……」

「精神控制的魔法不能。」

真可惜……

「不過，我可以使用幻聽或幻覺之類的魔法。其實精神控制的魔法也不是完全不能，只是相當複雜。基英先生也很清楚吧？」

「是的。我多少也明白這件事的困難性。」

「我大概能了解你的想法……不過事情沒有那麼簡單。幻聽和幻覺對於高智力值的人來說，沒有太大的效果。即便智力值較低，只要擁有高魔力值，通常也能抵擋這樣的魔法。精神控制的魔法就更不用說了，無論魔法作用的對象多麼努力地把魔法套用在自己身上，人類的本能總會排斥入侵精神世界的外來物。」

我當然明白這有多麼難。

不過一開始就被否決，還是令我有些灰心。

但我清楚地明白一件事。

像黃正妍這樣的人，非常熱衷於把不可能的事情變得可行。

「原本確實不可能，絕對不可能，但是……」

「如果是受到詛咒的人，情況應該另當別論吧？」

「即便如此，還是非常困難。」

「那麼，如果有藥水的輔助呢？或是催化劑之類的東西……」

「基英先生是指你本身使用魔法的方式嗎？」

「沒錯。除此之外，我也正在研發其他藥水，現在還處於實驗階段，目的是為了影響他人的情感。當然，目前還沒有可觀的成果……不過整體而言還不錯，雖然還不能真正影響人類的情感，但至少可以達到類似的功效。」

「……」

「妳辦得到嗎？」

「我不太清楚。準確來說，雖然不太了解……但同時使用藥水和幻覺魔法這兩種治療方式的確可行，雙管齊下的效果似乎更顯著。利用藥水來突破人類與生俱來的限制……現在正好因為詛咒的影響，精神變得相當脆弱……」

黃正妍不斷喃喃自語，似乎在腦海裡思考著各種理論，一副興致勃勃的模樣。

「萬一成功的話，攻掠副本肯定會變得簡單許多。當然，目前還需要經過各種實驗……最快也要一個月的時間……」

「看來跳過一些繁瑣的程序，直接進入實驗階段應該會更好一些，因為我們有可用的實驗對象。」

「什麼？」

「讓我來當實驗對象似乎更好。反正不會對身體造成傷害……總之我研發的藥水，我自己最清楚。」

「噢……」

「辦得到嗎？」

「我沒辦法給予肯定的答案，但似乎非常有趣呢。關於理論的部分，我們邊走邊談，中途短暫的休息時間就開始進行臨床試驗。萬一精神出現異常的話……」

「不會發生那種事的。」

雖然根本無法保證，總之不會有錯。

反正某種程度上，總得賭一把才行。

即使是為了和鄭白雪維持關係，這件事也勢在必行。

雖然我也考慮過，我和黃正妍一天到晚相處在一起，肯定會對鄭白雪產生負面影響，不過……

這也是計畫的其中一環。

為了顧全大局，這看起來是個不錯的選擇。

「我先告知賢成先生，等會兒再過來。」

「什麼？」

「我暫時必須和第二小隊一起行動。」

「好，就這麼做。不對，還是讓我們的隊員過去吧。現在開始必須做的事太多了。告訴大家目前正在進行對於副本的研究也好。雖然不知道怪物何時會出現，總之在那之前，我們有充分的時間能進行實驗。」

「好。」

「催化劑都帶來了嗎？」

「當然。煉金的工具和裝備也帶來了，不用擔心。」

「三天。我會在三天之內完成的。」

「既然如此，麻煩妳更快完成。」

「嗯……雖然咒語有一定的難度，但需要的東西都備齊了，要是拿不出研究成果，可就愧對魔導學者這個職業了。那麼，這算是第二次實驗囉？」

「這一次由正妍小姐妳來擔任博士。」

「好的，助手。請多多指教。」

＊　＊　＊

「反應如何？」

「我還不太清楚……」

「難道用錯方法了……身體沒有出現異常吧？」

「沒有。外表看起來一切正常。其實我之前用在臨床實驗上的材料，也不會讓身體產生異狀，所以這部分不用擔心。」

「你又是什麼時候做了那種實驗……」

當初為了拉攏宣熙英，我在僱用工人的過程中做了實驗。

那時得到了令人滿意的成效，不過由於各種條件限制，後來中斷了這類的研究。

沒想到會在這裡派上用場。

一切彷彿早就為我們準備好了一樣，把數據記在腦海裡果然有用處。

「把濃度往上調如何？」

「濃度太高不是件好事，考量到以後還得使用魔法，藥水肯定有最合適的濃度。另外，你應該也知道，這可能會對身體造成影響吧？」

「不對，畢竟這是用來抵擋詛咒的藥物，起碼得超越詛咒的效力……」

「你打算以毒攻毒嗎？」

「試試看其它能帶來類似效果的方法，應該也很不錯。」

「看來又要兜圈子了。」

「準確來說不是兜圈子，其實看起來已經準備得差不多了，不過……」

「問題就在於目前還不能確定，對吧？」

「沒錯。」

「必須重新構思公式，今天恐怕太勉強了。」

果然光是互相交換意見，就能帶來成效。

原本還以為一切都是白費力氣，不過才一天的時間，這樣的念頭就消失了，研究的進展出乎意料地好。

大概是因為我和黃正妍比想像中更加有默契。

上一次在獲得職業前就能感覺得到，我和她之間存在著能滿足彼此需要的互補關係。這種互補關係，並不是指性格上的契合，而是辦事效率。

心算或計算對我來說簡直比登天還難，但黃正妍在這方面跟專家沒有兩樣。理所當然地，我從她身上收穫了不少。

對於腦筋缺乏靈活度的黃正妍來說，我大概也提供了不少幫助。

我們的合作不是一加一等於二，而是一加一等於十。

「話說回來，白雪小姐還好嗎？她看起來非常不安呢……」

「晚上我還是會時不時地去看她。目前這樣的距離相當理想。」

「再怎麼說……」

「到目前為止，她還沒有出現不尋常的行為。」

「是。就像基英先生說的……至少現在看起來沒有大礙……不過我總算能理解你為何急著完成實驗了，她最近老是盯著我看，嚇得我一身冷汗。」

「抱歉。就像我先前說的……」

「我知道。必須應對突發狀況……雖然不知道我一個母胎單身的女性，為什麼會無端捲入這場紛爭，有種明明連男人的手都沒牽過，卻變成小三的感覺。真是冤枉死了。體驗一下變成連續劇主角的感覺雖然還不錯，但是……」

「咳……」

「為什麼我偏偏得當小三？甚至連德久先生也開始用奇怪的眼神看我……只要結束這次的

任務，我絕對會要求兩倍，甚至是三倍的報酬。」

「沒問題。這次的任務一結束，我一定會卯足全力撮合妳跟德久。」

「不要忘記你說的話。」

如黃正妍所言，隨著時間流逝，鄭白雪焦慮不安的症狀更加惡化，因為我突然開始和第二小隊一起行動。

然而更確切的原因，當然是我和黃正妍相處在一起的緣故。

鄭白雪的眼神裡滿是嫉妒。

正好在精神耗弱的狀態下面臨與我分離的情況，詛咒作用的速度似乎因此加快了。

不，坦白說，我實在無法區分詛咒的作用和鄭白雪本身的想法。

雖然不曉得她在想些什麼，也許她正在構思她的個人計畫也說不定。

接下來不是鄭白雪先完成計畫，就是我和黃正妍的研究率先取得成果。

要是能將所有心力投注在研究上，成果肯定能比現在更顯著。但是為了重振鄭白雪所剩無幾的心神，每天還是得投資一些時間在她身上。

此時，除了鎮定劑之外，還得餵她喝下一部分的藥水，因此這段時間格外重要。

雖然沒有為鄭白雪的精神帶來致命的一擊，但她的精神狀態正在持續惡化，變得搖搖欲墜。太過突如其來的狀況，可能會帶來反效果。

一切都是為了盡可能降低副作用。

實際上，妨礙研究進行的絆腳石不只鄭白雪。

當初遠征隊的目的就是救援，而不是勘探。因此，各式各樣的情況不斷干擾研究的進行。

提議展開研究的黃正妍與我，理所當然地被排除在小規模的勘察工作之外。儘管如此，我們還是必須在隊伍移動的過程中進行實驗，也是一大缺點。

第二小隊的隊長黃正妍即便沒有加入搜查工作，搜查隊依然運作得十分順利。雖然一部分是因為尚未發現怪物蹤跡，不過在金賢成的帶領下，隊伍收穫不少成果和線索，同樣不能忽視。

由於埋首在研究中，無法確切得知攻掠的進度，但遠征隊漸漸累積出成果，也是不爭的事實。

不過，一切並非一帆風順。

除了鄭白雪，被詛咒漸漸腐蝕心神的隊員越來越多，偶爾還會出現自言自語的人。金賢成的意外發現已經盡可能地延緩詛咒發揮作用，但由於長時間待在副本裡，隊員們也開始出現副作用。

其中，症狀相較之下更嚴重的，當屬李尚熙。

「對不起。」

在她面前的，是之前進入副本的隊員們。雖然沒有主動和她談過這件事，但情況不言而喻。

此時，她和熱鍋上的螞蟻沒有區別。

別說是生還者，現在連攻掠副本的關鍵線索都尚未發現。

說不定所有人或多或少也有所體認，先前進入副本的隊員們，多半凶多吉少。

在這樣的情況下，遠征隊依舊持續前進，侵蝕心神的詛咒，也一點一點地啃噬著我們的靈魂。

「基英先生，現在還算不上完美。真可惜。」

「但也不是全無收穫。雖然耳邊不斷傳來聲音，但頭部的刺痛感消失了。其實光是這樣……」

「光是這樣就能算是有成果了……不過要是再多花一些時間，應該能做得更完美，真可惜。」

「比起感到可惜，更重要的是能被廣泛使用。」

「說得也是。不過，能否請你幫我告訴白雪小姐，請她別再盯著我看了？」

「這不是我能控制的。」

「實際體驗後才發現，這種感覺一點也不美好……連續劇果然和現實生活不同。」

「……」

「果然還是當個局外人在旁邊看戲最有趣。」

「話說回來，正妍小姐妳沒事吧？」

「噢……其實在精神層面上頗為吃力。但或許是因為投入在鑽研某項東西，心情好轉了許多，最近幻覺也消失了，基英先生也是嗎？」

「雖然還看得見……但沒什麼大礙。」

「看來確實有效呢。大家目前都非常難熬……」

又經過了一段時間。

這段日子以來，並沒有太大的變化。

救援隊持續往副本深處前進，卻依舊沒發現不死族和生還者的蹤跡。

隊伍確實正在前行，但所有人卻像被困在同一座迷宮裡不斷徘徊。

金賢成的表情不曾露出一絲焦躁，但李尚熙的狀態卻明顯惡化。

「李尚熙大人，這裡是安全區。」

「今、今天不休息，繼續前進。」

「什麼？」

「已、已經耗費太多時間了。幾分鐘的差異，就可能讓生還者置身險地。到下一個安全區再休息。」

又來了。

「不過，這已經是第二次了……」

「他們肯定在下一個房間。沒錯，肯定……是這樣。」

「副會長，您也休息一下吧？」

「不必了，我沒事。大家應該都很累了，但是請再撐一下。一旦發現生還者……沒錯，只要發現生還者的話……」

說不定根本沒有生還者。不對，坦白說，我能肯定大部分的人都已經死了。

在我們來到琳德之前，帕蘭的小隊早已在此死命苦撐，不論是死在不死族手裡，或是自我了斷，甚至是自相殘殺陷入一番激戰，肯定都是意料之中的事。

「請再等一下。我會……稍微加快速度。再更快一些……」

「唉……」

看到目前的景象，不必多說也能理解。

遠征隊的隊長似乎受盡了幻聽和幻覺的折磨。

幾個隊員露出煩躁的神色，不停抱怨。

光是維持穩定的精神狀態，就已經讓隊員們吃不消了。

就連宣熙英也不免顯露疲態，朴德久還能默默地苦撐著，可以說是相當了不起。

眼看著所有人的忍耐力就快到達極限。

這樣的狀態能撐幾個月？

根本是天方夜譚。

眼下的情勢對於小隊成員來說，或許是最糟的情況；但對鄭白雪而言，肯定最有利。萬一鄭白雪決定執行計畫，此刻就是千載難逢的好機會。

「請、請大家再加把勁。」

「但是現在已經到達極限……」

「裡面的公會成員們正在死去。」

「後衛們都很累了，李尚熙大人。」

「……」

「李尚熙大人。」

正當情勢變得更加膠著時。

「讓詛咒降臨吧……」

媽的。

所有人同時望向空中。

不是朴慧英或鄭振浩的聲音，而是和最初聽見的一模一樣。

難道是第二次詛咒？

偏偏在精神耗弱速度變快的此時此刻。

要是再遭遇一次相同經歷，別說是救援，恐怕連自己都無法全身而退。

其中幾個人或許會相安無事，但大多數的隊員肯定會神智不清。

「請啟動神聖防禦魔法。」

「但是……」

「採取行動總比坐以待斃好，我們得盡全力應對眼前的狀況，也請魔法師念誦咒語，盡可能阻擋……」

魔法師和祭司們雖然使用了神聖力和魔力，然而魔法卻抵擋不了這種攻擊。
我緊咬著雙唇，不自覺將視線投向鄭白雪。
果不其然，她一臉笑意地盯著我。
雖然沒有出聲，但她張著嘴巴，一副打算說些什麼的模樣。
我、愛、你？
察覺鄭白雪的眼神開始出現異常的當下，我不得不立刻呼叫黃正妍。
「該死……媽的……正妍小姐，立刻念咒語！」
真的嗎？
她真的打算殺了所有人。
這個時機點為時尚早。就算發生了眼前的突發狀況，她仍然太早採取行動了。
是因為黃正妍嗎？
八成是。
「咦？什麼？但是防禦咒語……」
「快！」
「知、知道了！真、真的沒問題嗎？這個還沒……」
「快點念！」
「內容也是嗎？！」
「快點念就對了！」
霎時間，周遭陷入一片混亂，場內到處傳來痛苦的哀號聲。
詛咒的威力明顯地作用在最前方的前鋒身上。
我將準備已久的藥水一口氣倒進嘴裡，接著開始奔向鄭白雪。

「果然！基英哥果然沒有變心！」

鄭白雪一臉燦笑地望著我。我立刻一把抓住她的手，吻上她的雙唇，接著將嘴裡的藥水送入她的口中。

「我愛……呃！」

該死的。

從此刻鄭白雪使用魔力的行為看來，她肯定早已下定決心。

我也能透過緊握住的手感受到超乎想像的魔力正在流動。

雖然無法得知她打算使用什麼魔法，但起碼不會是防禦魔法。

我暗自祈禱黃正妍能比鄭白雪更快啟動魔法。

此時鄭白雪的瞳孔開始放大。

成功了嗎？

目前還無法確定。

說不定這是在詛咒影響下出現的幻影。不過，萬一鄭白雪中的不是詛咒，而是黃正妍的魔法，那麼她的眼前肯定會出現這樣的畫面。

——瘋狂魔法師與受詛咒的神壇。

這正是她最想見到的結果。

「啊啊啊啊啊啊！！！」

見到鄭白雪望著空中，淚水不斷奪眶而出，我能肯定，此時出現在她面前的，是我精心準備的場景。

＊　＊　＊

永遠在一起。永遠生活在一起

「沒錯，你們會永遠在一起。」

只有我和基英哥的兩人世界。

「沒錯。沒有人來打擾，誰也進不來的兩人世界。這是我們都想要的結局。」

基英哥也這麼想嗎？

「當然囉。基英哥不是說過他愛妳嗎？」

沒錯，基英哥的確這麼說過。

「外面很危險。」

妳說得對，想搶走基英哥的人太多了。雖然妳說的話全都很愚蠢……

「妳看那個女人，一副千方百計想勾引基英哥的樣子。基英哥看起來很苦惱呢。想殺死基英哥的人又該怎麼對付呢？想想還在新手教學的時候吧。基英哥很脆弱。」

基英哥很脆弱。

「我們需要保護。」

沒錯。

「而這就是保護。為了保護我們而不得不採取的手段。因為外面太危險了。」

這也是沒辦法的事。

「把他們通通殺掉。先從那個女人開始，那個想搶走基英哥的女人。」

可是她是高階魔法師，沒問題嗎？

「她肯定料想不到，等到詛咒開始作用的時候再下手就行了。」

那時我也會受到詛咒的影響。

「我們不會有事的，我會保護妳不受詛咒的影響。」

妳保護我？

「當然囉。因為妳就是我，我就是妳。只要用小小的咒語就能貫穿她的腦部，重點是不要浪費魔力。」

哎呀！成功了。

「很好。下一個是誰呢？那個蠢女人好像還不錯。她的韌性值很高，得想想其他辦法才行。」

用什麼辦法才好呢？腐敗咒語好像不錯。不對，這太花時間了。畢竟黑魔法不是我的專長領域。要試試別的方法嗎？讓她的腦袋開花感覺還不錯，從裡面炸開。

「好方法。她似乎正好沒有察覺到。實在太好了。沒錯，就是那樣。」

像這樣……

「成功了！」

嘿嘿。

「剩下的就不必擔心了。反正他們全部都會死。下一個是……宣熙英？」

她之前和基英哥天天一起出門，對吧？

「嗯，沒錯。」

不過……

「不能心軟。這也是沒辦法的事。那邊那個小鬼也一起解決掉吧。」

我不想這麼做。

「我說不行，不能心軟。一切都是為了保護基英哥，盡可能讓他們死得不那麼痛苦吧。」

嗚嗚。

「德久先生和賢成先生……」

殺他們恐怕有點困難，因為他們都是基英哥喜歡的人，讓他們睡著應該會更好一點。

「妳不會不安嗎？金賢成不是很強嗎？萬一他再次找到這個地方來，該怎麼辦？他可能會向妳要回基英哥。」

那可不行。

「那就把他殺了吧。」

我說了不行，妳怎麼跟個笨蛋一樣聽不懂話？

「妳才是笨蛋。妳都走到這一步了不是嗎？現在卻要放棄？只要殺了他們兩個，一切就結束了。」

不要，我才不要那樣做。尤其是德久先生，他幫了我那麼多忙。

「妳會後悔的。」

讓他們睡著會比較好，然後把他們送到外面去，就算找上門來也沒辦法，我還是不想殺掉他們。

「妳！」

不過得先把基英哥帶走。帶到副本裡面，好好地藏起來，誰也搶不走。

看看我們基英哥睡覺的樣子，很可愛，很討人喜歡吧？

「嗯。不過萬一基英哥逃走了呢？」

才不會發生那種事，因為基英哥說過他愛我們。

「以防萬一，最好還是設下安全裝置吧。」

嗯，這樣一來應該沒問題了吧。嘿嘿。睡著的基英哥實在太可愛了。

「嗯，真的很可愛。不過我們得快點出發了。以後要做的事情還很多。」

沒錯。布置全新的愛巢一定需要很多東西。基英哥喜歡讀書，幫基英哥蓋一間圖書館好像還不錯。還得蓋一間大大的浴室，讓、讓我們能一起洗澡，還有一張大床跟廁所，我得好好準備才行！

「別忘了設下能殺死入侵者的系統裝置。不曉得覬覦基英哥的人什麼時候會找來這裡，魔像和合成獸也一起製作吧。還有，不死族的數量必須再增加，副本實在太空曠了。」

「雖然有點辛苦，但只要是為了基英哥，一切都辦得到。這裡將會成為我們的愛巢。」

只屬於我和基英哥的永恆城堡。

＊　＊　＊

基英哥呢？

「起床了。今天似乎也沒有吃飯呢……」

我好擔心啊，沒問題吧？基英哥的狀態看起來一直都不好。難道他身體不舒服嗎？都已經第幾個月了……該不會……基英哥想離開這個地方吧？

「有可能。」

前幾天他才剛說過，想到外面走走……

「別被騙了。千萬不能上當。」

我不希望基英哥無精打采。最近基英哥都不再對我笑了。

「他總有一天會明白的。基英哥肯定會明白這一切都是為他好。外面很危險，今天不就有奇怪的人闖進我們的愛巢嗎？萬一基英哥回到外面的世界，妳會承受不住的。妳想讓基英哥再次被搶走嗎？」

我不要……可是我不想見到基英哥愁眉苦臉的樣子。

「那麼，使用能讓心情好轉的魔法不就行了嗎？基英哥的心情也會變好的。只要他開心，就會對我們更好，我們也能過得更幸福。所以得讓基英哥經常面帶笑容才行。」

那樣也沒關係嗎？

「這全都是為了基英哥。」

全都是為了基英哥。沒錯！我馬上來試試。

「很好。」

哎呀！基英哥笑了。妳說的果然沒錯。

「對吧？也試試其他魔法吧？魅惑魔法之類的如何？」

但那並不是基英哥的真心，不是嗎？

「不過偶爾使用應該不會有問題……都努力走到這一步了，給自己一些獎品剛剛好，對吧？」

給自己的獎品？

「嗯，給我們的獎品，只要今天一整天都維持這樣的狀態，似乎還不錯呢。妳仔細想想，為了守護基英哥，妳做了多少的努力……除了日復一日地除掉擅自闖入的外人，妳還親自到外面解決周遭的麻煩，不是嗎？」

「妳為了重新整頓副本內部，忙得不可開交，每天還得製造合成獸，這陣子甚至因為擔心基英哥，連覺都沒睡好，不是嗎？」

不管怎麼說……

「只要一天就好。」

真的可以嗎？

「當然囉。不必煩惱，直接去做吧。」

那、那麼一天就好，只要一天……

「做得好。」

啊啊啊啊啊啊啊啊。

「很好。」

好幸福，非常幸福，簡直太幸福了！

「我說的沒錯吧？妳做得實在太好了。」

嗯，妳說的沒錯。

＊　＊　＊

怎麼辦呢？基、基英哥逃走了。

「我就知道會這樣。」

怎麼會？怎麼會這樣？基英哥討厭我了嗎？我每天都讓他那麼幸福……我不知道哪裡出了問題。

「說不定是因為基英哥正在喝外面世界的毒藥。」

但我們在副本裡，外面的空氣不可能進得來。

「每天都有入侵者不是嗎？肯定是他們散發的汙濁之氣玷汙了基英哥的心靈。」

必須把他們通通殺掉。

「對吧？」

沒想到基英哥竟然會突然逃走，全都是入侵者的錯！為什麼他們就是不放過我們？我不明白為什麼他們要一直闖入這裡，妨礙我跟基英哥的兩人時光！我不明白！還是要出去把全部的人殺光呢？我、我要把琳德裡的人通通殺掉。

「這個想法不錯。不過除了基英哥之外的人類，就像害蟲一樣，就算除掉他們，他們還是會再進到這裡。」

那、那該怎麼辦？

「基英哥的心靈，說不定早已被外面的空氣腐蝕，接受治療也於事無補。雖然基英哥應該無法獨自逃出副本……但為了應對突發狀況，我們是不是得做些什麼呢？」

什麼？

「把腿砍斷吧。」

不行。別開玩笑了！我不想讓基英哥痛苦。

「讓基英哥感覺不到疼痛，不就行了嗎？」

感覺不到疼痛？

「嗯，讓基英哥感覺不到一絲疼痛地切掉他的腿。先使用能讓他心情保持愉悅的魔法，再慢慢地扯下他的大腿，肯定不會痛。雖然基英哥應該會行動不便，不過無所謂不是嗎？反正我們會一直在他的身邊，他再也離不開我們了。」

可是……那個……

「萬一基英哥從這裡逃了出去，和別的女人私奔，妳打算怎麼辦？紅色傭兵那些人不是也來過這裡嗎？車熙拉那個蠢女人說不定還會再來。」

沒錯。

「妳能忍受嗎？要是發生那種事，妳真的不會難過嗎？現在就切斷基英哥的大腿絕對不會錯。」

聽起來確實如此。嗯。

「我說的話曾經讓妳感到後悔嗎？」

雖然沒有，但是……

「這次也只要相信我就對了。我說了，一切都會順利的！」

＊　＊　＊

基英哥想、想自殺。他咬了自己的舌頭！不要！好可怕啊，基英哥如果死了該怎麼辦？

「他不是沒死嗎？現在還好好的。」

可是基英哥還是想自殺！我不知道為什麼！到底為什麼要那樣？我不是每天都說我愛他了嗎？

每天！每天都過得很幸福。現在外面的人再也不會闖進來了！我們才剛要開始享受平靜的生活！

「可能是因為基英哥的大腦己經被外面的空氣腐蝕了。」

我不要基英哥死掉，我不要他丟下我一個人走掉。我討厭他突然自殺，所有的一切我都討厭！

「別讓他死掉就行了！既然基英哥不能變成不死族，那就試試各種實驗吧，肯定有辦法能救基英哥，肯定有方法能讓我們永遠在一起。想辦法拿到能讓肉體重生的催化劑，把它用在基英哥身上吧。雖然會有點疼，但也無可奈何，基英哥一定也能夠理解。當然，過程可能不太容易，不過到目前為止妳不是都做得很好嗎？所以這次肯定也能辦到！」

沒……沒錯，就該如此。不想讓噩夢重演的話，就該這麼做。

「沒錯，就是這樣。」

「基英哥，就算會痛也要忍一下。我都是為了基英哥才逼不得已這麼做的。」

「呃啊……啊……啊。」

「你說你愛我？那是當然啊，我也很愛基英哥。」

「啊啊……啊……愛……妳。」

「你絕對不能死，絕對不能……」

「啊啊……」

「時間過得真快。長了白頭髮的基英哥也好帥。啊啊啊……好喜歡。基英哥。基英哥！」

「……愛……」

「我愛你，我也愛你。」

「……」

「頭髮變長了不少呢。你說研究嗎？噢……今天當然也得做啊。也許會有些痛，但你一定能夠堅持下去。基英哥如果感覺到疼痛，我也會和你一樣痛，所以我們要一起加油。」

「……」

「基英哥，請你再忍一下下，你應該還撐得下去。不要放棄希望。嗚嗚嗚嗚嗚……我愛你。我愛你。」

「……愛。」

「啊啊啊啊……不行！不可以！」

「我……」

「是，基英哥，我在這裡。」

「對妳……」

「我愛你，我也愛你。所以，拜託不要走。拜託……」

「我恨妳。」

「啊……」

「妳把我變成這副模樣，我恨妳，我要詛咒妳。一輩子……不，就算我死了，我也要詛咒妳。妳給我的不是愛。是妳把我變成這副德性，看看我的身體，這都是妳的傑作。看看我們周遭的一切，都被妳給毀了。」

「啊啊啊啊啊！」

「是妳背叛了一切。我對妳的愛和心意，全都被妳毀掉了。我們本來可以更幸福，可以快樂地一起生活。我死了也……死了也不會忘記妳，我會一直一直一直詛咒妳。」

「啊啊啊啊啊啊啊啊啊！」

「我再也不愛妳了。」

「啊啊啊啊啊啊啊啊！不要！我不要！怎麼辦？現、現在該怎麼辦？基英哥？基英哥！」

「還能救得活。現在還救得活。」

別、別開玩笑了！我叫妳別開玩笑了！都……都是因為妳！全部都是！這都是妳幹的好事！把基英哥……

「我不明白妳在說什麼……」

去死！給我去死！去死！

「妳在胡說什麼？妳這個笨蛋。妳現在還不明白嗎？」

……

「看清楚了，我就是妳。我不是說過我們是一體的嗎？一切都是妳親手造成的。蠢貨。」

怎麼……可能……不可能。

「笨……」

「蛋……」

喀噠噠噠噠噠！

「啊啊啊啊啊啊啊啊啊啊！」

＊　＊　＊

經歷了詛咒所帶來的一番折磨後，我連忙望向鄭白雪。

她的神情比我預期得更加沉重。

「啊啊啊啊啊啊啊啊啊啊！」

果然成功了。

我設定的情節多少有些震撼，但故事的起承轉合相當完整……雖然鄭白雪或許會感到難以承受。

這肯定是正確的應對方法。當然，如果是平日裡的鄭白雪，說不定不會有這種突發行為。

進入副本之後一片混亂的精神狀態，也全是詛咒帶來的影響。

如果把這想成是用來治療精神分裂患者的休克療法，起碼我還能認同。

鄭白雪哭得一把鼻涕一把眼淚，不停地拉扯著凌亂的頭髮。

其他人的狀態雖然也相去不遠，但鄭白雪的情況顯然最為嚴重。

總之，現在必須先抓住鄭白雪的手。

「不要！不要！」

這力道未免太大了……

她甩開我的手之後，隨即做出自殘的舉動，雙手緊緊箍住喉頭，我只好使盡全力拉住她的雙手。雖然她不停地發出咳嗽聲，但至少目前確保了她的呼吸順暢無阻。

我加重力道緊緊抓住鄭白雪的手，再次吻上她的唇，此時她的神志才慢慢地恢復正常。

「啊啊啊啊……」

「……」

「嗚嗚嗚嗚。」

她的神情從原本的驚慌失措轉為訝異。一雙眼眸在確認過我的臉孔之後，迅速沁滿淚水。

「啊啊啊啊……基英哥……基英哥……」

除了用手不斷撫摸我的臉，她還打算檢查身體來確認我的身分。

會出現這樣的反應也是情有可原的事。對她來說，我最後的模樣肯定慘不忍睹。

「我變回來了。」

「什麼……」

「我變回來了。我變回來了。嗚嗚嗚嗚……我變回來了……我變回來了。」

「白雪，妳在說什麼？」

「什麼事都、什麼事都沒有。什麼都，嗚嗚嗚嗚……對不起。對不起。我太愚蠢了，對不起。」

很好。

「妳在對不起什麼……我不太清楚……詛咒還好嗎？妳看見什麼了嗎？」

「沒什麼，不是詛咒。都是我的錯，全部都是。基英哥，對不起。都怪我太任性了，對不起。嗚嗚嗚嗚……不要討厭我。」

我從來不曾主動討厭鄭白雪，我也不可能討厭她。

當然，我承認這一次在分寸拿捏上有些失當，不過鄭白雪會出現那樣的反應，多半還是因為受到詛咒的影響。

我反而得感謝精神耗弱所產生的漏洞，讓我打造的幻覺得以趁虛而入。

這樣的機會提早到來，簡直太值得慶幸了。

鄭白雪遲早會捅出大簍子。

雖然無從得知將來會發生什麼事，但從她的傾向來看，某種程度上已經能預見這顆不定時炸彈爆裂的那一天了。

一想到現在就能提早遏阻這件事，我的嘴角便不自覺上揚。

雖然我也感受到了一絲的罪惡感……

我沒有特殊癖好，也不熱衷於被人拘禁，但我無法否認我確實對鄭白雪懷抱著一抹罪惡感、同情心和些許好感。

「你只是在合理化自己的行為。因為和她在一起，似乎就能遠離罪惡感。你只是把對鄭白雪的不離不棄，當成一種手段，用來安慰自己依然存有一絲良心。」

或許吧。

雖然我認為自己此時也同樣受到詛咒的影響，但無論如何，一切都無所謂了。

接下來，我用沉穩的嗓音說出來的全是屁話。

「雖然不知道妳發生了什麼事，但我沒有理由討厭妳。因為妳對我來說最重要。」

這句話帶有四分之一的真心。

「呃嗚嗚嗚嗚……基英哥對我來說也是最珍貴的，我最喜歡的人。」

鄭白雪再次號啕大哭，將滿是淚水和鼻涕的臉埋進我的胸膛。

「我變回來了，我變回來了。神啊，感謝祢。神啊，太謝謝祢了。太感謝了！」

「妳怎麼老是這樣……」

「沒什麼。嗚嗚嗚……基英哥、基英哥。你沒有受傷吧？大腿呢……」

「很正常。」

「嗚嗚嗚嗚嗚……幸好手臂沒事，也沒有留下疤痕，也沒有白頭髮，也不會感覺到疼痛，舌頭也很正常。嗚嗚嗚嗚。」

發生了出乎意料的狀況。

雖然有料想到我所製造的幻覺會帶來身歷其境般的效果……但沒想到她會以為自己回到了過去……

早知道她會這樣認為，我還不如再多加幾個故事。好比車熙拉或李智慧遲早會來救我一命之類的。

雖然在劇本裡加上這幾幕恐怕有難度，但要是能放入這些場景，鄭白雪對她們的敵意肯定會大幅降低。

真可惜。

這些事還是日後再詳細說明會比較好。

「基英哥……嗚嗚嗚嗚嗚……」

「現在冷靜一點了嗎？」

「是的……好一點了……好一點了。」

「那麼，妳能等我一會兒嗎？因為我還得照顧其他人。」

「好的，沒問題，基英哥。」

我輕輕地摸了摸鄭白雪的頭，她的雙頰便立刻泛上紅暈。

或許是突然想起在時光倒流之前所發生的一切，原本在一旁安靜待著的鄭白學肩膀不斷顫抖，眼淚撲簌簌流個不停，就像一隻楚楚可憐的小狗，模樣有些可愛。

無論如何，鄭白雪似乎是重新恢復精神，並稍稍脫離詛咒的影響了。

雖然我在這段時間以來的實驗當中，看到了成功的可能性，卻沒料到效果會如此超乎預期。

可能是因為針對鄭白雪量身打造的心理輔導起了作用，不過……

這套做法肯定也能用在其他人身上。

既然能在症狀最嚴重的鄭白雪身上奏效，對其他人而言一定更容易成功。

同時使用藥物治療和魔法，雖然稱不上完美，但至少能讓隊員們恢復精神。

我大致地環顧一下四周，場內依舊一片混亂。

和詛咒初次降臨時一樣，發出哀號聲的眾人漸漸醒來，接著左右張望或自言自語。

我偷偷看向似乎已經恢復精神的黃正妍，她立刻對我投以關切的眼神，像在詢問事情的後續發展。

結果當然是大成功。

我立刻在原地拿出煉金工具，畫出煉成陣。

黃正妍抱著頭朝我走來，緊盯著我看。

此時的我就像個江湖郎中，準備在街上賣狗皮膏藥。

「基英先生，你現在……」

「請大家一個一個來這裡。」

「什麼？」

「其他人先在一旁等候，請排隊依序過來這裡。」

「總之先……說明……」

「李尚熙小姐，請先過來這裡。」

「副會長，請先過來坐。」

「我看看……我們公會的副會長大人。準確來說，妳目前有什麼症狀呢？」

「什麼？」

「對了，正妍小姐。不管怎麼說，內容可能涉及個人隱私，還是寫下來交給我會更好一些。」

「好的，我來準備。」

「你現在……」

「李尚熙大人，我發現了能夠抑制詛咒的方法。首先，請妳放輕鬆，將妳的症狀和聽見的聲音準確地寫下來。萬一開始產生幻覺，請把確切的內容告訴我，這會對治療有所幫助。假如經常聽見幻聽，也請把反覆聽見的句子記錄下來。」

「噢……」

「請第二小隊的隊員們也按照指示來這裡排隊，拿著紙跟筆在旁邊稍候。」

「……」

所有人一臉吃驚卻依舊跟著指示行動的模樣有些可笑。

眾人就像鬆脫的螺絲一樣，一個個放鬆緊繃的神經，這大概是多虧了黃正妍護理師的角色發揮了極大的作用。

儘管如此，大家的模樣依然相當有趣。

「嗯嗯，原來如此。」

「我看見了到目前為止被我殺掉的那些人。他們不停地在我耳邊說，過不了多久我也會死去。」

「我能理解，因為我也有類似的症狀。總之先拿著處方箋去領藥水，過一會兒再接受精神治療。不過似乎漏掉了一些項目……嗯，對了，如果你能描述當初用什麼方式殺了那些人，也許更能對症下藥。」

「呃，那個……」

「不方便開口的部分，也可以寫下來。詳細地記錄下來會更有效果。」

「我敢保證，肯定有效。」

「好的，黃正妍小姐，我明白了。」

黃護理師的角色果然很重要。

「是……」

「好，下一位是……佳賢小姐。留在地球的弟弟……」

「妳一定很辛苦吧。」

「嗚嗚嗚。」

「我在地球也有一個妹妹，會擔心他們是理所當然的……但眼下重要的是打起精神，總有一天一定能再見面。妳目前……似乎出現了嚴重的憂鬱症狀，雖然不能徹底治癒，但起碼能減低內心的負擔。」

「基英先生，接下來該怎麼做呢？」

「正妍小姐，背包裡的十四號藥水最適用於這種情況，我也會立刻開立精神藥物的處方。佳賢小姐馬上就能接受治療。請準備魔法。」

「好。」

她的傾向是溫和的理想主義者，從傾向和產生的幻聽、幻覺類型來看，藥效肯定會相當顯著，非常容易治療。

我打算讓她在幻境中經歷美好的姐弟重逢，然後把姐姐要弟弟好好活下去的勉勵當成結局。

「活著一定能再相遇」這一類的臺詞，格外有效果。必須編造幾幕感人的橋段……由於佳賢小姐的興趣是讀書，加入一些魔幻元素應該也很不錯。

把弟弟的聲音和詛咒的聲音設定成對立的兩方，效果說不定更好。

我現在的所作所為，當然不能算是醫療行為。

嚴格說起來，不過是以心理輔導之名，行詐騙之實。既不能徹底根治，也不能解決幻覺和幻聽的症狀。

準確來說，充其量只是針對耗弱的精神狀態投入一些許抗生素罷了。

不過，的確看得見成效。

人類的精神世界既脆弱又強大，即便因為詛咒變得殘破不堪，但只要看見一絲希望，就能得到重新振作的勇氣。

一旦產生戰勝壓力的力量，就能阻擋幻聽的入侵。

對於那個女人來說，這股力量來自弟弟；對於和我擁有相同症狀的男人而言，則是自尊心；而對於鄭白雪來說，我就是支撐她的力量。

很好，一切進展順利。

此時，金賢成對我突如其來的醫療行為投以驚訝的目光。

當然，我並未先向金賢成說明此事，他會有這樣的反應也情有可原。

他甚至目瞪口呆地看著一部分的人在黃正妍的治療下，帶著好轉的氣色離開座位。

說得準確一些，他似乎完全沒料到能以這樣的方式攻掠副本。

站在重生者的立場來看，或許有些令人哭笑不得，因為金賢成肯定有一套攻掠副本的方法。

他說不定知道如何解除咒語，並正打算將方法付諸行動。

但是即便我們的方法不同，只要目標一致，怎麼做都無所謂。

金賢成點了點頭，似乎也明白這一點。

「變回來了……神啊，謝天謝地。謝謝祢讓我回來。真的……嗚嗚……」

不過，他卻對鄭白雪的自言自語無端地投以沉重的目光。

……賢成啊，她並不是重生者。

總之，等所有治療結束之後，得花時間好好向他解釋才行。

＊　＊　＊

「佳賢小姐，妳覺得好一點了嗎？」

「好一些了。雖然還是聽得見幻聽，但頭痛和精神負擔改善了許多。請問這是怎麼做到的……」

全都是正姸小姐的功勞——我是絕對不會說這種話的。

藉此機會一舉抬高我的身價是個好主意。既然無法在戰鬥方便帶來出色的表現，就得想辦法在其他方面裝出一副能幹的樣子。

「你用了什麼魔法呢？」

「哈哈哈。實際上和真正的魔法截然不同。妳知道嗎？大腦是由聯絡神經元構成，負責處理外來刺激和訊息加工。所以在醫學上，大腦屬於中樞神經系統的一部分。」

「咦？那個……」朴佳賢的眼神就像在詢問我究竟在說些什麼。

其實我自己也不知道。

我對於大腦一竅不通，也不是心理學家。

不過此時望著我的那些人，神色卻出現了變化。雖然他們原本就高估我的實力，但當我稍微提到一些專業知識時，他們卻驚訝地瞪大雙眼。

「中樞神經系統擁有和其他器官不一樣的代謝作用，為了製造三磷酸腺苷……為此，必須提供氧氣……」

大韓民國的人民，有多少人會知道這一類的知識？

當然，沒有任何人能夠理解我所說的內容，因為這只是我隨口胡謅的一番話。

這群人之中，似乎沒有人曾經在腦科學研究機構工作……

就算有人能夠理解，將魔法和煉金知識結合在一起的始祖畢竟還是我，雖然是僥倖得來的結果，卻是我能大放厥詞的好機會。

「啊，我說得太複雜了。」

「沒、沒有。」

「簡單來說，像這樣的詛咒，不論是透過魔法或是其他的方式進到我們身體裡，最終都和大腦脫不了關係。不管是魔法或煉金術，又或者是黑魔法、神聖力，終究不過是一種對於大腦的刺激。」

「原來是這樣。」

「同樣地，只要把幻覺和幻聽當成大腦產生的錯覺就行了。雖然我的治療無法為妳改正腦中的錯覺，但至少我能提供一些抗生素。」

「那是什麼……」

「是一種能讓妳知道眼前的所見所聞全都不是現實的意識。人類的身體真的非常神奇，這當然不是只靠藥物就能徹底根治的問題，魔法這門學問比想像中更複雜。如果以煉金學來說的話……」

「噢噢噢……原、原來如此。我知道了。」

其中幾個人點了點頭，但能夠理解的人當然一個也沒有。

說到底，連我都無法理解，他們又怎麼可能會知道？

即便是腦科學的權威，也不可能理解我說的話。

當然，黃正姸或鄭白雪或許會丟出幾個麻煩的問題，但只要胡亂解釋一番，她們就會自動為煩人的問題找到解答。

非常好。

耳邊傳來一陣好評。

實際上，一開始來到這個公會時，我根本不認為會發生這種事。

「其實，當初得知公會花了一大筆錢聘用煉金術師的消息，我還以為幹部們瘋了……如今看來，公會真的來了一個天、天才。哈……基英先生原本在地球的工作是……」

天才個屁。說是騙子還貼切一點。

「不是什麼了不起的工作。」

「難道是研究機構之類的……」

「呃，想成是類似的工作就可以了，詳細的工作內容我不便多說。」

這當然也是個彌天大謊。

「真是太謝謝你了。有基英先生在，真是令人覺得踏實。我還以為天才只會在媒體出現，沒想到身邊竟然有這樣的人，實在太神奇了！」

「哈哈哈。妳這麼看得起我，讓我有些難為情呢。我不是天才，充其量只是知道很多冷門知識而已。」

「你似乎是我見過的人當中最聰明的人。」

眼前這個名為朴佳賢的女人，甚至有意無意地對我表示好感。

她似乎認為，我和她不僅同樣擔心著留在地球的弟弟妹妹，腦筋也一樣靈活，不過，我當然無法對她做出回應。

因為此時鄭白雪的臉氣得瑟瑟發抖。她緊握雙拳，牙齒死命地咬住嘴唇。

畢竟她還沒有痊癒。

即便治療再怎麼雙管齊下，鄭白雪對我的執迷或許一輩子都治不好。

「妳太抬舉我了。在正妍小姐旁邊真難為情。」

「才沒有呢。我只不過是記憶力還不錯而已。」

大致上來說，他們開始把我視為千年難得一見的天才煉金術師。

「我之前從來沒有見過像你這樣的煉金術師……」

「琳德裡到處都是比我優秀的煉金術師，真要說有什麼差異的話，我不過是贏在起跑點，得到了他們所沒有的援助。仔細想想，一切都是帕蘭的功勞。」

「竟然還這麼謙虛。」

這不是謙虛，而是事實。

當然，應該也有不少愚蠢的煉金術師，但最起碼肯定有一兩個出類拔萃的人才。

即便我再怎麼說這些話，已經確立的形象也不會大打折扣。

上天所賜的天才煉金術李基英。

這個穩固的形象已然確立。

一般來說，人類在自己有所了解的事情上，會出於本能地嫉妒表現出色的人。

相反地，對於在自己難以理解的領域中取得偉大成就的人，人們只會充滿驚訝。

站在他們的立場，肯定無法理解我所做的事，所以也只會對我感到佩服。

這趟遠征一旦結束，我能為帕蘭帶來影響的機會一定會變多。

也就是說，原本掌握帕蘭實權的李尚熙，在公會的立足之地正在縮減。

當然，李尚熙並不是一個貪圖權位的人，雖然富有責任感，但由於內心的負擔和包袱，她反而更樂見有人主動出面帶領公會。

尤其是受到詛咒之後一連串不尋常的舉止，似乎讓她充滿羞愧感。

「差點害死所有公會成員」或是「我不配」這一類自責的模樣，在李尚熙身上表露無遺。

短暫的休息時間裡，她和金賢成經歷了一番長談，這同時也是一段折磨自己的時間。

就像剛才所說的，一旦有人做了超乎自己理解範圍的事，其他人通常會抱持著敬畏之心；雖然他們現在對我表現出這樣的態度，但在日後的遠征過程中，肯定也會對某個人心懷敬畏。

我有些好奇在一旁默不作聲的金賢成，接下來會如何行動。

短暫休息片刻的當下，李尚熙開口說道。

「這段時間真的非常抱歉。」

「噢……」

「不管詛咒帶來的影響有多麼劇烈，我都應該保持冷靜，是我讓各位陷入危機，無論如何，我難辭其咎。」

很好。

我確實欣賞她的個性，儘管沒有道歉的必要，她仍然堅決地低下了頭。

「從現在開始，我會調整隊伍的路線，眼下比起找到生還者，攻掠副本更為重要。屍體和可能的生還者，等攻掠結束後再進行搜救。」

終於。

這個判斷相當合理。不能為了搶救死去的人而犧牲活著的人。

雖然只是改變了任務的優先順序，李尚熙的一番話卻意義重大。

「話雖如此……」

「搜救生還者的工作當然也不能中止，必須改變隊形，以更快的速度前進。」

「是。」

「由金賢成先生打頭陣。」

「是，我會全力以赴。」

看來金賢成說服了李尚熙。不，說不定他也認為現在才是最佳時機。

如今隊員們也不再受到詛咒的影響。

一想到金賢成為了解除咒語而一個人孤軍奮鬥，我難免有些過意不去，不過他反倒看起來相當滿意。

就他的立場來看，這等於少了一件煩心事。

他帶著滿臉笑意，靜靜地看著我。

金賢成緩緩起身的同時一邊收拾著佩劍，模樣確實令人印象深刻。

他渾身上下散發出一股懾人的氣勢，不過他卻絲毫沒有展露出殺氣。

與其說是威嚇，倒不如說是決心振作帶領眾人。

就在他蹣跚的步伐變得筆直穩健的瞬間，周圍的人一個個跟著起身。

在場的遠征隊員彷彿能感受到空氣中瀰漫著某種莊嚴的氛圍。

也許，那就是所謂的理想領袖。

而且不只我一個人這麼認為，李尚熙也同樣立刻望向金賢成，露出神情恍惚的樣子。

其實金賢成的性格有些獨斷，當初我們小隊之所以能來到副本，也是金賢成獨排眾議、堅持己見的結果。

只要認定事情是對的，他便會貫徹到底，朝著目標勇往直前。

就像在說「這是正確的路，一起前行吧。」隱隱有股讓人想追隨的魅力。

我對於君王的治國之道一竅不通，但就我看來，他肯定是最理想的君王。

或許作為一名管理者，他的能力稍嫌不足，不過作為一名領袖，他是我見過的最佳人選。

「出發。」

語畢，金賢成隨即邁開腳步。

所有人立刻動身跟在金賢成後方。

緩緩前行的金賢成開始加快腳步，其他隊員也跟著加速，完全忽視途中岔路和房間的搜查工作。

看著金賢成不斷朝著大道前進的背影，一股信任感油然而生。

目前行進的速度就像是不在意可能會有怪物出現一樣，全然不考慮突然其來的陷阱或不死族。

他並非對於處理突發狀況充滿信心，純粹只是因為眼下的第一要務是找路。

此時，我的腦中瞬間閃過一個念頭——或許這裡根本沒有怪物。

這也不無可能。

就如同副本名稱「受詛咒的神壇」，這可能是一種用詛咒設計成的副本。

萬一假設成立，現在金賢成正在前往的地方，不用多說也能猜到。

那就是副本的主人，也就是對我們下咒的術士所在的位置。

走著走著，四周的景色也跟著一點一點改變。

岔路越來越少，小房間也消失不見。即便認為前進的腳程相當快速，但距離大規模的神壇似乎還有一段路程。

過程中雖然也經歷了幾次詛咒發揮作用的時刻，卻沒有人受到劇烈的影響。

這證明了藥效比想像中來得顯著。

「不死族……似乎不在這裡。」

「明明收到了報告……」

「恐怕連看到不死族也是詛咒帶來的效果。雖然到目前為止還不能確定，但這麼假設應該也無妨。」

「即便是這樣也不能鬆懈。」

「是。」

行進的過程中，偶爾能發現幾具屍體，那些都是帕蘭的公會成員。

即便不能確定他們的死因，但大致上能想像得到。

不是自我了斷，就是互相殘殺。

雖然李尚熙一副心神不寧的模樣，但遠征依然順利地進行著。

繼續往副本內部前進，一道裝飾得無比簡略粗糙的小門映入眼簾。

緩緩地推開小門之後，出現在眼前的，是一個坐在椅子上的女人。

她緊閉雙眼，臉蛋一片蒼白。

此時狀態欄立刻浮現新訊息。

〔您已遇見英雄級副本受詛咒的神壇之主，降下詛咒的聖女——尤里耶娜。任務已觸發。〕

〔已觸發英雄級強制任務。〕

〔英雄級任務——擊敗尤里耶娜（0／1）〕

終於抵達終點了。

第039話　尤里耶娜

四周傳來擾人心緒的聲音。

「啊啊啊……」

我的雙腳沒來由地瑟瑟發抖。

坦白說，稀有級副本「恐怖的庭園」裡的大魔王，根本算不上是真正的副本魔王，充其量只是塊頭大了一些，就連勉強能算得上優點的恢復力，也不足以抵擋隊員們的攻擊。

但是，眼前的女人不一樣。

即便是一無所知的我，也能感受到那女人身上不尋常的氣息。

從她身穿祭司服的外觀來看，確實能稱得上聖女，但渾身散發的氣場卻完全不同。

我出於本能地感覺到自己居於劣勢。那個女人是獵人，而我是獵物。

我莫名地懷念起金賢成溫暖的背後了。

賢成啊……我們不會有事吧？

「啊啊啊……蓋德里……我的蓋德里！你終於來這裡和我相見了……」

她在說什麼鬼話？

「你終於來找我了，我親愛的蓋德里！」

她轉過頭，脖子以極其怪異的方式扭曲著，一隻手朝我們伸了過來。

我的腦海頓時閃過一絲念頭——假裝成蓋德里如何？

但不管怎麼說，第一個站出來只會讓自己置身險境，安靜地潛身在後衛之中，待在前鋒的保護網下才是明智之舉。

就在金賢成往前跨出一步的當下。

「啊啊啊啊……」

她皺緊眉頭，將原先緊閉的雙眼瞪大。

「你們不是蓋德里，你們不是！」

雖然早已猜到她的眼珠不尋常，卻沒想到眼皮底下是一團漆黑。

莫非她看不見？

不曉得是被挖空或是只有我看不見，總感覺那片漆黑彷彿要把我吸進去。

出於生理上的反感，我背後的寒毛一根根豎了起來。

媽的……

「你們不是蓋德里。不是！」

腳下的地板傳出轟隆隆的聲響，副本內部也開始搖晃。

四面八方開始瀰漫著不同於魔力的怪異氣息。

持續傳出的巨響，讓我不自覺地摀住耳朵，正要從喉嚨湧上一股鮮血的同時，一層屏障頓時罩住了整支遠征隊伍。

宣熙英正在用神聖魔法抵擋那股詭異的氣息。

「你們不是蓋德里！」

「準備作戰。魔法師請開始念咒，祭司也請維持神聖力。根據判斷，仇恨機制[3]攻擊戰術對眼前的怪物發揮不了作用，盡可能採取守備狀態，這將會是一場長期戰役。」

「是。」

3 當玩家攻擊怪物時，將提高怪物對該玩家的仇恨值，且怪物會優先攻擊仇恨值最高的玩家。

李尚熙比想像中鎮定，她舉起巨大的盾牌，將後衛護在身後，她這副模樣看起來相當可靠。

魔法師一念咒語，周圍立刻開始產生魔力。

前鋒必須極盡所能地爭取時間，直到魔法施放完畢。

當然，我們也不能袖手旁觀。

在金賢成的帶領下，幾名隊員開始衝向尤里耶娜。

金賢成，加油！

既不像魔法也不像神聖力的氣息，開始朝四面八方擴散。這股氣息的來源不言而喻。

正是尤里耶娜。

「準備啟動防禦魔法。」

「你們這些骯髒的傢伙……髒東西。竟敢！闖入這裡……這裡！」

喀噠噠噠噠噠！

一團漆黑的球狀物體沿著地板朝我撲來，模樣極為駭人。

不明的氣息像要將我吞噬般逐漸逼近，情勢看起來相當不妙。

一晃眼，李尚熙舉起盾牌擋住來自前方的重擊。

雖然順利地擋下了攻擊，但她看起來相當吃力，表情也開始變得扭曲。

值得慶幸的是，此時有一股神聖魔法注入李尚熙的體內。

這次攻掠和原本打怪的方式略有差異，還真是不容易啊……

以恐怖的庭園的終關魔王來說，能夠利用第一線前鋒的攻擊拉高怪物的仇恨值，進而將怪物的攻擊對象控制在坦克身上，然而眼前的尤里耶娜不同，她並沒有特定的攻擊對象。

簡直是個恣意妄為的瘋婆子。

為了保護防禦力相對較弱的後衛，前鋒只能緊緊地貼近我們，在這樣的情況下和尤里耶娜交手並不容易，施放魔法所需的時間也跟著變長。高敏捷力的弓箭手也因此無法獲得其他後援。

考量到長時間施展魔法可能會對祭司們帶來危害，為了防範這種情況，站在第一線的坦克必須更加繃緊神經。

鄭白雪和黃正妍的口中不斷念誦咒語，承載著巨大魔力的魔法旋即生成。

霎時間，魔法彷彿籠罩在瘋婆子周圍。然而沒過多久，黑色球體取代了魔法，包覆住瘋婆子的身體。

此時，我把記在腦海裡的咒語念了出來。

「……！」

空中頓時出現一隻巨大手臂，像要碾碎籠罩在黑色球體底下的尤里耶娜似地，從天而降。

喀噠噠噠噠！

隊員們立刻露出驚訝的神色。

漫天飛揚的塵土緩緩落下，尤里耶娜將目光停留在我身上。

「竟敢……你竟敢！」

我的魔法顯然被歸類在物理派系，說不定正是因為這樣，才對尤里耶娜造成了巨大的傷害。

但這並不全然是個好消息。

或許是出於偶然，黑色球體似乎正朝著我的所在位置筆直地降落。

完蛋了。

不明的氣息持續下墜。

金賢成同樣擔心著我的安危，卻無法輕易靠近我，只能用劍擋下攻擊。

要是沒有我，說不定打怪就能進展得更順利。

英雄級的副本竟然是這種程度嗎？

我本來就不認為這是件簡單的事，但卻沒料到會比想像中更艱辛。

四周傳來奇怪的聲響，地板被鑿出一個大洞，整個副本開始搖晃。

朴德久防守得非常吃力。

這大概也是金賢成不敢輕舉妄動的原因。

李尚熙確實竭盡全身的力氣在抵擋攻擊，但此時魔力較低、抵抗能力不足的朴德久和我的狀態相去不遠，他雖然卯足了全力，卻只能擋下小規模的攻擊。

不過至少到目前為止，詛咒未曾降臨，所以我們還能繼續撐下去。

這種不合常規、無法靠魔法或神聖力解除的詛咒，或許存在著使用限制或冷卻時間，發動頻率卻比我想像中得更低。

但是萬一在此時出現幻覺，情況肯定會變得雪上加霜。

無論如何，必須果斷做出決定才行。

我只想盡可能避免置身險境。

最後，我不得不意會到，此時此刻開口才是更合理的做法。

「啊啊啊啊。我的尤里耶娜！」

好笑的是，尤里耶娜頓時瑟縮了一下。

「蓋、蓋德里？」

雙方的激戰持續僵持不下，此時從我口中突然蹦出的一句話，瞬間冷卻了膠著的戰況。

遠征隊員將目光集中在我身上，一副不明所以的表情。然而，我並不需要特意解釋。

因為他們很快就能理解我的行為。

「尤里耶娜！我的尤里耶娜！」

「蓋德里！啊啊，你來找我了。蓋德里，你來找我了！」

「尤里耶娜！在如此漫長的歲月裡，我一直在找妳，我一直在尋找這座神壇！」

「蓋德里，終於，你終於……」

「尤里耶娜！」

「不、不對。你不是蓋德里。」

該死。

「尤里耶娜，經歷了如此漫長的歲月，和被困在這座神壇的妳比起來，我變了許多。在無數的日子裡，我的聲調、我的人，還有我的一切，都變得和以前非常不同。」

「不對。你不是蓋德里。」

「尤里耶娜！我的愛人尤里耶娜！」

「你不是蓋德里！」

「尤里耶娜，我雖然變得和以前不一樣，但我依然記得那一天，和妳在一起的回憶，一直珍藏在我的心裡。」

「啊……」

「那珍貴的回憶……」

「蓋德……里？」

雖然不曉得那是怎麼樣的一天，但她肯定能想起些什麼。

虛無空洞的眼睛裡流出黑色的眼淚，模樣十分詭異。

怪誕的氛圍讓我不自覺地皺起眉頭，但我現在不能發出聲音，以免露了馬腳。

先和那個女人調情才是明智的做法。

萬一此刻她要求我多做說明，鐵定會穿幫。

「你說的那天……」

她貌似又向我問了一次，我沒來由地不安了起來。

「我們彼此……啊啊啊啊啊！尤里耶娜！」

「蓋德里！」

「他們在欺負我，尤里耶娜！啊啊啊啊啊！」

此時，李尚熙和朴德久滿臉困惑地看著我，宣熙英只是瞪大了雙眼，鄭白雪則朝著尤里耶娜投以嫉妒的目光。

大家的觀察力實在是……太差了。

我甚至不禁想念起正在努力替我跑腿的李智慧。

我看向起碼腦袋還靈光一些的黃正妍，不停地使眼色。接著，她點了點頭。

不過……

「愚蠢的尤里耶娜！愚蠢的尤里耶娜！妳、妳、妳心愛的蓋德里在我們手上！」

真是蹩腳的演技。

看她對狗血連續劇如此入迷，原本還對她的演技抱有一些期待，但這一幕簡直令我哭笑不得。

我甚至暗自擔心尤里耶娜會因為黃正妍的爛演技而發現端倪。

黃正妍大概也感受到了一絲的難為情，整張臉瞬間漲紅。但值得慶幸的是，尤里耶娜並沒有對黃正妍產生疑心。

「尤里耶娜！不要救我！尤里耶娜！現在馬上逃走……嗚，他們……」

「蓋德里！」

「嗚嗚……快逃啊！尤里耶娜！」

「你們這些傢伙竟敢！竟敢！把蓋德里！」

我不清楚究竟是蓋德里還是狗德里[4]。

反正最起碼效果非常理想。

當然，她可能依然存有疑心，但這樣的想法不會維持太久。畢竟她等了一輩子的蓋德里正面臨死亡的威脅，她會出現這樣的反應，再合理不過了。

雖然她也可能會像瘋子一樣失控……

但她不會輕易再將不明的氣息轉移到後衛身上了，因為她深愛的蓋德里被困在後衛的所在位置。

不同於還杵在原地發愣的其他隊員，金賢成直接衝向尤里耶娜，一把劍立刻揮了過去。

不過以他的能力，目前還無法游刃有餘地應付英雄級副本。事實上，若說金賢成正處於成長的階段，一點也不為過。

儘管如此，不斷朝我狂奔而來的尤里耶娜，以及阻止尤里耶娜行動的金賢成，這兩人之間的戰役，在我看來，覺得十分驚人。

金賢成僅憑一把劍對抗來自四面八方的暗黑氣息。

儘管攻擊範圍受到限制，尤里耶娜仍不斷對擋在前方的金賢成發動無數次攻擊。

4 韓文中的「蓋」和「狗」發音相近。

喀噠噠！噗滋！

耳邊不斷傳來相同的聲響，眼前則是我無法理解的攻防戰。

天啊……

金賢成揮舞著長劍，卻被暗黑的氣息牢牢困住。

尤里耶娜散發的暗黑氣息就像觸手一樣，一鞭一鞭地抽在金賢成身上。然而我們親愛的重生者，卻能不費吹灰之力地擋下攻擊。

不只我們小隊的成員，這場精彩萬分的攻防戰，同樣讓其他隊員目瞪口呆。

該如何算準時機適時介入，突然變成一道難題。

「你這隻打不死的蟲，還不快滾開？」

「……」

「蓋德里！蓋德里！」

＊　＊　＊

戰鬥的規模明顯擴大。

即便這座英雄級副本原先的主人是尤里耶娜，金賢成此刻依然表現出一副氣定神閒的樣子，讓人驚訝不已。

我能感受到我們所位在的這個房間，形態正一點一點地改變。

「還不快滾開？」

匡！

喀噠噠噠噠！

乍看之下，兩人可謂是旗鼓相當。

不過，這實際上是金賢成的必勝之戰。

「詛咒！」

「啊啊啊啊啊！」

「蓋德里！」

不同於能夠全力應戰的金賢成，戰鬥過程中，尤里耶娜相當於暴露了名為蓋德里的弱點。

雖然不清楚那個叫作蓋德里的傢伙，對尤里耶娜而言有什麼意義。但能確定的是，他珍貴到足以讓尤里耶娜置自身性命於不顧。

如此珍愛的人被當成人質對待，尤里耶娜無法發揮真正的實力也情有可原。

每當我大聲哀號或呼喚尤里耶娜的名字，就能見到她產生動搖的模樣。

顯然從珍貴的蓋德里受到這幫怪漢脅迫的那一刻起，尤里耶娜便再也使不上力了。

再過一會，這場戰役就能順利地結束。

只不過，隊員們只顧著在一旁觀察這場戰役帶來的餘波，似乎沒有察覺這一點。

不對，其實也不是非得走到戰鬥這一步。

金賢成肯定認為現在是向隊員們展現自身實力的好時機。

不過，尤里耶娜十分難纏，就連金賢成都緊咬著嘴唇，不得不認真對付她。

包覆住尤里耶娜的黑色觸手四處蔓延，想方設法地試圖將金賢成牢牢捆住。

金賢成在千鈞一髮之際避開了觸手的攻擊，硬生生砍斷觸手的場景，宛如雜技表演。甚至令我不禁懷疑這是事先排演的橋段。

長劍一揮，觸手旋即被切成塊狀。

金賢成迅速避開，他原先站的位置則是準確地落下了尤里耶娜的攻擊。

當然，尤里耶娜同樣也不是等閒之輩。

此刻就像親眼目睹兩位高階戰士在面前展開廝殺一樣。

我所認識的人當中，能有這種表現的，恐怕只有車熙拉一人。

就連在場還算得上是強者的李尚熙，也著了迷似地緊盯著金賢成。

其實見到尤里耶娜奮不顧身的模樣，我也想過或許能趁她不注意對她發動攻擊，然而這種做法實在太危險了。

萬一被發現就出局了。

不只是我，還有我周圍的所有人，全都會遭殃。我不想孤注一擲。

現在並不是非得擲出骰子論輸贏的時候。

「蓋德里，再等等！再等一下。」

事情的發展相當令人滿意，但讓我有些顧慮的是，我們在不知不覺中變成了這齣戲的反派角色。

我能感受到失去雙眼的尤里耶娜，此刻內心有多麼地迫切。

這位聖女為了救出被歹徒挾持的蓋德里而死命掙扎，她視死如歸的模樣，甚至讓我有些不安。

不過，我當然不會同情那個女人。

彷彿被瘋狂氣息吞噬的尤里耶娜，是殘害無數生命的副本主人。

實際上，我們一行人也差點死在她手裡。

也許這座副本還有我們不了解的部分，裡面說不定還有潛在的傷亡者。

當初率先貿然闖入副本的不速之客確實是我們，這點無從辯駁，但是……我一點也不想和能力與金賢成不相上下的怪物交手。

「你這隻煩死人的蒼蠅！」

「……」

「被黑暗吞噬吧！」

滿布在天空中的黑色逆十字架瞬間朝金賢成的方向直線墜落，而金賢成則是站在原地揮舞著長劍。

匡！

噗滋！喀噠噠噠！

好強。

他將體積遠大於自己身形的逆十字架全數砍斷的樣子，簡直令人嘆為觀止。

我也不自覺張開嘴，一臉恍惚地盯著眼前的畫面。

「被黑暗吞噬吧！」

噗滋！砰！

天啊……

令我感到些微驚慌的，是金賢成的表情。

他的嘴角揚起一抹微笑，可見他相當樂在其中。

噗滋！

說不定這是他測試自身實力的方法。

的狀態。

在實力懸殊的狀況下，金賢成的身上也無可避免地累積了一些傷，但他似乎非常滿意目前

沒想到平均能力值尚未到達八十也能厲害到這種程度……

「還不快滾開！？出來吧！詛咒之劍！」

降下詛咒的聖女面部極盡扭曲，此時一把長劍自她的頭頂上方從天而降。

那不是金賢成的劍。

這算什麼聖女。

不對，說到底，這算什麼哪門子的對決。

這場戰役簡直不可思議。

我個人並不喜歡這樣的說法，但除此之外，沒有任何詞彙能定義這場決鬥。

彷彿進化到下一個階段的尤里耶娜舉起長劍，再次展開與金賢成之間的激戰。

金賢成或許察覺到了正面對決的困難，於是開始閃避尤里耶娜的長劍。

而那些攻擊所帶來的影響，則是原封不動地波及到我們身上。

朴德久和李尚熙舉起盾牌，盡可能地護住我的身體。持續施加的魔法也並未用來保護金賢成，而是籠罩著隊員們。

在這樣的情況下，戰役的成敗與否令人擔憂。

儘管深信肯定能取得勝利，金賢成身上逐漸增加的外傷，還是不免令我感到擔心。

雖然神聖力持續作用在我們身上，但照目前的情況看來，說不定會迎來最糟糕的局面。

我該相信他嗎？我不認為這是金賢成全部的實力。

他肯定或多或少隱藏了某些技能。

一想到他或許高估了自己的能力，我就沒來由地開始感到不安。

「被黑暗踐踏吧！」

尤里耶娜舉起手中的劍，金賢成也同樣將魔力集中在長劍上。

說不定這是最後一擊。

我雖然不了解作戰技巧，但從戰鬥氛圍看來，確實如此。

承載著雙方戰力的長劍即將正面交鋒的那一瞬間，我不自覺地發出一聲驚叫。

「尤里耶娜！」

尤里耶娜揮舞著長劍，然而就在聲音傳入耳朵的剎那，她回過了頭。

一晃眼，金賢成擊落了尤里耶娜手中那把散發著強烈不祥之氣的長劍。

詛咒之劍從尤里耶娜的手中脫落，劃過空中。

我為了釐清現況，仔細地注視著尤里耶娜，不過在這之前，金賢成的劍早已刺進了她的腹部。

「蓋德……里。」

我也太像個人渣了……

到目前為止，雖然我也做過了不少齷齪事，但讓副本的魔王產生這樣的情緒，還是第一次。

尤里耶娜被擊落之後，緩緩地朝我伸出手。

「蓋德里……」

尤里耶娜的身體漸漸消散，緊接著出現在眼前的，是一臉木然望著金賢成的遠征隊員。

當內心的不自在消除之後，不明的氣息開始朝四面八方退去。

我微微地蜷縮了一下身體，但此時腦袋卻一片清晰。

後來我才意識到，副本的攻掠任務終於順利落幕了。

〔您已完成英雄級的強制任務。〕

〔英雄級任務——擊敗尤里耶娜（1／1）〕

〔獲得4點隨機能力值作為獎勵。〕

結束了。

金賢成癱坐在地上，不動聲色地微微喘著氣，所有人一窩蜂地跑向他。

過程中傳來極為嘈雜的聲響。

「賢成先生，你沒事吧？」

「怎……怎麼會那麼……」

「賢成先生！」

「噢，我沒事。」

起初都是一些關心金賢成身體狀況的話，然而喧鬧聲卻不斷擴大。

「哇……」

「太……不可思議了……」

「雖然本來就知道難度很高，不過還真是讓人慌張呢。」

「說不定這是即將升等的副本，或者在原本的等級裡遭到降級。我也是第一次遇到這種狀況，不曉得該如何說明才好。」

「無論如何，這都有利於公會。」

一時之間，我完全無法理解他們說的話，直到看見插在地上的長劍，我才明白他們的意思。

〔詛咒之劍（傳說級）〕

天啊……

詛咒之劍隱約閃爍著金黃色的光芒。

頓時間，我似乎明白了金賢成堅持進入這座副本的理由。

難道是為了這個傳說級的道具？

至今為止，這片大陸上已解鎖的傳說級武器相當稀少。

目前已知的傳說級道具有六件，實際被使用的數量或許更多，但最多不超過十件。

就連在傳說級副本裡也不容易出現的武器，竟平白無故出現在這裡。

假如金賢成一開始就知道這座副本藏有詛咒之劍，那麼他堅持加入遠征也合乎常理。

在這片大陸上，「傳說」這兩個字就是如此有吸引力。

傳說級副本、傳說級職業、傳說級道具、傳說級任務，還有傳說級怪物群。

這片大陸上不論是誰，都暗自期盼著能夠擁有，或者發現其中一項也好。

這也是方才四周突然一陣喧鬧的原因，即使引發所有權歸屬的紛爭也不足為奇。

不過，這把劍的主人已經確定了。所有人心中應該都非常清楚這把劍必須歸誰所有。

此時跳出來帶個風向似乎是個好主意，於是我不動聲色地開口。

「沒想到你能在一對一的決鬥中擊垮尤里耶娜。」

「要是沒有基英先生的話，被打敗的人可能就是我。實在非常感謝你。」

這傢伙悄無聲息地強調自己立了大功，看來他確實想要得到那把劍。

這是再理所當然不過的事了。

就如同我也想得到好的煉金工具一樣，金賢成同樣也想得到好的佩劍。

我們也沒必要特意追究劍的主人，畢竟制伏尤里耶娜的人是金賢成。

當然，要是沒有其他人的幫忙，恐怕也辦不到，但無論如何，和尤里耶娜對峙的人，自始至終都是我們親愛的重生者。

我想李尚熙同樣也很清楚自己接下來應該如何發言。

「首、首先，我宣布英雄級副本——受詛咒的神壇攻掠完畢。請收拾周遭環境，搜查是否存在其他道具或其他公會成員的屍體。三人一組開始巡視周圍，一旦發現特別事項就立刻向我報告。至於後續的結算工作，等回到公會再進行。佳賢小姐，請馬上回公會彙報遠征隊的狀況。還有……」

「……」

「雖然說這些還太早，不過我想各位也很清楚詛咒之劍應該歸屬於誰。萬一……這把詛咒之劍……」

就在李尚熙繼續開口的瞬間——

嗚嗡……

「咦？」

嗚嗡！

搞什麼？

原先插在地上，一動也不動的詛咒之劍，緩緩地升到空中。

所有人都警戒地盯著那把劍。

生平第一次見到這樣的景象，讓眾人不知所措。此時，詛咒之劍慢慢地向我靠近。

我雖然有些困惑，卻感受不到詛咒之劍散發出絲毫敵意。

「認主儀式？」

身旁隊員的一句咕噥，才讓我理解了眼前發生的狀況。

長劍透著微弱光芒朝我靠近的同時，不斷傳出顫抖的聲音，彷彿正在注視著我。

搞什麼啊……

我甚至無法預測接下來即將發生的事。

別這樣。

嗚嗡！

王八蛋，我不是劍士。

此時，金賢成的臉上寫滿了驚慌的情緒。

不該是這樣的……媽的……不是這樣的。賢成，你要相信我。我不是故意要這麼做的。

＊　＊　＊

渾身是傷的金賢成看起來極為狼狽。即便接受了好幾次神聖魔法的治療，傷痕仍舊遍布全身。

經歷了一場超乎尋常的激戰，變成這副德性一點也不奇怪。

在尤里耶娜的觸手攻擊下，金賢成渾身都是傷口，穿在身上的裝備也毀損了大半。

甚至連天上掉下黑色十字架時，擋下攻擊的那雙手臂，也還在治療當中。

單就外表上來看，不免有些淒涼。

相較之下，我的模樣乾淨整齊。

一道傷口都沒有，相當乾淨。不對，別說是傷口，就連一丁點擦傷都沒有。

金賢成看著詛咒之劍緩緩朝我靠近，他臉上的表情簡直和送走心愛的人沒兩樣。

我當然忍不住開始看他的臉色。

「聽說傳說級的道具通常會自己選擇主人。雖然還不清楚詳細的狀況，但照這樣看來似乎沒錯。」

「是的，正妍小姐。我也聽過這件事。」

不要這樣。

在這樣的情況下，我驚慌失措得一句話也說不出口。

金賢成似乎也跟我差不多。

一想到他為了得到傳說級的道具，硬著頭皮熬過這場戰役，卻換來這樣的結果，就令我痛心不已。

他身上所有光榮的傷痕，都是為了這個道具。

雖然這並非出於我的本意，但我卻摧毀了金賢成正在計畫的藍圖。

媽的……就算給我也沒用……

「我、我也不太清楚為什麼突然會這樣。」

我悄悄地將眼神避開，飄在空中的詛咒之劍隨即跟上我的視線。

嗚嗡……

甚至還不斷地發出聲響。

「我能拒絕認主儀式嗎？」

「一般來說是可以……不過到目前為止，關於傳說級道具的資訊尚未完全破解。照現在的情況看來，它應該不會輕易退縮。」

「那麼，賢成先生來試著握住這把劍如何？我既不是劍士，也不是非得擁有這件道具。比起我，由賢成先生來使用會更好一些。」

「沒錯。賢成先生，這麼做或許會更好。」

「好……我明白了。」他一臉緊張地緩緩伸出手。

此時，所有人的視線集中在金賢成身上。

說不定金賢成早已獲得了許多關於傳說級道具的情報，他肯定也知道詛咒之劍的相關資訊。

也許這是他在前世使用的佩劍，又或者是他想擁有的。

金賢成緊張的情緒全寫在臉上。

這也讓我領悟到，對他來說得到這把劍的過程有多麼不容易。

金賢成自己也沒有把握。

他輕輕握住劍柄的瞬間，詛咒之劍周圍便開始瀰漫一股黑暗的氣息。

不過一轉眼，四周的遠征隊員頓時被往外彈飛。

嘎吱吱吱吱！

望著眼前的景象，金賢成嘆了一口氣，接著放開詛咒之劍。

金賢成滿臉失落地悄悄別開視線。這是我第一次在他臉上見到這種表情。

心裡沒來由地感到一陣內疚。

唉……該死。

「看來不行，它似乎已經選定主人了。」

「呃……我不太想……」

「這大概是一把自我意識非常強的劍。雖然有些可惜，但也無可奈何。其實，基英先生可以說是攻掠這座副本的最大功臣，所以你絕對有資格擁有這把劍。在決鬥的尾聲，我也得到了許多基英先生的幫助。坦白說，要是沒有出現那瞬間的空檔，我也無法保證結果會如何。」

「不。就算拿了無法使用的東西……」

「這並非基英先生說不願意就能夠拒絕的事，尤其是這把劍。剛才試著握住這把劍的當下，我立刻就能感覺得到，它似乎已經下定了決心。假如由其他人來使用這把劍，它就會變得和木劍沒有兩樣。最起碼基英先生能讓這把劍發揮功效，我認為由你來使用才是對的。」

「哪有煉金術師拿劍……」

在場所有人都擺出大失所望的表情。

其實，這把劍被我拿來使用，簡直就和鮮花插在牛糞上沒有區別。

我的力量和體力都過於薄弱，隨便揮個幾刀肯定就氣喘吁吁。

我想懇求詛咒之劍別這麼對我，但它卻完全無視我的意見。

像是再也等不及似地，詛咒之劍散發出的暗黑氣息，開始纏繞著我。

「咦……啊！」

我的手臂開始不受控地舉了起來。

「誰來幫……」

我悄悄望著周遭的其他人，不過眼前的一切只在發生轉眼之間。

我還沒來得及收回手，我的手卻已準確地握住了劍柄。此時，熟悉的通知欄浮現在眼前。

〔您已被認定為傳說級道具——詛咒之劍尤里耶娜的主人。真心地恭喜您成為傳說級武器的使用者。〕

媽的……認定個屁啊。我可沒同意。

〔詛咒之劍尤里耶娜（傳說級）〕

〔這是降下詛咒的聖女——尤里耶娜生前使用的愛劍。數萬年前，詛咒之神埃伊埃斯為了尤里耶娜降下了這把劍，無論經過多長的歲月，它的光芒仍然歷久彌新。在受傷的對象身上，能立刻施放造成精神傷害的最高階詛咒。注入魔力後，您能夠立刻釋出詛咒之神埃伊埃斯的不祥之氣；長時間暴露在不祥之氣的對象會受到詛咒。您能夠使用大量的魔力，來施放大面積的詛咒，亦可進行召喚與反召喚。

尤里耶娜在死前的最後一刻，奮力將自己的靈魂封印在這把劍裡。

尤里耶娜一心向著蓋德里的自我意識沉睡在其中，這把劍會主動保護主人免於陷入危險。由於成長值較低，該道具的部分功能處於封印狀態。配戴後魔力值將上升15點。——蓋德里……我親愛的蓋德里〕

媽的……我接受。

暗自在心裡罵髒話只是一時的，看了一眼詛咒之劍的介紹之後，我頓時意識到這是件好事。

超乎想像的能力值加成，簡直讓我目瞪口呆。

至今為止我所見過的道具中，沒有任何一件的能力值能與之比擬。

詛咒在這個世界能發揮多大的威力，我已經親眼見證過了。

只要想到就連具有一定實力的帕蘭公會都差點全軍覆沒，光是具備施放咒語這一項技能，就足以被稱為傳說級道具。

當然，以我目前的魔力來說，詛咒的效果肯定無法達到和尤里耶娜一樣的境界，不過這項技能絕對能拿來好好利用。

能提升十五點魔力值的詛咒之劍，本身的能力值肯定相當可觀。

儘管無法改變我是魔力廢物的事實，內心卻還是重新燃起一股希望。

除此之外，最值得矚目的是，這把劍能主動保護我。

尤里耶娜將自我意識封印在這把劍裡，因此，即便護主行為看起來像是附加的功能，實際上對我來說卻是最重要的功能。

問題是……萬一尤里耶娜這個瘋女人再次甦醒，到時候我該如何應付？

一想到又得扮演見都沒見過的蓋德里，我就頭痛。

「認主儀式結束了。」遠征隊員的聲音聽起來有氣無力。

「這個……真、真的非常抱歉。我不知道會……」

「沒關係。以基英先生的貢獻程度而言，的確有資格獲得這把劍。當然，煉金術師要使用劍，還是有點困難……以後你能跟我們一起訓練吧？」

「什麼？」

「既然如此，基英先生還是學一些用劍的方法比較好。我會紮實地教你一些基本功。」

總覺得話中帶刺……

不知怎地，我莫名覺得不安。難不成他生氣了嗎？

實際上，我完全無法想像金賢成生氣的模樣。

但他其中一邊的嘴角明顯下垂。這讓我頓時意會到金賢成和我們一樣都是人類，沒來由地笑了出來。

稍稍望了一下周圍隊員們的表情，只見朴德久和宣熙英滿臉欣慰，鄭白雪的表情則有些微妙。

總而言之，感覺還不賴。

其他小隊的成員似乎相當眼紅，但或許是因為之前幫大家緩解詛咒帶來的影響，每個人都欠了我一次人情，他們也只好獻上掌聲。

眾人的眼神彷彿希望我對這把劍多加說明，因此我也只好開口。

「那個……我雖然不了解這把劍的品質，不過內建的功能相當良好。呃……不只能下詛咒，甚至還能保護我。」

「什麼？」金賢成也同樣略感詫異。

這大概是他上一回人生中沒有的功能。

假如金賢成第一回的人生中，有一個假扮蓋德里的瘋子，那麼現在的情況或許會有所不同。

但我敢保證，絕不會有這種事。

「噢，看來各位應該看不見訊息。資料顯示，尤里耶娜的自我意識被封印在這把劍裡，一旦有危險靠近，這把劍似乎就會自動發揮作用。當然，前提是必須使用我的魔力。雖然這讓我有些不放心……不過，那個……大概是因為她把我當成蓋德里的緣故。」

「噢，原來如此。」

我必須成為蓋德里。

就算只是為了不被自己的劍刺穿喉嚨，我也必須成為蓋德里。萬一被她發現我不是蓋德里，麻煩可就大了。

總之，這場對決的餘波讓尤里耶娜進入沉睡狀態，確實是個好消息。

雖然得到了不少的收穫，但也有令人頭痛的問題存在。

稍微令我感到慶幸的是，金賢成並沒有我想像中的氣餒。甚至在我提及這把劍能夠保護我的當下，他也微微地點了點頭。

他八成是認為這把劍在我身邊能派得上用場。

首先，他肯定認為這把劍由他來使用是最佳選擇，但既然事已至此，也只能無可奈何地接受一切。

除了其中一邊的嘴角下垂之外，他看起來沒什麼大礙。

從某個角度來看，說不定這把詛咒之劍尤里耶娜，只是金賢成所知的眾多傳說級道具之一。

我這樣的判斷似乎聽起來不太順耳，但金賢成的傾向和這把劍的性格似乎不太契合。

如果非要為它找一位主人的話……鄭振浩？

之前在新手教學副本中遇到的瘋狂殺人魔，肯定更適合這把劍。

「總之，恭喜你了，基英先生。」

「噢……是……謝謝。」

「雖然事情出了一些差錯，但要是賢成先生能理解的話……」

「李尚熙大人，我明白。雖然有些遺憾，但似乎也無可奈何。」

「現在的情況似乎也不需要我們的認可，不過這畢竟是傳說級的道具，我會承認詛咒之劍的歸屬權。那麼，既然目前的工作也進入了尾聲，完成我交辦的事項之後，即刻出發返回琳德。我們回家吧！」

「是。」

這趟遠征獲益匪淺。

當然，因為上一支遠征隊的失敗，帕蘭的戰力大幅減弱。

這樣的想法或許有些殘忍，不過長期來看，這絕對不是一件壞事。

李尚熙的立足之地縮減，而金賢成和我在公會內部的聲望相對上升了不少。

雖然不曉得李尚熙日後的打算，但看到她面對副公會會長的職務力不從心的模樣，說不定會自動請辭。

這也就意味著，金賢成和我能夠隨心所欲地改變整個帕蘭。

光憑這一點，這趟遠征就值回票價了。

白雪的狀態也已經好轉許多，所有人好像都透過這次遠征獲得了進步。

然而，至今為止還有許多問題尚未解決。

那就是朴德久的成長，還有交代給李智慧的事。

雖然明顯意識到事情尚未完整落幕，但多虧得到了手上的武器，讓我不自覺地揚起嘴角。

把這傢伙拿在手上可能會造成問題，於是我悄悄地在它身上注入魔法，心中一邊默念：「反召喚。」

〔詛咒之劍拒絕您的反召喚。〕

「……」

反召喚。

〔詛咒之劍拒絕您的反召喚。〕

回去。

〔詛咒之劍強烈拒絕您的反召喚。〕

媽的！回去！

〔詛咒之劍強烈拒絕您的反召喚。詛咒之劍想和您待在一起。詛咒之劍說它愛您。詛咒之劍說要和您在一起。詛咒之劍生氣了。〕

我叫妳回去！拜託！

真是一趟令人滿意的遠征。

＊　＊　＊

「基英先生，上面寫了什麼？」

「熙英小姐，上面寫了關於蓋德里和尤里耶娜的故事。不管怎麼說，嗯……就算是為了這把劍，我似乎也得了解一下才行。」

「噢噢，你是說在內側房間裡發現的書嗎？」

「是的，沒錯。我稍微翻閱了一下，似乎比想像中更值得一讀。好像是傳說故事之類的內容……嗯……總之，非常有趣。」

「看來似乎很有趣呢！你可以告訴我書中的內容嗎？」

宣熙英擺出一副好奇的表情。

返回琳德的途中，她時不時地朝我這裡張望，看來確實對此感到非常好奇。其實，除了一起做志工服務之外，這段期間以來我不曾和她有太大的交集，趁這個機會聊天，似乎也是個不錯的主意。

一旁的鄭白雪緊緊抓住我的手臂，看著宣熙英的眼神充滿警戒。然而沒過多久，鄭白雪也開始期待我接下來要說的話。

隊伍行進的過程肯定非常無聊。

反正這個故事並不長，前往目的地的途中，聽個有趣的故事也不錯。

「準確來說，故事發生在一萬年前。」

「一萬年前？」

「沒錯，是我們目前所在的神聖帝國貝妮戈爾創立前的故事。書上寫道，當時慘烈的戰亂不斷發生，信奉詛咒之神的信徒與追隨祝福之神的信徒之間展開了激烈的宗教戰爭。」

「原來如此……」

「妳聽過這個故事嗎？」

「是的。現在的神聖帝國之所以會誕生，就是因為那時的宗教戰爭。這個故事真有趣。」

「當時尤里耶娜是信奉詛咒之神的聖女，而蓋德里則是信奉祝福之神的聖子。兩人雖然不曾交手，但經常能在前線聽到彼此的事蹟。實際上，兩人第一次見到對方，已經是戰爭發生十五年後的事了。總之，幾乎動員了所有兵力的大規模戰爭就這麼展開了。」

「培勒曼懸崖之役？」

「妳知道？」

「這是大部分投身神職的人都會學到的內容。雖然我不曾聽過尤里耶娜和蓋德里之間的故事……不過，假如基英先生手上的書，上面寫的都是真的，那就可以說是發現了前所未聞的歷史呢。」

「不曉得神聖帝國會如何做出回應……運氣好的話，說不定會如妳所言，哈哈。總之，無數的信徒失去了性命，蓋德里和尤里耶娜也同樣纏鬥到最後一刻，兩人同時墜下懸崖。那天的戰爭，就此結束。」

「那麼後來呢？」

「其實，這本書沒有記錄事情的後續發展，只提及了尤里耶娜和蓋德里確切在一年後回到各自所屬的神殿。當然，尤里耶娜日記裡記載的內容鉅細靡遺，不過有許多說出口會讓人感到難為情的內容，要向各位詳細說明還真不好意思。」

她們肯定正在想著大致上會發生哪些事。

尤里耶娜和蓋德里在當時墜落的懸崖旁邊發現一座洞穴，兩人在洞穴裡朝夕相處了將近一年左右，漸漸也對彼此萌生愛意。

我大致說明了兩人在洞穴裡的生活，其他人聞言點了點頭。

發現我不是在說嚴肅的話題，而是一些有趣的故事時，戀愛博士朴德久也悄無聲息地朝我的方向移動腳步。

「尤里耶娜和蓋德里的戀情，似乎就是從那時候開始。培勒曼懸崖之役讓雙方戰力損失慘重，此時戰事正好趨於和緩，兩人見面的機會也變多了。當然，起初兩方的神想盡辦法拆散尤里耶娜和蓋德里，但兩人早已深陷愛河，眼中只有彼此。」

「終於了解他們為何會落到如此下場了。」

「沒錯。想當然耳，他們所信奉的神相當憤怒。與此同時，蓋德里在祝福之神的神殿裡，另外建造了一座小神壇……也就是剛才攻掠的副本——受詛咒的神壇。兩人在這裡共同培育屬於他們的愛情，最終徹底惹怒了神靈，被困在這座神壇裡。」

「唉……」

詛咒之神降下了詛咒，讓尤里耶娜永遠離不開受詛咒的神壇這個小房間；祝福之神則是降下了祝福，讓蓋德里一輩子思念尤里耶娜，為了尋找尤里耶娜而在這座神殿不斷徘徊。

當然，祝福之神絕不會允許蓋德里找到尤里耶娜。

「好可憐。」

鄭白雪說了一句，宣熙英也點了點頭。

「在神殿底下另外蓋一座神壇，會受到詛咒也是理所當然的……真是讓人難以理解的想法。受詛咒的神壇外面的不死族，或許也是祝福之神降下的詛咒所帶來的影響。」

「蓋德里的日記雖然寫著祝福之神降下了永生的祝福，但站在他們立場來看，其實和詛咒沒有兩樣。故事到這裡就結束了。尤里耶娜一輩子等著不會到來的蓋德里，蓋德里則不停地在神殿裡遊蕩，尋找著永遠找不到的愛人尤里耶娜。」

雖然不是沉重的故事，卻深深地打動了鄭白雪，她從剛才開始就頻頻抽泣。

「好、好悲傷。永遠等著一個不會到來的人……」

此時輕拍鄭白雪的頭，是再理所應當不過的事了。

鄭白雪像是逮到機會似地，撲進我的懷裡。

「大哥，這麼說來，剛才在左邊房間裡發現的不死族是蓋德里囉？」

「嗯，沒錯。」

在搜查生還者的過程中，我們發現了蓋德里和一群不死族。

大概是受到尤里耶娜被擊潰的影響，他們就此倒下，再也無法動彈。不過沒過多久，我們就得知了不死族的真面目。

因為我們發現那傢伙的懷裡藏著一件有趣的道具。

〔蓋德里的求婚戒指（英雄級）〕

〔能夠抵擋尤里耶娜的詛咒。〕

稍稍看了一眼手中拿著的道具，我大概能推測出攻掠這座副本的原始方法，還有金賢成每個夜晚到處巡視的原因，以及之前的小隊所見到的不死族究竟是什麼了。

一般而言，說不定攻掠這座副本的第一步，就是找到四處遊蕩的蓋德里。

簡單來說，必須先找出隨機復活的怪物蓋德里，才能得到抵擋詛咒的力量。

這種攻掠方式的複雜程度足以被判定為英雄級以上的副本。

這座神壇相當寬廣，無論再怎麼徘徊，也很可能找不到蓋德里。由此看來，這座副本幾乎無法攻掠。

也就是說，除了暴露在尤里耶娜的詛咒之下並慢慢死去，沒有第二條路。

以遠征隊的情況來看，比起找出蓋德里，我們倒是率先找出了對付詛咒的方法。

雖然按照原本的方法，再過一段時間，金賢成應該就能找出蓋德里，不過現在的情況也算是不錯的結果。

「愛情確實很可怕呢！」

「沒錯。」我比任何人都能感同身受。

只要看著我懷裡的鄭白雪，一切不言而喻。

總之，眼下必須蒐集所有關於蓋德里的情報。

雖然尤里耶娜目前還沉睡在詛咒之劍裡，不過為了應付突如其來的甦醒，必須做好事前防範。

「不過，自從我們來到這裡也經過一段時間了，那個說要帶援軍來的人，好像連個人影都沒看到。」

「誰？」

「就是，李雪浩那個老爺爺。」

「噢，說不定傭兵女王還沒回公會，或者因為各種問題耽擱了吧。其實，這次的副本攻掠結束得比想像中快。」

「再怎麼說也該帶一些人過來，不是嗎？幸好有大哥和金賢成老兄，要不然我們可能會死在那裡。」

「他們應該有不得已的理由吧。」

不得已個屁……

他恐怕巴不得我們全軍覆沒，因為這樣一來，對那些傢伙更有利。

現在的時間點有些模稜兩可，不過李尚熙似乎認為李雪浩那群舊勢力有不得已的苦衷。

「大哥最大的毛病就是太善良了！」

朴德久和鄭白雪點了點頭。

此時，宣熙英的神色看起來不太對勁。她肯定看不慣這種事。

李雪浩那群老頭和貧民窟裡的流浪漢簡直一模一樣。

一無是處，自私又被動。

賴在位子上想方設法地為自己謀求利益。

就像我說過的，他們和流浪漢唯一的差別，就在於運氣更好一些。

對於宣熙英來說，社會的毒瘤說的正好就是李雪浩那種人。

我突然想起先前交辦給李智慧的任務。

不曉得她進展得還順利嗎？

如果是她，肯定能順利完成我囑託的事情，不過我們離開副本的時間點比想像中來得快，我不得不考慮任務還沒來得及完成的可能性。

此時，有個人從遠方跑來。

朴佳賢？

視野範圍內的那個人影，肯定是李尚熙率先派遣回公會報告情況的朴佳賢。

朴佳賢一副驚慌失措的模樣，我直覺肯定發生了什麼。

雖然期待著她帶來的消息，另一方面我也隱隱有些不安。如果是為了傳達好消息，她的模樣未免太過慌亂了。

沒過多久，朴佳賢氣喘吁吁地來到李尚熙面前，接著開口。

「哈啊……哈啊……副會長。」

「消息都轉達了嗎？怎麼會一個人……」

「首先，您交辦的事情全都完成了。那個……因、因為必須向您轉達一些消息……只好先……」

「請先冷靜下來再說。」

她一副察顏觀色的模樣，似乎正在苦惱該不該在這裡直接說出口。

不久後，朴佳賢下定了決心，耳邊傳來她所說的話。

「那個……公會會長去世了。」

「什麼？」

「公、公會會長……去世了。」

「什麼意思……詛咒明明解除了……」

「聽說確切時間點是三天前，公會會長在睡夢中安詳地離世……我認為必須先通知李尚熙大人您，所以……」

「……」

李尚熙緊閉雙唇，淚水盈眶的朴佳賢也一樣。

雖然不曾見過帕蘭的公會會長，但我想他的為人應該不差。

周圍氣氛明顯變得凝重。

其實，對我們小隊來說，這並不是一件壞事。要是沒有了公會會長，我們肯定更容易掌握實權。不過……

這個時間點，可以說是相當不尋常。如果只是單純的死亡，對於公會那群老頭來說，未免太有利了。

雖然長時間暴露在詛咒之下，也存在著一定程度的危險，但我總覺得……難道是李雪浩？

雖然只是我個人的猜測，但這樣的假設也不無道理。

「首先，必須盡快回公會……雖然各位肯定很疲憊，但行進速度必須再快一些。」

「是。」

我當然也這麼希望。

就這樣，遠征隊在略為凝重的氣氛下，緩緩地啟程。

由於突如其來的噩耗，李尚熙緊閉著雙唇，繼續帶領著隊伍前進。其他小隊成員則是一邊安慰著李尚熙，一邊默默地邁開步伐。

在這之後映入眼簾的，是自由之都琳德。

當然，在抵達琳德之前，老頭子們和李智慧便早已率先出來迎接我們。此時，黑天鵝公會的幾位成員也在場，做出一副打算朝我們前進的樣子。

眼前的景象過於荒唐，讓我不禁失笑。

「李尚熙大人，恭喜您平安歸來。我們剛好正準備出發……」

「比起這個，李雪浩先生，會長怎麼樣了？真的去世了嗎？」

「是的，會長安詳地離世了。」

「遺、遺體在哪裡？」

「目前先安置在公會的地下室，我正好在煩惱葬禮該如何進行。會長三天前突然……」

「啊……」

他們的對話內容已經不在我關心的範圍之內了。我看著兩人後方的李智慧，接著用手指輕輕地敲了敲腦袋，李智慧的腳也噠噠地踏著地板。

我就知道。

看來得再聽聽更詳細的內幕了。

第040話 舊勢力

一抵達公會，遠征隊立刻卸下行李，往地下室走去。

此刻的當務之急是確認公會會長的遺體。我考慮了一下，最後還是認為自己應該下樓。

即便想立刻和李智慧展開對話，但先觀察公會內部狀況後再談應該也不遲。

我悄悄地看著李智慧點了點頭，她也微微頷首。不用特意多說，她似乎就能明白我的心思，我同樣也能大致猜到她在想些什麼。

說不定這就是系統所說的「靈魂伴侶」。

而且我們的思維模式十分相似，因此溝通也相當順暢。

事實上，沒有把她招進帕蘭，絕對是失誤中的失誤，因此現在得把她留在身邊好好利用才行。

雖然她目前所處的位置也不差。

總之，我得在此和公會的外人李智慧暫時分別。

我從簡單向我致意的李致慧身邊經過，往公會總部的地下室走去。

地下室整理得相當乾淨，擺滿白色花朵的空間裡，一名男子靜靜地躺在棺木中。

男人看上去有些年紀，臉上布滿無數道傷痕，根據這些特徵就能知道他的身分。

四十多歲？不，從滿是鬍渣的下巴和頭上一搓一搓的白髮看來，說是五十多歲也不為過。

由於魔力所帶來的影響，延緩了老化速度，因此難以估算男人的實際年齡。不過，大致上看來是個上了年紀的人。

他閉著雙眼，臉部表情十分安詳。果不其然，四周傳來了哀戚的慟哭。

「嗚嗚嗚嗚……」
「公會會長……」
「嗚嗚嗚……叔叔、叔叔。你不是說你會活到最後嗎？叔叔……嗚嗚嗚……」叔叔？
站在一旁靜靜觀看的我，雖然無法對這種傷痛感同身受，但一晃眼，周圍的人個個淚水盈眶，由此可見其他人有多麼地悲傷。
在這之中，李尚熙的反應最為激動。
來到這裡之前，她看似還維持著平常心，走進地下室之後，她似乎再也壓抑不了悲傷，情緒瞬間潰堤。雖然不曉得兩人之間發生了什麼事，不過能確定的是，他們的交情不一般。
李尚熙緊緊擁著已經死去的身軀，眼淚撲簌簌地流個不停，就像自己的家人離世一樣。
難道是愛人？
單就年紀來看，或許毫無說服力，但她的反應簡直和失去深愛的人沒有兩樣。
此刻我們能做的，自然是讓她一個人靜靜地待著。
第二小隊的成員一個個上樓，第七小隊也不例外。置身在一片淚海之中跟著一起流淚的朴德久，與低著頭的金藝莉也慢慢地走上樓。
金賢成或許是想安慰李尚熙，於是默默地站在她身旁。
「他一定去了更安樂的地方。」
宣熙英朝遺體注入神聖力，向死者致哀後，開始往樓上移動。
我和緊緊拽住我手臂的鄭白雪，也一同上樓。
「白雪。」
「怎麼了，基英哥？」

「妳有沒有……感覺到不尋常的地方？」

「你是指什麼呢？」

「像是魔力的流動……或遺體上的痕跡之類的。我對魔力不太敏感，想說妳或許會有所感應，才隨口問了一下。」

「噢……原來是這樣。我沒有發現奇怪的地方。如果想發現些什麼，似乎得更仔細觀察才行……不過，我剛才只在遠處稍微看了一眼……」

「嗯嗯……」

鄭白雪一臉內疚。

我緩緩地摸了摸她的頭之後，她的心情似乎才有所好轉，開始小聲地哼著歌曲。

我的思緒沒來由地複雜了起來。鄭白雪對於魔力的感知相當敏銳，與現有的魔力值無關，她的潛能足足有傳說級以上，因此具有這種被動技能。

就連擁有這種能力的鄭白雪，都無法察覺任何魔力流動或是發現對方身上殘存的魔力，這也就意味著，最起碼公會會長的死因並不是魔法造成的他殺。

嘖嘖……

上樓之後，第二小隊的隊員旋即出現在眼前。

每個人各自在公會的酒吧找了位置坐下，以黃正妍為中心聚在一起。

我走上前試著開啟話題，隊員們似乎也非常歡迎我的到來。要說這趟遠征有什麼收穫的話，我想大概就是這個了。

「基英先生。」

「你們一定很傷心吧。」

「不，我們內心的難過恐怕無法和李尚熙大人相比……」

「看來他們兩人的交情似乎很深厚。」

「是啊，李尚熙大人的內心肯定相當沉痛。他們從新手教學時就一起並肩作戰了……」

「從新手教學開始嗎？」

「沒錯。這麼看來第七小隊似乎還不了解呢！帕蘭是由李尚熙大人和公會會長朱承俊大人一起建立的公會。從新手教學那時就一起作戰的兩位，來到琳德之後，初次在這裡占據了一席之地，當時的李尚熙大人還尚未成年，是很久之前的事了！算一算也有十五年了。」

以李尚熙現在的年齡三十三歲來看，當時的她不過才十八歲。地球人初次來到琳德是二十年前的事，照這樣看來，他們幾乎是第一代元老。

「沒想到他們一起作戰這麼久了。」

「沒錯。我們也剛來帕蘭沒多久，因此不太了解細節。不過李尚熙大人就像對待父親一樣，衷心地跟隨著公會會長。事實上，當會長受到詛咒時，副會長也曾試圖親自進入副本。」

「原來如此……」

「我還記得他們總是一起行動，公會剛創立時也一樣……還有第一次攻掠和打怪時也是。我絕對沒有貶低李尚熙大人的意思，不過要是沒有公會會長，或許就沒有今天的李尚熙大人了！」

我稍微環顧了一下四周，只見黃正妍點了點頭。

「我也有些於心不忍呢！雖然比不上李尚熙大人的傷痛，但我在公會也有好一段時間了。朱承俊大人……」

「請說。」

「他是個非常優秀的人。公會會長懂得為別人犧牲，比任何人都更愛惜公會成員，他堅持不擴大公會規模，也是擔心一旦規模太大，自己無法照顧到每一位成員……實際上，所有公會成員都非常喜歡朱承俊會長大人。第五小隊也是因為公會會長的緣故才跳槽到帕蘭。雖然……他們現在已經不在了。」

「……」

「我原本以為自己已經習慣了分離，結果還是完全不能適應。」

雖然不了解那個叫作朱承俊的人，不過可以從他們的話語中得知他是個品格高貴的人。

不僅如此。

「朱承俊會長生前非常強大。」

他還是個相當有能力的人。

我正好也對帕蘭的狀態有所疑慮。

李尚熙雖然強大，卻不是個理想的領導者。她的人品雖然良好，但光憑這項特質，絕對無法帶領整個公會。

帕蘭公會的運作模式，是以朱承俊為中心運轉的中央集權體系。

失去了大腦，身體當然會搖搖欲墜。

李雪浩那些舊勢力從中作梗、恣意妄為也實屬合理。

「李雪浩也是當初一起奮鬥的成員之一嗎？」

「沒錯。」

果然如此。

「聽說雪浩先生也是從新手教學開始就一起作戰的元老。作為一個戰功卓著的戰鬥要員，李雪浩先生在奠定帕蘭公會的根基上貢獻良多。雖然，據我所知，李雪浩先生和公會會長在許多事情上總是意見不合，不過兩人之間的交情依舊深厚，和李尚熙大人之間的關係也不例外。雖然說最近有些……」

「噢……原來是這樣。他們應該非常信賴李雪浩先生。」

「是的。就像你所看到的那樣……雪浩先生一定也非常沉痛。」
「這個嘛，究竟是不是真的沉痛呢……」
「什麼？」
「沒什麼。」
此時，黃正妍敲了敲桌子，神色略顯緊張。
「那個，各位能先上樓嗎？我和基英先生有一些事要談……」
「當然沒問題，黃正妍隊長。你們慢慢聊。」
看來黃正妍似乎有很多事情想問。
我悄悄地看向鄭白雪，她可憐兮兮地盯著我看，像在問我她是否也得上樓。
我搖了搖頭，她立刻露出一臉欣喜的表情。
「基英先生，你剛才是什麼意思呢？」
「不，只是……我認為大家似乎排除了他殺的可能性。」
「他殺？」
「是的，不過這只是我的妄想。」
「……」
「我還以為正妍小姐和我有類似的想法，看來並非如此。」
「不，其實我也一樣。雖然我並沒有排除他殺的可能性……不過朱承俊大人的驗屍報告……」
「什麼也沒發現對吧？」
「沒錯。」
「我也是。遺體大致看上去沒有外傷，周圍也沒有發現任何魔法的痕跡。對吧，白雪？」

「是的，沒錯。」

「不過在這片大陸上，殺人的方法也不是只有魔法，不是嗎？我們應該考量各種可能性才對。雖然沒有能稱得上是殺人動機的事物，但萬一公會會長和我們同時消失的話，妳認為有幾個人能夠從中獲得利益呢？這也算是一種動機。」

「沒錯，你說得對。」

「無論結果是什麼，只要重新檢驗遺體，肯定會有新發現。請正妍小姐說服李尚熙大人……」

「是，我理應告訴李尚熙大人，不過……」

「越快越好。以免我們尚未發現的殘存魔力全部消散，要是我們再晚一點，可能連檢驗遺體的時間都沒有，凶手說不定早就準備舉辦葬禮，幸好在那之前我們已經回到公會了。」

「我明白了。」

「也許在檢驗的過程中會有新發現，驗屍工作就由我和宣熙英來執行吧。畢竟說不定會用到煉金術或神聖力……無論如何，我們不能排除任何可能性。」

「呼……我的心情有些複雜呢。」

「什麼？」

「我是指懷疑同為公會成員的其他人。李尚熙大人……應該也和我一樣吧？」

李尚熙感受到的情緒，肯定只比黃正妍多而不會少。

何況李雪浩和她是從新手教學時期開始一起同甘共苦的伙伴，問題說不定會變得更複雜。

不，那是不可能的。

從李雪浩只顧自己的利益，不管他人死活的那一刻起，一切都結束了。李尚熙最不想懷疑的狀況找上門來了。

可笑的是，最能夠站在客觀角度俯瞰情勢的人，就是相當於局外人的我。有時，比起當局者，站在局外觀看的旁觀者，反而能看得更透徹。

就在我持續敲著桌子，絞盡腦汁的當下——

「你們在聊什麼？」

一道聽起來相當不悅聲音傳來。我稍稍回過頭，令人生厭的嘴臉映入眼簾。

「這個嘛。」

是李雪浩和他的小嘍囉們。

＊　＊　＊

「李尚熙大人呢……」

「她還在地下室和會長一起待著，看起來十分悲痛。」

「像家人一樣重要的人離世，會出現這種反應也是理所當然，畢竟對李尚熙大人來說，會長是如此特別的人。雖然對其他人來說也是……」

「是，其實剛開始我也徹夜難眠。沒想到大家都不在公會時，會發生這種事。沒能在會長臨終時待在他身邊，我實在非常內疚。不過還是要再次恭喜黃正妍小姐平安歸來。對於其他的公會成員……我真的非常遺憾。」

李雪浩的語氣中充滿了善意。當然，他釋出善意的對象不是我，而是第二小隊的隊長黃正妍。

遠征出發前，兩人瞋目切齒、針鋒相對的樣子宛如假象。

黃正妍也被這老頭突如其來的態度轉變嚇得雙眼圓睜。

噗哈。

我不禁失笑。

因為那個老傢伙的鬼把戲不言而喻，他當然沒料到我們還能回來。

總之，就算李雪浩與帕蘭公會會長的死無關，公會會長離世，他肯定會拍手叫好。

要是我們這些外出遠征的成員再也回不來，帕蘭就和這些老頭的囊中物沒有兩樣。為此，他刻意延遲派遣援軍的時機，藉故拖延時間。

然而，在這樣的情況下，遠征隊還是回來了。他肯定很驚慌失措。

我如果是他，一定也會像狗搖尾巴一樣，極力討好。

若不向我逢迎拍馬，他或許至少還能守住最後的自尊心……不過在這種情況下，他依然在顧慮自己的顏面，簡直可笑。

他再次朝黃正妍開口。

「您能平安無事真是值得慶幸。」

「嗯。」

「其實，當時我正為了組建援軍延遲的事苦惱不已，後來公會會長又突然離世……我想著不能再失去李尚熙大人，到處請求援助，但現有條件都不被允許。雖然內心相當不安……能這樣親眼見到您，令我格外高興。我真的……真的非常慶幸您能活著回來。」

甚至連眼眶都泛紅的模樣，實在讓人嘆為觀止。

假如他不是真心的，這樣的演技沒能讓他得到奧斯卡最佳男主角獎，連我都覺得可惜。

因為我剛才的一番話，黃正妍的思緒變得複雜，臉上也不見喜色。

我想我應該趁現在開口，刺探李雪浩的反應。

「雪浩先生，現在說這些話似乎已經晚了……真好奇是不是有其他的理由。」

「我不明白你說這句話的用意。」

「我沒有別的意思，只是隨口說說而已。熙拉姐還沒回到紅色傭兵公會就算了，黑天鵝應該有餘力幫忙才對，更何況光是廣場裡就有數十個人沒有工作……我認為編列一支隊伍應該不難。當然，短時間之內或許辦不到，但其實籌備的時間一點也不短。」

「那、那是……」

「算了，就當作那是過去的事情，暫且既往不咎……嗯……不過，請你確切地說明公會會長過世的詳細情形。」

「就像我說的，公會會長三天前安然地離去了。他走得安詳，確實也值得慶幸。」

「你是說，安然地離去嗎？」

「是的，沒錯。」

「你是否想過公會會長在公會裡被暗殺的可能性？」

「什麼意思……」

「就是字面上的意思。你剛才明明說過，會長臨終前你並沒有守在旁邊，對吧？這不就代表公會會長過世的當下，房間裡沒有目擊者嗎？」

「沒……沒錯。」

「從你的反應來看，似乎完全沒有想到他殺的可能性呢。」

說話的同時，我還不忘時不時朝著李雪浩露出挑釁的微笑。

誰都能看得出來我的嘲諷意圖，因為我的表情實在讓人倒足了胃口。

人是你殺的，對吧？

瘋老頭氣得漲紅了臉，這也是在所難免的事。

李雪浩本就暴躁易怒，如果在這樣的情況下還能不動怒，他就不會被當成糟老頭了。

「你現在在說什麼！」

「等等，敬愛的李雪浩大人，你何必這麼激動呢？」

「你憑什麼說這些鬼話！你的意思是我殺了公會會長？這是哪來的妄想！」

「李雪浩大人，你不需要這麼激動吧？我可沒說公會裡的成員殺了公會會長。我只是想，說不定有外來的入侵者，所以才隨口問了一句……你好像太敏感了。真搞不懂你這麼生氣的理由是什麼。噗。」

「你……你這傢伙……就算是這樣……」

「又或者，你心裡有鬼？」

「你竟敢在我面前胡說八道？一路以來守護帕蘭的人是我！」

「李雪浩先生守護了公會多少年，這跟我沒有任何關係。不過話說回來……」

「……」

「我讓著你，不代表你可以用這種語氣跟我說話，現在我和你一樣都是幹部，不是嗎？在這種應該磕頭請罪的情況下，我請問你……你憑什麼在這裡大呼小叫？」

「你……」

「雪浩先生，你得注意一下你的態度。你以為公會會長死了就沒事了嗎？你以為只要說一句『公會會長離世了』一切就結束了嗎？無能也該有個限度吧……好不容易讓你不必冒著生命危險前往遠征，結果連家都顧不好，算什麼幹部……還敢在這裡說這些風涼話。荒唐到我都不知道該說些什麼了，真是的……」

「……」

「第一時間必須先確認是否遭到外人入侵，或者是否有其他人能夠進入公會會長的寢室，接著再進行判斷，不是嗎？不過看樣子，雪浩先生已經很努力了……沒有能力的話，就必須做好乖乖下臺的準備，死賴在位子上並不會為你心愛的公會帶來任何幫助。還有……你剛才說什麼？組建援軍延遲也是無可奈何的事？在社會上，這就叫作無能，說什麼都只是藉口。你以為只要說一句『無可奈何』、『噢，沒錯！事情就是那樣』、『真是遺憾』，別人就會接受嗎？我說，李雪浩先生，你應該懂得這個道理才對啊！真搞不懂你為什麼這麼做……」

「……」

「還有，這裡不是學校。做不到的話，不是只要說一聲『我做不到』、『對不起』就能呼攏過去！假如我是公會的領導者，作為支柱一路守護公會至今的各位，肯定都會被我解雇，全部革職。」

「你這傢伙……你這傢伙竟敢！」

李雪浩瞬間將魔力凝聚在手中。

他不是個是非不分的老頭，所以應該不會真的發動攻擊。即便如此，他依然認為眼下得先出了這口惡氣。

要是挨了這一下肯定會很痛，畢竟我是個柔弱的煉金術師。

鄭白雪一臉驚慌失措。頓時間，她喃喃地念起咒語。

然而李雪浩的拳頭，卻以更快的速度朝我逼近。

我沒有刻意避開。

這當然不是因為我有被虐狂的傾向。況且，現在就算挨了一刀，也只是無謂的攻擊。

我不再畏手畏腳，只是因為根本沒有閃躲的必要。

為什麼呢？

「親愛的尤里耶娜？妳不用這麼激動。」

嗚嗚嗚嗡……

因為我的新靠山將她銳利的刀鋒對準了老頭的喉頭。

有靠山的感覺真好！相當不錯。

「這……這是……」

「噢，這是在這趟遠征中和我結緣的道具。它擁有許多功能呢！舉例來說，像是把一個患有情緒管理障礙的人，變成情緒管理高手之類的。李雪浩大人，能先把你的手收回去嗎？尤里耶娜的脾氣不太好。」

李雪浩一臉呆滯地慢慢把手收回的同時，我親愛的尤里耶娜也朝我靠近。

此時，只見鄭白雪緊緊咬住下唇。別跟一把劍爭風吃醋啊……

雖然無法理解鄭白雪為何會嫉妒一把劍，但我猜大概是因為尤里耶娜能完成她無法做到的事。在最關鍵的一刻，救我於危難之中的人不是自己，讓她相當自責。

「雪浩先生，我還有別的事，先告辭了。」

「……」

「請你至少將那天的經過寫成一份報告。也就是，公會會長去世的當下，保安系統的狀態如何，是否有不明人士出入公會，以及普通公會成員的狀況等等。對了，還有一點，你必須交代編列救援隊的過程為何會產生延誤。看你這副德性，即便完成了調查，應該還是得再重做一次……不過，起碼得收拾一下爛攤子，才不會看起來那麼無能吧。這樣一來，在普通公會成員面前，也能少丟一些臉，不是嗎？白雪，走吧。」

「什麼……好！」

心情還真不錯。不，根本是無比痛快。

鄭白雪慌慌張張地跟了上來，看到她身後的老頭們，我的嘴角沒來由地上揚。

因為他們個個氣得臉紅脖子粗。

要是只有我們在場，可能還不打緊。不過問題就在於，突如其來的一陣騷動，讓周圍的普通公會成員陸陸續續圍了過來。

對於像李雪浩那樣注重形象的人來說，這絕對是相當大的刺激。

終於，周圍傳來了喧鬧的交談聲。

「你看到剛才的衝突了嗎？」

「那個……武器……你看到了吧？」

不是讚嘆的聲音，就是對糟老頭的指責。

一切就像精心編排的劇本。接下來的劇情又會是如何呢？

那群老頭當然會想辦法牽制我，或者認為我已經嗅到不尋常的氣息。倘若他們作賊心虛，應該會急著行動，又或者冷靜地按兵不動。

無論如何，可以確定的是，那些老傢伙肯定會被收拾得一乾二淨。

我只需要朝著平靜無波的湖面，丟下一顆小石頭就夠了。

我偷偷揚起嘴角的瞬間，鄭白雪悄悄地開口詢問。

「基英哥。」

「嗯？」

「可、可是那個。」

「嗯。」

「那個……如果他們是殺死公會會長的凶手……不是不能讓別人知道嗎？」

「什麼？」

「你剛才不是要他提出報告嗎？」

「那件事啊。不是的，比起什麼都沒有，從可能有一絲線索的地方下手，會更方便些。」

鄭白雪一副摸不著頭緒的模樣。

天才魔法師在這方面的理解力為何奇差無比，我實在難以理解，同時也覺得十分神奇。

不過說不定鄭白雪明明聽得懂，卻還是故意裝傻。

不管怎麼樣都無所謂，因為我正好覺得日子百無聊賴。

「每個人的想法可能都有些不同吧，我認為我的方法更方便。」

「原來如此……」

「所謂人類，並不是做任何事都能盡善盡美的動物。無論李雪浩先生多麼認真地記錄當時的狀況……」

「沒錯、沒錯。」

「訊息肯定會出錯。整整三天前發生的事，怎麼可能記得一清二楚？萬一朱承俊的確是自然死亡也無所謂，陳述的過程中一定會出現相互矛盾的內容，把那些部分揪出來當作把柄更省力。相反地，證明朱承俊會長被暗殺，也是同樣的道理，反正關於那一天的報告內容也全都是假的。」

「噢……我了解了。那……那麼，有用的證據……」

「其實重要的不是證據。」

「什麼？」

「更重要的是，我們對他們抱持合理的懷疑。」

「……」

「一旦有了心證，物證要多少就有多少。因為多數人認定的真理，才是真理。」

一時之間，我突然有些後悔對單純的鄭白雪說這麼多了。

她像是瞬間領悟了些什麼似地，點了點頭。這讓我不得不認知到，剛才的對話是一大失誤。

我的內心莫名地感到不安，原本就心思縝密的鄭白雪，或許會因此變得更上一層樓也說不定。

她應該不會進化吧?肯定不會的。

＊　＊　＊

「多數人認定的真理，才是真理。」

不要自言自語啊……

行走的途中，鄭白雪像在背誦似地喃喃自語。

雖然已經開始擔心她的下一步行動，但短時間內應該不會再惹出大麻煩，因為副本裡發生的事可能還留在她的腦海中，我的想法肯定沒錯。她頂多只會偷偷告訴周圍的人，我和她是戀人的關係。

她似乎還不知道此時我們正在往何處前進，以為是久違的約會，令她歡欣不已。

然而，我們越走，鄭白雪的臉色就越陰鬱。

如果只是在外面簡單地吃個飯，她肯定不會露出這種表情。

她一語不發地抓住我的衣袖，盡可能地放慢腳步。小手收緊力道的模樣顯而易見，由此看來，在這方面她果然缺乏自制力。

我們走過廣場，經過了周圍各式各樣的雜貨攤。沒多久，一棟極具規模的公會建築出現在眼前。

這是自由之都琳德的代表性公會之一，黑天鵝公會。

「這……」

鄭白雪的小臉果然皺成一團。此時，我只好摸摸她的頭，接著開口。

「來這裡是因為有事情必須處理。」

「好……」

「以後還有約會的時間。現在我有點忙，妳能夠理解吧？」

「是的，基英哥。」

儘管如此，我沒有瞞著她偷偷前往黑天鵝，這似乎令她相當高興。當然，與李智慧進行面談時，不可能帶上鄭白雪，不過光是和我位在同一棟建築，就能讓她產生安全感。

雖然我之前與黑天鵝接觸過許多次，不過這似乎是我第一次實際拜訪。

我微微挪動腳步，眼前的大門緩緩敞開。

魔法？恐怕是。

看來黑天鵝比帕蘭更優秀的部分，不只有規模。

我環顧了一下四周，旁邊立刻傳出一道聲音。

「李基英先生……還有鄭白雪小姐，感謝蒞臨黑天鵝公會。」

「呃……是。」

「您是第一次來黑天鵝吧？由我親自來為您帶路。」

「是的。」

「會客室請往這裡走。」

我微微地點了點頭，到處奔走忙碌的人員緊接著出現在眼前。

接待員小聲地指引我們，態度相當沉穩，但臉上卻寫滿了緊張的情緒。

除了和我錯身時傳來的問候，黑天鵝公會成員深怕有所怠慢而察言觀色的模樣，確實是在帕蘭感受不到的貴賓待遇。

天啊。雖然我大致了解黑天鵝之所以如此盛情款待我和鄭白雪的原因，但坦白說，心情還不錯。

「您用餐了嗎？」

「噢，來之前吃過了。」

「那麼，我為您準備茶吧！如果有招待不周的地方……」

「有問題的話，我會立刻告訴你的。話說回來，智慧小姐在裡面嗎？」

「是的，她已經在裡面等您了。需要為您將鄭白雪小姐帶到別處嗎？」

「好，能這樣的話就太感謝了。」

「鄭白雪小姐這邊請……」

「噢……好。謝、謝謝。」

鄭白雪一臉呆滯地愣在原地。

她原先露出哀怨的神情看著我，得知我就在隔壁房間之後，她的臉色又開始轉為喜悅。

其中一名接待員低著頭將房門打開，只見李智慧一身整齊端莊地坐在裡頭等待著我。

一見到我，她便不慌不忙地開口。

「就算是這樣，你們還是沒有一起進來呢！真是的，沒想到你會把白雪小姐帶來……你怎麼這麼不懂女人的心呢？」

「因為我也有我的考量。看來妳似乎早就知道我會來了？」

「沒錯。我已經收到好幾次通知了，畢竟你事先說過，帕蘭的事告一段落之後就會過來。為了以防萬一，我想先確認一下……你應該沒有加入黑天鵝的打算吧？」

「嗯，很抱歉，確實如此。」

「我早就知道了。」

我用眼神要求她說明，李智慧隨即開口。

「基英哥和鄭白雪那個女人來訪的消息，在公會可是引起了不小的騷動。現在帕蘭的情況可以說是危在旦夕……就算你們跳槽到其他地方也一點都不奇怪。而且除了和我的交情之外，考慮到各個層面和條件，你們也不是不可能跳槽到黑天鵝，所以才會在公會內鬧得沸沸揚揚。你剛才也看到接待員緊張的表情了吧？」

「其實，我沒想到能得到這種待遇。」

「你們確實值得這樣的待遇。一個是未來極有可能成為高階魔法師的天才，另一個則是除了擅長政治手段和煉金術之外，還擁有傳說級道具的人才。」

我得到尤里耶娜的事，李智慧早已一清二楚，這就代表帕蘭肯定存在著內賊，偷偷將消息洩漏給黑天鵝公會。

雖然知道帕蘭內部一團亂，卻沒想到竟然到了這種地步，簡直一塌糊塗。

就算現在的帕蘭岌岌可危，但誰能料到公會的保安系統竟如此漏洞百出。

該死。

「基英哥，你別露出那種表情嘛！下次小心一點就行了。坦白說，我還以為如果是基英哥的話，至少會考慮跳槽呢……看來你堅持待在帕蘭的理由，果然是因為賢成先生呢！」

「只對了一半。」

「話說，基英哥。」

「怎樣？」

「我認真地問你一件事。」

「嗯。」

「我該把金賢成也當作情敵嗎？」

「……」

「萬一我的想法是對的，請你提早告訴我。因為就算我再怎麼喜歡基英哥，也沒有信心能改變一個人的性別認同。」

「……」

「開玩笑的。」

「那就好。老實說，我剛才差點直接走人。」

「我是看氣氛太沉重才開了點小玩笑。如果你來找我不是為了跳槽，那麼你的目的應該再明顯不過了吧？」

「沒錯。」

「我不會讓你失望的。你先把資料收下……回到公會再慢慢看就行了！從結果上來說，這件事確實有些不對勁的地方。雖然我也想過我們是不是太不知天高地厚了，不過李雪浩確實有和其他地方暗中往來。」

「哪裡？」

「日本。」

「真是意外的收穫呢！」

「確切來說，是位在自由城市席利亞的大和公會，雙方看起來似乎暗中往來好一段時間了。他們在你們出發遠征後，進行了第一次接觸，在那之後貌似還有幾次，實際經過確認的次數共三次。當然，全部的次數無法掌握，面談時的內容也不清楚……儘管如此，還是發現了一些東西，你可以看完報告再判斷。要怎麼利用這些資料，全憑基英哥做主。」

某種程度上，我早已有所預料。因為像李雪浩那樣的人，要是沒有人在背後撐腰，通常不會採取行動。

他早已為自己鋪好了後路，所以才敢如此恣意妄為。

照這樣看來，遠征隊編列完成之前，李雪浩一副說什麼也不肯加入遠征的行為，似乎變得合理多了。

「他的目的顯而易見，以保護帕蘭到最後一刻的名義，將大和公會的勢力擴展到琳德；或者，也可以當作一種金援。那些老頭肯定把這個當成籌碼，從中撈了不少好處……」

「基英哥，你的想法應該是對的。雖然琳德和席利亞之間，並不是完全沒有交流，但無論如何，直接在這裡紮根對大和公會來說肯定方便多了。」

當然，這並不會造成太大影響，因為琳德和席利亞原本就是同盟關係。這兩個城市都隸屬於神聖帝國貝妮戈爾，考量到戰力下滑，貝妮戈爾自然不願見到琳德和席利亞之間發生戰爭。

走出了自家門，雖然也經常發生小衝突，但雙方並不是鬥得死去活來的冤家。實際上，琳德和席利亞之間的貿易往來相當頻繁。

在這樣的背景之下，他們策劃的應該不可能是「侵略」或「掠奪」這種宏大的計畫。

不過，這些情報還是很有利用價值。

不論是單純的合作關係、援助，或者是保護，只要隨口胡謅一下，就能被包裝成一件嚴重的事。

「我還以為他頂多只會在琳德裡……」

「就是說啊，規模比想像中大許多，這個貪得無厭的老頭。到了現在我才能說出口，你知道他看我的眼神有多麼毛骨悚然嗎？簡直就像蟲子在身上爬。我開口閉口就是『雪浩哥』，他不曉得有多開心呢……」

「妳一定很辛苦。」

「這不是用辛苦就能形容的程度。我一邊在他面前拚命地撒嬌，一邊還得在背後偷偷調查他……要不是為了幫基英哥的忙，我才不做這種骯髒的事。我是說真的。」

確實，光看手上這疊報告的厚度便能一眼得知她有多麼用心為我辦事。

我大略翻了一下，報告內容寫得密密麻麻，裡面記錄了李雪浩以外的其他老頭們的情報，甚至包括他們平日裡的所做所為。

假如帕蘭裡至少有一位像李智慧這樣的人，肯定不會走到今天這一步。

雖然我和她可以說是相互利用的關係，不過心懷感激是理所應當的。

我悄悄地和她對視，接著緩緩開口。

「智慧姐，謝啦。」

與往常不同，此時李智慧露出了害羞的神色。

「這沒什麼。還有，在組成援軍方面確實也有問題。遠征隊出發後過了兩天，黑天鵝公會才正式收到請求援軍的通知。而且李雪浩一直強調還有許多東西需要準備，當然，有不得已的理由在所難免，但不盡責也是既定的事實。」

「嗯嗯……」

李智慧慌忙轉移話題的模樣，一點也不像平時的她。

「不過，他倒是經常在廣場閒晃。要說有什麼收穫，應該也沒有，看來似乎只是先做做樣子而已。萬一援軍的組建真的是迫於無奈而延遲，我能信誓日旦地說，那群人簡直無能到了極點。」

「相關內容也全部記在裡面了吧？」

「當然囉。」

「公會會長那邊，妳怎麼看？」

「噢，看來基英哥果然也認為有他殺的嫌疑。」

「通常都會那樣想吧。」

「說的也是。」

「嗯……沒有什麼特別的發現嗎？」

「我怎麼可能發現嘛，畢竟嚴格說起來我是外人。雖然我也不是沒有嘗試過……但是什麼端倪都沒有。」

「嗯……」

「真的什麼也沒有。不論是當時潛入帕蘭的人，或是李雪浩的行跡，全都找不到把柄。說不定也有可能真的是自然死亡。反正原本就聽說帕蘭公會會長性命垂危，會自然死亡一點也不奇怪……雖然時機點十分湊巧，但我們確實得考慮更多可能性。」

「嗯。」

事實上，想到有自然死亡的可能性，我就頭疼。

總之，這件事依舊得由我來策劃。儘管如此，假定李雪浩真的殺害了公會會長，的確會讓整件事情進展得更順利。

雖然到目前為止掌握的證據，早已足夠痛宰李雪浩一頓，不過我認為，還需要致命的一擊。而那個致命的一擊，就是公會會長……

只要製造出證據，一切就勝券在握了。

此時，我看了一眼李智慧，只見她莞爾一笑。看到李智慧一臉巴不得我稱讚她的表情，我才意識到她早已有所安排。

她手上拿著一小瓶藥水，搶先一步開口。

「這是什麼呢？」

「這可是我好不容易才得到的藥水。它不是毒藥，反而可以算是一種鎮定劑。因為有點複雜，所以我無法了解全部，不過我知道它能對部分患者產生致命的作用。」

「我能看一眼嗎？」

「當然，你可是這方面的專家呢！」

我接過李智慧遞給我的藥水，開始仔細觀察，發現一切果然就如她所言。

「噗哈。」

「我已經塗了一些在李雪浩那個大叔每天穿的衣服上。把這個當成你夢寐以求的證據如何？由於時間不夠，我只準備了這個……」

「不，智慧姐，這就夠了。」

「那就太好了，基英哥。」

我完全無法理解李智慧為何能夠每一件事都做到如此切合我的心意。她就像能看穿我所有心思似地，令我起雞皮疙瘩。

這女人可真她媽的有用。

我總算能理解狀態欄為何總說李智慧是我的靈魂伴侶了。

＊　＊　＊

李智慧跟我已經不是單純的「有默契」了，說得誇張一點，李智慧簡直就像能夠讀我的心。

這該不會是她的固有能力吧？

我偷偷查看了她的狀態欄，看起來卻不是那麼一回事，她只是思考模式和我很像而已。

這種人如果是我軍，將會是一大助力，但如果是敵軍，事情就麻煩了。

我不禁心想，若是能更進一步拉攏她的話，勢必會對我更有利。我的表情不過產生了一點細微的變化，她便馬上就有了反應。

「你幹嘛那樣看我？」

「我只是覺得很感謝妳。其實我沒有期待妳能做到這個地步……沒想到妳會幫我這麼大的忙。」

「這是你第一次拜託我做事，我當然要幫忙囉，畢竟我也受到你很多幫助，這是應該的。不要用那種噁心的眼神看著我，我知道你在想什麼。」

「……」

「你要是真的想報答我，就吃碗泡麵再走吧[5]。」

不可能。

「抱歉，我還有事要辦，妳如果有其他事情需要我幫忙，可以告訴我。」

「我除了這件事以外就沒什麼需要你幫忙的了，你好好把事情解決吧。」

「當然。」

「基英哥，你還記得你上次說過的話吧？」

「嗯。」

「你該回去了，白雪小姐一定很擔心你。」

「知道了。最後再跟妳說一次，謝謝。」

我輕輕打開房門，便看見鄭白雪像上次那樣在門外等著我，還有幾個黑天鵝的接待員在她旁邊，不知為何看起來坐立難安。

看來即便待在隔壁，鄭白雪還是很不安。但她至少沒有破門而入，光是這樣我就想誇獎她了。

鄭白雪的自制力和以前相比，有了顯著的成長。

5　「吃碗泡麵再走」在韓文中帶有性暗示意味。源自二〇〇一年電影《春逝（봄날은 간다）》中，女主角問男主角要不要去她家吃碗泡麵再走，又在煮泡麵時問男主角要不要睡一晚再走。兩人最後沒有發生關係，但此臺詞成了有名的性暗示句子。

總覺得有種吾家有女初長成的感覺。我摸了摸她的頭，便看見她的臉上綻放笑容，好像很高興的樣子。

「哎呀，白雪小姐。」

「啊……是……智、智慧小姐。」

「一段時間不見，妳變得更漂亮了呢。能看到妳從副本裡平安回來，真是太好了。」

「咦？咦？是……」

「有這麼漂亮的女朋友，基英哥一定很開心吧。」

「啊……那個……謝謝妳，智慧小姐。」

我感覺到李智慧拍了拍我的肩膀，像是在撢灰塵般，動作極其自然，卻讓我的心情變得很奇怪。

不知道為什麼，總覺得她在炫耀和我之間的交情。了不起的是，與此同時，她還是維持著適當的界線。

「兩位要不要吃完飯再走？我們會長也很想見你們一面。」

「現在的情況不太適合，我們下次一定會再抽空來拜訪。」

「我就知道你會這麼說。你們兩個是約好了嗎？」

看到李智慧無比自然地對我和鄭白雪說話，讓我再一次體認到這個女人不是普通人。

不光是鄭白雪，無論是誰都不是她的對手——這樣的想法在腦海中轉瞬即逝，李智慧的聲音緊接著傳來。

「基英哥，我下次再去你們公會玩。到時候我們三個一起吃頓飯吧，白雪小姐也一起。」

「咦？好的。」

「嗯，希望之後有機會。那就下次見了，智慧。」

我還以為她多少改掉了愛吃醋的個性，看來那似乎是改不掉的。

李智慧對我們揮了揮手，我則是用眼神向她致意。走出房間後，接待員便引導我們離開公會。

直到走出建築的那一刻為止，一路上不斷有人向我們打招呼，可見黑天鵝是真的對我們關注有加。

這也是當然的。畢竟就像李智慧說的，無論我們什麼時候跳槽都不奇怪。

我敢說，要是金賢成沒有自己成立公會的打算，那我一定會加入黑天鵝。

因為現在的帕蘭已經不值得讓我們待下去了。

我們出門的時候明明還是白天，現在卻已經夜幕低垂，感覺頗有幾分情調。

鄭白雪緊緊牽著我的手，雙頰染上緋紅，似乎也有同樣的感覺。

畢竟日落時分的琳德滿美的。她現在大概在心裡想著氣氛正好，而我也有類似的感受。

鄭白雪明明和平常沒什麼不同，我卻莫名地覺得她看起來很美。或許這就是所謂的氣氛使然吧。

我和鄭白雪就這樣邊走邊聊著各式各樣的話題，就在這時，尤里耶娜突然慢慢地開始發出嗡嗚。

嗡嗡嗡嗡——

怎麼回事？

我嚇了一跳，還來不及查看周遭情況，只見鄭白雪靜靜地看著我，口中念念有詞，卻不是在對我說話。

我當然立刻就看懂了鄭白雪在做什麼，因為細微的魔力正以她為中心流動。

「她在念咒語？」

照理說在市中心不會有什麼需要用上咒語的事情，我一度懷疑她是不是被氣氛沖昏了頭，而像上次在受詛咒的神壇時那樣，想到一些有的沒有的事。

然而下一個瞬間，我便意識到她沒理由那麼做。

靠……

震耳欲聾的巨響就在那個時候響起。

轟隆隆隆！

「風之守護！」

與此同時，我聽見了鄭白雪的聲音。我被包裹在她展開的護盾內，因此不至於受傷，但爆炸帶來的衝擊還是原封不動地傳來，導致護盾內部產生震盪。

我勉強嚥下了差點吐出的鮮血。

「該死。」

「基英哥！這、這邊！風之步伐！」

爆炸聲過後，我們的下一步當然是穿越煙霧逃生。

一時之間，尖叫聲四起，由此可知被爆炸波及的不只有我們。

「啊啊啊啊啊！」

「呃啊啊！」

「救……救命啊！」

有幾個人也被捲入了爆炸之中，但我沒空管他們。

鄭白雪抓住我的手臂開始狂奔，臉上的焦急之色說明了我們現在所處的狀況有多麼危險。

在這樣的情況下，沒有察覺到發生了什麼事才奇怪。

我們被盯上了。突如其來的炸彈恐攻很明顯是衝著我和鄭白雪來的。

為什麼？

雖然忙著逃命，但我沒有停止思考。得出結論當然沒有花費我太多時間，因為對於誰會做出這種事，我已經心裡有底了。

竟然在市區裡動手？他瘋了嗎？

在琳德內會覬覦我性命的人就只有一個——瘋老頭李雪浩。

是我太大意了。

我想都沒想過他會在市區裡幹這種事，原以為他至少是一個有常識的老頭，是我失算了。看來他沒有腦子能想到之後要怎麼收拾善後。

他是不是真的瘋了？

這不是有正常思維的人會做出來的事。

但是他本人不可能親自過來。

現在盯上我和鄭白雪的八成是李雪浩的手下，或是大和公會的人。

總之，眼下唯一能確定的就是我們正處於受到威脅的狀況。

我還來不及整理好思緒，鄭白雪就緊緊抓住我的手，往前衝了出去。

「白雪，這條路……」

「另、另一邊有人，雖然不知道他們是誰……」

看來不只一兩個人。

盯上我們的人是有組織性地在行動。第一次爆炸發生後，雖然沒有再聽到爆炸聲，但我可以感覺到有股魔力衝著我們而來。

「風之守護！」

一支箭被鄭白雪的魔法擋了下來。

原本直走的鄭白雪再次改變方向，因為她察覺到前方又有盯上我們的人。

總覺得對方正在把我們逼到某個地方去，讓我不禁焦慮地咬住了下唇。

該死。

我們盡可能擋下從遠處飛來的攻擊，卻還是到了極限。

鄭白雪念誦咒語的速度再怎麼快，也無法擋下鋪天蓋地而來的攻擊。

我也一直在念誦咒語，但我能使用的只有一般的保護魔法，況且我們連敵人的所在位置都不清楚。

「我們只要撐住就好。」

「咦？」

「不管是帕蘭還是李智慧，一定有人正在趕來。這場爆炸發生在市區，大家都聽得到爆炸聲，一定會有人趕來的。」

「啊！嗯……嗯，只要撐到那個時候就行了吧。」

雖然不知道撐不撐得住。

「尤里耶娜。」

我懷中的劍瞬間飛向空中，彷彿早就等著這一刻似的，一聲慘叫從遠處傳來。

「啊啊啊啊！」

尤里耶娜貫穿了從後方瞄準我們的弓箭手。

射向我們的魔法又再一次被鄭白雪擋下。

劍與劍碰撞的聲音響起，好一段時間沒聽到的爆炸聲又再次傳來。

我不知道尤里耶娜拖住了幾個人，但我們這邊的情況並沒有好到哪裡去。

敵方到底動員了多少人、攻擊是從哪裡來的、盯上我們的人在哪裡，一切都是未知。

現在正朝著這裡逐步縮小包圍網的傢伙無疑是受過訓練的殺手，而非等閒之輩。

媽的。

砰！

就在我們忙著逃跑時，一把長槍貫穿一旁的牆壁並飛了出來。

「尤里耶娜！」

啪嘰！

我看見從天而降的尤里耶娜落在朝我飛來的長槍上，但我現在沒時間觀望了。

只要停下來就會死。

「這些瘋子……」

「我、我會保護你的，基英哥。」

「妳不用勉強。」

要是為了這種莫名其妙的事情喪命或失去鄭白雪，就太荒謬了。

就算我自己受傷，也應該保住鄭白雪的命。

但現在最糟糕的是我已經喘不過氣了，這是我第一次埋怨自己的體力值不夠高。

「基英哥！」

正當我不斷逼自己邁開想停下來的腳步時，我聽見了鄭白雪的聲音。

我不假思索地順著聲音望去，便看見一把劍正在朝我靠近。

「尤里耶……」

尤里耶娜還來不及回到我身邊，緊咬著嘴唇的鄭白雪就先闖入了我的視線。

不知為何，總覺得時間流逝的速度慢了下來。

鄭白雪小巧的手掌朝我一推，我的身體自然而然倒向一邊。

當我跌坐在地時，視線中映照出的是胸口插著一把劍，還不忘護著我的鄭白雪。
太過超現實的景象讓我下意識咒罵出聲。
「媽的，媽的，尤里耶娜！尤里耶娜！」
「我的名字……」
「尤里耶娜！媽的！尤里耶娜！」
「叫我的名字，基英哥……」
「白雪，白雪，鄭白雪！」
「讓我這樣……待一下……」
劍鋒刺入身體的聲音再次響起，我又目睹另一把劍貫穿了鄭白雪的腹部。
鄭白雪緊緊抱著我，用盡全力蜷起身體擋下攻擊。
「保護！保護！」
我發動了戒指內的保護魔法，卻不堪一擊。
與此同時，全身抽搐的鄭白雪仍持續念誦著咒語。
「媽的……媽的！妳快讓開！」
「我不要……」
「還不快給我讓開？妳這個蠢女人！」
「我……被討厭了啊。」
她會死。
一想到鄭白雪會死，我的腦袋就變得一片空白。
我想盡辦法把她推開，卻看見她像口香糖一樣緊緊黏著我，沒有要離開的意思，讓我更加焦急。

「風之守護……」

「管它什麼風之守護，快讓開！媽的！」

她真的會死。

「馬上給我滾開！」

她會死。

鄭白雪會死。

我緊緊咬住下唇，不斷推開鄭白雪卻力不從心，她的血不停滴落在我的身上。

「媽的！媽的！給我讓開！妳這個蠢女人！」

就在這時，一陣巨大的轟鳴聲響起。

轟隆隆隆隆隆隆！！

隨後傳來的是一道有些熟悉的嗓音。

「真是無言，實在是太無言了。看來琳德有很多臭小子覺得我好欺負啊？」

「……」

「竟敢對我傭兵女王的情夫刀劍相向？」

一名紅髮女子擋在我們面前。

＊　＊　＊

擋在我們面前的女人正是車熙拉。

「車……」

「你們都他媽的瞧不起我，是吧？真是好大的膽子。」

以一個來阻止襲擊者的人來說，她的打扮實在太過輕便，簡直就像出門逛市場的裝扮，手上甚至沒有武器。但如果說她沒有威脅性，那絕對是騙人的。

她現在散發出的氣勢讓我光是看著她都忍不住渾身顫抖，充血的雙眼彷彿在告訴眾人她有多憤怒。

她憤怒的原因當然不是因為我遭到襲擊，感覺比較像是因為自己的權威受到挑戰而感到憤怒。

來歷不明的人影就在這時從天而降，將劍鋒對準了車熙拉。

我還來不及警告她，便看見車熙拉抬起腿往空中一踢。

嘎嘰嘰嘰嘰！

砰轟轟轟轟轟！

那是怎麼回事……

那根本不是用腳踹人會發出的聲響——這樣的想法短暫浮現於腦海中。

令人無法理解的光景在眼前展開，讓我不由得張大了嘴巴。

拿著劍從天而降的傢伙身體完全爆裂開來，軀幹消失得無影無蹤。

只是一記踢擊就……

雖然不該這麼形容自己的救命恩人，但「怪物」兩個字下意識在我腦中不停打轉。

眼前的狀況讓人不由得鬆了一口氣。

誰能想到事先買好的保險會用這種方式救自己一命？

我的視線在車熙拉身上短暫停留，接著我再次抬頭看向鄭白雪，她依然蜷縮著身體試圖保護我。

鄭白雪……還有呼吸嗎？

檢查鄭白雪的狀態不需要花費多少時間。

她還活著。

雖然速度非常緩慢，但她的脈搏確實還在跳動。

我自然想再進一步做更仔細的檢查，於是我試著施力推開幾乎失去意識的鄭白雪，她卻依然沒有要鬆手的跡象，宛如口香糖般緊緊黏著我。

我吃力地抱起鄭白雪，並讓她躺下，原本看不見的傷口這才映入眼簾。

單純的刀傷並不是問題，問題是她的背上還插著箭，以及被魔法所傷的痕跡，這種狀態下還能夠保住性命簡直就是奇蹟。

媽的……

受到這樣的傷，不可能感覺不到痛。儘管如此，她仍堅持為我擋下攻擊，讓我不禁對她心生感激。

「蠢女人……」

我該怎麼辦？

我沒辦法現在立刻帶她去神殿找祭司，她可能會在路上就先斷氣。

我想我應該先盡我所能對她採取所有急救措施。

第一項急救措施就是鄭白雪戴在手上的防護之戒。

我急忙伸出手想摘下戒指，但她似乎本能地想抵抗，小手緊緊握著拳頭。

都這種時候了還在堅持……

不過她還保有意識，就是個值得慶幸的信號。

我重新把鄭白雪的手掌攤開，迅速將戒指戴到我的手上，接著馬上對戒指注入魔力。

在我念完咒語後，一團白光隨即包圍住鄭白雪。

中。

「治癒。」

雖然這只是低階治癒術，但我認為應該還是有助於讓她的情況好轉。

接下來是……我懷裡的藥水。

雖然量不多，但是品質很好。

我用嘴巴咬開藥水瓶的蓋子，先將藥水淋在鄭白雪的傷口上，緊接著將剩餘的藥水含入口中。

我扣住鄭白雪的下巴，嘴對嘴把藥水渡過去後，眼角餘光捕捉到她的手顫動了一下。

有效果了。

但她還沒度過危險期。

令人哭笑不得的是，我感覺到鄭白雪的舌頭緩緩動了起來。

她活下來了。

不會有錯，她活下來了。

我不知道她為什麼要動舌頭，但我頓時放下了心中的大石。

我的嘴巴離開後，看見她的呼吸平穩了許多。

視線不禁模糊了起來。

我本來覺得自己沒有動搖，但奇怪的是，我無法阻止淚水奪眶而出。

我沒有像孩子般號啕大哭，不過眼淚一滴接著一滴落下。

一想到鄭白雪差點沒命，我的手腳就止不住地顫抖，呼吸也不由得變得急促。

我胡亂擦掉淚水，重新環顧四周，比剛才更清楚地掌握了現在的狀況。

車熙拉正和一群殺手扭打成一團。

其實用「扭打」來形容都讓人覺得尷尬——我會這樣想也不奇怪，因為大部分的殺手都被車熙拉扯下四肢，或者伴隨著她的動作爆裂開來，感覺車熙拉已經有點喪失理智了。

當然，那些人當中似乎也有一些高手，和車熙拉展開了肉搏戰，不過他們只能採取守勢，這是無法否認的事實。

自始至終都是我方占有優勢。

來自琳德其他公會的援軍想必再過不久也即將抵達。

正當我稍微鬆口氣時，又有一名殺手闖入我的視線。他瞬間穿過飛揚的塵土，提著劍朝我迎面而來。

我瑟縮了一下，但是沒有閃躲，因為我知道那傢伙在對我拔劍以前就會人頭落地。

伴隨著一陣風聲，那傢伙身首分離，接著我的耳邊傳來了令人高興的聲音。

「抱歉，我來晚了。」

「賢成先生，先不說那些，現在必須先幫白雪……」

「熙英小姐也來了。」

「啊……」

正如金賢成所言，我朝四周張望了一陣，只見宣熙英躲在拿著盾牌的朴德久身後，往這裡走來。

不僅如此，逐漸從四面八方聚集過來的毫無疑問是紅色傭兵和黑天鵝的人。

在短短的時間內，各家公會就已經開始對突發狀況採取應對措施了。

「大、大姐……」

朴德久一抵達我們身邊，就輕撫著鄭白雪的臉開始流淚，宣熙英也不斷為鄭白雪注入神聖力。

她看起來並不是只有單純地灌入高階神聖力，而是在進行專業的治療，看來可以稍微放心了。

「白雪小姐的狀況怎麼樣？」

「只要再晚一步就保不住性命了。要是基英先生沒有幫她做緊急處理，不知道會發生什麼事……」

「那真是萬幸。」

「……」

「是誰做的？」

「目前還不清楚。我和白雪去了黑天鵝一趟，回程途中突然聽到巨大的爆炸聲，之後就遇到疑似是衝著我們來的殺手。過程中，車熙拉小姐對我們伸出了援手。這就是我目前已知的情況。」

「原來如此。」

金賢成用冰冷的眼神看著周圍的人。

那道眼神中的寒意實在太過逼人，令我忍不住背脊發涼。

那是目前為止金賢成表現出的反應當中最為激烈的。

我懷疑他在第一輪人生中也經歷過類似的事，但我只能閉緊嘴巴。

現在唯一可以確定的是……

那些臭小子全都死定了。

那些襲擊我和鄭白雪的人沒有勝算。無論暗殺成功與否，他們恐怕連自己的小命都保不住了。

戰況時時刻刻都在變化是理所當然的。

不對，其實那根本稱不上「戰」況，因為就只是一群人數比我們多、但確切數字不明的殺手在覬覦我們的性命。

車熙拉正在徒手撕裂那些殺手，陸續抵達現場的紅色傭兵則是從四周逐漸縮小包圍網。

沒過多久，那些殺手便落荒而逃。

「別讓那些臭老鼠跑了，一隻也別想逃。」

「是，會長。」

車熙拉如此說道，同時金賢成也衝了出去，從距離最近的傢伙開始，追捕匆匆逃跑的殺手。

事情看起來差不多告一段落了，至少這附近一個殺手也不剩。

車熙拉似乎也知道這一點，我看見她慢慢邁開腳步朝我走來，身邊當然還帶著同在現場的所有公會幹部。

她的表情明顯透露出不悅，一旁的紅色傭兵幹部也在看她的臉色。

「嗯……我應該留幾個活口才對……」

「他們不管怎麼樣都會死的。那些傢伙好像每個人身上都帶著毒藥，手腳被砍斷或傷勢嚴重的都選擇自我了斷了。」

「啊啊啊……真不知道該不該慶幸……但我還是得改掉這個壞習慣才行。已經掌握對方的身分了嗎？」

「目前還在了解中，要不要也向黑天鵝請求協助……」

「也對，他們是這方面的專家，我們留下幾個人，其他全都交給他們，這樣應該會比我們自己拷問一整天更有收穫。」

「是。」

「別忘了做好善後工作。我再說一次，要是被我聽到那些雜碎從琳德跑了，你們就全都死定了。你們自己看著辦。」

「是。」

「不對，在那之前……」

「非常抱歉。」

「你知道自己錯在哪裡吧？」

「非常抱歉。」

「我還真是想都沒想到，居然會親眼目睹我家那位被人襲擊。」

「……」

「而且就在琳德境內……你們最近是不是在公會裡過得太爽了？嗯？還是也像那些傢伙一樣，把我當成傻子了？該不會是因為剛去遠征回來就鬆懈了吧？」

「這、這個……」

「你應該很清楚，我不需要只會聽命行事的蠢貨。」

「是……」

「同樣的話我不會說第二遍。要是再被我看到這種場面……那天就是你們的死期了，你們好自為之。」

「我會銘記在心的。」

「嗯，很好。」

不知道為什麼，每聽到他們的一句對話，都讓我覺得很難為情。

正在聽車熙拉訓話的男人望著我，燃起了奇怪的鬥志，像是在埋怨什麼，也像是重新下定了決心。

其他在一旁的傢伙也連忙低下頭接受莫名的訓斥，我不禁覺得有點負擔。

車熙拉一邊用手帕擦了擦身上的血跡，一邊走向我。那副模樣比起英雄，更像惡魔。

不明的紅色塊狀物沾滿她全身，她若無其事地將那些塊狀物拍掉。

我還沒開口，車熙拉就率先勾起嘴角說道：「親愛的，你的身體還好吧？」

我思考了一下該對她說敬語還是半語，最後覺得還是說半語比較方便。

「謝謝妳，熙拉姐。」

車熙拉像是看到可愛的玩偶般摸了摸我的頭，接著將我緊緊擁入懷中，那個畫面相當滑稽。

一股血腥味頓時竄入鼻尖。

「不謝不謝，親愛的都受傷了，我做這些是應該的。你的仇家好像比我想的還多呢？不對，現在不是說這個的時候，我想跟你到那邊去聊聊……」

「啊……」

「亨進！」

「是，會長。」

「你讓其他人以這棟倒塌的建築物為中心，到五十公尺外待命。還有……那邊那位是我家親愛的的小老婆，你先把她帶回公會進行治療，盡量別留下疤痕，畢竟女人的身體是很珍貴的。」

這位大姐明知如此，對待起自己的身體卻感覺比誰都還要粗暴。

我悄悄看向鄭白雪，她看起來就像在沉睡一般，而宣熙英一直在照顧她。

我其實很想跟過去察看她的狀況，但就現在的場合來說，我應該和車熙拉待在一起才對。

「熙英小姐。」

「是，請不用擔心，白雪小姐的狀況已經穩定下來了，雖然還需要一點時間才能恢復意識，但我會讓她康復的。」

「人家都這麼說了……我們就先進去吧，親愛的。這裡有很多人在看，你太在意小老婆，會讓我這個大老婆覺得自尊心有點受創。就算她是傷患……你也知道嘛，我很會吃醋的。」

「啊……嗯，抱歉，熙拉姐。」

我們朝著坍塌的建築物移動腳步，才剛進入建築內部，車熙拉就馬上開口。

「現在我希望親愛的可以快點告訴我發生了什麼事……」

「說來話長。」

「你可以不用那麼拘謹，沒關係。」

「……如果妳不介意的話，那我就照我習慣的方式說話了，熙拉姐。」

「不管怎麼樣，都辛苦你了。我也沒想到會有人在市區裡做出這種瘋狂的事，而且還是有我在的地方。雖然我表現得不以為意，但其實自尊心其實還是有點受創。你懂我的意思吧？」

「當然。」

「如果說這件事是因為你最近得到的傳說級道具而起，好像有點小題大作……對方應該也知道，完成認主儀式的道具，即便殺死主人也無法搶去使用。我真想知道究竟是什麼人做出了這種事……」

我煩惱了一下該不該告訴她。

只要對她提起李雪浩這個人的存在，那個老頭說不定就會在某個時間點神不知鬼不覺地消失。不過那樣的死法、那樣的下場太便宜那個令人煩躁的老頭了。

憤怒的不是只有車熙拉一個人，我也憤怒到幾乎無法做出正常的判斷。我知道越是這種時候越應該冷靜，但是要平復心情實在不容易。

我不想把李雪浩交給車熙拉，這是我的真心話。

但是我不能說謊。

說謊是下策。

「雖然還不確定，但可能是我們公會的李雪浩。」

「原來如此，李雪浩……嗯，李雪浩啊。」

「我之前跟他有些過節。妳知道我們公會會長過世的事吧，熙拉姐？」

「我回到琳德後第一個聽到的就是那個消息。」

「雖然還不到罪證確鑿的程度，但我手中握有那個老頭殺了我們會長的證據。除此之外，我跟他之間還有很多牽扯，我沒辦法全部說明給妳聽。另外，我想拜託妳不要對李雪浩動手。」

「……」

我看見車熙拉的臉微微皺了起來。

「親愛的。」

「嗯。」

「你應該知道你不是甲方，也知道我雖然沒有吭聲，但其實正處於有點生氣的狀態……現在不立刻把那傢伙帶到我面前來，我就難以消氣。」

「……」

「我坦白告訴你，我很中意你。只要情況許可，我甚至覺得花一整天的時間和你互相探索彼此都不會膩。可是呢，即便是親愛的，也不該挑戰我的自尊心。我大概能明白你在想什麼，也可以理解你想靠自己以牙還牙的心情，但我如果把那個老頭交給你，傷心的我又該去哪裡抒發情緒呢？嗯？」

她會這麼說還算在我的預料範圍之中。

我只能再次直視她的雙眼，開口說道：「大和公會。」

我看見車熙拉勾起嘴角。

「你這個人渣實在太令人滿意了。」

第041話　煽動與造假

「你這個人渣實在太令人滿意了。」

眼前是一張止不住笑意的臉。

「看來李雪浩跟大和之間有某些關聯，是吧？我之前也覺得他們很可疑，但事情的發展好像比我想像中更有趣。」

「目前什麼都還無法斷言，熙拉姐，只不過不能說毫無可能性。就算那個老頭真的想殺了我，琳德的公會和團體有辦法無視熙拉姐的存在嗎？」

「親愛的真可愛，你現在是在對我拍馬屁嗎？」

我確實是在拍馬屁。

「有一半算是吧……」

「我喜歡你的誠實。再多說點來聽聽。」

「琳德境內沒有人不看妳的臉色，因此點燃導火線的八成是來自境外的瘋子，可以合理判斷對方是一個正在逐漸壯大勢力的組織，不必擔心被逮到的話會有後患，我只是利用這些線索篩選出了可能性最高的選項而已。」

「我懂了。大和啊……仔細想想，就是由那個倒胃口的女人擔任會長的公會嘛。」

「妳們有見過面嗎？」

「大型公會的會長每隔一段時間就會有一次聚會，是由神聖帝國主辦的。我還蠻常遇到她的……總之，聽到親愛的這麼說，就讓我覺得稍微可以忍受了。你知道神聖帝國境內的公會之間禁止發生衝突吧？我相信你會自己想出解決辦法的。」

「……」

「你走吧，我知道你也很忙，我們公會的人會送你回去。」

「嗯。」

「你上次給我的名單我有好好地利用。啊，還有鄭白雪……」

「我想讓她在紅色傭兵待一陣子，到這次的事件解決就好。」

「我就知道你會這麼說，親愛的。雖然我很想趁這個機會和你多待一會……不過看你的表情，好像沒辦法呢。」

「嗯。」

「那就改天再見吧，希望下次可以在浪漫一點的地方見面。」

「就這麼辦。」

車熙拉對我揮了揮手，我低下頭慢慢向外走，一走到外面就看見一群人向我跑來。是紅色傭兵的成員。

看來車熙拉剛才的訓話見效了。

我沒想到會有人先跑來找我。他們的神情十分緊張、面頰顫抖，我能感覺到他們不僅想討好我，心裡還想著必須盡量避免惹我不高興，這讓我覺得有點有趣。像他們這樣的強者竟然在看我的臉色，真的很有趣。

「那個……李基英大人。」

「是。」

「我們送您回公會。」

「好，那就拜託你們了。」

我沒理由拒絕。

了。

其實這附近看起來已經完全整頓妥當了，但說不定還是有漏網之魚。雖然可能性很低就是了。

但還是要盡量小心點。

朴德久、鄭白雪和宣熙英都先去了紅色傭兵的總部，至於金賢成則是不見人影，也許正在追查這場襲擊背後的幕後主使者。

他肯定也有他的事要忙。

在移動腳步的同時，各種念頭浮現在腦海中，像是我該用什麼方法除掉那個老頭，才能讓他淪落到最悲慘的下場，或是我該怎麼殺掉他比較好。

雖然將原訂計畫做一部分的更動也不錯，但我想盡快把事情解決，考慮到這一點，直接根據當下的狀況隨機應變似乎也不失為一個好方法。

不要動搖。

一旦表現出激動的樣子，就等於輸了。

我以前認為「笑對艱難時刻者為一流」這句名言是屁話，不過對現在的我來說，揚起嘴角確實更適合我。

「送我到這裡就可以了。」

「我們會在附近待命，以便應對突發狀況，說不定公會裡會發生什麼事。」

「啊，你們不需要做到那種地步……這裡畢竟是我們公會。」

我稍微暗示他們，但似乎沒有起到什麼作用。

對方甚至在口袋裡東翻西找，掏出了某個東西，恭敬地遞到我面前。

「還有，這個……」

「嗯？」

「這是我們為您準備的，有需要時可以隨時利用這個發送求救訊號。」

我偷偷瞄了一眼面前的男人，感覺得出來他的眼神非常熱切。

看來傭兵女王的訓斥讓他下定了決心要保護好我。我一想到他們可能會為我組成一支專責小組，就開始覺得有點荒唐。

雖然安全是好事……

但我的行動如果因此受到更多限制，反而會變得很麻煩。這件事之後還是和車熙拉說一聲比較好。

我向他們微微點頭致意，隨後便進入公會，一片混亂的景象映入眼簾。

大家好像才剛回到公會，看來剛才的狀況已經告一段落。

這代表琳德境內的所有狀況都完美地解決了。

而且還是在我和車熙拉談話的這段時間內處理完，應對速度確實非常迅速。

說不定琳德的所有公會會長很快就會齊聚一堂召開會議了。

如果把這起事件想得單純一點，就只是針對我一個人的恐怖攻擊，然而問題就在於案發的地點位在人來人往的大街上。

要找到證據證明犯人是誰恐怕很難，但至少認為必須防止同樣狀況再次發生的呼聲會越來越高。

報社肯定會大肆報導這起襲擊事件，可惜我現在沒辦法提供他們更多情報，不過這次其實也沒必要用上媒體的力量。

我進入公會後環顧四周，看見了幾個人。

我們小隊只有金藝莉在。她看到我之後臉上浮現喜色，可能是因為相較於其他人，我還是讓她覺得比較有親切感。

頂著紅腫雙眼的李尚熙則是驚訝地向我走來，黃正妍也一樣。

「基英先生！你有沒有受傷？」

「李尚熙大人，我沒事。」

「真、真是太好了。對了……那個……我聽說白雪小姐受傷了……」

「目前已經脫離險境了。據說可能還是會有一點後遺症，不過沒有生命危險。剛才的狀況實在太混亂了，所以我先把她交給紅色傭兵照顧。德久和熙英小姐也為了觀察她的情況，一起前往紅色傭兵的總部了。至於賢成先生，應該就快回來了。」

「這樣啊……」

「我想待在那裡應該會比這裡更安全一點。」

我這句話說得話中帶刺。

雖然我並沒有要針對李尚熙的意思，她的臉色還是暗了下來。

當然，比這樣的李尚熙更吸引我目光的正是李雪浩和他的小嘍囉們。

李雪浩看起來氣定神閒，不過他的小嘍囉們顯然不太會控制表情，個個都表現出一副莫名不安的樣子。

因為他們原本認定已經喪命的傢伙毫髮無傷地活著回來了。

也許他們正在為自己愚蠢的選擇感到後悔，當然一定也有人覺得只要否認到底就會沒事，然而我才是受到襲擊的一方，光憑這一點，我就掌握了先攻的權利。

真是一群蠢貨。

這群人簡直無能到了極點。

就算退一百步來說，李雪浩的小嘍囉都是無辜的好了，他們也不該和李雪浩那傢伙為伍。這群人無論如何都是蠶食公會的蛀蟲。

我沉默了一會，再次進入我視線中的李雪浩便迫不及待地開口說道：「哈哈哈，這還真是不幸中的大幸啊。能在混亂的恐怖攻擊中撿回一條命簡直就是奇蹟，不是嗎？」

這個瘋老頭真的很擅長把人惹毛。

「基英先生，你身上可能還有爆炸留下的影響，要不要做個檢查看看？」

「沒關係。」

「竟然被那種爆炸波及，真是辛苦你們了。我聽說你們被來歷不明的暴徒包圍的時候，不知道有多震驚……我是真的很擔心你們。帕蘭已經失去很多成員了，要是再失去我們的新人……就太令人痛心了。」

以一個真心感到擔憂的人來說，他的語氣聽起來實在沒什麼誠意。

「總覺得最近壞事接踵而來，我這個老人家也覺得滿心不安。」

他那副事到如今還想蒙混過關的嘴臉實在令人嘆為觀止。

我思考了一下該如何回話，隨後注視著那個令人作嘔的老頭開口，只見那傢伙緊緊咬住了下唇。

「他們並不是單純的暴徒。」

「……」

「各位之後應該都會聽說，這起在琳德發生的事件並不是隨機恐攻事件。襲擊者與其說是暴徒，不如說是訓練精良的殺手。他們毫無疑問是衝著我和白雪來的。」

「怎麼會……」

「我想恐怕是因為基英先生帶著傳說級道具的關係，李尚熙大人。」

噗哈。

這個說法當然不是毫無說服力。就算傳說級的道具已經完成認主儀式，還是有其價值。

更不用說考慮到認主儀式還沒完成的可能性，即便說是一群被貪念蒙蔽雙眼的瘋子做出了這種事，也會讓人忍不住相信。

然而——

「啊，我覺得應該不是那樣的。」

「啊……」

「因為我得到傳說級道具的事只有帕蘭公會的成員知道，公會裡的人當然也知道道具已經完成了認主儀式。我不清楚是誰洩漏了情報，但對方應該不至於寧可與傭兵女王為敵，也要搶奪已經認定主人的道具。」

「你說情報被……」

聽到僅限公會內部共享的情報外洩，讓李尚熙露出了震驚的表情。

真是個單純的小姑娘。

我不知道帕蘭對她來說具有什麼樣的意義，但這裡已經不再是以前那個清廉正直的公會了。

「我想，我之所以會遭到襲擊，恐怕是我的好奇心所致。」

「什麼？」

「我知道這種話不能隨便亂說，但我其實對會長的死抱有疑問。」

「這樣啊……」

「我之前當然也有聽說會長生命垂危、隨時可能離世……即便如此，還是有一些地方讓我心存懷疑。」

從李雪浩的表情看來，他似乎不知道我在說什麼。

原來不是他幹的啊。

其實，我也有想過或許李雪浩真的沒有謀殺會長。

說不定他之所以會襲擊我，從頭到尾都只是為了守住自尊心，或是為了把公會出賣給日本而已。

仔細想想，李雪浩確實沒有理由非得殺害會長不可。

他打從一開始就不認為我們能夠全員通過受詛咒的神壇。既然我們無法通過副本，那會長無論如何都必死無疑。

雖然也不能排除他想加快事情的進展，或是基於其他個人因素而殺人的可能性，但是……

這下自然死亡的可能性就提高了……

前提是他的表情不是演出來的。

其實不管真相為何，都和我沒有半點關係。

我反而覺得現在情況變得更有趣了。

畢竟就我的立場而言，讓他背黑鍋的滋味還挺甜美的。

「我在懷疑有他殺的可能性。因為會長斷氣的時候，房間裡沒有任何人，而我們去遠征時留下來的成員似乎完全沒有考慮到他殺的可能性，不對，更準確來說，他們看起來好像在隱瞞什麼一樣。」

「你在說什麼……」

我在鬼扯。

「其實我也不是沒有考慮過敵人來自外部……但我查不到任何關於我們出發去遠征後，公會內部發生了什麼事，因此我認為可以合理推測那是在內部發生的事。」

「……」

「結果正如各位所知，我在短時間內獲得了一些線索，然後在辦完事回來的路上就遭到了襲擊，襲擊者正是企圖掩蓋真相的人。」

我說的這些完全可以用「胡說八道」來形容。

其實我應該再更謹慎一點才對。我捏造了很多物證和心證，但就是沒有足夠的時間將這些拼圖拼湊起來。

我本來應該等會長的遺體檢驗完成後，再用更縝密的方法將李雪浩逼入絕境的，然而情況發生了劇變。

為什麼？因為我被襲擊了。

這提供了我一個框架，幫助我拼起因為散落各處而無法完成的拼圖。相對的，我自然得忍受一點美中不足。

我緩緩開口，便看見李雪浩的表情像吃了屎一樣難看。

「李尚熙大人，我想帕蘭內部恐怕有噁心的叛徒，也就是殺害會長的凶手。」

讓世界運轉的並不是真相。

而是煽動與造假。

＊　＊　＊

「李尚熙大人，我想帕蘭內部恐怕有噁心的叛徒，也就是殺害會長的凶手。」

我話音一落，環顧四周，只見現場被一股微妙的沉默籠罩。

李尚熙緊咬下唇，之前就和我談論過這個話題的黃正妍點了點頭。

和這件事無關的人們東張西望，李雪浩和那些老頭則是皺起了臉。

即便他們不認為自己是殺害會長的凶手，「噁心的叛徒」幾個字大概也穿透了他們的耳膜，在他們的腦中迴響。

因為這是事實。

這樣的操作當然不能只靠煽動與造假完成，主要還是得建立在事實基礎上，造假的部分只要扮演添加在那之上的調味料就夠了。

硬要說的話，不過是調味料的味道有點重罷了，摻雜了事實的謊言依然具備驚人的說服力。

我並不是一個很聰明的人，口才也沒有很好，只是能利用心眼讀取對方的傾向，藉此大致掌握對方的個性，並根據他可能會採取的行動來編故事。

要不是能得知對方的傾向，我說不定也無法編出像樣的故事。

其實我相當依賴我的能力。假如我真的是個天才，根本不必像這樣絞盡腦汁。

果不其然，我看見那群老頭一副驚慌失措的樣子。

「李基英先生，現在這個時間點……不、不太適合製造無謂的爭端。」

「我能理解你的心情，但現在與其討論這種事情，不是應該先想辦法處理後續的問題嗎？李尚熙大人，現在請先讓大家回到各自的崗位……」

「不，我覺得聽他說完比較好。」

「可是……」

「我要聽完。」

可惜李尚熙是站在我們這邊的。

她畢竟不是笨蛋，或許早就察覺到了那些人的態度不太對勁，從他們不願參加遠征，到援軍未能盡早趕來，這些線索大概都讓她起了幾次疑心。

而阻止她繼續懷疑下去的免死金牌正是她和那些人之間日積月累的情誼，從很久以前就共患難至今的交情阻止了在她心底扎根的懷疑進一步滋長。

這時候我只要對那份懷疑盡情澆水和施肥就行了。

我要做的事，就只有助李尚熙一臂之力而已。

「有些既得利益者的行為模式很單純，只要他們認為有人意圖搶走自己的東西，就會不顧一切拚命阻止，而帕蘭內部也有這樣的人。」

我沒有指出是誰，但我的視線一直停留在那個人身上。

我想就算不明講，大家也會知道我在說誰。

李雪浩。

比起直接表現出敵意，若有似無的嘲諷本來就更氣人。

其他方面還不好說，但至少在挑釁別人這方面，我可以很有自信地說自己是最強的。

我看見盯著我的李雪浩臉色逐漸漲紅。

「你的想像力有點太豐富了，哈哈。」

「雪浩先生看到帕蘭不如從前，想必覺得很心痛吧。你是參與過帕蘭光榮歷史的元老成員，也稱得上是為公會立功不少的英雄，不是嗎？現在的帕蘭當然不可能讓你滿意。」

「……」

「也許為了自己的將來和公會，你不得不做出極端的選擇，比如向其他公會求助等等……也可能是有人讓你產生了自卑感。一個新人才剛加入就成功牽線，讓公會和琳德的其他大型公會結盟，你會感到焦慮我也可以理解。」

「什麼？」

「雖然過氣的無能老頭就只能想出拉攏其他城市的大型公會這種手段，不過看在你這麼努力的分上，我就給你打個高分吧。我給你六分。」

我不斷嘲諷他，並用上一點魔力，讓李智慧交給我的報告一張一張在公會裡飛舞，我甚至想放出投影機，來一場簡報發表。

現在這樣雖然有點不方便，但是要看懂在半空中緩緩飄浮的紙張上所寫的內容不成問題。

李雪浩和自由城市席利亞的日本人勾結是已經確定的事實，他們在哪一天、幾點幾分、怎麼見面，全都被鉅細靡遺地記錄了下來。雖然總共只見過三次面，但這份資料千真萬確。

「你是怎麼拿到這種資料……」

「我平常疑心病就蠻重的，所以在各方面都會未雨綢繆。」

「李尚熙大人，這些都是假情報。」

「是不是假情報早晚會真相大白，因為第七小隊的隊長賢成先生和黑天鵝公會都在盡全力調查襲擊我的人是誰。」

「襲擊你的人根本就和我們沒關係！基英先生，我完全可以理解你憤怒的心情，但是拿這種假情報冤枉無辜的人實在太不講理了。」

「我不知道你憑什麼一直說這是假情報……你有信心嗎？」

「你在說什麼……」

「你說這份資料不是真的，我在問你對自己說過的話有沒有信心。你們這些無能的傻子，反正真相只要一查就會水落石出。退一百步來說，就算你們沒有跟席利亞的公會見過面好了，那你們要怎麼解釋自己行程上的空白？」

他們絕對沒辦法解釋，因為他們見過大和公會的人是無可否認的事實。

他們應該比任何人都清楚這一點。

我倒是希望他們繼續否認，因為那樣對我更有利。

就算他們隱匿了自己見過大和公會的事實，開始針對每件事一一徹查後，證據終究會出現。

一旦大家知道他們在說謊，就輪到我拍手叫好了，所以我其實希望他們可以繼續否認下去。

就在這時，李雪浩開口了。

「李尚熙大人，我們的確和他們見過面沒錯。」

「……」

「但我發誓我們對會長的死和這次的襲擊事件一無所知。」

聽你在放屁。

就在那一刻，我領悟到了一件事——會煽動和造假的不是只有我而已。

那些傢伙也巧妙地在實話之間穿插了謊言。

他們和會長的死無關是事實，和襲擊事件無關則是謊言。也就是說，他們打算接受一部分的指控，並否認另一部分的指控。

不用聽也知道，他們肯定會搬出「想幫助公會」之類的說詞。

下一秒，我馬上聽見李雪浩一字不差地說出這句話。

「我們只是想幫助公會而已。」

「……」

「現在的帕蘭處於不知何時會解體的狀態，我不得不考慮萬一李尚熙大人回不來的話，帕蘭該何去何從。即便是為了保存會長守護至今的帕蘭，我也必須這麼做。這一切都是為了帕蘭。」

「這件事有什麼不能事先讓我知道的原因嗎？」

「我只是想幫上忙而已，這是會長和我一起建立起來的公會，我對帕蘭的愛不會輸給任何人。我怎麼可能殺害會長呢？那是不可能的，李尚熙大人。」

「請……請你住口。」

「李尚熙大人。」

「閉上你的嘴巴……李雪浩。」

那是一次很不錯的嘗試，可惜效果不彰。

與此同時，我發現了此刻正在澆水和施肥的人並不是我，而是李雪浩。

現在沒有任何感情能阻擋萌芽的疑心了。

李雪浩的B計畫雖然不差，但終究不過是B計畫，他們和其他公會勾結的事實並不會改變。

「我看你們就只有話說得真好聽吧，真是一群瘋老頭……『為了帕蘭』什麼的都是屁，瞞著組織的最高掌權者和其他組織聯手就叫作『勾結』，一群無能的傢伙。我沒想到你們會這麼理直氣壯地承認自己和其他公會勾結，還真是超乎我的想像耶？」

「什麼勾結！你在胡說什麼！我們只是在制定對策而已！因為在琳德境內很難組織救援隊，我們才不得已向外部勢力尋求協助，這怎麼能說這是勾結呢？你要製造紛亂也該有個限度！」

「你少拿那些老掉牙的謬論來鬼扯了。我說各位叔叔伯伯們，讓國家滅亡或是讓組織完蛋的傢伙本來就有一個共同點，那就是這些人一定會去拉攏外部勢力……真搞不懂大家為什麼都這麼沒創意。現在正在製造紛亂的不是我們，而是你們這些瘋老頭。」

「李尚熙大人，我們本來是打算全部告訴您的。真的，我們沒騙您。」

「他們是不會告訴您的。他們都已經隱瞞到現在了，答案不是很明顯了嗎？這些人打從一開始就不打算派救援隊來支援我們。」

「李尚熙大人，我們只是想把事情處理得更完善而已。」

「如果你說的是事實，那你們的無能程度簡直要突破天際了。花了一個多星期的時間還連一支救援隊都組織不好，有什麼好拿出來說嘴的……噗哈，況且那根本就不是事實吧？李雪浩大人，黑天鵝已經對廣場上的人做過調查了，證實你們是刻意延後組織救援隊的時間。」

「你在胡說什麼！」

「在胡說的是你！瘋老頭！你當初使出渾身解數拒絕前往受詛咒的神壇時，也是因為希望遠征隊全軍覆沒吧？李尚熙大人，這個噁心的叛徒想等我們全軍覆沒，然後將帕蘭據為己有，留在帕蘭的會長當然也是他的目標。」

「你別胡說八道了！你懂什麼！你以為我跟會長相處多長的時間了！他對我來說就像親弟弟、像家人一樣！我沒有任何理由傷害朱承俊。」

「殺人事件不都是貪念引起的嗎？」

「我是冤枉的！我對神發誓，我從來沒有加害過會長！」

「是嗎？我想也是，你沒有加害過會長吧，李雪浩大人。那這是什麼呢？」

我拿出了李智慧給我的藥水，周遭的視線再次集中到我身上。

「那是什麼……」

「李雪浩大人的演技還真是出色耶……你不是最清楚這是什麼了嗎？嗯？」

我的嘲諷沒有間斷，同時晃了晃裝著藥水的瓶子，便看見那傢伙氣得連臉頰都在顫抖。

「說穿了，你想殺我滅口都是因為這個吧？臭老頭。」

「你現在在胡說什麼……李尚熙大人！我是冤枉的！我絕對沒有做過那種……」

「李尚熙大人，那個過氣的老頭才是在冤枉我。這是李雪浩殺害會長時使用的藥水，是一種鎮定劑。這一類的藥水雖然對人體有益，但是用在某些人身上時會產生致命性的作用。是一種能讓瀕死的人慢慢死去的藥水。」

「我從來沒看過也沒聽過那種東西！你這傢伙好大的膽子！竟敢誣賴我！」

「一般人都不太清楚，其實這類藥水有時候是會留下痕跡的。打開蓋子的時候，飄散在空氣中的微小粒子會沾附在毛織品上。只要把李雪浩身上那套衣服拿去化驗，很快就能得到答案了。不對，其實沒必要特地化驗。」

我慢慢念誦咒語，手上的藥水便逐漸開始發光，李雪浩的衣服各處也同樣籠罩著光芒。

我看了黃正妍一眼，她則是點點頭，證明我現在所施的魔法並無造假。

「真不知道為什麼李雪浩大人身上的衣服會被檢驗出和這瓶藥水一樣的成分呢。」

「我、我是冤枉的！李尚熙大人！我是冤枉的！我和會長的死絕對沒有半點關係！我怎麼可能做出那種事！」

他驚慌失措的模樣十分可笑。

不只是李雪浩，旁邊那些老頭也不斷對李尚熙大呼小叫，但那些犯罪者的辯解當然不可能傳進李尚熙的耳中。

「什麼冤枉……你們這些噁心又無能的傢伙。李尚熙大人，這些人實在太惡劣了。朱承俊大人恐怕是在保有意識的狀態下，在極度的痛苦中慢慢死去的。會長該有多麼痛心啊，居然被自己信任的人背叛……」

「你竟然還在胡說八道！尚熙！妳相信叔叔，那個卑鄙的煉金術師說的全都是謊話。」

現在開始動之以情了，那副嘴臉簡直令人嘆為觀止。

「打從一開始來到這裡的時候，我就一直把妳和承俊視為家人。在這個舉目無親的地方，你們就是我的家人。我絕對不是那種人，這妳不是最清楚了嗎？那個煉金術師說的全都是謊話。正妍！妳也說點什麼吧……各位，那全都是謊話啊！」

「又在鬼扯了。」

李雪浩這個人的使用方法非常簡單。

如果有人要我寫一份李雪浩使用說明書，那我會這麼描述他：無能、貪心、衝動。

隨著我的嘴角不斷上揚，看著我的那張臉也越來越紅。

「反正真相遲早會全部被攤在陽光下。」

「你這傢伙……」

「請公會的警衛現在就把那個瘋老頭……」

「你這傢伙！！你好大的膽子！你才是問題所在！問題就出在你身上！你就是這個公會的毒瘤！」

「真不知道你在說誰是毒瘤耶，無論誰來看都會覺得這個公會裡無能的人是你。不對，其實你這麼無能反而令人慶幸，有留下犯罪痕跡真是太好了。」

「你好大的膽子！竟敢這樣誣賴我？竟敢把這種罪狀栽贓到用盡畢生守護帕蘭的我頭上?!還不給我放手？你們該不會都相信那個瘋子說的話吧？給我放手！你們知不知道我是誰！」

他將警衛們的手甩開的模樣十分可笑。

我的臉上繼續掛著嘻皮笑臉的表情，他便像是再也壓抑不住怒氣般朝我衝了過來。

「你這個卑鄙小人！你這傢伙就是問題所在！問題就出在你身上！」

我這次當然也沒有避開李雪浩，並不是因為我相信尤里耶娜，而是因為我相信淚如雨下的李尚熙。

彷彿在回應我的期待般，悲憤交加的李尚熙大聲吼道：「你這個禽獸不如的傢伙！」

伴隨著「砰」的一聲，李雪浩的手臂被砍了下來，斷臂飛向牆壁的光景映照在視野中。

完美！

那是一幕如畫一般的經典畫面。

第042話　我會記得你

「咳呃呃呃呃呃！」

「你這個禽獸不如的傢伙。」

「啊啊啊啊！」

眼前的李雪浩抓住斷臂發出痛苦的慘叫，公會的接待員們也不自覺地驚聲尖叫，噴濺於半空中的鮮血彷彿不是真的。

李雪浩痛到抓著手臂在地上打滾，那副模樣十分可觀。

與此同時，李尚熙大口喘著氣，任誰都看得出她很激動。雖然這樣很不符合她的個性，但我想她會露出這一面也是難免的。

殺害心愛的家人或是戀人的凶手就在眼前，即便是佛祖也會失去理智。

她生氣的原因還不僅如此而已。對她來說，李雪浩是她想要相信的人，實際上她也對李雪浩付出了過多的信任。

讓她耿耿於懷的想必不只一兩件事，儘管如此，她還是忍到了現在，這就說明了李雪浩在她心目中是什麼樣的人。

「哈啊……哈啊……哈啊……」

「啊啊啊啊啊！人……人不是我殺的，不是我！尚熙……妳相信叔叔，我不是會犯下那種罪的人，這妳不是最清楚了嗎……呃啊……呼……」

「別開玩笑了。我之前相信過你，但……但我的信任……換來的卻是這樣的結果嗎?!」

「我是冤枉的，我是冤枉的啊……」

李雪浩就像一隻只會喊冤的鸚鵡，哭得呼天搶地的模樣映照在我的視線中。

我當然沒有對他產生同情心，反而覺得非常幸福。

雖然看著失去一切的悲慘老人產生這種心情有點可笑，但這大概是因為鄭白雪稍早之前重傷的模樣不斷浮現在我的腦海中吧。

「我是冤枉的，我是冤枉的！人不是我殺的！正妍！妳也說點什麼啊！我怎麼可能殺了承俊……」

「閉上你的嘴巴。李雪浩，你這個人實在是……」

「不是那樣的……不是那樣的。正妍，我絕對沒有殺害會長。」

「你這個人渣，會長為你付出了多少……你怎麼能做出這種事？」

「他不是我殺的！嗚嗚……」

同一時間，其他老頭在一旁瑟瑟發抖。有些人已經準備翻臉不認人了，但那也只是無謂的掙扎而已。

「我們真的不知道這件事。」

「我、我們和這件事沒有關係。」

最好是。

「把他們通通抓起來，全都關進牢裡，無一例外。」

「放、放開我！那全都是李雪浩指使的！李尚熙大人！拉攏席利亞的公會都是李雪浩的點子！除此之外我們什麼都不知道！」

「我們真的對會長的死一無所知，請相信我們，拜託……全部都是那個老糊塗一手策劃的。」

「沒聽到我說的話嗎?!把他們通通抓起來。」

公會的警衛開始舉著長槍，將那些正在抵抗的老頭一一逮捕。

哭號聲此起彼落，高喊冤枉的鸚鵡們組成了一支合唱團。

「我是冤枉的！我是冤枉的！」

「他在說謊！李尚熙大人！拜託相信……啊啊！」

甚至有人開始憤而譴責起李雪浩。

最令人啼笑皆非的是，連那些老頭也覺得是李雪浩殺了朱承俊。雖然這是因為他罪證確鑿，不過沒想到竟然連他們都這麼認為，實在令人玩味。

「我們不知道這件事！李尚熙大人！我們想都沒想到李雪浩會殺了會長！拜託……」

李尚熙會露出五味雜陳的表情也是情有可原的。

她可能會覺得帕蘭這座公會在一夕之間四分五裂，但新人的存在本來就應該帶來新氣象。

當腐臭的水占據了位置的時候，即便倒入再清澈的水也難以全數淨化，將他們一鼓作氣清理掉才是最正確的選擇。

雖然可能會暫時有點混亂，但我覺得這麼做才是對的。

當我正覺得難以控制上揚的嘴角時，旁邊再次傳來了聲音。

不用說，聲音的主人正是李雪浩。

「那個……卑鄙的煉金術師！竟然想用三寸不爛之舌玩弄帕蘭！」

「玩弄帕蘭的人不是你嗎？噁心的叛徒。」

「我沒有殺害會長！這一切不都是你的陰謀嗎？」

「都死到臨頭了還想狡辯，你也真是可笑。你乾脆認罪如何？這樣才對得起一直以來相信你的公會成員吧？」

「我沒有殺……」

「所有犯罪者都是這麼說的，但他們最後都會親口招供。你都已經罪證確鑿了還想脫身，這種反應倒是令人措手不及呢。你好歹表現出有在反省的樣子，至少還會有機會酌情處理。」

「尚熙，妳就相信我一次，再相信我這一次就好。」

「李尚熙大人，您已經給過他足夠多的信任了吧？」

「我是冤枉的。那個卑鄙的煉金術師對帕蘭而言才是毒瘤般的存在，必須殺了他才行，應該把那傢伙關起來才對！那個敗類總有一天會成為蠶食帕蘭的怪物。」

「真是的，你的話還真多耶。我說李雪浩先生，我不知道你究竟為帕蘭做過什麼，才對帕蘭這麼執著，但是帕蘭的主人可不是你耶。你不但瞞著指揮部和其他公會暗中勾結、買凶暗殺公會的新成員，還殺害公會會長，像你這種人連提到帕蘭的資格都沒有。」

「你這傢伙！」

「製造紛亂的就是你們這些老鳥。一般人發現自己所屬的團體有危機，通常都會想要和大家一起解決，這才是正確的做法，但你這種人完全不會那樣想。不對，是你們根本想不到，因為你們覺得自己擁有的東西比任何人都重要。」

實際上也有統計資料顯示，以前發起獻金運動[6]的時候，上流階層的人都不願意把自己的財產捐出來。

李雪浩就是那種人。

他一直看著李尚熙，試圖動之以情，但受到極大打擊的李尚熙卻只是坐在椅子上，靜靜地望著虛空。

雖然她的精神狀況令人擔心，不過如果是她的話，一定可以重新振作起來的。

6 一九九七年，韓國受亞洲金融風暴影響而破產，向國際貨幣基金組織簽署援助協議，總援助總額為五百五十億美元。一九九八年初，由KBS電視臺發起「獻金運動」，許多民眾主動將家中存放的黃金捐獻出來，援助國家償還債務。

金賢成會好好照顧她吧。

最近都和李尚熙一起行動的金賢成就快回來了，他會讓李尚熙的精神狀況穩定下來的。

李尚熙沒有看向李雪浩。也許是覺得一直看著李雪浩的話，會抑制不住怒火吧。

總而言之，蠶食著帕蘭的舊勢力開始像一串香腸般，接連被綁著帶往地下室，不絕於耳的哭喊聲顯得滑稽可笑。

當所有事情都差不多塵埃落定時，我慢慢移動腳步，目的當然是要去確認我們公會的舊勢力現在是什麼樣子。

清理掉完全不會流動的死水後，公會感覺煥然一新。

我一來到地下室，便聽見鸚鵡們的悲鳴。

看到警衛用武力制伏那些無力反抗的老鳥，實在太令人痛快了。

當然，正因為那些舊勢力的老鳥哭得淚流滿面，才造就出了這樣的經典畫面。

就在我環顧四周的時候，一道聲音從旁邊傳來。

「李基英大人，請問李雪浩大人、不對，請問那些人要如何處置……」

聲音的主人看起來是這座地牢的獄卒。雖然獄卒是女性讓人感到有點意外，不過從她的能力值和傾向看來，我想她的確有資格管理監獄。

「在副會長做出決定以前，可能先維持現況比較好。飲用水和糧食請控制在不至於讓他們餓死的程度就好。」

「是，我明白了。」

「還有，我想麻煩妳先出去一下，因為我有點事情想另外問問那些罪犯。」

「您還有其他要審問的事情嗎？」

「沒錯。啊！以防萬一，我希望你們可以在入口待命。」

「是。」

「這座地牢還真大，看得出來管理得很好。」

「您過獎了，謝謝。」

「我可以借一張這裡的椅子嗎？」

「當然沒問題，李基英大人。」

她連忙向我致意，接著便退到遠處去，可見她是個很機靈的人。

我拖著椅子慢慢朝地牢深處走去，已經各自被關進牢房裡的老頭都盯著我，從鐵欄杆內側向我發送而來的求救眼神十分可觀。

我聽見了各式各樣的聲音，有人在罵我，也有人在巴結我，但不用說也知道，我並沒有要找他們。

我要找的是李雪浩。

我放下椅子後坐了下來，一眼便看見失去手臂的李雪浩茫然地望著我。

他看見我之後，表情當然出現了動搖，我的耳邊隨即響起一聲咒罵。

「你……你這個混蛋！混蛋！你別以為這樣就結束了，你這個卑鄙的人渣！」

「謝謝你幫我說了我想說的話，瘋老頭。」

我慢慢利用魔力將四周與外界阻隔開來。雖然我的魔力很微弱，但要製造出一個能讓我和李雪浩對話的空間綽綽有餘。

「你在說什麼……」

「我才想跟你說『別以為這樣就結束了』，我這個人可是比你想像中還要狠毒，而且不會對敵人手下留情……噗哈，你是真的惹毛我了，真的……」

「什麼……」

「你什麼都沒辦法留下的。雪浩，你在這個公會裡什麼東西都無法留下。」

「你在說什麼鬼話……」

「你暗中勾結的席利亞公會會把你們從帕蘭的地牢裡弄出去。」

「什麼？」

「在檯面上，殺害會長的凶手、辜負副會長李尚熙期待的帕蘭罪犯李雪浩會從地牢裡逃脫；至於在檯面下，你當然是會被送往紅色傭兵的地下拷問室。有一位跟我很熟的祭司會親自負責拷問你，你可以拭目以待，老頭。到時候你可以親身體驗一下人體的奧妙，也可以體會到侍奉神的祭司有多心狠手辣。」

「你……你這個混蛋！混蛋！」

「包括你在內，在場的老頭們都會被以觸目驚心的模樣棄屍在某個地方。當然，這件事大概會被包裝成你們被企圖湮滅證據的席利亞公會處理掉了吧？噗哈哈。媒體會洋洋灑灑地為帕蘭的叛徒李雪浩寫一大篇報導，到處宣傳你的事蹟，琳德境內的所有人也都會在酒席上大聲談論你這個人有多麼垃圾。受傷的帕蘭會努力忘掉你的名字，用不了半年的時間，你的名字就會漸漸被所有人遺忘。」

「……」

「你的死、你過去為帕蘭所做的貢獻，還有你至今的成就，全都會一個一個被遺忘……就好像李雪浩這個人打從一開始就不存在似的。你會變得什麼也不是，離開這個世界的時候什麼也不會留下。」

「你……你！」

「你不用太擔心，老頭，因為我會記得你。當那位跟我很熟的祭司親切地照顧你時，我會在一旁靜靜地看著你。你發出的慘叫、因為痛苦而扭曲的表情、你喊出的『救命』，我會全部裝進我的記憶裡。直到整個拷問過程結束為止……我都會靜靜地看著你。」

「你這傢伙！你以為你能那麼做嗎！你……！你……！」

「我會把你因為痛苦而扭曲的表情獻給我最重要的人——為了我，甘願冒著生命危險的重要之人。你的聲音會時時刻刻在我腦中響起，提醒我一時的錯誤選擇讓一個老人淪落到了什麼樣的下場。你會化作使我成長的養分，而我會為了吸收養分，一言不發、靜靜地看著你直到最後……」

「……」

李雪浩閉上了嘴，我安靜地坐在椅子上，彎腰看著李雪浩。他大概是想像到了之後即將發生的事，臉色逐漸蒼白。

「我說……基英……」

「……」

「我們要不要做個交易？」

「……」

「這樣不對吧……即便我們的關係再差……也不該搞成這個樣子。那樣死去豈不是太不光采了嗎？這樣不太對吧。」

「……」

「我不能就這樣死去，不能就這樣……嗚嗚嗚……嗚嗚嗚嗚……」

對這種人來說，「什麼也不能留下」是一件非常令人心痛的事。

他或許是覺得自身的存在遭到了否定，又或許是對於即將面臨的痛苦時光感到恐懼，開始放聲大哭。

我沒有開口對他說任何一句話。

但我就像在為之後的事預習般，安靜地看著他。

靜靜地，不發一語。

＊　＊　＊

「死得好啊，那些該遭天譴的傢伙……」

「他們死了也是活該吧？」

「我在這裡生活了這麼久，也見過不少爛人，但我還是第一次看到這樣的人渣。聽說他在市中心發動恐攻也是為了謀殺公會的新成員……無端被波及的人已經夠可憐了，站在那個新成員的立場來看，又該有多荒謬啊。」

「你知道嗎？有人說被襲擊的成員是那個……傭兵女王的情夫耶……我聽在紅色傭兵工作的朋友說，他們公會現在的氣氛非常凝重……」

「如果你說的是真的，那我們豈不是該慶幸沒有爆發戰爭嗎？啊！那傢伙來了……喂，老金！你看過今天的報紙了沒？」

「如果你是要說帕蘭的親日派混蛋翹辮子的事，我當然看到了，所以我昨晚才能睡個好覺啊。」

「你的店面還好嗎？」

「當然囉，除了保險金以外，帕蘭還另外給了賠償金，所以要重建店鋪應該沒什麼大問題……其實帕蘭也沒必要做到這個地步……像我這樣的人當然是會心懷感激地欣然接受啦，不過另一方面又覺得滿不好意思的。我本來以為他們只會做做樣子、意思一下而已，但實際上拿到的賠償金比我想像中還多，這下都不用擔心重新開店的事了，噗哈哈哈。」

「看看這傢伙，臉上都笑開花了。你是不是該請客啦？」

來自四面八方的談話聲傳入耳中，內容大部分都是在罵李雪浩，或是在擔心帕蘭。

其實修復城市的費用才是最大的問題。

要不是因為媒體的影響力變大，所以許多公會和戰隊都為了顧及形象而捐款，否則帕蘭肯定負擔不起那筆費用。

我們又欠了黑天鵝和紅色傭兵一次人情。

我在廣場上走來走去，望向尚且完好的建築，發現聳動的新聞標題無處不在。

「帕蘭的叛徒李雪浩，被發現陳屍於席利亞附近的拉瑪德山脈。」

「他為何會做出這樣的選擇呢？——《金成景的舌戰》」

「論李雪浩暗中勾結的日本公會對自由城市席利亞與琳德日後關係造成之影響。」

一切都如我所料。

自從發生黑天鵝的國民討厭鬼事件後，琳德的社會氛圍就變得有點無聊，因此境內所有報社自然都對這起把琳德鬧得人仰馬翻的事件垂涎三尺。

整個琳德都在議論，酒館裡和廣場上也有很多人在針對這起事件高談闊論。即便說這個話題現在占了琳德境內所有對話內容的九成都不為過，無論是隸屬於大型公會的成員、幹部，或是勉強餬口的冒險家，每個人都在討論這件事。

我走著走著，一回神就看見手中被塞了一份報紙。

「面臨巨大考驗的帕蘭，今後將何去何從？」

「自市區發生恐怖攻擊事件後，針對逃犯展開追蹤已經過數日，紅色傭兵的搜索隊在拉瑪德山脈附近發現了數十具遺體，死者的身分推測為犯人李雪浩與跟隨他的帕蘭幹部。

根據精密鑑定的結果，帕蘭判定該遺體屬於李雪浩及其他幹部，於十五日正式結束搜索工作。

由於遺體嚴重毀損，幾乎無法辨識，可能是由於曾經遭到專業的拷問人員嚴刑拷打。紅色傭兵的相關人士指出，殺害這些人的凶手是席利亞的公會，並認為他們這麼做的目的可能是為了湮滅證據，或是單純因為計畫失敗而找人洩憤。

帕蘭的副會長李尚熙至今仍未在正式場合露面，與此同時，帕蘭日後的走向成了琳德境內眾所矚目的焦點。

帕蘭曾是足以代表自由之都琳德的公會之一，如今失去了會長朱承俊和許多小隊後，似乎難以東山再起。

目前為止，帕蘭雖然仍與紅色傭兵及黑天鵝保持著友好的同盟關係，但也有許多中堅公會對帕蘭的小隊發出邀約。琳德有不少獵頭都在關注帕蘭的幹部會做出什麼樣的選擇。

多位專家都在擔心若此情況繼續下去，帕蘭可能會就此消失。然而同一時間，傭兵女王車熙拉表示紅色傭兵無論如何都是帕蘭的盟友，不管帕蘭做出什麼樣的選擇，都會盡全力幫忙。而黑天鵝的發言人李智慧也表示帕蘭會重新振作，斷然否認各種流言蜚語。

關於傷痕累累的帕蘭今後將何去何從，筆者也說不準，但思及帕蘭過去所展現出的面貌，筆者認為他們這次應該也能夠克服危機。——《琳德日報》記者金成景」

還不錯。

我覺得這篇報導整理得很好。

而且最令人滿意的是，報導中採取了肯定帕蘭的態度。

其他報社都想和帕蘭這艘逐漸沉沒的船切割，雖然站在報社的立場來看，這也是在所難免，但是和他們相較之下，這家《琳德日報》就顯得可靠多了。

這個名叫金成景的傢伙也是，他總是寫一些對我很友善的報導，看來是不想改變自己當初所做的選擇。

我不知道他只是單純直覺很準，還是很講義氣，反正之後得多關照他才行。

就在我獨自點著頭時，昨天聽了一整晚的聲音傳入耳中——是宣熙英。

「你在看什麼？」

「我在看報紙。要是腦袋放空的話，走著走著就會很睏。熙英小姐好像不怎麼累的樣子呢。」

「我反而有一點神清氣爽的感覺，畢竟我很久沒有為神服務了。我覺得光是看到在這裡生活的市民們的反應，就能知道我們一起做的事多麼有意義，讓我心情很好。」

「我哪有做什麼？其實都是熙英小姐在辛苦。」

「你幫我做了很多準備呀，而且還陪著我……坦白說，如果只有我一個人的話，我一定沒辦法這麼賣力。」

不對吧。

老實說，我不認為我的陪伴會對她造成多大的影響。

我們的祭司大人最近雖然稍微沉寂了一陣子，不過看起來還是做志工服務的時候最讓她感到充實。

特別是這次處理了李雪浩好像讓她非常滿足。

其實我之前就有察覺到她打從一開始就對那個老頭不太滿意，但我沒想到她會表現出超乎我想像的憤怒。

看來她的心中累積了比我想像中還多的不滿。

「怠惰的思想、怠惰的精神，你就是這個社會的亂源。你和貧民窟裡的遊民一樣沒用，就是因為有你們這種人在侵蝕這個社會，才會不斷出現需要幫助的人。請你好好悔改。當然，我要的悔改並不只是嘴上說說而已。」

「啊啊啊啊啊啊！」

回想起昨天發生的事，坦白說心情不太愉快。

我個人覺得光是從頭到尾沒有移開視線，我就想誇獎我自己了。

我差點乾嘔，硬是把那股噁心感吞回肚子裡後，才有辦法看向宣熙英。

「我真的很感謝你當時對我說了那番話。」

「什麼？」

「你不是要我和你一起打造美麗的琳德嗎？」

「是啊，我是有說過。」

「雖然我當時感到很不安，但現在有了成果以後，我確實覺得有點高興。而且我們很久沒有待在一起了……總之我今天過得很開心。」

任誰看了宣熙英的舉止，都會覺得她就是一位祭司。

但是總覺得她好像朝我這裡越靠越近。

與其說是刻意為之，不如說是因為心理上變得親近，而表現出的自然反應。

……不要連妳也這樣。

最適合我和宣熙英的關係應該是「一起工作的夥伴」。

我周圍的女人已經讓我壓力夠大了。

我當然能理解宣熙英的心情，我是她唯一的戰友，是為她開啟新世界大門的第一人，也是最棒的伙伴。

雖然宣熙英目前為止看起來還不像是對我抱有戀愛方面的感情，但如果連她都和我有密切關聯的話，我的日常生活勢必會變得更加累人。

這裡畢竟是將一妻多夫或一夫多妻視為理所當然的世界，光是現在環顧四周，也能看到一男多女或一女多男一起行動的景象。

這裡不像地球，不會有人對這樣的事情指指點點。就算喜歡的對象已經有戀人或妻子，會因此就放棄的人反而是少數。

因此，假如宣熙英下定決心要和我拉近關係，即便我表現出和鄭白雪關係親密的樣子，想必她也不會對鄭白雪或車熙拉有所顧慮。

我得事先阻絕這樣的可能性，同時保持適當的界線。

「啊，我們要不要吃個飯再回去？好久沒有到外面來了，不如吃個早餐……」

「啊，就這麼辦吧。」

不過要維持適當的界線實在有點困難。

一起吃個飯應該沒什麼關係吧。

我們來到一家有露天平臺的餐廳，隨便找了一個位子坐下後，才剛點完餐，宣熙英便立刻開口向我搭話。

「你覺得昨天怎麼樣？基英先生？」

「我覺得那是一段很有意義的時間，畢竟那是志願活動。」

「是啊，沒錯，是志願活動，呵呵。那的確是一段很有意義的時間，有人能一起奉獻心力的感覺真好。」

「嗯，是啊。」

「我每天都在想，我對基英先生真的充滿了感激。雖然你的表達方式有點粗暴，不過是你讓我意識到之前的我是錯的。」

「哈哈……」

這個走向不太妙，我想趕緊轉移話題才是上策。

「對了，白雪的狀況怎麼樣了？」

「白雪小姐目前還在恢復當中，但傷勢基本上都好得差不多了，紅色傭兵的祭司們幫了很大的忙。她之所以到現在還沒恢復意識，只是因為身體還很疲勞而已，你不用太擔心。」

「這樣啊，那真是太好了。」

「那個，請問基英先生之後有什麼打算呢？」

「嗯？」

「我是說，你之後打算繼續留在帕蘭嗎？因為你最近好像都沒有參與公會的事務……」

「啊。」

我好像明白宣熙英在說什麼了。

我最近確實無暇對帕蘭投入太多心思。不對，說得更準確一點，應該是我沒有對帕蘭投入太多心思。

帕蘭現在於內於外都處於動盪時期。其實我如果想在帕蘭內部發揮影響力，現在正是絕佳時機。儘管如此，我卻沒有主動介入帕蘭的事務，原因就在於金賢成。

因為將權力集中在一處比較方便。

坦白說，站在我的立場來看，我已經幫他準備好一桌飯菜，甚至擺上了湯匙讓他好好享用。

李尚熙現在幾乎是引退狀態，黃正妍則是打從一開始就對權力結構不感興趣。金賢成即將一人獨大，成為新的權力中樞，可以說是已成定局。

考慮到金賢成加入公會的時間，他也許不會立刻當上會長，頂多暫時以攝政的形式管理公會，但考慮到那小子的能力，應該會有很多人信任他，並響應他的號召吧。要是我現在對帕蘭出手，說不定會造成反效果。

反正只要金賢成掌握權力，堪稱一等功臣的我肯定也能得到不少好處。

我沒必要特地厚著臉皮跳出來要求他分我一杯羹。

退一步使對方心急，反而對我更有利。

畢竟對金賢成王國而言，我是不可或缺的人才。

「那是因為我最近有點忙，而且賢成先生一直都和李尚熙大人待在一起，雖然大家都說公會正面臨危機，但我不怎麼認同。」

「這樣啊。」

「我反而覺得將亂源清理掉之後，現在正是重新整頓組織的好機會。」

「啊啊！原、原來如此，啊……真不愧是基英先生，我都沒想到這一點……」

「哈哈哈……」

「那就只能過一陣子再休息了呢。說、說來慚愧，其實我本來有點期待可以有更多時間和基英先生一起做志工服務。啊！請、請不要誤會，我對你沒有戀愛方面的感情……只是因為我們有同樣的興趣……所以想每天跟你一起……該怎麼說呢……」

「啊啊……我好像懂妳的意思了。」

她不知道為什麼紅了臉。

我看得出來她在想像些什麼。

八成是想和我一起蓋一間慈善小屋，兩個人住在那裡，過著致力於志工服務的生活之類的。

吧。

我可不樂意過那種日子……

假如真的蓋了那種小屋，大概也不會是愛心之家，而是在恐怖電影裡才會出現的那種房子吧。

宣熙英只是想法扭曲，但她並沒有懷抱著扭曲的愛意。她的思考方式和想要監禁我、永遠跟我在一起的鄭白雪有著根本上的不同。

她畢竟是侍奉神的祭司，可能是因為這樣，才沒有那種獨特的發想。

但她也算不上正常……

「能夠過上熙英小姐所想的那種生活當然也不錯，只不過現在還有其他重要的問題。賢成先生應該會幫忙整頓公會內部，而我這一路走來也是有點累，昨天又解決了一件大事，如果是當成給自己的獎勵，也許現在蠻適合放緩步調的。」

「簡單來說，就是你決定休息了吧。呵呵，託你的福，我們有更多時間可以在一起了呢，真是令人高興。啊！我、我當然沒有別的意思。」

「嗯，我懂。」

我當然沒有一絲一毫的意願和她一起住進充滿愛、情義與奉獻精神的宣熙英之家。

現在最重要的問題是，金賢成在描繪什麼樣的藍圖。

他看起來不太擅長政治操作，不過金賢成畢竟是金賢成，從他一直和李尚熙待在一起，每天照顧她、安慰她的樣子看來，那小子肯定也自有打算。

他這個人其實滿陰險的。

換作是我，也會把討好李尚熙當成首要之務。

雖然我算不上幫了金賢成什麼大忙，但我好歹幫他鋪路鋪到這個程度了，他要是不懂得收割成果，那他簡直不配當一個重生者。

我想他再過不久就會帶回收穫了。

我們賢成現在在做什麼呢？

李智慧之前開的玩笑浮現在腦海中，莫名讓我心頭一驚，不過我還是有點好奇金賢成的腦袋裡在想些什麼。

第043話　回溯過往

「惠珍小姐，妳怎麼突然……」

「會長，鄭白雪大人過世了，死因尚未確定，但目前推測是自、自殺。」

「什麼？怎麼會……」

「雖然令人難以置信，但這個消息千真萬確。」

「一定是哪裡搞錯了……」

「……」

「她是真的死了嗎？」

「是的，今天早上被魔道公會的成員發現在房裡上吊自盡。」

「會、會不會是他殺？有沒有可能被暗殺者襲擊……」

「不是的，百分之百是自殺，遺書也已經找到了。還有……這部分雖然還沒證實，但是……據說在鄭白雪大人的房間裡發現了不明的書信，上面有經過魔法處理，因此目前無法解讀，不過其他公會聽說這個消息後，認為鄭白雪大人有和敵方暗中勾結的可能性。」

「暗中勾結？」

「這只是單純的猜測而已。」

「這不可能。想想琳德的天才魔法師至今立下的功績，就知道那種猜測根本不合理。她要是會和敵人勾結，早就加入敵方的陣營了。」

「會長說得沒錯，惠珍小姐。如果沒有琳德的天才魔法師，根本不可能維持住戰線。即便說是因為有她在，我們才能撐到現在也不為過。我們能在拉瑪德山脈戰役、北部冰霜城牆戰，甚至是貝妮戈爾防衛戰中取勝，也都是鄭白雪大人的功勞。勾結應該是錯誤的情報，說不定是為了分裂我們的手段……」

「……」

「惠珍小姐，遺書，遺書……遺書上寫了什麼？」

「聽說遺書上寫著『我錯了，對不起』。魔道公會當然拒絕公開遺書，所以我無法確認全文，不過……據說鄭白雪大人身上有受到虐待的痕跡。」

「確定她不是被人暗殺的嗎？」

「是的，我聽說她身上的傷痕在更早以前就有了，也有未經治療而嚴重化膿的傷口，因此有人猜測那可能是自殘留下的傷痕。據說明明可以用藥水或神聖力治療，她卻將傷口放置不管。」

「自殘……」

「是的。鄭白雪大人的確有自殘的可能，會長。聽說她平時就對於奪走他人性命的行為感到非常痛苦，每場戰役結束後都會作噩夢，實際上也很抗拒參戰。畢竟她原本是連一隻螞蟻都捨不得殺死的人，某天突然被迫走上戰場，會產生罪惡感也不足為奇。」

此話不無道理。

從琳德的大魔法師——鄭白雪的為人看來，她會有那樣的想法很正常。

光是上戰場這件事本身，對她來說就很勉強。

「假如妳說的是真的……那就完全是我的錯，我不該叫她上戰場的。」

「不是的，這不是會長的錯，說服鄭白雪大人的不是只有會長一個人。神聖帝國、共和國跟王國聯盟的所有人都希望她採取行動，而且最後做出決定的是鄭白雪大人，她並不是因為被您說服才參戰的。鄭白雪大人也說過，她一直覺得對神聖帝國和琳德的自由民有虧欠。她如果打定主意要躲起來，肯定沒有人能找到她的。鄭白雪大人之所以會和大家一起走上戰場，一定也有她自己的理由。」

「……」

「會長，現在還不清楚她自盡的原因，也許鄭白雪小姐的確懷有罪惡感，但我不認為她會因此選擇自我了斷。當然，她很痛苦是無法否認的事實……可是她同時也對自己成功守護的人事物感到驕傲。我第一次見到鄭白雪小姐時，她就是這樣的人。」

我也有親眼看過那樣的場面。

不擅長與人交際的她，在戰鬥結束後露出淡淡的微笑，和自己救下的士兵們握手，那樣的畫面毫無疑問存在於我的記憶中。

還有我們之間的對話也是。

「真有成就感呢。」

「妳做出了很艱難的決定。」

「沒那回事，賢成先生。我、我當然不是說做出這個決定不難，而是因為大家都在戰鬥，而且……而且這也不光是一件讓人覺得不開心的事。看到大家笑著的樣子，我的心情就好了起來。嘿嘿……謝謝你找我來幫忙。」

「不會，該說謝謝的反而是我才對。」

她懷抱著罪惡感這一點是肯定的。

然而就像曹惠珍說的，鄭白雪早就知道自己必須承擔那份痛苦了。

事到如今才因為罪惡感而自殺，這種說法前後存在著矛盾。

「那她為什麼……」

「原因還在調查中，目前推測經過魔法加密的書信裡會有線索，全大陸的魔法師都在努力進行解密，但是過程並不容易。」

「這樣啊。」

我用略帶苦澀的表情望向曹惠珍，就在這時——

砰！

一陣爆炸聲從外頭傳來，我一度懷疑是不是敵人攻了進來，但稍後傳來的嗓音卻讓人不得不放下手中的劍。

「金賢成！」

「金雅榮大人！您這樣的話……」

「給我閉嘴，把門打開。我知道金賢成在這裡，快給我開門！」

「請您先冷靜下來……會、會長現在正在開會。」

「我勸你們最好趁我還願意好好說話的時候把門打開，我的耐心已經快要見底了。」

一陣嘈雜的聲響再次傳來後，映入眼簾的是一張極為熟悉的面孔。

「雅榮小姐。」

「金賢成，你這個混帳！」

一把巨大的劍瞬間來到眼前，而且還在逐漸逼近。

我下意識舉起劍，一道破空聲便隨著再次傳來的吵鬧聲響起。

周圍的物品轉眼間飛向四方，承受不住壓力的窗戶應聲碎裂。

「你這個混帳！是你殺了白雪姐。」

「……」

「是你把白雪姐捲進戰爭裡的，你這個人渣！都是因為你，白雪姐才會死！」

「雅榮大人……您這是在做什麼？現在是戰爭時期，您怎麼可以突然跑來這裡拿劍對著我們公會的會長呢！我會針對此事正式向公會提出抗議。」

「閉上妳的嘴巴，曹惠珍。即便是妳，要是敢再繼續耍嘴皮子，我也不會輕易放過。妳要抗議？那就去試試看啊。在這種情況下抗議能有什麼意義？妳要抗議就隨便妳……反正這下大家都死定了，還能怎麼樣？抗議什麼的都去吃屎吧！」

「但是……」

「我明明就跟你說過了吧，金賢成？我說過白雪姐不會參戰……都是你那不值一提的野心害死了白雪姐。」

「金雅榮大人，鄭白雪大人如果沒有站上前線的話，將會有數不清的百姓犧牲。」

「妳沒聽到我叫妳閉嘴嗎？我是在問金賢成。」

「那是出於不得已而做出的判斷。雖然我們會長的確說服了鄭白雪大人，但實際上正因為有鄭白雪大人在，我們才能在無數場戰役中獲勝……」

「就是那無數場的戰役害死了白雪姐。白雪姐死了！她一開始說她不參加的時候，你就應該聽進去才對。」

「目前還沒調查出確切的自殺原因，『因為承受不住戰爭帶來的打擊而自我了斷』也是尚未確定的猜測，必須確認過遺書或密封的書信才能下定論。」

「你現在說的像話嗎？不是有嘴巴就能這樣亂說話，你已經說太多鬼話了。你們這些無恥的偽善者。早知道我就把那個人說的話聽進去了。」

「那個人是誰……」

「這你不需要知道！」

「……」

「我很抱歉。」

「你那張嘴還會道歉啊，嗯？金賢成你這個混帳……竟然被當作英雄？笑死人了。」

「但還是請妳再冷靜下來想一想……」

「閉嘴。我們公會要退出這個爛同盟。一群互相爭鬥的傢伙要團結在一起打從一開始就是天方夜譚，光是跟共和國以及王國聯盟那群狗崽子聯手就是不可能的事。我當初聽你的話根本就是一齣無聊的鬧劇，『拯救了數十萬人的英雄金賢成』什麼的都是屁。那些關我什麼事？白雪姐都死了……白雪姐死了！不管有多少人因為受到白雪姐的幫助而得救，都不關我的事。你聽懂了嗎？」

「……」

「我們以後不會再見面了。」

「請等一下，金雅榮大人。」

「曹惠珍，妳還有什麼話好說？」

「鄭白雪大人不可能因為罪惡感而選擇自我了斷。」

「妳少胡說八道了。」

「即便真的是那樣，她也不會希望看到金雅榮大人現在這個樣子。鄭白雪大人的確備受煎熬，但我很清楚地記得她為自己救下的人感到開心的樣子。」

「……」

「現在我們還不知道遺書的具體內容，也還沒查清是否有他殺的可能性，說不定密封的書信裡會有線索。假如所有調查都結束後，結果證實鄭白雪大人的死和我們有關……」

「……」

「那我願意以死謝罪。」

「我對妳的命沒興趣。」

金雅榮都說到這個分上了，我要是還不知道她想要什麼的話就太奇怪了。

我只能慢慢對上她的雙眼，開口說道：「我也一樣。等到所有事情都結束後，我願意以死謝罪。」

「會長！」

「這麼做才是對的，惠珍小姐。這件事我一定也有責任。反正我本來就打算在這場戰爭結束後，用自己的方式畫下句點了。」

我想過，也許我沒有資格活著。

這一路走來，我已經犯下了數不清的過錯。

其實事到如今才嚷嚷要謝罪，也是一件很可笑的事。但我不得不這麼做，因為我認為自己還有事情必須完成。

想當然耳，眼前的金雅榮露出了複雜的表情，她的腦中此刻大概也充斥著千頭萬緒。

就在我繼續等待她答覆時——

砰！！！

不知道從哪裡傳來一陣轟鳴，除此之外還發出了巨大的聲響，讓人不得不意識到敵人真的入侵了這個地方。

「怎麼回事？」

「有敵襲！」

「會長！」

「有敵襲！曹惠珍大人，請立刻到城牆後方……啊啊啊啊啊！」

一股熟悉卻充滿異質感的魔力從看不見的地方傾瀉而下，或者說得更準確一點，是湧向金雅榮。我下意識地往那股不明的氣息所在的方向移動。

我將劍橫舉格擋，被劈開的魔力便開始摧毀兩側的牆壁。

「現在立刻朝城牆的方向移動。」

「我、我還……！」

「我們現在必須同心協力。等一切都結束後，我會任由雅榮小姐宰割。拜託妳現在務必助我一臂之力。」

「該死。」

「惠珍小姐，車熙拉大人還在城裡嗎？」

「是的，十二點鐘方向不斷有人發送增援信號，紅色傭兵大概也正在趕往那……」

轟隆隆隆隆隆隆隆隆隆隆！

一道刺眼的白光吞噬了琳德。

當那道從某處爆發出的光線填滿四周的同時，我開始睜開原本閉上的雙眼。

＊　＊　＊

「是夢啊……」

我現在已經有點習慣這個夢境了。

稍微撐起身體朝窗戶望去，感覺當時的轟鳴與光線彷彿還歷歷在目。

我甩了甩頭，那種感覺卻揮之不去。

無端嚥下一口唾沫後，我聽見一陣敲門聲傳來。

「賢成先生，開會時間快到了。李尚熙大人召集了所有留在帕蘭的小隊成員與幹部。」

「啊……好，我馬上出去。」

「是，請在三十分鐘內……」

「好，我會在三十分鐘內到。」

腦中的思緒莫名變得繁雜。

每次夢到第一輪人生的事，我都會迎接類似的早晨。

我忍不住環顧四周一圈，回想起自己身在何處，然後自然地起身朝廁所走去，看見鏡中映照出一張憔悴的臉龐。

畢竟我最近老是睡眠不足，因為我有很多外部的事務要忙。

琳德恐攻事件在第一輪人生中不曾發生，更何況光天化日之下發生這種事，更是令人始料未及。

是我太大意了。

我應該再多考慮到李雪浩的脾氣才對。

我知道他和李基英關係不好，可是我想都沒想到他會做出那種事情。

雖然我趁此機會鞏固了在帕蘭的地位，但鄭白雪因此身受重傷卻是我的一大失策，這項慘痛代價是用什麼都無法挽回的。

她是不可或缺的人才。

鄭白雪將來會成為代表琳德，不對，是代表神聖帝國貝妮戈爾的魔法師。她在之後的戰爭中，也會有超乎想像的表現。

其實如果她上一世沒有死的話，戰爭甚至可能以人類的勝利作結。

她是受到所有人敬重的琳德大魔法師，壓倒性的表現更是令所有英雄難望項背，我相信她在我的這一輪人生中也會被賦予最為重要的角色。

只要想想她至今展現出的成長速度，答案便呼之欲出。

——天賦。

她具備與生俱來的魔法天賦。當她的表現越亮眼，我所能做的就只有再一次對琳德的天才魔法師創下的成就點頭稱道而已。

其實在第一輪人生中，鄭白雪為人所知的情報甚少。她以不參加遠征或戰爭為條件，加入魔道公會當研究員，之後便長時間不曾在人前露臉。

坦白說，光看她的為人，自然而然就能猜到她過去過著什麼樣的人生。

她是在過去受到我所不知道的事件影響，才會拒絕與別人溝通，並把自己關進魔塔裡的。

她的日常生活可能極為單調，就是日復一日埋首鑽研魔法，直到入睡。

也許她足不出戶，畢竟她幾乎拒絕與金雅榮以外的人對話。我的猜想八成是對的。

她缺乏社交能力，這既是鄭白雪的缺點，也是我冒險招攬她為伙伴的原因。

所謂的成長並不會在一瞬間結束，每個人都有自己的故事，會在各自經歷痛苦後成長。

有人經歷了伙伴的死亡，有人遭到戀人背叛，有人在跨越生死關頭後，因緣際會下得以充分發揮自身的作用。

鄭白雪也是如此。

她之所以那麼強大，或許正是因為她把自己關在魔塔裡，拒絕與他人溝通，一心一意鑽研魔法換來的結果。

想到這裡，讓我忍不住思考這次是不是應該把鄭白雪送去魔道公會才對，可是再想一想她最後離開的方式，就會覺得比起成長，保護她的精神狀況更重要。

當然，這是我目前做過最滿意的選擇之一。

鄭白雪正在成長。

不只是外在的成長，還包括內在的成長。

她甚至……談起了戀愛。

我在第一輪人生中絕對想像不到她會有這一面。

只不過總覺得鄭白雪有點過度執著——儘管存在著這樣的瑕疵，讓鄭白雪和李基英繼續維持這段關係依然是正確答案。

持續保持和李基英之間的關係，可以避免她在未來做出極端的選擇。

我也可以避開剛才在夢中看到的最壞結局。

即便敵人從我無暇顧及的地方接近，李基英想必也會及早防堵事情發生。

他和我至今看過的人才是完全不同的類型，同時又非常有能力。

我的想法不會有錯。不管從哪方面來看，我都應該持續關心李基英和鄭白雪。

我需要有人能夠在我不在的時候，對這種襲擊做出應對。

腦海中最先浮現出的是我曾經的左右手——副官曹惠珍。她能夠單憑一把長槍深入敵陣，就連敵人都稱呼她為「神槍」。

現在這個時候，她說不定已經來到琳德了……

苦惱片刻後，我迅速洗完臉並走出房間，隨著腳步的移動，熟悉的景色在眼前展開。

公會的接待員低頭向我致意，空蕩蕩的公會內部卻彷彿訴說著帕蘭的沒落。

帕蘭現在就連稱為一個公會都很勉強，雖然仍維持著與其他公會之間的同盟關係，但是不開放接受委託，大部分的普通成員也一個個退出，甚至連第二小隊也有幾個隊員已經決定加入其他公會了。

再這樣下去，說不定用不了多久，帕蘭的名字就會從琳德消失。

李基英最近待在紅色傭兵的時間也越來越長，導致有不少人擔心他退出公會，但我確信他不會那麼做。

因為我大概能猜到他想要的是什麼。

他在等我替他掌握帕蘭的實權。

他很有能力。

如果是我認識的李基英，說不定能讓這個事態穩定下來。

他之所以刻意放著帕蘭不管，想必是為了強化身為小隊長的我的力量。

他也知道我想要的是什麼。

我有一種像是被他看穿心思的感覺。他似乎已經事先掌握了事情的發展，然後做好了一切的安排。

果不其然，我才邁開腳步不久，四周便開始有人向我搭話。

「金賢成大人。」

「是。」

「這裡有一些文件需要請您看看。」

「啊……是。」

「有幾份提案必須在今天之內審閱完畢……可是……李基英大人不在位子上……」

「已經轉告基英先生今天有會議了嗎？」

「是，根據我聽到的消息，他正在前來的路上。他昨天在紅色傭兵那邊照顧鄭白雪大人……」

「啊，這我也聽說了。需要批閱的文件請先放在我房裡，我會在會議結束後親自確認，再另外向會長報告。」

「是。那招募公會成員的公告也可以在今天公布嗎？」

「這件事我會直接請示會長。」

在前往會議室的路上，可以看到人們跑來詢問我各種問題，與此同時，李基英在描繪什麼樣的藍圖不言而喻。

實際上，在他以照顧傷患為藉口離開公會的期間，有很多人都開始對我產生依賴。

我慢慢移動腳步，隨後會議室便出現在眼前。一打開門，映入眼簾的是正在等待我的李尚熙與黃正妍的身影。

李尚熙的憔悴顯而易見，而第二小隊的黃正妍正看著那樣的她。

以前所有座位都坐滿了人的會議室如今只剩下三個人，景象慘不忍睹。

「啊……你來了啊。」

「是。」

「基英先生……」

「聽說正在過來的路上。」

「好……那就好。」

「我們好像很久沒有開會了。」

「對，很抱歉，其實我應該再更早一點召開會議才對……但因為太多事情同時發生，所以我沒有那個餘裕。」

李尚熙雙眼無神，但我相信她會克服這一切的，畢竟她在我的第一輪人生中也經歷過傷痛，並且重新振作起來。

「雖然基英先生還沒來，但我想我還是先告訴你們好了。」

「是。」

「首先，一直讓大家看到我不好的一面，我真的感到非常抱歉。為了還留在帕蘭的各位，我應該表現出更好的一面才對。我由衷感謝兩位在我不在的時候成為帕蘭的支柱。」

「我只是做了我該做的事而已。」

「其實……我在休息的期間思考了很多事情，關於帕蘭今後該何去何從，我也想了很多。坦白說，我知道考慮到各位與其他隊員的未來，解散帕蘭並讓你們加入其他公會，才是為大家著想的做法。不對，應該說那才是正確的做法。」

「……」

「可是我實在沒辦法親手解散叔叔……不對，是會長一手建立起來的這個地方，雖然這麼說對兩位真的非常抱歉，但我希望你們務必……留在這個公會。」

「當然。」

「是啊……我們會跟會長……」

「今後我不再是會長了，正妍小姐。我想我應該退下這個職位了。」

「咦？」

「我不但在受詛咒的神壇裡將各位置於險境，會長還在的時候，甚至是會長臥病在床的時候，我都只是掛著副會長的頭銜而已。我也沒發現李雪浩和日本暗中勾結，明明都已經在懷疑他們了，卻因為念及舊情，而無法狠下心將他們趕出去。」

「可是……」

「我不適合當上位者，我也是基英先生說的那種無能的人。就算我重新掌握帕蘭內部的實權，帕蘭也不會和以前有太大的不同。我退下這個職位才是對的，雖然這樣一來，兩位會變得很辛苦……」

「我、我……」

我並不覺得意外，畢竟多少有料到會發生這樣的事。

淡。

黃正妍沒有把話說完，不過已經可以感覺到她表達出了拒絕之意，李尚熙的表情也逐漸黯淡。

我不禁想著，如果是李基英的話，大概就會在這個時候發聲了。

也許用帶有一點小心翼翼，卻又不失堅定的語氣開口會比較好。

「如果正妍小姐沒有意願的話……」

「請說。」

「我可以暫時擔任這個職位。」

這樣的表達方式會讓人覺得我更值得信任。

「啊……」

「當然，所有事情都由我一個人處理是不可能的……如果兩位願意幫助我，防止我朝著錯誤的方向前進的話，或許不用花上太久的時間，就能讓帕蘭恢復昔日的容貌。」

「啊啊……」

「畢竟現在還有很多人才留在帕蘭——」

在我說話的同時，一道嗓音從門外傳來。

「打擾了，我是李基英。」

——《重生使用說明書02》完

CD008
重生使用說明書 02
회귀자 사용설명서

作　　者　흙수저 (wooden spoon)
譯　　者　何瑋庭、劉玉玲
封面設計　C　C
封面繪者　阿　蟬
責任編輯　胡可葳

發　　行　深空出版
出 版 者　星巡文化有限公司
地　　址　臺北市中正區重慶南路一段 57號 7樓之 5
電　　話　(02)7709-6893
傳　　真　(02)7736-2136
電子信箱　service@starwatcher.com.tw
官網網址　www.starwatcher.com.tw
初版日期　2024年 08月

總 經 銷　聯合發行股份有限公司
地　　址　新北市新店區寶橋路 235巷 6弄 6號 2樓
電　　話　(02)2917-8022

國家圖書館出版品預行編目 (CIP) 資料

重生使用說明書 / 흙수저 (wooden spoon)
著 . -- 初版 . -- 臺北市 :
星巡文化有限公司出版 : 深空出版發行 , 2024.08
冊 ;　公分
ISBN 978-626-74122-6-8(第 2 冊 : 平裝). --
862.57　113006521